# DZIESIĄTA ALEJA

# MARIO PUZO

## DZIESIĄTA ALEJA

Z angielskiego przełożył
JACEK MANICKI

Tytuł oryginału:
THE FORTUNATE PILGRIM

Redakcja: Barbara Syczewska-Olszewska

Zdjęcie na okładce: Ullsteinbild/BE&W

Projekt graficzny okładki: Wydawnictwo Albatros Sp. z o.o.

Skład: Laguna

ISBN 978-83-7985-942-9

Książka dostępna także jako e-book

*Dystrybutor*
Firma Księgarska Olesiejuk sp. z o.o. sp. j.
Poznańska 91, 05-850 Ożarów Mazowiecki
tel. (22) 721 30 00, faks (22) 721 30 01
www.olesiejuk.pl

*Wydawca*
WYDAWNICTWO ALBATROS SP. Z O.O.
(dawniej Wydawnictwo Albatros Andrzej Kuryłowicz s.c.)
Hlonda 2A/25, 02-972 Warszawa
www.wydawnictwoalbatros.com
Facebook.com/WydawnictwoAlbatros | Instagram.com/wydawnictwoalbatros

2017. Wydanie IV
Druk: WZDZ – Drukarnia Lega, Opole

# Część I

# Rozdział 1

Larry Angeluzzi jechał dumnie na smoliście czarnym koniu głębokim kanionem, który tworzyły frontony czynszowych kamienic. Gromady dzieci, dokazujące na trotuarach u podnóży przeciwległych ścian tego kanionu, przerywały zabawy i gapiły się na niego z niemym podziwem. Larry zatoczył szeroki łuk czerwoną latarnią; spod podkowy trysnęły skry skrzesane o szynę wpuszczoną w bruk Dziesiątej Alei, i za koniem, jeźdźcem oraz latarnią nadjechał powoli długi pociąg towarowy zmierzający z dworca przy Hudson Street na północ.

W 1928 roku ulicami Nowego Jorku, na kierunku północ--południe, odbywał się wahadłowy ruch pociągów, które poprzedzali konni przodownicy Centralnego Zarządu Kolei Żelaznej, ostrzegający przed zbliżającym się składem. Za kilka lat, wraz z powstaniem napowietrznej estakady, miało się to skończyć. Larry Angeluzzi, który nie wiedział jeszcze, że jest jednym z ostatnich miejskich „pociągowych", że jego profesja przejdzie wkrótce do historii i tylko dociekliwi znajdą o niej krótką wzmiankę w kronikach miasta, jechał napuszony i arogancki niczym kowboj z westernu. Na nogach, zamiast skórzanych kowbojskich butów z cholewami, miał białe trzewiki na gumowych podeszwach, na głowie, w miejsce sombrera, spiczastą czapkę ozdobioną firmowymi

7

guzikami. Nogawki niebieskich drelichowych spodni spiął w kostkach lśniącymi klamerkami używanymi do jazdy na rowerze.

Jechał stępa przez miejską kamienną pustynię, nad którą zapadł już parny letni wieczór. Pod ścianami kamienic siedziały na drewnianych skrzynkach rozplotkowane kobiety, mężczyźni, wystający na rogach ulic, kopcili cygara De Nobili, dzieci opuszczały w miarę bezpieczne cementowe wysepki trotuarów i z narażeniem życia czepiały się przejeżdżającego pociągu towarowego. Wszystko to odbywało się w przydymionej żółtej poświacie ulicznych latarni oraz blasku bijącym od gołych, rozpalonych do białości żarówek w witrynach sklepików z łakociami. Na każdym skrzyżowaniu powiew świeżej bryzy od równoległej Dwunastej Alei, biegnącej wybetonowanym nabrzeżem rzeki Hudson, orzeźwiał konia i jeźdźca, chłodził pełznącą za nimi i pogwizdującą ostrzegawczo czarną zgrzaną lokomotywę.

Na wysokości Dwudziestej Siódmej Ulicy ściana kamienic po prawej urywała się jak nożem uciął. W tym długim na całą przecznicę wyłomie rozpościerał się park Chelsea gęsto upstrzony ciemnymi sylwetkami podrostków, którzy siedząc na gołej ziemi, podglądali za darmo filmy wyświetlane w letnim kinie przez Hudsońskie Stowarzyszenie Właścicieli Domów Czynszowych. Na odległym gigantycznym białym ekranie Larry Angeluzzi zobaczył monstrualnych rozmiarów jeźdźca na koniu, który cwałował wprost na niego w promieniach sztucznego słońca. Jego własny koń, przerażony widokiem tych olbrzymich widm, zarzucił niespokojnie łbem i już mijali skrzyżowanie z Dwudziestą Ósmą Ulicą, za którym znowu jak spod ziemi wyrastała ściana kamienic.

Larry zbliżał się do domu. Przy Trzydziestej Ulicy, nad Dziesiątą Aleją, była przerzucona kładka dla pieszych; za tą kładką zaczynały się jego śmieci i kończyła robota. Zsunął czapkę na bakier i wyprostował się w siodle. Cała wiara zaludniająca trotuary od Trzydziestej do Trzydziestej Pierwszej

Ulicy to jego krewni bądź znajomi. Dźgnął piętami wierzchowca.

Przegalopował pod kładką, machając do dzieciarni tłoczącej się przy barierkach po obu stronach. Spiął z fasonem konia, żeby pokazać ludziom z trotuaru po prawej, jaki z niego jeździec, zwrócił tańczące na zadnich nogach zwierzę w lewo i już był na terenie otwartej bocznicy kolejowej — rozległej, tryskającej tu i tam fontannami iskier, stalowej równiny, która ciągnęła się aż po rzekę Hudson.

Tocząca się za nim ogromna lokomotywa sapnęła kłębem białej pary, w którym jak za sprawą magii zniknęła kładka wraz ze znajdującymi się na niej dziećmi. O tym, że nie rozpłynęły się w niebycie, świadczyły tylko piski zachwytu wznoszące się stamtąd ku bladym, ledwie widocznym gwiazdom. Pociąg towarowy, wyginając się w łuk, skręcił na bocznicę, para się rozwiała, kładka na powrót zmaterializowała, a tabun wilgotnych dzieci zbiegł z niej hurmem po schodach, by rozproszyć się po Alei.

Larry przywiązał konia do słupka przy budce zwrotniczego i usiadł na ławeczce pod ścianą. Po drugiej stronie Alei cal po calu ożywał świat, który znał i kochał.

Oto jasno oświetlona piekarnia na rogu Trzydziestej Ulicy, a przed nią ozdobiony girlandami, oblężony przez dzieci stragan z cytrynowym sorbetem. *Panettiere* osobiście napełnia papierowe kubki z białym wrębkiem wiśniowoczerwonym albo bladożółtym śniegiem skrzącym się białymi kryształkami lodu. Nakłada porcje hojną ręką, bo jest do tego stopnia bogaty, że stać go nawet na przepuszczanie pieniędzy na torze wyścigów konnych.

Za piekarnią, patrząc w stronę Trzydziestej Pierwszej Ulicy, sklep spożywczy — na wystawie żółte bele sera provolone w błyszczących woskowych skórkach i piramidy szynek prosciutto. Dalej zakład fryzjerski — fryzjer o tej porze nie przyjmuje już klientów, ale udostępnia nadal lokal amatorom gry w karty i zżyma się na widok każdej świeżo ostrzyżonej

9

głowy, która nie nosi śladów jego nożyczek. Trotuary zarojone gromadami ruchliwych jak mrówki dzieci; przed wejściem do każdej z kamienic, ledwie widoczne w mroku, siedzą kobiety w czerni, przywodzą na myśl małe bezkształtne wzgórki. Z każdego takiego wzgórka ulatuje w letnie rozgwieżdżone niebo monotonne gniewne trajkotanie.

Torami przykuśtykał karłowaty zwrotniczy.

— Dzisiaj nie będzie już pociągu, chłopcze — oznajmił.

Larry bez słowa odwiązał wierzchowca, dosiadł go i zawrócił z fantazją.

Kiedy koń stawał dęba, Larry'emu wydało się, że rząd kamienic — zachodnia ściana wielkiego miasta — wybrzusza się niczym wydymany wiatrem żagiel i wybiega mu na spotkanie. W otwartym oknie swojego mieszkania na ostatnim piętrze czynszówki, którą miał dokładnie naprzeciw siebie, wypatrzył ciemną sylwetkę. To mógł być tylko jego młodszy brat Vincent. Larry pomachał mu, ale odpowiedzi doczekał się dopiero, kiedy pomachał po raz wtóry. Światło paliło się tylko w kilku oknach. Prawie wszyscy lokatorzy, jak w każdy letni wieczór, wylegli przed kamienicę i teraz mu się przyglądali. Klepnął konia dłonią w szyję i pogalopował brukowaną Dziesiątą Aleją do stajni przy Trzydziestej Piątej Ulicy.

Kilka godzin wcześniej, o zmierzchu, kiedy Larry Angeluzzi siodłał dopiero swojego konia w St. John's Park, jego matka, jak również matka Octavii i Vincenza Angeluzzich, Lucia Santa Angeluzzi-Corbo, wdowa po Anthonym Angeluzzim, obecnie żona Franka Corbo i matka jego trojga dzieci — Gina, Salvatore i Aileen — przygotowywała się do rejterady z dusznego pustego mieszkania. Letnie wieczory wolała spędzać na powietrzu, plotkując z gadatliwymi sąsiadkami, a przy okazji dając baczenie na dzieci bawiące się na ciemnych ulicach miasta.

Lucia Santa była tego dnia w dobrym nastroju, bo nie ma to jak lato — dzieci nie przeziębiają się, nie gorączkują, odpada

10

problem ciepłych kurtek, rękawiczek i butów na zimowe śniegi, nie trzeba sobie łamać głowy, skąd wyskrobać dodatkowe pieniądze na przybory szkolne. Dzieci pałaszowały w pośpiechu kolację, by czym prędzej czmychnąć z dusznego mieszkania na tętniące życiem ulice; szkoda im było czasu na wieczorne kłótnie. W domu łatwiej było utrzymać porządek, bo zawsze świecił pustkami. Lucia Santa najbardziej rada była z tego, że latem wieczory miała tylko dla siebie; ulica stanowiła miejsce spotkań, a lato porę, kiedy sąsiedzi się zaprzyjaźniają. Tak więc włożyła czystą czarną sukienkę, zebrała w kok gęste kruczo-czarne włosy, wzięła kuchenny stołek i zeszła z czwartego piętra, by posiedzieć na Alei.

Trotuar przed każdą kamienicą spełniał rolę wiejskiego ryneczku; co wieczór na drewnianych skrzynkach i stołkach przesiadywała tam grupka kobiet w czerni, które raczyły się nie tylko plotkami. Wspominały również dawne czasy, komen-towały obyczaje i stosunki społeczne, za punkt odniesienia przyjmując zawsze wzorce wyniesione z jakiejś górskiej wioski na południu Włoch, z której uciekły przed wielu laty. I jak ma się rzeczywistość do tego, co sobie wyobrażały? Co by powie-dzieli ich surowi ojcowie, gdyby przeniesieni tu jakimś cudem zobaczyli, z jakimi trudnościami muszą się borykać na co dzień? Albo ich matki o zręcznych, spracowanych dłoniach? Ile by było krzyku i pomstowania, gdyby jako córki, tam, w starym kraju, wyprawiały to, co tutaj te amerykańskie dziewuszyska? Ma się rozumieć, jeśli przyszłoby im w ogóle do głowy, że można się tak zachowywać.

Kobiety mówiły o swoich dzieciach jak o obcych. To był ich ulubiony temat: zepsucie szerzące się wśród niewiniątek w no-wym kraju. Weźmy taką Felicię, która mieszka za rogiem, przy Trzydziestej Pierwszej Ulicy. Co z niej za córka, skoro nie przerwała miesiąca miodowego, kiedy matka powiadomiła ją o niedomaganiu babki? Istna lafirynda. Nie, nie, wcale nie przesadzają z tym określeniem. Sama matka Felicii tak ją nazwała. Albo weźmy tego synalka, pożal się Boże, któremu tak pilno było do ślubu, że nie mógł odczekać roku, jak chciał ojciec? Ach, cóż za brak szacunku. *Figlio disgraziato.* We Włoszech nie uszłoby mu to płazem. Ojciec zatłukłby takiego bezczelnego syna; tak, zatłukł. A ta córka? We Włoszech — zarzekała się matka Felicii drżącym wciąż ze wzburzenia głosem, chociaż od tamtego incydentu upłynęły już trzy lata, babka wydobrzała i dalej nazywała wnuki światłem swojego życia — ooo, we Włoszech ona wywlokłaby tę lafiryndę z małżeńskiego łoża i zaciągnęła za kudły do leżącej w szpitalu babki. Ach, Włochy, Włochy; jak ten świat się zmienił, i to na gorsze. Co je opętało, że wyjechały z takiego kraju? Kraju, gdzie ojcowie mają posłuch, a matki są traktowane przez dzieci z szacunkiem.

Każda po kolei opowiadała własną historię o krnąbrności i zuchwalstwie, o swoim heroizmie, anielskiej cierpliwości, o dzieciach, istnych diablętach, zawracanych ze złej drogi tradycyjnymi włoskimi metodami wychowawczymi: paskiem do ostrzenia brzytwy albo *tackerilem*. Każda kobieta kończyła opowieść tym samym stwierdzeniem. *Mannaggia America!* — Przeklęta Ameryka. Tego letniego wieczoru z ich głosów przebijała jednak nadzieja, chęć do życia, której próżno by się doszukiwać w ojczyźnie. Tutaj, teraz, w banku leżą pieniądze, dzieci potrafią pisać i czytać, wnuki, jeśli wszystko dobrze się ułoży, zostaną kiedyś profesorami. Bez wielkiego przekonania mówiły o dochowywaniu wierności tradycji, wszak same wdeptywały ją w ziemię.

Bo prawda była taka: te wieśniaczki z biednych gospodarstw we włoskich górach, urodzone w tych samych izbach, w których umierali ich ojcowie i dziadkowie, kochały rozbrzmiewającą szczękiem stali i stukotem kamieni atmosferę wielkiego miasta, w którym teraz mieszkały, łomot wagonów przetaczanych na bocznicy kolejowej po drugiej stronie ulicy, łunę świateł nad Palisades na drugim brzegu Hudsonu. Dzieciństwo upłynęło im

12

w izolacji, na ziemi tak jałowej, że rodziny, by przeżyć, rozpraszały się po górskich stokach.

Wyzwoliła je odwaga. Były pionierkami, choć ich noga nigdy nie postała na amerykańskiej prerii. Przybywały do jeszcze bardziej przytłaczającej głuszy, gdzie tubylcy mówili niezrozumiałym językiem. Tu, w tym obcym kraju, ich dzieci stawały się członkami innej rasy. Tę cenę musiały płacić.

Lucia Santa nie zabierała dzisiaj głosu, słuchała tylko. Czekała na swoją przyjaciółkę i sojuszniczkę, Zię Louche. Odpoczywała, zbierając siły na wesołe przekomarzania, które potrwają wiele godzin. Wieczór był wczesny, a do mieszkań nie rozejdą się przed północą. Za gorąco. Splotła dłonie na podołku i wystawiła twarz na powiewy lekkiego wietrzyku od Dwunastej Alei.

Niewysoka, zgrabna, ładna, zdrowa na ciele i umyśle Lucia Santa była kobietą odważną. Nie lękała się życia ani zagrożeń, które ze sobą niesie, ale unikała zbędnego ryzyka, kierowała się rozsądkiem. Była silna, doświadczona, nieufna i czujna, dobrze predysponowana do prowadzenia licznej rodziny ku dorosłości i wolności. Jej jedyną słabą stroną był brak wrodzonego sprytu i przebiegłości, które to cechy bardziej przydają się ludziom niż cnota.

Rodzinny dom we Włoszech opuściła ponad dwadzieścia lat temu jako zaledwie siedemnastoletnia dziewczyna. Przebyła trzy tysiące mil ciemnego oceanu, by znaleźć się na obcej ziemi, wśród obcych, i rozpocząć nowe życie z mężczyzną, którego, co prawda, pamiętała z dzieciństwa, ale jak przez mgłę.

Opowiadała często tę historię, kręcąc głową nad swoją lekkomyślnością, a mimo to z dumą.

Pewnego razu ojciec ze zbolałą miną oznajmił jej, swojej ulubionej córce, że nie ma co liczyć na ślubną wyprawę. Gospodarstwo podupada. Mają długi. Wszystko wskazuje na to, że idzie ku gorszemu. Nic dodać, nic ująć. Pozostaje tylko nadzieja, że trafi się kandydat na męża, który z miłości do niej straci głowę.

13

To był cios. W jednej chwili straciła cały szacunek dla ojca, dla domu rodzinnego, dla ojczystego kraju. Pannę młodą bez wyprawy wytykano palcami na równi z tą, która po nocy poślubnej wstaje z małżeńskiego łoża, nie pozostawiając na pościeli krwawej plamy. Jeszcze gorzej; ta ostatnia mogła się przynajmniej uciec do fortelu i tak wybrać datę zamążpójścia, żeby noc poślubna przypadła w trakcie okresu. Na to mężczyźni skłonni byli nawet przymknąć oko. Ale jaki mężczyzna weźmie sobie za żonę kobietę naznaczoną piętnem dziedzicznej biedy? Tylko biedak wie, jaki to wstyd być biednym, wstyd po stokroć gorszy niż być największym grzesznikiem. Bo grzesznik, okazując skruchę, w jakimś stopniu zmywa z siebie hańbę. Biedni są w sytuacji bez wyjścia; otoczenie, *padrones*, los i czas nie mają dla nich zmiłowania. Pozostają żebrakami zdanymi na czyjąś łaskę i niełaskę. Dla biednych, którzy od pokoleń żyją w nędzy, stwierdzenie, że praca uszlachetnia to pusty frazes. Im bardziej są pracowici i uczciwi, tym dotkliwiej odczuwają upokorzenie i wstyd.

Lucia Santa, choć miotana młodzieńczym buntem, była bezsilna. Aż tu nagle list z Ameryki; chłopak z sąsiedniego gospodarstwa, towarzysz zabaw z dzieciństwa, pisze, żeby przyjechała do niego do nowej ziemi. Obaj ojcowie wyrazili zgodę. Lucia Santa próbowała sobie przypomnieć jego twarz.

I tak pewnego słonecznego włoskiego dnia Lucia Santa oraz jeszcze dwie panny na wydaniu z okolicy udały się w asyście szlochających rodziców, ciotek i sióstr do magistratu, a następnie do kościoła. Potem wszystkie trzy, trzy poślubione na odległość panny młode, w oczach prawa już Amerykanki, wsiadły na pokład statku płynącego z Neapolu do Nowego Jorku.

Lucia Santa jak we śnie schodziła ze statku na ziemię ze stali i betonu. Jeszcze tego samego wieczoru poszła do łóżka z obcym, który był jej legalnym mężem. Urodziła temu obcemu dwoje dzieci i chodziła w ciąży z trzecim, kiedy mąż zginął w jednym z nieszczęśliwych wypadków, w które obfitowała budowa nowego kontynentu. Przyjęła to z pokorą. Owszem, lamentowała, ale nie w pełnym tego słowa znaczeniu; ona błagała tylko los o przychylność.

Potem, już jako ciężarna wdowa, wciąż jeszcze młoda, nie mająca nikogo, w kim mogłaby znaleźć oparcie, ani na chwilę nie dopuszczała do siebie czarnych myśli, nie poddawała się. Miała w sobie tę nie tak rzadko spotykaną u kobiet siłę ducha, która pozwalała jej stawiać dzielnie czoło przeciwnościom losu. Ale nie była przecież z kamienia. Los nie zdołał zrobić z niej zgorzkniałej matrony, udało się to jednak przyjaciółkom i sąsiadkom, tym samym, z którymi siedziała teraz w letni wieczór przed kamienicą.

Ach, te młode żony, te młode matki, te wszystkie inne młode Włoszki w obcym kraju. Jakież były serdeczne, jakie uczynne. Jak to się odwiedzały, jak biegały w górę i na dół po schodach, od mieszkania do mieszkania. „Cara Lucia Santa, skosztuj tego, skosztuj tamtego..." — a to talerzyk nowego farszu, a to wielkanocna babka z kiełkami pszenicy i tartym serem, glazurowana jajkiem, to znowu ravioli na dzień świętego patrona rodziny, ze specjalnie przyrządzonym mięsem i sosem pomidorowym. To krygowanie się, te komplementy i filiżanki kawy, i zwierzenia, i wpraszanie się na matkę chrzestną nienarodzonego jeszcze dziecka. Po tragedii, po wysłuchaniu najszczerszych wyrazów współczucia i kondolencji, Lucii Sancie objawiło się prawdziwe oblicze świata.

Powitania stały się chłodne, skończyły się sąsiedzkie odwiedziny, żadna już się nie napraszała na matkę chrzestną. Bo i która chciałaby zadawać się z młodą, jak najbardziej wartą grzechu wdową? Mężowie są słabi, zaczną się prośby o wsparcie. W czynszówkach wszyscy się znali; młode kobiety bez mężczyzny stanowiły zagrożenie. Poratuj taką paroma dolarami, a przyssie się jak pijawka i już się nie odczepisz. Nie były bezwzględne, powodowała nimi tylko właściwa biednym przezorność, którą tak łatwo wyszydzać, jeśli samemu nie zakosztowało się lęku przed nędzą.

Wytrwała przy niej tylko jedna przyjaciółka — *Zia* Louche, starsza, bezdzietna wdowa. Pomagała jak mogła. Kiedy urodził się osierocony przez ojca Vincenzo, trzymała go do chrztu, a kiedy chrześniak przystępował do pierwszej komunii, kupiła mu piękny złoty zegarek, żeby Lucia Santa mogła chodzić z wysoko uniesioną głową! Taki wspaniały prezent był świadectwem szacunku i wiary. *Zia* Louche jedna jedyna okazała jej serce i kiedy minął okres żałoby, Lucia Santa spojrzała na świat nowym, mądrzejszym okiem.

Czas zaleczył rany i teraz wszystkie na powrót były najlepszymi przyjaciółkami. Może — kto wie? — młoda wdowa była zbyt surowa w swych osądach, bo te same sąsiadki, fakt, że we własnym interesie, ale pomogły jej znaleźć drugiego męża, żeby miała kogoś, kto wykarmi i odzieje jej dzieci. Ślub odbył się w kościele. Te same sąsiadki wyprawiły jej wspaniałą ucztę weselną. Lucia Santa wyciągnęła jednak wnioski z lekcji, którą zgotowało jej życie, i nie miała już złudzeń.

Teraz, w ten parny letni wieczór, z odchowanymi już dziećmi z pierwszego małżeństwa i podrośniętymi, nie licząc małej Leny, z drugiego, z pewną sumką na koncie, po dwudziestu latach poświęceń, wyrzeczeń i odcierpieniu swojego, Lucia Santa Angeluzzi-Corbo stała na owym małym wzgórku stabilizacji, na który wdrapują się biedni, wdrapują z takim mozołem, że na tym poprzestają, uznając, że byt mają w zasadzie zapewniony i że to szczyt ich możliwości. Osiągnęła już w życiu to, co mogła osiągnąć; pora odpocząć.

Ale dość o tym. Oto nadchodzi *Zia* Louche, teraz będą w komplecie. Lucia Santa skupiła uwagę na toczącej się rozmowie, gotując się do włączenia w wir plotek. W tym

16

momencie dostrzegła Octavię, która wyszła zza rogu Trzydziestej Ulicy i mijała właśnie *panettiere* z jego oszkloną gablotą z pizzami i puszkami cytrynowego sorbetu. Na moment postać córki przesłonił Lucii Sancie widok wypełnionej po brzegi drewnianej baryłki, do której *Panettiere* wrzucał czerwone miedziaki i lśniące srebrne rybki dziesięcio- i dwudziestopięciocentówek. Na myśl, że sama nigdy nie wejdzie w posiadanie takiego majątku, jaki udało się zbić temu obleśnemu piekarzowi, pociemniało jej w oczach z gniewu. Na straży owej drewnianej baryłki pełnej miedzianych i srebrnych monet stała żona *Panettiere* — stary, wąsaty, niezdolny już do rodzenia dzieci babsztyl o mętnych, przysłoniętych do połowy ciężkimi powiekami oczach smoczycy, w których odbijały się gasnące zorze letniego wieczoru.

Lucia Santa poczuła, jak Octavia przysiada się do niej na stołek; zetknęły się biodrami i udami. Zirytowana tym, jak zawsze, nie przesunęła się jednak, żeby nie urazić córki. Zerknęła na nią tylko spod oka. Jaka ładna, po amerykańsku ubrana... Posłała swojej starej kumie, *Zii* Louche, porozumiewawczy uśmieszek, w którym spod matczynej dumy przezierała drwina. Milcząca skromnie, ale czujna Octavia przechwyciła ten uśmiech, zrozumiała jego wymowę i nie po raz pierwszy uświadomiła sobie, że matka ją zadziwia.

Zupełnie jakby wiedziała, że ona, Octavia, ani myśli podzielić losu tych kobiet! Z naiwną, łatwą do rozszyfrowania dziewczęcą ostentacją nosiła tę sinoniebieską garsonkę, która ukrywa biust i maskuje krągłość bioder. I białe rękawiczki, jak jej nauczycielka ze szkoły średniej. Z całym rozmysłem nie wyskubywała sobie gęstych czarnych brwi. W skazanej z góry na niepowodzenie próbie umniejszenia swojej atrakcyjności zaciskała mocno pełne czerwone usta, popatrywała ponuro, a wszystko po to, żeby ukryć przed światem tę zgubną zmysłowość, która pogrążyła kobiety z jej otoczenia. Zdaniem Octavii dopuszczenie do głosu owej mrocznej żądzy, która w niej drzemie, przekreśli wszelkie nadzieje na inne lepsze życie. Było jej ogromnie żal tych kobiet, które popadły w wyzute z marzeń niewolnictwo, rodząc dzieci i zadowalając się nieznanymi jej rozkoszami małżeńskiego łoża. Nie, nie skończy jak one. Siedziała ze spuszczoną głową i słuchała; udawała jak ten Judasz wierną, a knuła zdradę i ucieczkę.

Teraz, otoczona samymi kobietami, zdecydowała się wreszcie zdjąć żakiet; nie zdawała sobie nawet sprawy, jak ponętnie wygląda w samej białej bluzce z wąskim krawatem w czerwone prążki. Żadne maskujące zabiegi nie były w stanie ukryć pełnych krągłych piersi. Zmysłowa twarz, burza granatowoczarnych włosów zwijających się w niesforne pukle i loki, wielkie błyszczące oczy, wszystko to zdawało się pokpiwać z surowości stroju. Bardziej prowokacyjnie niż w swojej wystudiowanej nieprzystępności nie mogłaby już wyglądać.

Lucia Santa odebrała od córki żakiet i przewiesiła go sobie przez rękę. Był to odruch matczynej miłości, wyrażający zaborczość i dominację, ale przede wszystkim gest pojednania, bo pokłóciły się przed paroma godzinami.

Octavia oznajmiła, że chce pójść do szkoły wieczorowej i kształcić się na nauczycielkę. Lucia Santa stanęła okoniem. Co to, to nie; pracując i chodząc do szkoły, zapadnie na zdrowiu. „Po co ci to? No, po co?" — spytała. „Taka z ciebie dobra krawcowa, nieźle zarabiasz". Sprzeciwiała się, bo była przesądna. Te same co zawsze argumenty. Los jest przewrotny, nie sprzyja tym, którzy chcą coś zmienić w swoim życiu. Doświadcza ich. Octavia jest za młoda, by to rozumieć.

Octavia, niewiele myśląc, wyrzuciła z siebie wyzywająco: „Ja chcę być szczęśliwa". Na to matka — ta sama matka, która zawsze przymykała oko na dziwactwa córki, na jej zamiłowanie do czytania książek, na jej szyte niby na miarę, a powabne jak binokle stroje — wpadła w szał. „Chcesz być szczęśliwa" — wycedziła, naśladując perfekcyjny angielski próżnej dziew-

18

czyny, którym posługiwała się Octavia. A potem, już po włosku i ze śmiertelną powagą, dodała: „Dziękuj lepiej Bogu, że żyjesz".

Octavia przyjęła bez słowa pokojowy gest matki i siedziała obok niej w skromnej pozie, ze złożonymi na podołku dłońmi. Wspominała kłótnię i zachodziła w głowę, jak to jest, że matka, przedrzeźniając swoje dzieci, mówi po angielsku nienagannie. Kątem oka dostrzegła Guida, smagłego syna *Panettiere*, który skradał się niepewnie poprzez ciepły letni wieczór, zwabiony jasną plamą jej białej bluzki. W silnej smagłej dłoni trzymał wysoki papierowy kubek owocowego sorbetu, cytrynowego czy może pomarańczowego. Wręczył go jej, kłaniając się niemal w pas, wymamrotał coś niewyraźnie, chyba „Nie poplam sobie bluzeczki", i wrócił biegiem za stragan, pomagać ojcu. Octavia uśmiechnęła się, liznęła z grzeczności kilka razy i oddała resztę matce, która przyssała się do kubka łapczywie jak dziecko, bo przepadała za sorbetem. Monotonny pomruk głosów gwarzących kobiet nie ustawał.

Zza rogu Trzydziestej Pierwszej Ulicy skręcił w Aleję ojczym, pchając przed sobą dziecięcy wózek. Octavia obserwowała go, jak idzie spacerowym krokiem od Trzydziestej Pierwszej do Trzydziestej Ulicy i tam zawraca. I tak jak wcześniej zaintrygowała ją ironia w uśmiechu matki, tak teraz w zmieszanie wprawiła czułość ojczyma. Znała go nie od dziś jako człowieka okrutnego, nikczemnego i złego i szczerze nienawidziła. Nieraz była świadkiem, jak okładał pięściami matkę, jak tyranizował pasierbów. Pamiętała jak przez mgłę z dzieciństwa, że zaczął się zalecać do matki wkrótce po śmierci ojca, o wiele wcześniej, niż wypadało.

Zapragnęła podejść do wózka i spojrzeć na śpiące maleństwo, swoją małą siostrzyczkę, którą kochała z całego serca, chociaż było to dziecko ojczyma. Musiałaby jednak odezwać się do tego mężczyzny, spojrzeć w te jego zimne niebieskie oczy, na

19

tę prostacką szczurzą gębę, a na to nie miała ochoty. Wiedziała, że ojczym nienawidzi jej tak samo jak ona jego, i że oboje czują przed sobą respekt. Nigdy nie ważył się jej uderzyć, tak jak czasami bił swojego pasierba Vinniego. Nie miałaby nic przeciwko razom wymierzanym bratu, gdyby były naprawdę ojcowskie. Ale on przynosił prezenty Ginowi, Salowi i Aileen, a Vincentowi, choć był jeszcze dzieckiem, nigdy. Nienawidziła go, bo ani razu nie zabrał Vincenta na spacer albo do fryzjera, tak jak zwykł postępować ze swymi naturalnymi dziećmi. Bała się go, bo był dziwny — zły i tajemniczy nieznajomy z powieści, niebieskooki Włoch o diabolicznej twarzy. Wiedziała, że w istocie jest prostym niepiśmiennym wieśniakiem, ubogim, pogardzanym imigrantem, który nadrabia tylko miną. Któregoś dnia widziała go w metrze udającego, że czyta gazetę. Opowiedziała o tym matce, chichocząc pogardliwie. Matka uśmiechnęła się tylko dziwnie i nic nie powiedziała.

Ale oto jedna z kobiet w czerni zaczyna opowiadać o pewnej nic niewartej młodej Włoszce (urodzonej, a jakże, w Ameryce). Octavia nadstawiła ucha.

— Tak, tak — ciągnęła kobieta. — Byli miesiąc po ślubie, skończył im się właśnie miesiąc miodowy. Och, jak ona go kochała. Siadała mu na kolanach w domu jego matki. Trzymała go za rękę, o tak... — dwie guzłowate dłonie o usianych kurzajkami palcach złączyły się w miłosnym, obscenicznym splocie na podołku opowiadającej — ...kiedy gdzieś szli. Miesiąc po ślubie wybrali się na tańce. Do kościoła, wyobraźcie sobie. Jacy głupi są ci młodzi księża, co to nawet nie umieją po włosku! I męża Bóg pokarał za to, że tam poszedł. Padł trupem. Serce, zawsze był chorowity. Matka wciąż go upominała, żeby na siebie uważał, martwiła się o niego. I co się dzieje? Powiadają, że młoda żonka tańczyła akurat z innym. Myślicie, że podbiegła do leżącego na ziemi ukochanego? A gdzież tam! „Nie, nie, nie mogę" — piszczała tylko. Żeby kobieta bała się

20

śmierci jak dziecko! Jej luby leży w kałuży własnych sików, ale ona już go nie kocha. „Nie, nie chcę na to patrzeć" — krzyczy.

— Ho, ho! — odezwała się *Zia* Louche, przybierając dwuznaczny ton. — Założę się, że patrzyła na To chętnie, kiedy To było żywe. — Wszystkie gruchnęły śmiechem i ten chóralny rechot poniósł się po Alei, ściągając zazdrosne spojrzenia kobiet z innych grupek. Octavia była zgorszona, zła, że nawet jej matka uśmiecha się od ucha do ucha.

Pora na poważniejsze tematy. Lucia Santa i *Zia* Louche utworzyły wspólny front w sporze z resztą grupy o jakiś historyczny epizod, o szczegóły skandalu, który wybuchł przed dwudziestoma laty za morzem, we Włoszech. Octavia dobrze się bawiła, obserwując, jak matka oddaje inicjatywę *Zii* Louche i jak ta bierze na siebie cały ciężar bitwy, a przy tym obie odnoszą się do siebie jak księżna do księżnej. „*E vero, Comare?*" — zwracała się z szacunkiem matka do *Zii* Louche. „*Si, signora*" — odpowiadała z godnością *Zia* Louche, zupełnie jakby nie łączyła ich wieloletnia zażyłość. Octavia wiedziała, że za wzajemnym stosunkiem tych dwóch kobiet kryje się wdzięczność matki za bezcenne wsparcie w godzinie największej potrzeby.

Spór toczył się o tak nieistotne niuanse, że szybko znudził Octavię. Wstała, podeszła do wózka i nie witając się z ojczymem, spojrzała z góry na siostrzyczkę. Patrzyła na dziecko z tkliwością, której nie odczuwała nigdy w stosunku do Vincenta. Potem ruszyła w stronę Trzydziestej Pierwszej Ulicy, żeby rzucić okiem na Gina. Bawił się z kolegami, mały Sal siedział na krawężniku. Wzięła Sala za rączkę i zaprowadziła do matki. Nie widziała nigdzie Vinniego. Zadarła głowę. Siedział nieruchomo na parapecie ciemnego okna mieszkania, zapatrzony w przestrzeń.

Frank Corbo popatrywał ponuro na pasierbicę pochylającą się nad jego córką. Odmienny z tymi niebieskimi oczami, wykpiwany (który Włoch spacerowałby z wózkiem w letni wieczór?), niepiśmienny, ociężały umysłowo, widział piękno pogrążonego w ciemnościach kamiennego miasta i czuł nienawiść pasierbicy, ale jej nie odwzajemniał. Pospolita twarz dobrze skrywała niemą, zżerającą go od środka udrękę. Całe jego życie było snem o pięknie, które czuł, a którego nie potrafił uchwycić, o opacznie pojętej miłości, którą mylił z okrucieństwem. Niezmierzone skarby przesuwały mu się przed oczyma jak cienie, nieosiągalne, świat był przed nim zamknięty. Gdyby miał pewność, że przyniesie mu to ulgę, porzuciłby rodzinę i wyjechał z miasta choćby dziś. Nad ranem, kiedy jeszcze ciemno, zatrzymałby pierwszą lepszą farmerską ciężarówkę i zniknął bez słowa, bez awantur, bez rękoczynów. Najałby się do pracy gdzieś na brązowo-zielonych w lecie polach, czerpał z miłości spokój, odzyskiwał siły.

Cierpiał. Cierpiał jak głuchoniemy, który nie może zaśpiewać, kiedy widzi piękno, który nie może wykrzyczeć bólu. Rozsadzała go miłość, a nie potrafił jej wyrazić. Za wiele osób w sąsiednich pokojach, za wielu przechodniów na ulicy. Dręczyły go koszmarne sny. Wokół czarno, otaczają go żona i dzieci, i każde wyciąga sobie z czoła sztylet. Budził się z krzykiem.

Robiło się późno, coraz później; dzieci powinny leżeć już w łóżkach, ale było wciąż za gorąco. Frank Corbo wodził wzrokiem za swoim synem Ginem. Chłopiec biegał jak opętany tam i z powrotem, pochłonięty jakąś zabawą w poklepywanie się, której zasad on nie był w stanie pojąć, tak jak nie rozumiał amerykańskiej mowy syna, treści książek i gazet, barw nocnego nieba, piękna tego letniego wieczoru ani wszystkich uroków świata, od których czuł się odcięty i co przepełniało go bólem. Świat był dlań jedną wielką tajemnicą. Straszliwe niebezpieczeństwa, przed którymi inni potrafili chronić swe dzieci, zetrą jego i tych, których kocha, na proch. A jego potomstwo będzie uczyło swoje dzieci nienawiści do niego.

Wciąż jednak był ojcem, sumiennie pchał więc przed sobą wózek tam i z powrotem po Dziesiątej Alei, nie przypuszczając nawet, że wyzwolenie jest tuż-tuż. Że gdzieś tam, głęboko w jego krwi, w maciupkich, niezbadanych komórkach mózgu kluje się nowy świat. W bezczasowości umysłu powoli, dzień po dniu, jedno bolesne doznanie po drugim, z każdym nieuchwyconym pięknem, mury świata, którego tak się bał, kruszyły się, i za rok na ich miejsce wyrośnie nowy fantastyczny świat, w którym on będzie panem i władcą, jego wrogowie zostaną pognębieni i zastraszeni, w którym straci na zawsze swoich ukochanych, ale nie odczuje tej straty ani nie będzie nad nią bolał. Świat z takim ładunkiem chaotycznego bólu, że zaleje go ekstazą, tajemniczością, i ból minie. Będzie wolny.

Ale to stanie się jak za dotknięciem czarodziejskiej różdżki, jakby samo z siebie, bez uprzedzenia. Dzisiaj, tego wieczoru, szanse na ukojenie upatrywał w spędzeniu jednego lata na wsi, przy pracach polowych, tak jak niegdyś, w dzieciństwie, we Włoszech.


Dla dzieci świat ma szczególną barwę, dźwięki też są dla nich magiczne. Gino Corbo, dopingowany piskami dziewczynek, miotał się pośród warczących motorów i kręgów mdłego blasku rzucanego przez uliczne latarnie, wkładając w zabawę tyle zaangażowania, że aż rozbolała go głowa. Przebiegał tam i z powrotem przez Trzydziestą Pierwszą Ulicę, usiłując dopaść inne dzieci albo zagrodzić im drogę ucieczki. Ilekroć miał już kogoś zbić, ten przywierał plecami do muru i wyciągał przed siebie rękę. Raz sam o mało nie został zbity, ale ścigający musieli się zatrzymać, żeby przepuścić przejeżdżającą taksówkę, dzięki czemu zdążył wrócić na swój trotuar. Zobaczył przyglądającego mu się ojca i podbiegł do niego z okrzykiem:

— Daj cencika na cytrynowy sorbet!

Ścisnął w garści monetę i wprowadzając w czyn pewien sprytny manewr taktyczny, pognał Dziesiątą Aleją. Jednego jednak nie przewidział. Kiedy mijał matkę gawędzącą z sąsiad-

23

kami, *Zia* Louche capnęła go za ramię i osadziła w miejscu. Jej kościste palce wpiły mu się w ciało niczym zęby stalowych wnyków.

Potoczył półprzytomnym, zniecierpliwionym wzrokiem po twarzach kobiet; tej policzki porasta czarny meszek, tamtej wąs się sypie. Mniejsza z tym, czas nagli, zabawa gotowa się jeszcze skończyć, zanim on wróci. Szarpnął się, ale *Zia* Louche trzymała go jak pajęczyca muchę.

— Odsapnij... siądź koło matki i odsapnij. Jutro będziesz się źle czuł. Patrz, jak ci serce wali. — Przyłożyła mu spracowaną dłoń do piersi. Szarpnął się znowu. Stara przytrzymała go jednak i powiedziała srogo: — *Eh, come è faccia brutta.*

Uznał to za wyzwisko i znieruchomiał. Patrzył na krąg kobiet. Śmiały się, ale Gino nie wiedział, że śmieją się z jego zaaferowania, z jego rozbieganych oczu.

Plunął na *Zię* Louche. Było to markowane splunięcie, którym kłócące się Włoszki wyrażają swoją pogardę. Puściła go zaskoczona. Odskoczył tak szybko, że karząca dłoń matki musnęła mu tylko policzek, odwrócił się jak fryga i popędził dalej z wiatrem w zawody. Skręci w Trzydziestą Ulicę, dobiegnie nią do Dziewiątej Alei, Dziewiątą Aleją do Trzydziestej Pierwszej Ulicy i Trzydziestą Pierwszą Ulicą z powrotem do Dziesiątej Alei; taki plan sobie wykoncypował. Okrążywszy w ten sposób cały kwartał, wypadnie z ciemności w sam środek zabawy i tym jednym mistrzowskim uderzeniem zapewni sobie zwycięstwo.

Kiedy jednak gnał co sił w nogach w kierunku Dziewiątej Alei, drogę zagrodził mu kordon jakichś obcych chłopaków. Gino przyspieszył jeszcze bardziej i taranem przebił się przez blokadę. Koszula pruła się, chwytana zachłannymi rękami, wiatr świstał mu w uszach. Ścigali go aż do skrzyżowania Dziewiątej Alei z Trzydziestą Pierwszą Ulicą. Kiedy w nią skręcił, odpuścili. Nie ważyli się zagłębić w jej mroki. Gino zwolnił, przeszedł z biegu w marsz i skradał się teraz wzdłuż ganków. Pokonywał ostatni odcinek okrążenia i na końcu ulicy, tuż przed jej skrzyżowaniem z Dziesiątą Aleją, widział już kolegów kłębiących się niczym stado małych czarnych szczurków pośród stożków mdłego żółtego blasku rozsiewanego przez uliczne latarnie. A więc zabawa trwa. Zdążył.

Zatrzymał się, żeby odsapnąć chwilę pod osłoną ciemności, po czym ruszył dalej bardzo cicho, ostrożnie stawiając stopy. Przez okno sutereny zobaczył małą dziewczynkę. Stała twarzą do ściany pomalowanej do połowy wysokości na jaskrawoniebieski kolor, wyżej na biało. Opierała czoło o przyłożone do ściany przedramię, zasłaniając oczy przed zimnym elektrycznym światłem, które zalewało pustą izbę za jej plecami. W pierwszej chwili pomyślał, że płacze. Potem dotarło do niego, że bawi się w chowanego i gdyby przystanął i zaczekał chwilę, pozornie pusta izba jak za dotknięciem czarodziejskiej różdżki zaroiłaby się na jego oczach piszczącymi dziewczynkami. Ale nie przystanął. Nie wiedział, że na zawsze zapamięta tę dziewczynkę, samą, stojącą z zasłoniętymi oczyma przy niebieskiej ścianie; opuszczoną, zastygłą w bezruchu, tak jakby nie zatrzymując się, ściągnął na nią klątwę i skazał na wieczne pozostanie w tej pozie. Szedł dalej.

Zatrzymał się dopiero przed rozlaną na trotuarze plamą rozproszonego światła. Wzdrygnął się. Z okna na parterze, oparta łokciami o wymoszczony pękatą poduchą parapet, patrzyła na niego wiekowa irlandzka matrona. W mdłej przyżółconej poświacie jej głowa sprawiała wrażenie zmurszałej ze starości. Wąskie, okolone meszkiem zarostu wargi połyskiwały krwiście w blasku czerwonego znicza. Za tą upiorną twarzą, ledwie widoczne w mrokach pokoju, majaczyły, niczym stare kości, wazon, zgaszona lampa i święta figurka. Struchlały Gino gapił się na kobietę. Wyszczerzyła zęby w powitalnym uśmiechu. Chłopiec puścił się biegiem.

Słyszał już okrzyki i nawoływania kolegów; zbliżał się do oświetlonej kręgami blasku Dziesiątej Alei. Przyczaił się na schodkach do piwnicy, niewidoczny, sprężony w sobie, gotowy do ataku. Nawet przez myśl mu nie przeszło, żeby bać się ciemnej piwnicy albo nocy. Zapomniał o gniewie matki. Liczyła się tylko ta chwila oraz chwila, kiedy wypadając niespodzianie z ciemności, wywoła powszechne zamieszanie.

Cztery piętra nad Dziesiątą Aleją trzynastoletni Vincenzo Angeluzzi, przyrodni brat Gina Corbo, rozmyślał przy wtórze docierających do niego stonowanych, przytłumionych odgłosów letniej nocy. Siedział na parapecie okna, mając za sobą długi ciąg ciemnych, pustych pokoi i zamknięte na klucz drzwi prowadzące z klatki schodowej do kuchni. Był na emigracji wewnętrznej.

Odebrano mu marzenia o lecie, wolności i beztroskiej zabawie. Matka oznajmiła mu dzisiaj, że od jutra zaczyna pracę u *Panettiere* i będzie tam pracował aż do jesieni, do końca szkolnych wakacji. Podczas gdy inni chłopcy będą się kąpali w upalne dni w rzece, grali w palanta i w „Johny'ego na kucyku" i zwiedzali miasto uczepieni tramwajowych cycków, jemu przyjdzie dźwigać ciężkie kosze z pieczywem. Oj, nie posiedzi w cieniu muru fabryki Runkela z cytrynowym sorbetem albo z książką, nie posiedzi, nie pogra z chłopakami na pieniądze w bankierów i brokerów ani w siedem i pół.

Patrzył rozżalony na zachodnią rubież miasta, na odłogi bocznicy kolejowej, na stalowe tory, na pozostawione samym sobie wagony towarowe, na parowozy pogwizdujące ostrzegawczo i krzeszące kołami brudnoczerwone skry, i coraz bardziej podupadał na duchu. Na tle urwistego brzegu Jersey rysowała się czarną wstęgą rzeka Hudson.

Z drzemki, w którą nie wiedzieć kiedy zapadł na parapecie, wyrwała go narosła do stłumionego krzyku, podniecona wrzawa. Hen, w głębi Dziesiątej Alei zobaczył czerwoną latarnię przodownika, który poprzedzał pociąg towarowy z St. John's Park. Dzieciarnia na dole dokazywała dalej w najlepsze, a Vincent czekał z ponurą satysfakcją na ten pisk zachwytu, który się zaraz rozlegnie, i upajał się goryczą świadomości, że tego

26

zachwytu nie dane mu będzie z nimi dzielić. I nagle zakotłowało się. Dzieci podniosły wrzask i rzuciły się hurmem ku prowadzącym na kładkę schodom, żeby czekać tam, na górze, na wilgotny obłok pary, który uczyni ich niewidzialnymi.

Vincent był za młody, żeby zdawać sobie sprawę, że ma naturę melancholika i że zmartwiona tym jego siostra Octavia właśnie dlatego obdarowuje go przy każdej okazji prezentami i cukierkami. Kiedy zaczynał raczkować, Octavia brała go do łóżka i opowiadała bajki, śpiewała piosenki, starała się jak mogła, żeby zasypiał w pogodnym nastroju. Nic jednak nie było w stanie zmienić jego natury.

Z dołu dolatywał piskliwy jazgot wykłócającej się o coś *Zii* Louche i silny głos wspierającej ją matki. Że też akurat ta stara baba musi być jego matką chrzestną, a on, za każdą złotą pięciodolarówkę, którą dostaje od niej na urodziny, musi płacić całusem — całusem, do którego przymusza się tylko dlatego, żeby nie robić przykrości matce. Matkę, chociaż była gruba i ubierała się zawsze na czarno, uważał za piękną i był jej we wszystkim posłuszny.

*Zia* Louche zawsze, jak daleko sięgał pamięcią, robiła wszystko, żeby ją znienawidził. Kiedyś, dawno temu, bawił się na podłodze w kuchni między nogami matki, a *Zia* Louche zerkała na niego co i rusz. Rozmawiały z matką z ożywieniem, porzuciwszy konwenanse, których przestrzegały w obecności innych sąsiadek. Rozpamiętywały niedole, jakich nie szczędził im w życiu los. Nagle zamilkły. Przez chwilę patrzyły na niego obie z zadumą, siorbiąc kawę. Potem *Zia* Louche wciągnęła z sykiem powietrze przez zbrązowiałe ze starości zęby i z bezwstydnym prostackim politowaniem powiedziała: „Och, *miserabile, miserabile*. Ojciec cię odumarł, zanim przyszedłeś na świat".

To były szczyty; starucha jak gdyby nigdy nic zmieniła temat, a on patrzył wstrząśnięty, jak matce blednie twarz i czerwienieją oczy. Opuściła rękę i pogłaskała go po głowie, ale nic nie powiedziała.

Spojrzał w dół. Octavia pochylała się właśnie nad dziecięcym wózkiem. Jej też nienawidził. Nie ujęła się za nim. Matka posyła go do pracy, a ona nic. I w tym momencie, w przejeżdżającym pod kładką przewodnika Vincent rozpoznał swojego brata Larry'ego. Wyglądał na tym czarnym koniu jak prawdziwy kowboj.

Nawet tutaj, na ostatnie piętro, dolatywał stukot kopyt o bruk. Dzieci rozpłynęły się w obłoku pary z lokomotywy, kładka zniknęła. Pociąg, sypiąc spod kół iskrami, skręcił na bocznicę kolejową.

Było już późno. Noc przyniosła miastu ochłodę. Matka i sąsiadki wstawały, zabierały stołki i skrzynki, przywoływały mężów i dzieci. Ojczym, pchając przed sobą dziecięcy wózek, zmierzał w stronę wejścia do kamienicy. Pora szykować się na spoczynek.

Vincent zsunął się z okiennego parapetu i przeszedł przez ciąg sypialni do kuchni. Przekręcił klucz w zamku drzwi prowadzących na klatkę schodową. Rodzina zaraz tu będzie. Z bochna włoskiego chleba wielkości uda odkroił trzy solidne pajdy o chrupkiej skórce. Polał je z wierzchu czerwonym octem winnym, a potem, obficie, gęstą, żółtozieloną oliwą z oliwek. Posolił wszystkie trzy i cofnął się o krok, żeby ocenić efekt. Ślinka ciekła na sam widok tych kromek gruboziarnistego chleba powleczonych mazistą warstwą zieleni, spod której prześwitywały czerwone wysepki. Ginowi i Salowi oczy wyjdą na wierzch, kiedy zobaczą tę przekąskę do poduszki. Zaczeka. Zje z nimi. Przez otwarte wciąż okna, amfiladą pokojów, doleciało z ulicy przeraźliwe, przeciągłe wycie Gina.

Lucia Santa, słysząc ten wrzask, zamarła z niemowlęciem na rękach. Octavia stojąca na rogu Trzydziestej Ulicy, obróciła się na pięcie i spojrzała w kierunku Trzydziestej Pierwszej. Larry kłusujący właśnie drugą stroną Alei stanął w strzemionach, wyciągając szyję. Przerażony ojciec biegł już, miotając przekleństwa, krew pulsowała mu w skroniach. Chłopcu nic się nie stało, tym histerycznym wyciem obwieszczał światu swój triumf. Wyprysnąwszy przed chwilą z ciemności, Gino okrążał teraz w podskokach swoich zbaraniałych nieprzyjaciół i darł się wniebogłosy: „Spalić miasto, spalić miasto". Nie potrafił przerwać wywrzaskiwania tych magicznych słów, które kończyły zabawę, nie potrafił się zatrzymać. Sadząc wielkie susy, podbiegł do matki. Jej niewróżąca niczego dobrego mina przypomniała mu, jak znieważył *Zię* Louche. W ostatniej chwili wykonał zręczny unik, wpadł do kamienicy i pocwałował w górę po schodach.

Lucia Santa stała rozdarta. Z jednej strony świerzbiła ją ręka, żeby zdzielić urwisa w łeb tak, by zobaczył gwiazdy, z drugiej widok rozradowanego syna, przejaw tego niepokornego ducha, którego będzie musiała kiedyś ujarzmić, napełniał ją dumą i rozczuleniem. Przepuściła go, rezygnując z wymierzenia kary.

Czynszowe kamienice wchłonęły neapolitańskich Włochów i ciemne brukowane ulice miasta rozbrzmiewały tylko stukotem kopyt galopującego konia, na którym Larry Angeluzzi wracał do stajni przy Trzydziestej Piątej Ulicy.

# Rozdział 2

Rodzina Angeluzzich-Corbo mieszkała w najlepszej czynszówce przy Dziesiątej Alei. Na każde z czterech pięter kamienicy przypadało tylko jedno mieszkanie. Okna wychodziły na zachód na Dziesiątą Aleję i na wschód na podwórka, co zapewniało dobry przewiew. Angeluzzi-Corbo, mając dla siebie całe piętro — a do tego ostatnie — wykorzystywali część klatki schodowej w charakterze dodatkowej przestrzeni magazynowej. Pod ścianą stała lodówka, biurko, niezliczone puszki przecieru pomidorowego i pudełek makaronu, bo sam lokal, pomimo że składał się z sześciu pomieszczeń, był dla nich za ciasny.

Mieszkanie miało kształt wydłużonej litery E, pozbawionej środkowej wypustki. Dolne ramię stanowiła kuchnia, a pionowy słupek jadalnia, sypialnie oraz living room, wszystkie z oknami wychodzącymi na Dziesiątą Aleję. Górne ramię tej litery E, odchodzące pod kątem prostym od living roomu, tworzyła mała sypialnia Octavii. Gino, Vinnie i Sal spali w living roomie na rozkładanym łóżku, które na dzień, po złożeniu, stawiało się na sztorc w kącie i nakrywało narzutą. Rodzice zajmowali pierwszą z rzędu sypialnię, Larry drugą. Z sypialnią Larry'ego sąsiadowała jadalnia nazywana kuchnią, gdzie stał duży drewniany stół, przy którym spożywane były posiłki i toczyło się życie rodzinne, a pod kątem prostym do niej znajdowała się prawdziwa kuchnia z bojlerem, zlewem i kuchenką. Jak na standardy dzielnicy mieszkanie było nieprzyzwoicie przestronne i stanowiło dobitny przykład niezorganizowania Lucii Santy.

Octavia położyła małą Aileen na łóżku matki i poszła do swojego pokoju przebrać się w domową sukienkę. Kiedy wracała, trzej chłopcy spali już na szerokim łóżku rozłożonym pośrodku living roomu. Przeszła amfiladą pokoi do kuchni, żeby obmyć twarz nad zlewem. Matka czekała na nią w jadalni, sącząc wino z kieliszka. Octavia wiedziała, że matka nie położy się, dopóki nie dokończą kłótni, a potem jak dwie konspiratorki będą jeszcze snuły plany zapewnienia rodzinie szczęśliwej przyszłości: dom na Long Island, college dla najzdolniejszego z dzieci.

— Wpadłaś chyba w oko temu synowi piekarza — zaczęła ugodowo, po włosku, Lucia Santa. — Niby co, daje ci te sorbety, żebyś go nie nagabywała? — Ukontentowana wyraźnie swoim dowcipem, zawiesiła jednak głos i nasłuchiwała przez chwilę odgłosów dochodzących z sypialni. — Położyłaś Lenę na środku łóżka? — spytała z troską. — Nie sturla się?

Octavię poniosło. Przymówkę jeszcze by zniosła, chociaż matka dobrze wiedziała, jaką żywi awersję do młodych mężczyzn z sąsiedztwa. Ale sama wybrała dla swojej przybranej siostry imię Aileen. Lucia Santa, po długich deliberacjach, zgodziła się. Najwyższa pora zostać Amerykanką. Tylko że to imię nie miało swojego włoskiego odpowiednika. Za nic nie dało się go wymówić po włosku. Przerobiono je więc na bardziej swojsko brzmiącą Lenę. Lucia Santa, po kilku daremnych próbach udobruchania córki, straciła pewnego dnia cierpliwość i wykrzyczała po włosku: „To nie jest nawet amerykańskie imię!". I tak mała była teraz Leną dla wszystkich, z wyjątkiem nieletnich członków rodziny, którzy dostawali po buzi, jeśli zdarzyło im się tak ją nazwać w obecności Octavii.

Matka i córka gotowały się do bitwy. Octavia odgarnęła z czoła kręcone włosy i sięgnęła po leżący na kuchennej półce zestaw do pielęgnacji paznokci.

— Nigdy nie wyjdę za makaroniarza — oświadczyła pogardliwie nienaganną angielszczyzną. — Oni szukają kobiet, które będą mogli traktować jak psa. Nie chcę mieć takiego życia jak ty. — Przystąpiła do metodycznego opiłowywania paznokci. Zrobi matce na złość. Polakieruje je dzisiaj.

Lucia Santa obserwowała córkę z wystudiowanym, operetkowym spokojem. Oddychała płytko, ciężko. W gniewie były do siebie bardzo podobne — te same ciskające błyskawice czarne błyszczące oczy, te same pełne zmysłowe twarze ściągnięte wściekłością i posępne. Ale kiedy się odezwała, jej głos brzmiał zwyczajnie.

— Aha — powiedziała. — To tak rozmawia córka z matką w Ameryce? *Brava.* Nie ma co, dobra będzie z ciebie nauczycielka. — Nachyliła się do córki. — *Mi, mi dispiace.* Tylko tak dalej. — Octavia wiedziała, że jeszcze jedna taka śmiała wypowiedź, a matka rzuci się na nią jak kocica i spoliczkuje. Nie bała się, ale wiedziała, że wszystko ma swoje granice. Wiedziała też, że matka, głowa rodziny, bardzo na nią liczy, szanuje ją i nigdy nie sprzymierzyłaby się ze światem zewnętrznym przeciwko niej. Zrobiło jej się głupio. W tak gruboskórny sposób wytknęła matce, że uważa jej życie za zmarnowane!

Uśmiechnęła się i spróbowała złagodzić swoją wypowiedź.

— Chciałam tylko powiedzieć, że nie chcę wychodzić za mąż, a jeśli już wyjdę, to nie chcę mieć dzieci. Nie uśmiecha mi się poświęcać życia na takie coś. — W tych dwóch ostatnich słowach zawarła całą pogardę i cały skrywany lęk przed nieznanym.

Lucia Santa zmierzyła wzrokiem od stóp do głów swoją amerykańską córkę.

— Ach — powiedziała — biedne moje dziecko. — Octavii krew uderzyła do głowy, zalała ją fala gorąca. Milczała. Matka wstała, weszła do sypialni i wróciła z dwoma pięciodolarowymi

32

banknotami wetkniętymi w pocztową książeczkę oszczędnościową. — Masz... schowaj pod sukienkę, żeby twój ojciec i brat nie widzieli. Wpłać to jutro na poczcie, jak będziesz szła do pracy.

— On nie jest moim ojcem — powiedziała spokojnie, ale z jadem Octavia.

Nie tyle te słowa, co przebijająca spod nich cicha nienawiść sprawiła, że Lucii łzy napłynęły do oczu. Tylko one pamiętały pierwszego męża Lucii Santy, tylko one naprawdę dzieliły tamto poprzednie życie, razem cierpiały. Był ojcem trojga dzieci, ale tylko to jedno go pamiętało. Co gorsza, Octavia była rozkochana w swoim ojcu i bardzo przeżyła jego śmierć. Matka wszystko to wiedziała; wiedziała, że wychodząc powtórnie za mąż, wiele straciła w oczach córki.

— Młoda jesteś, nie znasz życia — powiedziała cicho. — Frank poślubił samotną wdowę z trójką małych dzieci. Żywił nas. Ochraniał, kiedy wszyscy, prócz *Zii* Louche, nie chcieli nawet splunąć na nasz próg. Twój prawdziwy ojciec nie był wcale takim ideałem, jak ci się wydaje. Och, gdybym ci powiedziała... ale to przecież twój ojciec. — Łzy już się cofnęły i Lucia Santa przywdziała na twarz znajomą maskę przykrych wspomnień, maskę bólu i wściekłości, która zawsze deprymowała Octavię.

Kłóciły się o to często i rana była wiecznie rozdrapywana.

— On się do niczego nie nadaje — burknęła Octavia. Była młoda, bezlitosna. — Posyłasz biednego Vinniego do pracy w tej zapyziałej piekarni. Całe lato będzie miał chłopak zmarnowane. A tymczasem twój idealny mężuś co? Tylko na stróża potrafi się nająć, a i to dorywczo. Czemu nie znajdzie sobie stałej pracy? Dlaczego jest taki cholernie hardy? Za kogo, do jasnej ciasnej, się ma? Mój ojciec pracował. Życiem to przypłacił, na miłość boską. — Urwała, żeby pohamować cisnące się do oczu łzy.

Podjęła po chwili już spokojniej, jakby wierzyła, że naprawdę zdoła przekonać matkę do swoich racji:

— Stracił pracę na kolei, bo honorem się ujął, hrabia zakichany. Kierownik mówi mu: „Przynieś wiadro wody, tylko nie mitręż na to całego dnia", a on bierze wiadro i już nie wraca. A jak się zaśmiewał, kiedy o tym opowiadał, jaki był z siebie dumny. A ty nie pisnęłaś słowa. Najmarniejszego słówka. Ja wystawiłabym mu walizkę na korytarz, nie wpuściła do domu. A już na pewno nie dałabym sobie zrobić jeszcze jednego dzieciaka. — Powiedziała to z pogardliwą miną oznaczającą, że ona w takich okolicznościach za żadne skarby nie dopuściłaby do aktu zbliżenia i dominacji, do którego doszło tamtej nocy. Tego było już Lucii Sancie za wiele.

— Nie wypowiadaj się w sprawach, na których się nie znasz — wycedziła. — Jesteś młodą, głupią dziewczyną i ta głupota chyba ci już zostanie. Chryste Panie, daj mi cierpliwość. — Dopiła jednym haustem wino i westchnęła ciężko. — No, idę spać. Zostaw otwarte drzwi bratu. I mojemu mężowi.

— Naszego pięknego Lorenza prędko się nie spodziewaj — burknęła Octavia, przystępując do nakładania na paznokcie jaskrawoczerwonego lakieru. Matka zawróciła od drzwi sypialni i przyglądała się temu z dezaprobatą.

— A to niby czemu? Kończy pracę o dwunastej. Gdzie by się miał szwendać po nocy? Wszystkie dziewczyny wywiało już z ulicy, zostały tylko te irlandzkie wypłosze z Dziewiątej Alei — powiedziała i z ulgą dorzuciła: — Dzięki Bogu, on psuje tylko dobre, przyzwoite, włoskie dziewczyny. — Uśmiechnęła się z dumą.

— Pewnie wstąpi do Le Cinglatów — zauważyła chłodno Octavia. — Pan Le Cinglata znowu siedzi w więzieniu.

Lucia Santa w lot pojęła aluzję. Le Cinglatowie robili domowe wino i sprzedawali je na szklanki w swoim mieszkaniu. Krótko mówiąc, byli meliniarzami łamiącymi prawa prohibicji. Nie dalej jak w zeszłym tygodniu Le Cinglatowa przysłała Lucii Sancie trzy duże flaszki, zapewne w podzięce za pomoc Lorenza przy rozładowywaniu wozu z winogronami. Poza tym signora Le Cinglata była jedną z tamtych trzech dziewcząt, które przed laty brały we Włoszech ślub kościelny na odległość. Tą najwstydliwszą, najbardziej z nich zalęknioną. No, nic. Lucia Santa wzruszyła ramionami i udała się na spoczynek.

Zanim się położyła, zajrzała do living roomu i opatuliła kocem trzech śpiących tam chłopców. Potem wyjrzała przez otwarte okno na ciemną ulicę. Jej mąż nadal spacerował tam i z powrotem po Dziesiątej Alei.

— Frank — zawołała przyciszonym głosem — nie chodź tam za długo.

Nawet na nią nie spojrzał.

Nareszcie w łóżku. Powieki jej ciążyły, ale walczyła z sennością. Wydawało jej się, że zasypiając, straci w jakiejś mierze kontrolę nad mężem i synem. Denerwowało ją, nie dawało spokoju, że ona tu leży, a oni bujają gdzieś tam jeszcze po świecie.

Pomacała ręką. Niemowlę leżało bezpiecznie pod ścianą.

— Octavia, idź spać! — zawołała. — Kładź się, późno już. Nie wstaniesz jutro do pracy — dorzuciła, ale nie o to się martwiła. Po prostu nie potrafiła zasnąć, kiedy ktoś z domowników tłukł się po mieszkaniu. Chwilę później zbuntowana córka przedefilowała bez słowa przez sypialnię.

W duchocie letniej nocy pulsującej oddechami śpiących dzieci Lucia Santa oddała się rozpamiętywaniu swojego życia. Drugim zamążpójściem zraziła sobie pierworodną. Octavia miała jej za złe, że niedostatecznie okazywała żałobę. Ale jak tu wytłumaczyć młodej, niewinnej dziewczynie, że jej ojciec, mąż, z którym dzieliło się łoże, z którym miało się spędzić resztę życia, był mężczyzną, którego się zwyczajnie nie lubiło.

Był panem i władcą, ale bez żadnej dalekosiężnej wizji, bez ambicji zapewnienia rodzinie lepszego bytu. Nie przeszkadzało mu zupełnie, że mieszka w czynszówce w dzielnicy slumsów; miał stąd blisko, zaledwie kilka krótkich przecznic, do rzecznego portu, w którym pracował, i więcej do szczęścia nie było mu potrzeba. O, ileż to ona łez przez niego wylała! Owszem, pieniądze na życie zawsze dawał, ale resztę wypłaty, to, co można by było odkładać, przepuszczał z koleżkami na wino i karty. Ona nigdy nie miała dla siebie ani centa. W swoim mniemaniu, ściągając Lucię Santę, nędzarkę bez wyprawy, do nowego kraju i do swojego łóżka, postąpił bardzo wspaniałomyślnie i nic więcej nie jest jej winien. Jeden dobry uczynek i basta.

Lucia Santa wspominała to z rozżaleniem, ale w głębi duszy przyznawała, że nie do końca sprawiedliwie ocenia pierwszego męża. Córka go uwielbiała. Był przystojnym mężczyzną. Rozgryzał pięknymi białymi zębami pestki słonecznika i przekazywali je sobie z ust do ust z małą Octavią. Z matką Octavia nigdy nie chciała się w to bawić. On też kochał córkę.

Prawda była taka: był dobrym, ciężko pracującym człowiekiem, tyle że lekkoduchem. A ją drażniło jedynie to, co drażni miliony żon niezapobiegliwych mężów: że mężczyźni rządzą domowymi finansami, że to oni decydują o losie najbliższych. Coś niebywałego! Mężczyźni są nieodpowiedzialni. Gorzej — niepoważni. Zaczynała właśnie, jak z czasem wszystkie kobiety, podejmować próby zmiany tego stanu rzeczy i była na najlepszej drodze do przejęcia od męża kontroli, kiedy pewnego dnia on zginął w wypadku przy pracy.

Płakała. Och, jak płakała. Z rozpaczy i przerażenia. Z rozpaczy nie po ustach, oczach czy dłoniach nieboszczyka, lecz po osłaniającej ją przed tym obcym światem tarczy, którą uosabiał, po żywicielu swoich dzieci, po opiekunie płodu, który nosiła w łonie. Takie wdowy rwą sobie włosy z głowy, orają paznokciami policzki, lamentują wniebogłosy, miotają się w szale i obnoszą przed światem ze swoją żałobą. Ich rozpacz jest autentyczna, bo podszyta lękiem o byt. Dla nich świat naprawdę się kończy. Te, którym chodzi tylko o miłość, zawsze znajdą sobie kochanka.

Zginął groteskową śmiercią. Podczas rozładowywania statku załamał się trap. Do wody wpadło pięciu mężczyzn, a w ślad za nimi runęły tony bananów. Ludzie pogrzebani w mulistym dnie rzeki pod kiściami bananów. Żadnego z nich nigdy nie wyłowiono.

Może to grzech tak myśleć, ale bardziej przysłużył im się swoją śmiercią niż za życia. Teraz, po latach, uśmiechnęła się w ciemnościach szyderczo. Że też w młodości przychodziły jej do głowy takie myśli. Ale przecież nie dało się ukryć, że sąd przyznał po tysiąc dolarów na każde dziecko — nawet na Vincenta, który choć się jeszcze nie narodził, to objawiał się już światu. Pieniądze powędrowały na fundusz powierniczy, bo tu, w Ameryce, ktoś mądrze pomyślał; nawet rodzice nie mieli prawa do pieniędzy swoich dzieci. Ona sama dostała trzy tysiące dolarów, o czym nie wiedział nikt prócz *Zii* Louche i Octavii. A więc ta śmierć nie poszła na marne.

Lepiej nie mówić, lepiej nawet nie wspominać, co czuła przez tamte miesiące, kiedy chodziła z dzieckiem w brzuchu. Dzieckiem, którego ojciec umarł, zanim przyszło na świat, pomyślałby kto, że dzieckiem ducha. Nawet teraz na myśl o tym ogarniał ją zabobonny lęk; nawet teraz, po trzynastu latach, łzy napływały jej do oczu. Bolała nad sobą z tamtych dni i nad nienarodzonym dzieckiem; strata męża już tak jej nie wzruszała. Octavia nigdy się o tym nie dowie, zresztą i tak by nie zrozumiała.

I o zgrozo: ledwie rok po śmierci męża, ledwie sześć miesięcy po wydaniu na świat syna, którego spłodził, ona — dorosła kobieta — po raz pierwszy w życiu zapałała żarliwym uczuciem do mężczyzny, który wkrótce potem został jej drugim mężem. Zakochała się. I to nie jakąś tam duchową miłością młodych dziewcząt czy kapłanów. Ta miłość nie miała w sobie nic z sercowych rozterek, które przeżywają bohaterki romansów dla pensjonarek. Nie, to była namiętność rozpalająca ciało, wzniecająca pożar w lędźwiach, roziskrzająca gorączką oczy i rozlewająca się wypiekami po policzkach. Że też do tego stopnia mogła stracić głowę, zapomnieć się, matka dzieciom! Dzięki Bogu ma to już za sobą.

I dla kogo to wszystko? Frank Corbo, trzydziestopięcioletni kawaler, był mężczyzną szczupłym, żylastym i miał niebieskie oczy. Fakt, że w tym wieku jeszcze się nie ożenił, jego małomówność, skryta natura i duma samotnika — niedorzeczna duma cechująca tych, którzy nie potrafią się odnaleźć w społeczeństwie i są bezradni wobec kaprysów losu — wyrobiły mu opinię dziwaka. Sąsiadki szukające dla wdowy amatora, któremu nie przeszkadzałoby, że będzie musiał wykarmić cztery gęby, uznały go za człowieka niezbyt rozgarniętego, a tym samym świetnego kandydata. Pracował na kolei na poranną zmianę, a więc popołudnia miał wolne i mógł je poświęcać na zaloty. Nie wybuchnie skandal.

I tak sąsiadki, z życzliwości oraz we własnym dobrze pojętym interesie, skojarzyły ich ze sobą, uspokajając sumienia myślą, że będzie to z korzyścią dla obojga.

Zaloty były zadziwiająco młodzieńcze i niewinne. Do tej pory Frank Corbo znał tylko zimne, doświadczone ciała dziwek; do małżeńskiego łoża miał się położyć z chłopięcym zapałem, nie posmakowawszy wcześniej prawdziwej miłości. Zalecał się do matki trójki dzieci jak do młodej dziewczyny, jeszcze bardziej ośmieszając się tym w oczach świata. Odwiedzał ją popołudniami, kiedy siedziała przed kamienicą, pilnując bawiących się lub śpiących dzieci. Czasami spożywał z nimi kolację i wychodził, zanim dzieci udały się na spoczynek. W końcu zdobył się na odwagę i poprosił Lucię Santę o rękę.

Spojrzała na niego jak na chłopca, unosząc wysoko brew.

— Nie wstydzisz się oświadczać kobiecie, która wozi jeszcze w wózku dziecko poprzedniego męża? — spytała i wtedy po raz pierwszy zobaczyła w jego oczach rozbłysk tej posępnej nienawiści. Wydukał, że kocha jej dzieci tak samo jak ją; nawet jeśli nie zechce za niego wyjść, będzie dawał na nie pieniądze. Faktem było, że zarabiał na kolei nieźle i zawsze po wypłacie przynosił coś dzieciom, a to loda, a to zabawkę. Bywało, że dawał jej gotówkę na ubrania dla dzieciaków. Za pierwszym razem nie chciała jej przyjąć, ale wtedy wpadł w gniew i powiedział: „O co chodzi, nie chcesz, żebyśmy byli przyjaciółmi? Myślisz, że jestem jak inni mężczyźni? Nie dbam o pieniądze...". Zaczął drzeć na strzępy pomięte zielone banknoty. Na ten widok łzy nie wiedzieć czemu napłynęły jej do oczu. Wzięła pieniądze i od tamtego czasu już w takich sytuacjach nie protestowała, a on nigdy niczego nie żądał w zamian. To ona zaczęła się niecierpliwić.

Pewnej wiosennej niedzieli zaprosiła Franka Corbo na obiad, najważniejszy dla włoskich rodzin posiłek tygodnia. Przyszedł z galonem cierpkiego wina domowej roboty i pudełkiem kremówek, *gnole* i *soffiati*. Był w odświętnej koszuli, pod krawatem, w marynarce zapinanej na mnóstwo guzików. Usiadł przy stole między dziećmi; skrępowany, zażenowany, bardziej niż one speszony.

Na obiad było spaghetti z sosem pomidorowym według najlepszej receptury Lucii Santy oraz okrąglutkie klopsiki posypane czosnkiem i świeżą pietruszką. Do tego ciemnozielona sałata skropiona oliwą z oliwek i czerwonym octem winnym, a na deser, do wina, orzechy. Objedli się niemożebnie. Po posiłku dzieci pobiegły bawić się na ulicę. Lucia Santa powinna je była zatrzymać w domu, żeby nie wzięto jej na języki, ale tego nie zrobiła.

I tak w to złote popołudnie w słonecznym blasku zalewającym długie jak pociąg mieszkanie, ukrywając grzech przed oczkami biednego kilkumiesięcznego Vincenza umiejętnie ułożoną poduszką, przypieczętowali na kanapie w bawialni swój los i tylko dolatujące przez otwarte okno głosy dzieci bawiących się na ulicy rozpraszały troszeczkę ich matkę.

Ach, ten zachwycający, nieporównywalny z niczym smak miłości! Po tak długiej abstynencji samczy zapach był afrodyzjakiem, dzwonem wieszczącym rychłą rozkosz; jeszcze teraz, choć tyle lat już minęło, miała to żywo w pamięci. W tamtym akcie miłości wspięła się na wyżyny mistrzostwa.

39

Kiedy było już po wszystkim i w zapadającym szybko zmierzchu ten szorstki, silny mężczyzna szlochał na jej piersi, domyśliła się, że po raz pierwszy w swoim trzydziestopięcioletnim życiu zaznał prawdziwej, płynącej z głębi serca pieszczoty. To było ponad jego siły. Zmienił się. Miłość przyszła do niego za późno i wstydził się swojej słabości. Ale Lucia Santa, mając w pamięci tamto popołudnie, wybaczała mu wiele, co jeszcze nie znaczy, że wszystko. Niemniej dbała o niego bardziej niż o pierwszego męża.

Pożycie układało im się w miarę dobrze, dopóki na świat nie przyszedł jego pierworodny. Naturalna miłość do Gina jak nowotwór zżerała jego miłość do żony i pasierbów. Coś w niego wstąpiło.

W pierwszym roku małżeństwa, zakochany jeszcze i ufny, opowiedział jej o dzieciństwie we Włoszech. Był synem biednego chłopa, często przymierał głodem i marzł, ale najbardziej wryło mu się w pamięć, że rodzice kazali mu nosić stare buty, które były dla niego za małe. Stopy strasznie mu się od nich zdeformowały; wyglądały tak, jakby kości w nich popękały, a potem zrosły się w groteskowe grudy. Pokazał jej te stopy, tak jakby chciał powiedzieć: „Niczego przed tobą nie ukrywam; nie musisz wychodzić za mężczyznę z takimi kulasami". Roześmiała się wtedy. Ale nie było jej już do śmiechu, kiedy wyznał, że kupuje sobie zawsze buty za dwadzieścia dolarów, z miękko wyprawionej brązowej skórki. W jej odczuciu zakrawało to na obsesję.

Jego rodzice pili. Oboje, co we Włoszech należało do rzadkości. Bez niego gospodarstwo całkiem by podupadło i nie mieliby co do gęby włożyć. Kiedy zakochał się w dziewczynie z wioski, zabronili mu się żenić. Uciekł wtedy z domu i przez tydzień błąkał się po lesie. Kiedy go znaleziono, był skrajnie wyczerpany i niewiele różnił się od zwierzęcia. Umieszczono go w zakładzie dla umysłowo chorych. Po paru miesiącach został stamtąd wypisany, ale nie chciał wracać do domu. Wyemigrował do Ameryki i w najgęściej zaludnionym mieście świata wiódł od tamtego czasu żywot samotnika.

Dbał o siebie; nigdy więcej nie zachorował. Stronił od ludzi i ciężko pracował. Coś mu podpowiadało, że dopóki nie będzie się wiązał emocjonalnie z innymi, dopóty nic mu nie grozi. Zamknął się jak ślimak w skorupie. Ale ta miłość, przywracając go życiu, sprowadziła nań jednocześnie nieokreślone poczucie zagrożenia i może właśnie dlatego w tamto niedzielne popołudnie okazał taką słabość.

Teraz, po dwunastu latach małżeństwa, mąż był wobec niej tak samo skryty, jak wobec obcych.

Ktoś wszedł do mieszkania. Ktoś kręcił się po kuchni. Potem wyszedł znowu i usłyszała kroki na schodach. Z jakichś tajemniczych, sobie tylko wiadomych powodów jej mąż wracał na ulicę.

Noc. Noc. Mąż powinien leżeć przy niej w łóżku, najstarszy syn być w domu. Wszyscy powinni już spać w tym bezpiecznym czynszowym zamku cztery piętra nad ulicą, odgrodzeni od świata cegłą, betonem i stalą. Powinni spać bezpieczni w ciemnościach, nienarażeni na pułapki zastawiane przez życie, by ona mogła wreszcie się odprężyć i też odpłynąć w sen.

Westchnęła. Nie ma rady. Jutro będzie musiała nawrzeszczeć na Franka, żeby wziął w końcu tę posadę dozorcy. Będzie musiała wygarnąć tej Le Cinglatowej, co o niej myśli, naszykować ubrania dzieciom, nastawić wodę na pranie. Wsłuchała się w oddechy śpiących dzieci — Leny w łóżeczku obok, trzech chłopców w pokoju za łukowym przejściem. Octavii w sypialni, do której drzwi córka zostawiła z powodu duchoty otwarte. Zgrała swój oddech z rytmem ich posapywań i zasnęła.

Octavia leżała na wznak na jednoosobowym tapczanie. Zamiast nocnej koszuli miała na sobie nylonową halkę. Pokój był tak mały, że poza wąskim tapczanikiem mieściły się w nim

41

tylko maleńki stolik i krzesełko, ale miał przynajmniej drzwi, które mogła zamykać.

Było za gorąco, a ona za młoda, żeby zasnąć. Śniła na jawie. Śniła o swoim prawdziwym ojcu.

Och, jak ona go kochała i jaka była na niego zła, kiedy zginął w taki głupi sposób i zostawił ją samą na świecie. Codziennie pod wieczór witała go przed wejściem do kamienicy całusem w umorusany policzek, kłując sobie przy tym wargi szorstką szczeciną całodniowego zarostu. Odbierała od niego pusty pojemnik na drugie śniadanie i wnosiła go za nim po schodach, a jaka była szczęśliwa, kiedy czasami otoczył ją stalowym ramieniem robotnika portowego i przyciągnął do siebie.

A potem, już w mieszkaniu, kiedy zasiadł do kolacji, stawiała przed nim talerz, jego małą, wypolerowaną i błyszczącą jak brylant szklaneczkę na wino, kładła starannie wybrany widelec z niepogiętymi zębami, najostrzejszy nóż. Krzątała się tak, dopóki nie odpędziła jej od stołu zniecierpliwiona Lucia Santa, niosąca posiłek. A ze swojego wysokiego krzesełka przyglądał się temu wszystkiemu ciekawie mały Larry.

Nawet teraz, po tylu latach, czekając na sen, krzyczała w myślach: Dlaczego bardziej o siebie nie dbałeś?! Wyrzucała ojcu tę bezsensowną śmierć, powtarzając bezwiednie za matką, która często utyskiwała: „Nie dbał o rodzinę. Nie dbał o pieniądze. Nie dbał o siebie. O nic nie dbał".

Śmierć ojca ściągnęła tego chudego niebieskookiego obcego o szczurzej, drewnianej twarzy. Drugiego męża matki, ojczyma. Nie lubiła go już jako dziecko i nawet prezenty przyjmowała od niego niechętnie. Trzymając za rączkę Larry'ego, chowała się za plecami matki, dopóki jej tam nie znalazł. Kiedy pewnego razu zdobył się na odruch czułości i wyciągnął rękę, żeby pogłaskać ją po głowie, skuliła się i odskoczyła jak wystraszone zwierzątko. Larry był ulubieńcem ojczyma, dopóki na świat nie przyszły jego własne dzieci. Vincenta ten zawszony sukinsyn — znienawidzony, och, jak znienawidzony — z jakiegoś powodu nigdy nie lubił.

Mimo wszystko nie miała pretensji do matki, że wyszła za mąż, nie znienawidziła jej za to, że tyle przez nią przeszła. Wiedziała, dlaczego matka poślubiła tego drania. Wiedziała.

Był to jeden z najgorszych okresów w życiu Lucii Santy, a większości rozterek, jakie przeżywała po śmierci męża, przysparzali jej znajomi, krewni i sąsiedzi.

Wszyscy bez wyjątku namawiali Lucię Santę, żeby oddała oseska Vincenta pod opiekę zamożnej kuzynce z New Jersey, Filomenie. Na jakiś czas, dopóki się nie otrząśnie. „Ależ by się ta bezdzietna para ucieszyła. Poza tym Filomenie można zaufać, to twoja najbliższa kuzynka z Włoch. Maleństwo będzie miało u niej jak u Pana Boga za piecem. A bogaty mąż Filomeny na pewno zgodzi się zostać ojcem chrzestnym chłopczyka i zapewni mu świetlaną przyszłość". Ach, jakież zatroskanie przebijało z ich głosów, jakie współczucie. „A co do ciebie, Lucio Santo, to wszyscy bardzo się martwimy. Jak ty zmizerniałaś! Nie doszłaś jeszcze do siebie po porodzie. Nadal rozpaczasz po ukochanym mężu i handryczysz się z administracją o prawo do zatrzymania mieszkania. Musisz wypocząć. Zadbać o siebie dla dobra dzieci. Pomyśl tylko, co by było, gdybyś umarła". O, nie cofnęli się przed niczym, byle ją tylko nastraszyć. „Twoje dzieci musiałyby żebrać na ulicy albo poszły do przytułku. Do Włoch, do dziadków, nie mogą już wrócić. Nie wolno ci umrzeć, bo jesteś ich jedyną ostoją". I tak dalej, i tak dalej. A dziecko po kilku miesiącach, gdzie tam, po miesiącu, może nawet po paru tygodniach i tak do niej wróci. Dlaczego miałoby nie wrócić? A Filomena będzie przyjeżdżała po nią w każdą niedzielę. Jej mąż ma przecież forda. Będą ją zabierali do swojego pięknego domu w Jersey, do małego Vincenza. Będą ją traktowali jak honorowego gościa. Przy okazji reszta jej dzieci odetchnie choć raz w tygodniu świeżym wiejskim powietrzem. Ble, ble, ble.

Czyż mogła odmówić im racji, nie przyznać, że tak będzie

lepiej dla niej i dla dzieci? Nawet krostowata *Zia* Louche kiwała aprobująco głową.

Tylko mała Octavia rozpłakała się i powtarzała w kółko z dziecinną rozpaczą: „Oni już go nam nie oddadzą". Wszyscy się z niej śmiali. Matka, wstydząc się własnych obiekcji, też się uśmiechała i głaskała córkę po krótko obciętych, czarnych kędziorkach.

— To tylko do czasu, kiedy lepiej się poczuję — tłumaczyła dziewczynce. — Wtedy Vincenzo do nas wróci.

Później w głowie jej się nie mieściło, jak mogła dać się tak otumanić i oddać własne dziecko. Fakt, wstrząs wywołany śmiercią męża i nieudolnością akuszerki odbierającej Vincenza zamuliły jej trochę umysł. Uznała jednak, że to nie może jej usprawiedliwić. W swoim odczuciu dopuściła się czynu haniebnego, którego wstydziła się do tego stopnia, że jego wspomnienie dodawało jej potem hartu ducha, ilekroć stanęła przed trudną decyzją.

I tak zabrano małego Vincenta. Daleka ciotka Filomena przyjechała po niego pewnego dnia w południe, kiedy Octavia była w szkole.

Octavia, zastawszy po powrocie pustą kołyskę, dostała takiego napadu histerii, takich spazmów, że Lucia Santa, chcąc nie chcąc, wymierzyła jej siarczysty policzek najpierw z prawej, potem z lewej ręki, wkładając w to tyle siły, że dziewczynce zadzwoniło w uszach.

— Teraz masz powód do płaczu — orzekła.

A więc matka rada pozbyła się niemowlęcia. Octavia znienawidziła ją za to. Matka okazała się wredna jak macocha.

Potem przyszedł ten wspaniały dzień, którego dramatyczne wydarzenia przywróciły jej miłość i zaufanie do matki. Tak naprawdę, to jako mała dziewczynka była świadkiem tylko części owych wydarzeń, ale teraz, po latach, mogłaby przysiąc, że widziała na własne oczy wszystko, od początku do końca — tyle się o tym nasłuchała. Bo i było o czym opowiadać; historia nabrała z czasem rangi rodzinnej legendy, stała się dyżurnym

44

tematem wieczornych sąsiedzkich pogaduszek, rozmów przy bożonarodzeniowym stole nad orzeszkami i winem.

A zaczęło się już po tygodniu. Filomena nie pojawiła się tej pierwszej niedzieli, żadne auto nie przyjechało po Lucię Santę, żeby ją zawieźć do synka. Był tylko telefon do pobliskiego sklepiku ze słodyczami. Filomena przyjedzie w przyszłym tygodniu, a na razie, żeby pokazać, jakie ma dobre serce i jak żałuje, przesyła pocztą przekaz na pięć dolarów — taki mały gest na przeprosiny.

Lucia Santa przez całą tę niedzielę chodziła jak struta. Radziła się sąsiadek z niższych pięter. Pocieszały ją, tłumaczyły, że nie można od razu wyobrażać sobie nie wiadomo czego. Ale w miarę upływu dnia ogarniał ją coraz większy niepokój.

W poniedziałek z samego rana powiedziała do Octavii:

— Biegnij na Trzydziestą Pierwszą Ulicę i sprowadź tu *Zię* Louche.

— Spóźnię się do szkoły — zaprotestowała Octavia.

— Nie idziesz dzisiaj do swojej ukochanej szkoły — wycedziła Lucia Santa przez zaciśnięte zęby z taką groźbą w głosie, że dziewczynka, nic już nie mówiąc, wybiegła z mieszkania.

Przyszła *Zia* Louche w chustce na głowie i w niebieskim, robionym na drutach blezerze do kolan. Lucia Santa poczęstowała ją kawą, a potem powiedziała:

— *Zio* Louche, jadę zobaczyć, co z małym. Posiedź z dziewczynką i Lorenzem. Zrób mi tę przysługę. — Zawiesiła głos. — Wczoraj Filomena się nie pokazała. Myślisz, że powinnam tam pojechać?

Lucia Santa utrzymywała potem, że gdyby *Zia* Louche odradziła jej wtedy tę wyprawę, posłuchałaby, i że zawsze będzie miała wobec niej dług wdzięczności za szczerość. Stara *Zia* Louche, kiwając głową niczym skruszona wiedźma, powiedziała:

— Źle ci doradziłam, signora. Nie podoba mi się, co ludzie gadają.

Lucia Santa błagała ją, żeby uchyliła rąbka tajemnicy, ale

45

*Zia* Louche nabrała wody w usta. To wszystko plotki, nie nadają się do powtarzania zaniepokojonej matce, poza jedną uwagą na temat tego przekazu na pięć dolarów. Takie wspaniałomyślne gesty słusznie wzbudzają u biednych podejrzliwość. Najlepiej będzie pojechać; dla spokoju sumienia.

I tak tego pogodnego zimowego dnia Lucia Santa pomaszerowała na przystań promową Weehawken Ferry przy Czterdziestej Drugiej Ulicy, żeby przeprawić się stamtąd na drugi brzeg rzeki Hudson. Po raz pierwszy od przybycia z Włoch znowu znalazła się na wodzie. W Jersey wsiadła do tramwaju i pokazała karteczkę z adresem. Długo błąkała się potem po ulicach, aż w końcu jakaś dobra kobieta wzięła ją za rękę i zaprowadziła pod dom Filomeny.

Ach, czyż to możliwe, żeby w takim pięknym domu mieszkał zły człowiek? Dom miał wielospadowy dach, jakiego nie widziała nigdy we Włoszech, wyglądał bardziej na domek dla lalek niż na siedzibę dorosłych ludzi. Był bielutki i schludny, miał niebieskie okiennice i oszklony ganek. Lucię Santę opadły wątpliwości. Jak mogła podejrzewać takich zamożnych ludzi o nieczyste zamiary wobec takiej biednej jak ona kobiety? Złamanie tej obietnicy niedzielnych odwiedzin można było tłumaczyć na wiele sposobów. Zapukała jednak w boczną ściankę ganku. Potem pchnęła siatkowe drzwi, weszła na ganek i zapukała do drzwi domu. Zapukała drugi raz i trzeci.

Ta cisza była niesamowita; myślałby kto, że nikt tu nie mieszka. Pod Lucią Santą ze strachu ugięły się kolana. Nagle gdzieś w głębi domu zapłakało dziecko, jej dziecko. Naszło ją żenujące, straszne i irracjonalne zarazem podejrzenie. Spokojnie. Płacz dziecka przeszedł w rozpaczliwe wrzaski. Nie bacząc już na nic, pchnęła drzwi, wpadła do sieni i wbiegła po schodach na górę. Kierując się na te krzyki, trafiła do sypialni.

Ależ ładny był ten pokój; ładniejszego Vincenzo już nie będzie miał. Ściany pomalowane na niebiesko, niebieskie firanki, niebieskie łóżeczko, biały pluszowy konik na niebieskim biureczku. I w tym pięknym pokoju leżał jej synek cały zasiusiany. Nikt nie nadbiegał, by go przewinąć, ukołysać. Lucia Santa wzięła go na ręce. Kiedy poczuła w ramionach to małe, ciepłe ciałko unurzane we własnej urynie, gdy zobaczyła tę pomarszczoną buzię i czarne jak smoła włoski, ogarnęła ją dzika, euforyczna ekstaza i wiedziała już, że prędzej umrze, niż da sobie odebrać to maleństwo. Z tępym gniewem zwierzęcia potoczyła wzrokiem po pięknym pokoju, dopiero teraz zauważając, że nic tu nie nosi znamion tymczasowości. Wysunęła szufladę biureczka i znalazła w niej dziecięce ubranka na zmianę. Kiedy przebierała małego, do pokoju wpadła zdyszana Filomena.

Rozegrał się dramat. Lucia Santa zarzuciła jej bezduszność. Zostawić tak niemowlę bez opieki! Filomena zaczęła się tłumaczyć. Wyszła tylko na chwileczkę, pomóc mężowi w otwarciu sklepu. Nie było jej góra piętnaście minut — gdzie tam, dziesięć. Co za niefortunny zbieg okoliczności. Ale czyż Lucii Sancie nie zdarzyło się nigdy zostawić synka bez opieki? Biedni nie mogą poświęcać swoim dzieciom tyle uwagi, ile by należało (Lucią Santą aż zatrzęsło, kiedy usłyszała, że Filomena zalicza siebie do biednych); chcąc nie chcąc, muszą czasami zostawić malucha samego i bywa, że ten się rozpłacze.

Lucia Santa pozostawała głucha na argumenty, a przy tym, zaślepiona rozdzierającą, bezsilną furią, nie potrafiła wyrazić tego, co czuje. Co innego, kiedy pozostawionemu bez opieki i płaczącemu niemowlęciu śpieszy natychmiast na ratunek rodzona matka, wszak to krew z krwi, kość z kości, a zupełnie co innego, kiedy na jego rozpaczliwe wołanie zjawia się po jakimś czasie obca twarz.

— Nie — powiedziała — gołym okiem widać, że wyszłaś sobie beztrosko, bo ono nie jest twoje. Wracaj pomagać w sklepie. Zabieram moje dziecko do domu.

Filomenie puściły nerwy.

— A co z naszą umową?! — wrzasnęła. — Na kogo ja wyjdę przed znajomymi, kiedy się rozniesie, że odebrałaś mi swoje dziecko, bo straciłaś do mnie zaufanie? I co ja zrobię z tym wszystkim, co nakupowałam? Pieniądze wyrzucone w błoto! — A potem, mrużąc chytrze oczy, dorzuciła: — Obie przecież wiemy, że chodzi o coś więcej, niż zostało głośno powiedziane.

— Naprawdę? A niby o co? — zapytała Lucia Santa. Wtedy wyszło szydło z worka.

Dla dobra Lucii uknuto za jej plecami okrutny spisek. Sąsiadki zapewniały Filomenę, że z czasem samotna wdowa, nie będąc w stanie wykarmić nawet swoich podrośniętych już dzieci, zrzeknie się wszelkich praw do najmłodszego synka i Filomena będzie go mogła adoptować. Ogródkami, pół-słówkami dawały do zrozumienia, że Lucia Santa po cichu liczy na takie szczęśliwe wybrnięcie z kłopotu. Naturalnie nic nie zostało powiedziane wprost. Sprawa była przecież delikatnej natury. Lucia Santa skwitowała to wybuchem dzikiego śmiechu.

Filomena spróbowała z innej beczki. Niech kuzynka popatrzy na te nowiutkie ubranka, na ten piękny pokoik. Vincenzo będzie jedynakiem. Będzie miał wszystko, szczęśliwe dzieciń-stwo, potem uniwersytet, zostanie prawnikiem, lekarzem, może nawet profesorem. Tego Lucia Santa, choćby ze skóry wy-chodziła, nie może mu zapewnić. Niech tylko spojrzy na siebie. Jest biedna jak mysz kościelna. Do końca życia będzie wegeto-wała o suchym chlebie.

Lucia Santa słuchała tego ogłuszona, zmartwiała. Kiedy Filomena powiedziała: „Ty też na tym skorzystasz, będę ci co tydzień przysyłała pocztą pieniądze", odrzuciła głowę jak żmija i splunęła jej w twarz. Potem, z dzieckiem w ra-mionach, wybiegła z domu ścigana przez miotającą prze-kleństwa Filomenę.

I tak oficjalnie kończyła się ta historia, opowiadana teraz ze śmiechem. Octavia nigdy nie zapomni jej prawdziwego, prze-milczanego finału: powrotu matki z małym Vincentem w ra-mionach.

Lucia Santa weszła do domu przemarznięta do szpiku kości, tuląc do siebie śpiące, owinięte w płaszcz niemowlę. Jej ziemiste zazwyczaj policzki pałały bordowym, niemal czarnym rumieńcem gniewu, wściekłości i rozpaczy. Dygotała na całym ciele.

— Chodź — powiedziała *Zia* Louche. — Zaparzyłam ci kawy. Siadaj. Octavia, filiżanki.

Mały Vincent zaczął płakać. Lucia Santa próbowała go ukołysać, ale on darł się coraz to głośniej i głośniej. W końcu, doprowadzona do rozpaczy, zamachnęła się synkiem, tak jakby chciała cisnąć nim o ścianę, a potem wrzasnęła do *Zii* Louche:

— Zabierz go ode mnie.

Matrona wzięła małego na ręce i zagruchała do niego starczym skrzekliwym głosem.

Lucia Santa usiadła przy kuchennym stole i ukryła twarz w dłoniach. Kiedy Octavia wróciła z filiżankami, matka nadal tak siedziała.

— I pomyśleć tylko — odezwała się zdławionym głosem — że mała dziewczynka czuje pismo nosem, a my się śmiejemy. — Przygarnęła córkę do siebie, jej pełne jeszcze nienawiści palce wpiły się boleśnie we wrażliwe ciało. — To nauczka na przyszłość. Dzieci trzeba słuchać. My, starzy, jesteśmy jak te zwierzęta. Jak zwierzęta.

— O — mruknęła *Zia* Louche — jest kawa. Gorąca kawka. Napij się, ochłoń.

Dziecko wciąż wrzeszczało.

Lucia Santa siedziała bez ruchu, przyciskając palcami oczy, żeby powstrzymać łzy.

*Zia* Louche wolała o nic nie pytać, udawała, że jest bez reszty zajęta dzieckiem.

— A płacz, płacz — burczała. — Ach, jak to przyjemnie sobie ulżyć. Od razu lepiej, co? Masz prawo. O, jak dobrze. No, głośniej, głośniej.

Mały zaczął się uspokajać i po chwili uśmiechał się już do

49

tej bezzębnej, pomarszczonej twarzy patrzącej na niego z drugiej strony czasu.

— Co, już skończyłeś? — zawołała matrona z udawanym rozczarowaniem. — No, dalej. Popłacz jeszcze. — Potrząsnęła nim delikatnie, ale Vincent roześmiał się, odsłaniając dziąsełka, tak jakby chciał pokazać, że on też nie ma zębów.

— *Miserabile, miserabile.* — Stara westchnęła ze smutkiem, przeciągając sylaby. — Ojciec cię odumarł, zanim przyszedłeś na świat.

Słysząc to, Lucia Santa straciła nad sobą panowanie. Wbiła sobie paznokcie w ciało i rozorała nimi policzki. Krew z dwóch długich bruzd zmieszała się ze strumieniami łez.

— No, Lucia, napij się kawki — zaćwierkała stara.

Nie było odpowiedzi. Po długiej chwili Lucia Santa uniosła zakrwawioną twarz. Wskazała obleczonym w czarny rękaw ramieniem na brudny sufit i ze śmiertelną powagą, głosem, który ociekał jadem i nienawiścią, powiedziała:

— Przeklinam Boga.

Ten przejaw satanistycznej godności wywarł na Octavii nieziemskie wrażenie; była z matki dumna, kochała ją. Ale nawet teraz, po tylu latach, z zażenowaniem wspominała to, co nastąpiło później. Lucii Sancie puściły wszelkie hamulce. Zaczęła kląć na czym świat stoi.

— Ciii... ciii... — zasyczała *Zia* Louche — tutaj jest mała dziewczynka.

Lucia Santa jej nie słuchała. Wypadła na klatkę schodową i miotając się po niej w szale, dobijała się do drzwi i wyzywała od najgorszych życzliwe sąsiadki, które zaryglowały się przezornie w swoich mieszkaniach.

— Żmije! — darła się po włosku. — Ladacznice! Morderczynie niewiniątek!

Biegała po schodach w górę i w dół, wykrzykując plugawe przekleństwa, które w innych okolicznościach nie przeszłyby jej przez gardło, życząc niewidocznym słuchaczkom, żeby żarły z głodu bebechy własnych rodziców, przypisując im najohydniejsze formy zezwierzęcenia. Wpadła w amok. *Zia* Louche oddała małego Vincenta Octavii i wyszła na schody. Bez słowa chwyciła Lucię Santę za długie czarne włosy i zaciągnęła z powrotem do mieszkania. Lucia, choć młodsza i dużo silniejsza, nie stawiała oporu. Jej wrzaski przeszły w skowyt bólu, dowleczona do kuchennego stołu osunęła się na krzesło.

Jeszcze chwila i upiła łyk kawy; jeszcze chwila, a uspokoiła się i ogarnęła. Miała przecież cały dom na głowie. Przytuliła do siebie Octavię, mrucząc:

— Skąd ty wiedziałaś? Jak to możliwe, żeby dziecko przejrzało taki spisek?

Kiedy jakiś czas potem Octavia odradzała matce powtórne małżeństwo, mówiąc: „Pamiętaj, że miałam rację, ostrzegając, że Filomena chce nam ukraść Vinniego", Lucia roześmiała się tylko. Potem spoważniała i powiedziała:

— Nie bój się. Jestem waszą matką. Nie dam skrzywdzić swoich dzieci. Póki żyję.

Matka wie, co robi; pod jej skrzydłami rodzina jest bezpieczna. Uspokojona tą myślą, w ostatnich przebłyskach świadomości mając jeszcze przed oczyma matkę wracającą od Filomeny z małym Vincentem w ramionach, matkę szalejącą, triumfującą, a przy tym wyraźnie zawstydzoną i wyrzucającą sobie, że mogła tak oddać synka, Octavia zasnęła.


Siedemnastoletni Larry Angeluzzi (tylko matka wołała na niego Lorenzo) uważał się za w pełni dorosłego mężczyznę. I nie bez racji. Był szeroki w barach, średniego wzrostu i miał wspaniałe muskularne przedramiona.

W wieku lat trzynastu rzucił szkołę, by podjąć pracę woźnicy w zakładach pralniczych West Side Wet Wash.

Do jego obowiązków, prócz rozwożenia prania, należało inkasowanie należności, oporządzanie konia oraz życzliwe podejście do klientów. Taszczył po schodach ciężkie wory z praniem, nawet się nie zasapawszy, choćby na czwarte piętro. Wszyscy dawali mu najmniej szesnaście lat. A mężatki, których mężowie wyszli już do pracy, wprost nie mogły się go nachwalić.

Stracił dziewictwo w trakcie jednej z dostaw, nonszalancko, z życzliwości, na luzie, z właściwym sobie wdziękiem, nie przywiązując do tego szczególnej wagi; ot, jeszcze jedna czynność wynikająca ze stosunku pracy, jak smarowanie osi wozu, na wpół obowiązek służbowy, na wpół przyjemność, bo kobieta nie była młoda.

Funkcja konnego przodownika prowadzącego pociąg ulicami miasta przemawiała do jego wyobraźni; a do tego praca była dobrze płatna, nieskomplikowana i otwierała perspektywy awansu na hamulcowego albo zwrotniczego — wymarzone posady na całe życie. Larry był ambitny; chciał zostać szefem.

Był urodzonym uwodzicielem — zęby połyskujące perłową bielą, kiedy się uśmiechał, wyraziste, regularne rysy twarzy, włosy kruczoczarne, czarne brwi, rzęsy długie i gęste. Do ludzi odnosił się przyjaźnie i zakładał zawsze, że oni też patrzą nań przychylnym okiem.

Był dobrym synem, zawsze oddawał matce wypłatę. Fakt, ostatnio zatrzymywał z niej sobie pewną część w charakterze kieszonkowego, ale przecież młody, siedemnastoletni mężczyzna nie może chodzić bez centa przy duszy, to Ameryka, nie Włochy.

Nie był próżny, ale kiedy jechał stępa Dziesiątą Aleją na czarnym koniu i machając czerwoną latarnią, ostrzegał świat przed niebezpieczeństwem w postaci toczącego się za nim powoli pociągu towarowego, czuł się kimś niezmiernie ważnym. A kiedy przejeżdżał pod stalowo-drewnianą kładką dla pieszych na wysokości Trzydziestej Ulicy, za którą zaczynało się jego osiedle, duma tak go już rozpierała, że dawał zawsze upust temu uczuciu, spinając konia ku uciesze dzieciarni czekającej tam na niego i na lokomotywę, która plunie zaraz białym kłębem pary. Czasami zatrzymywał konia przy krawężniku i młodzież, głównie dziewczęta, otaczała go kręgiem, napraszając się o przewiezienie. Był wśród nich zawsze jego młodszy brat Gino; wysuwał się na pół kroku przed innych, zadzierał głowę i wlepiał oczy w siedzącego na koniu brata jak koneser podziwiający dzieło sztuki. Stał tak i patrzył, oniemiały z zachwytu.

Ten ciężko pracujący Larry, dźwigający na barkach spore jak na takiego młodego mężczyznę brzemię odpowiedzialności, miał jedną wadę. Nie przepuścił żadnej młodej dziewczynie. Inna sprawa, że garnęły się do niego jak pszczoły do miodu. Rozsierdzone matki przychodziły z córkami do Lucii Santy i urządzały karczemne awantury. A to że za późno odprowadził dziewczynę do domu, a to że obiecał jej małżeństwo. La, la, la. Cieszył się sławą dzielnicowego Romea, co nie przeszkadzało, że poważały go również wszystkie starsze kobiety z Alei. Szanował tradycję, zupełnie jakby wychował się we Włoszech. Wrodzona uczynność i dobre serce sprawiały, że zawsze był gotów służyć wszystkim pomocą w pokonywaniu rozmaitych drobnych życiowych raf, w jakie obfituje codzienność ludzi biednych; a to pożyczył ciężarówkę, żeby ułatwić komuś przeprowadzkę do innej kamienicy, to znów wpadł z krótką wizytą do starej ciotki kurującej się w szpitalu Bellevue. A co najważniejsze, ze szczerym zaangażowaniem brał udział we wszystkich ważniejszych wydarzeniach życia społecznego — w ślubach, pogrzebach, chrzcinach, czuwaniach przy zmarłym, komuniach i bierzmowaniach; w tych wszystkich uświęconych tradycją obyczajach plemiennych, które tak wykpiwali młodzi Amerykanie. Stare kobiety z Dziesiątej Alei dawały mu najwyższą notę; mówiły o nim, że wie, jak się zachować i co jest naprawdę najważniejsze. Doszło nawet do tego, że złożono mu bardzo zaszczytną propozycję. Tak zaszczytną, że żaden Włoch nie pamiętał, by kiedykolwiek wcześniej spotkało to tak młodego mężczyznę. Otóż Guargiosowie, dalecy kuzyni, poprosili go, by został ojcem chrzestnym ich syna. Lucia Santa stanowczo się temu sprzeciwiła. Był za młody, by wziąć na siebie taką odpowiedzialność; taki zaszczyt przewróciłby mu jeszcze w głowie.

— Spalić miasto!!!

Larry, wracający kłusem do stajni przy Trzydziestej Piątej Ulicy, rozpoznał głos Gina, obejrzał się i zobaczył chłopca odstawiającego taniec zwycięstwa. Ludzie rozchodzili się do domów, Aleja pustoszała. Puścił konia w galop. Wiatr świstał mu w uszach, kopyta wybijały żwawy werbel po kocich łbach. Stajenny spał, Larry sam oporządził więc konia i był już wolny.

Skierował się prosto do Le Cinglatów mieszkających przecznicę dalej, przy Trzydziestej Szóstej Ulicy. Signora Le Cinglata sprzedawała w kuchni anyżówkę i wino na szklanki. Klientów nie siedziało tam nigdy więcej niż pięciu, góra sześciu naraz; byli to bez wyjątku włoscy robotnicy — kawalerowie albo słomiani wdowcy, którzy nie śpieszyli się ze ściągnięciem z Włoch swoich połowic.

Pan Le Cinglata kończył właśnie odsiadywanie kolejnego z trzydziestodniowych wyroków wliczonych w ryzyko zajęcia, którym się parał. „Ach, ta policja — mawiała przy takich okazjach signora Le Cinglata — znowu ukrzyżowali mojego starego". Była bardzo religijna.

Kiedy Larry wszedł do mieszkania, przebywało tam tylko trzech mężczyzn. Jeden z nich, smagły Sycylijczyk, ośmielony widać faktem, że gospodarz siedzi, naprzykrzał się signorze, podszczypując ją, kiedy przechodziła, i śpiewając sprośne włoskie piosenki. Robił to tylko dla psoty, z dziecinnie pojmowanej krotochwilności prymitywnego człowieka. Larry przysiadł się do niego. Lubił pogadać po włosku ze starszymi mężczyznami. Odwzajemnił powitalny uśmiech signory i jego pewność siebie nie spodobała się Sycylijczykowi.

Uniósł gęste krzaczaste brwi w parodii zdziwienia i zawołał po włosku:

— A to co, signora Le Cinglata, dzieci tu obsługujecie? Czy ja muszę pić swoją szklaneczkę wina z takimi, co jeszcze mleko mają pod nosem? — Kiedy signora postawiła przed Larrym wodę sodową z wiśniowym sokiem, Sycylijczyk rozejrzał się po kuchni z szelmowskim błyskiem w oku. — Och, przepraszam — powiedział kpiąco. — To pani synek? Krewniak? Zajmuje się panią, kiedy mężulka nie ma w domu? Bardzo przepraszam. — Ryknął śmiechem.

Signora, kobieta pulchna, ładna, co to z niejednego pieca już chleb jadła, nawet się nie uśmiechnęła.

— Dosyć — warknęła. — Albo się zamkniesz, albo idź pić gdzie indziej. I módl się, żebym nie powiedziała mężowi, coś tu wyprawiał.

Sycylijczyk spoważniał.

— Sama się lepiej módl, żeby ktoś nie powiedział twojemu mężowi, coś ty tu wyprawiała. Może byś dla odmiany spróbowała z mężczyzną, nie z dzieciakiem? — spytał i przyłożył obie dłonie do piersi jak śpiewak w operze.

Signora Le Cinglata straciła cierpliwość.

— Lorenzo, zrzuć go ze schodów — zakomenderowała.

Wszyscy obecni wiedzieli, że to polecenie na wyrost i znaczy tylko, że mężczyznę należy wyprosić za drzwi. Larry, uśmiechając się przyjaźnie, zaczął coś mówić pojednawczym tonem, ale Sycylijczyk ujął się honorem. Zerwał się od stołu, wsparł rękami o blat i nachylając ku niemu, ryknął po angielsku:

— Ty wypierdku amerykański! Taki zasmarkaniec będzie mnie zrzucał ze schodów? Już ja ci pokażę, gdzie raki zimują!

Nalana, brodata twarz mężczyzny pałała ojcowskim gniewem. Larry'emu ciarki przeszły po grzbiecie, dziecinny strach zajrzał mu w oczy. Niewiele myśląc, odruchowo uderzył Sycylijczyka prawym prostym w tę wielką, smagłą gębę. Sycylijczyk upadł. Larry'emu strach przeszedł jak ręką odjął; zrobiło mu się głupio i już żałował, że tak upokorzył mężczyznę.

Bo ten wcale nie rwał się do rękoczynów. Chciał mu tylko wygarnąć do słuchu. Wymrukując słowa przeprosin, Larry pomógł Sycylijczykowi pozbierać się z kuchennej podłogi, posadził go na krześle i podsunął szklaneczkę anyżówki. Mężczyzna wytrącił mu szklankę z dłoni i wyszedł z mieszkania.

Czas mijał. Jedni klienci wchodzili, inni wychodzili. Paru grało w briska starą, wyszmelcowaną talią kart będącą na wyposażeniu lokalu.

Larry zaszył się w kącie i rozpamiętywał z przygnębieniem swoją przygodę. W końcu doszedł do wniosku, że nie ma tego złego, co by na dobre nie wyszło. Teraz ludzie przynajmniej nabiorą przed nim respektu, będzie miał opinię mężczyzny, z którym lepiej nie zadzierać, ale honorowego. Jak ten bohater z kowbojskich filmów, Ken Maynard, który nigdy nie uderzył leżącego. Z tych rozważań wyrwał go głos signory Le Cinglata; mówiła coś do niego po włosku z tą osobliwą zalotną intonacją. Odeszła go senność, krew popłynęła szybciej w żyłach. Teraz.

Signora Le Cinglata oznajmiła, że idzie po nowy balon wina i butelkę anyżówki. Wyszła z kuchni i ruszyła długą amfiladą pokoi do najdalszej sypialni, gdzie znajdował się magazyn trunków. Larry dogonił ją w połowie drogi i na wszelki wypadek wymruczał, że pomoże nieść butelki. Nie wyglądała wcale na zaskoczoną ani oburzoną jego młodzieńczym tupetem. Udając, że nie słyszy, jak Larry zamyka drzwi i przekręca klucz w zamku, schyliła się po jeden z wielkich ciemnowiśniowych balonów, których rząd stał pod ścianą. A wtedy Larry podszedł do niej od tyłu i zadarł sukienkę wraz z halką, odsłaniając obszerne różowe majtki.

— Eh, giovanetto — zaprotestowała ze śmiechem i odwróciła się.

Duże, obszyte materiałem guziki sukienki wysunęły się ze swych dziurek, signora Le Cinglata położyła się na wznak na łóżku, długie, obfite piersi o wielkich sutkach zwisły jej po bokach, odgarnęła luźne majtki. Larry, skończywszy w kilku szybkich, brutalnych pchnięciach, położył się na łóżku i zapalił papierosa. Signora, zapięła się, ogarnęła, wzięła w jedną rękę ciemnowiśniowy balon, w drugą wysmukłą butelkę anyżówki i wrócili oboje do czekających w kuchni klientów.

Signora Le Cinglata rozlewała wino i dotykała szklanek tymi samymi dłońmi, którymi przed chwilą go pieściła. Larry, zbrzydzony tym, że się nie umyła, nie wypił świeżej wody sodowej z sokiem wiśniowym, którą mu zaserwowała.

Wstał i ruszył do wyjścia. Signora Le Cinglata odprowadziła go do drzwi i szepnęła:

— Zostań, zostań na noc.

Uśmiechnął się szeroko i odszepnął:

— Nie mogę, matka ciągnęłaby mnie za język. — Kiedy było trzeba, potrafił odegrać rolę przykładnego, obowiązkowego syna.

Nie poszedł do domu. Na rogu skręcił i wrócił do stajni. Wymościł sobie posłanie na słomie, przykrył się końską derką, pod głowę podłożył siodło. Odgłosy wiercących się w boksach koni wpływały na niego uspokajająco; co jak co, ale konie nigdy nie przeszkadzały mu marzyć.

Leżąc tak, wybiegł myślą w przyszłość. Wielu młodych ludzi robi to często nocami i on do nich należał. Czuł w sobie wielką moc. Czuł siebie, znał siebie, miał pewność, że pisane są mu sukces i sława. W swoim środowisku był najsilniejszy spośród rówieśników, najprzystojniejszy z nich, miał największe powodzenie u dziewcząt. Nawet dorosła kobieta była jego niewolnicą. A dzisiaj pobił dorosłego mężczyznę. Miał dopiero siedemnaście lat i w swoim młodocianym umyśle nie przewidywał, żeby świat, który zna, kiedykolwiek się zmienił. Ani on nie osłabnie, ani świat nie stanie się silniejszy.

Będzie potężny. Zapewni swojej rodzinie dostatnie życie. Marzył o bogatych młodych Amerykankach z autami i wielkimi domami, które wyjdą za niego i pokochają jego rodzinę. Jutro przed pracą wybierze się na swoim koniu do Central Parku i pokręci się tam trochę.

Zobaczył siebie oczyma wyobraźni, jak kroczy Dziesiątą Aleją pod rękę z bogatą dziewczyną, a wszyscy patrzą na niego z podziwem. Dziewczyna na pewno pokocha jego rodzinę. Nie był snobem. Dla niego nie do pomyślenia było, że ktoś mógłby spoglądać z góry na jego rodzinę, na matkę, siostrę, na jego przyjaciół. Uważał ich wszystkich za nadzwyczajnych, stanowili przecież jego cząstkę. Larry Angeluzzi duszę miał prawdziwie niewinną i zasypiając w śmierdzącej stajni — istny kowboj z kamiennej prerii — świeżo po zwycięstwach odniesionych nad mężczyzną i nad kobietą, nie wątpił w swą szczęśliwą gwiazdę. Zasnął spokojny o przyszłość.


Z całej rodziny Angeluzzich-Corbo tylko dzieci — Vincent, Gino i Sal ściśnięci w jednym łóżku — śniły prawdziwe sny.

# Rozdział 3

Octavia wstała rano, kiedy w promieniach wschodzącego sierpniowego słońca wyparowały już resztki świeżości nocy. Umyła się nad kuchennym zlewem i wracając do siebie amfiladą pokoi, zauważyła, że ojczyma nie ma w łóżku. Ale on niewiele sypiał i był rannym ptaszkiem. Puste łóżko w drugiej sypialni było dowodem, że się nie myliła; Larry w ogóle nie wrócił na noc do domu. Sal i Gino leżeli odkryci, pod majteczkami rysowały się ich siusiaki. Octavia przykryła braci zmiętym prześcieradłem.

Ubierała się do pracy ze znajomym sobie zniechęceniem i poczuciem beznadziei. Dusiła się w tym parnym letnim powietrzu, w mdłym, ciepłym odorze wydzielanym przez ciała śpiących. Ostre światło poranka obnażało bezlitośnie całą lichotę otoczenia, w którym przyszło jej egzystować; tandetne, sfatygowane meble, spłowiała tapeta, wytarte, miejscami niemal na wylot, linoleum, co jeszcze bardziej ją przygnębiało.

W takich chwilach żyć jej się odechciewało; zgrozą napełniała ją myśl, że obudzi się za jakiś czas, takiego jak ten ciepłego letniego poranka stara jak własna matka, w takim samym łóżku i mieszkaniu, z czeredą wegetujących w brudzie i nędzy dzieci, mając w perspektywie niekończący się korowód dni prania, gotowania i zmywania. Octavia cierpiała. Cierpiała, bo jej życie nie było eleganckie, a o prywatności mogła tylko pomarzyć. A wszystko to brało swój początek od paru chwil wątpliwej przyjemności w małżeńskim łożu. Potrząsnęła głową na wpół gniewnie, na wpół z rezygnacją, bo zdawała sobie sprawę, że nic na to nie poradzi, że nadejdzie dzień, kiedy chcąc nie chcąc, znajdzie się w takim łożu.

Octavia przygładziła wijące się nieskromnie czarne włosy, obciągnęła na sobie tanią niebiesko-białą sukienkę i wyszła z kamienicy na nagrzany już słońcem trotuar Dziesiątej Alei. Postanowiła, że do swojego zakładu krawieckiego, mieszczącego się u zbiegu Siódmej Alei i Trzydziestej Szóstej Ulicy, pójdzie dzisiaj trasą przebiegającą obok kamienicy Le Cinglatów. Ciekawiło ją, czy spotka po drodze brata.

Lucia Santa obudziła się wkrótce potem i pierwsze, co stwierdziła, to że mąż nie wrócił na noc do domu. Wstała szybko i zajrzała do szafy. Jego buty za dwadzieścia dolarów nadal tam stały. Czyli wróci.

Przeszła przez sąsiednią sypialnię do kuchni. *Bravo.* Lorenzo też nie wrócił. Z ponurą miną zaparzyła kawę i usiadła, żeby zaplanować dzień. Vincenzo zaczyna dzisiaj pracę w piekarni, to raz. Gino będzie jej musiał pomóc w obowiązkach dozorczyni, to dwa. Kara za ojca, którego znowu gdzieś poniosło. Wyjrzała na korytarz i zabrała spod drzwi butelki z mlekiem oraz wielki, gruby i długi jak jej udo, bochen włoskiego chleba. Odkroiła kilka solidnych pajd i posmarowała jedną masłem. Nie budziła jeszcze dzieci.

Była to jeszcze jedna pora dnia, którą lubiła. Poranek wciąż świeży, dzieci śpią, reszta domowników poza domem, a ona zmobilizowana i gotowa brać się za bary z życiem.

*„Que bella insalata"* — jaka piękna sałata — usłyszeli budzący się chłopcy. Wyskoczyli jak na komendę z łóżka. Gino

wyjrzał przez okno. Domokrążca stojący na koźle wozu trzymał w wyciągniętych ku niebu i oknom rękach główkę perłowozielonej sałaty. *„Que bella insalata"* — zawołał znowu, nie tyle zachęcając do kupna, co zwracając się do całego świata, by podziwiał stworzone przez naturę piękno. Z niekłamaną dumą w głosie powtarzał ten okrzyk, ilekroć kopyto wlokącego się noga za nogą konia stuknęło o bruk Alei. Na wozie piętrzyły się skrzynki oślepiająco białej cebuli i dorodnych brązowych ziemniaków, kosze jabłek, pęczki dymek, porów i natek pietruszki. W wołaniach domokrążcy czuło się płynący z głębi serca, bezinteresowny zachwyt, skierowane były do podobnych mu koneserów. „Jaka piękna sałata".

— Słuchajcie, wasz ojciec wyjechał na jakiś czas — poinformowała dzieci przy śniadaniu Lucia Santa. — Do jego powrotu musicie mi pomagać. Vincenzo pracuje w *panetterii*. A więc ty, Gino, pomożesz mi dzisiaj umyć schody w kamienicy. Będziesz mi przynosił wodę w wiadrze, wyżymał szmatę i zamiatał, jeśli się okaże, żeś niegłupi. Ty, Salvatore, możesz ścierać kurz z poręczy, i Lena też. — Uśmiechnęła się do dwójki najmłodszych.

Vincenzo siedział nabzdyczony, ze zwieszoną głową. Za to Gino spojrzał na matkę z chłodnym, wyważonym buntem w oczach.

— Jestem dzisiaj zajęty, mamo — powiedział.

Lucia Santa nachyliła się do niego i z kpiną w głosie odrzekła:

— A jakże, ty codziennie jesteś zajęty. Zupełnie jak ja. — Była w dobrym humorze.

Gino postanowił to wykorzystać. Wypalił szczerze:

— Mamo, obiecałem Joeyowi Biancowi, że pójdę z nim dzisiaj skubnąć trochę lodu z kolei. Podrzucę ci wiaderko za darmo, jak będziemy jechali go sprzedać. — I w przebłysku geniuszu dorzucił: — I *Zii* Louche też.

Lucia Santa spojrzała na syna z uznaniem, co wzbudziło w Vincencie zazdrość.

61

— Dobrze — powiedziała — ale pamiętaj, że moja lodówka ma być pełna, moja najpierw.

Vincent cisnął o stół swoją kromką chleba. Lucia Santa zgromiła go wzrokiem, po czym zwróciła się znowu do Gina:

— Ale po południu jesteś w domu i pomagasz, bo jak nie, to zapoznasz się z *tackerilem*. — Nie mówiła tego poważnie. Tak niewiele czasu zostało mu jeszcze na zabawę.

Gino Corbo, jak każdy dziesięcioletni generał, miał wielkie plany, z których nie zawsze zwierzał się matce. Spojrzał przez okno od frontu i zobaczył bocznicę kolejową po drugiej stronie Alei, zapchaną wagonami towarowymi. Dalej skrzyła się błękitna wstęga rzeki Hudson. W jego dziecięcych oczach powietrze było cudownie czyste. Wypadł z mieszkania, zbiegł po schodach i już był na ulicy zalanej sierpniowym słońcem.

Dzień zapowiadał się skwarny, nagrzany trotuar parzył go w stopy przez gumowe podeszwy pepegów. Spłowiałe denimowe spodnie i nylonowa, upstrzona puszczającymi oczkami koszulka polo zafurkotały w słabym podmuchu bryzy, a zaraz potem przylgnęły do ciała. Rozejrzał się za swoim przyjacielem i wspólnikiem Joeyem Biankiem.

Joey miał dwanaście lat, ale był niższy od Gina. Cieszył się sławą najbogatszego chłopaka na Dziesiątej Alei, bo miał ponad dwieście dolarów w banku. W zimie handlował węglem, teraz, w lecie, lodem, a jedno i drugie kradł z kolejowych wagonów. Sprzedawał też papierowe torby na zakupy w Paddy's Market przy Dziewiątej Alei.

Nadchodził właśnie, ciągnąc za sobą wielki wózek. Był to najlepszy wózek na całej Dziesiątej Alei. Jedyny sześciokołowy wózek, jaki Gino kiedykolwiek widział, ze skrzynią zdolną pomieścić ładunek lodu wart dolara albo troje dzieciaków. Małe, solidne kółka miały gumowe opony; dwa przednie zamocowane były obrotowo, a skręcało się nimi, pociągając za lejce przytwierdzone do końców długiego drewnianego orczyka, na czterech pozostałych spoczywała sama skrzynia. Nawet na lejce do kierowania wózkiem Joey użył nie zwyczajnego powrozu, lecz sznura do wieszania bielizny.

Na dobry początek zjedli tradycyjnie po kubku cytrynowego sorbetu. Obsługujący ich osobiście *Panettiere* był tak zachwycony przedsiębiorczością chłopców, że nałożył im porcje z czubem.

Joey Bianco bardzo się ucieszył na widok Gina. Kiedy pracowali razem, on tylko inkasował i liczył pieniądze, a na dachy wagonów towarowych włazić Gino. Joey też lubił wdrapywać się na wagony, ale wtedy musiał zostawiać bez opieki swój wózek, a tego nie cierpiał.

— No, wskakuj — powiedział Gino do Joeya — popcham cię.

Joey usiadł dumnie na skrzyni, ujął w dłonie lejce, a Gino pchał przed sobą wózek w poprzek Dziesiątej Alei. Minęli budkę zwrotniczego i wjechali na wysypane żwirem torowisko. Zatrzymali się pod osłoną wysokich wagonów towarowych. Joey wypatrzył otwarty luk i wyjął z wózka szczypce do lodu.

— Dawaj te szczypce — rzucił rozkazująco Gino. Podbiegł do wagonu, wspiął się zwinnie po metalowej drabince na dach i stanął nad otwartym lukiem.

Tutaj, tak wysoko nad ziemią, czuł się wolny. Widział w oddali okno swojej sypialni i zwartą ścianę kamienic. Widział sklepy i ludzi, i ciężarówki, i zaprzężone w konie wozy. Miał wrażenie, że żegluje po oceanie wagonów towarowych — brązowych, czarnych, żółtych, z obcymi mu nazwami na burtach: Union Pacific, Santa Fe, Pennsylvania. W nozdrza łaskotał go odór unoszący się z pustych wagonów bydlęcych. Odwrócił się i zobaczył klify Jersey Palisades upstrzone łatami zieleni, a poniżej niebieską rzekę. Między setkami zastygłych w bezruchu wagonów towarowych uwijało się, posapując z cicha, kilka czarnych, pękatych parowozów. Letni poranek pachniał miłym dla nosa aromatem świeżej spalenizny, który rozpływał się po okolicy wraz z białym dymem snującym się z ich kominów.

— No, dawaj, Gino — krzyknął z dołu Joey — rzucaj ten lód, bo Buldogi zaraz tu będą.

Gino ujął oburącz lśniące stalowe szczypce i zaczął wyciągać z luku bryły lodu. Wagon był nimi załadowany po dach, a więc szło mu łatwo, bo nie musiał sięgać głęboko. Spychał z dachu każdą wydobytą bryłę i patrzył, jak spada na żwir. Odłupujące się kawałki strzelały w górę. Joey brał każdą krystaliczną bryłę w objęcia, dźwigał z ziemi i przenosił na wózek. Wkrótce wózek był pełen. Gino zlazł na dół i zaczął go pchać, podczas gdy Joey ciągnął od przodu i kierował.

Gino zamierzał napełnić w pierwszym rzędzie lodówkę matki, ale kiedy przecięli Dziesiątą Aleję, zaczepił ich *Panettiere* i odkupił za dolara cały pierwszy urobek. Zrobili więc jeszcze jeden kurs. Tym razem zatrzymał ich właściciel sklepu spożywczego i odkupił cały ładunek za dolara, plus woda sodowa i kanapka.

Upojeni dobrą passą zdecydowali, że matki muszą uzbroić się w cierpliwość, a zresztą rodzinnym lodówkom nic się nie stanie, jeśli poczekają. Trzeci ładunek wykupili lokatorzy z parteru. Za czwartym nawrotem powinęła im się noga.

Strażnik kolejowy przyuważył ich już wcześniej, kiedy zapuszczając się coraz dalej na teren bocznicy, otwierali wagon za wagonem, żeby nie trudzić się wybieraniem lodu z już napoczętych. Plądrowali wagony jak dzikie zwierzę, które zabija trzy albo cztery ofiary i wygryza z każdej tylko najlepsze kąski. Strażnik zaczaił się, zaczekał, aż go miną, a potem wyszedł na nich od strony Dziesiątej Alei, odcinając drogę odwrotu.

Joey spostrzegł go pierwszy i wrzasnął do Gina:

— *Butzo* idzie, to Charlie Chaplin.

Gino patrzył z dachu wagonu, jak pałąkowatonogi Buldog chwyta Joeya za kołnierz i daje mu lekkiego szturchańca.

— Dobra, chłopcze — zawołał Buldog do Gina, nie puszczając Joeya — złaź, chyba że wolisz, żebym sam tam wszedł, a wtedy marne twoje widoki.

Gino patrzył na niego ze skupieniem na twarzy, niby to rozważając propozycję, a tak naprawdę obmyślał taktykę. Palące słońce rozgrzewało krew w żyłach, przez co świat jawił mu się w tym szczególnym świetle, w którym człowiekowi nic nie jest straszne. Co prawda dygotał, ale nie ze strachu, lecz z podniecenia. Wiedział, że jemu samemu nic nie grozi. Buldog co najwyżej wykopie Joeya z bocznicy i połamie wózek. Czytał gdzieś o ptasich matkach i na podstawie tej lektury, patrząc teraz z wyżyn dachu na Buldoga, ułożył sobie plan: ocali i Joeya, i wózek.

Pochylił się, wsparł dłońmi o kolana i wrzasnął:

— Cha, cha, Charlie Chaplin, co mi zrobisz, jak mnie złapiesz? — Potem przeskoczył na drugą stronę dachu i zaczął zbiegać po znajdującej się tam drabince. Pokonał kilka szczebli, zatrzymał się i czekał.

— Stój tutaj — warknął rozsierdzony Buldog do Joeya, puścił go i zanurkował pod wagon. Kiedy wynurzał się po drugiej stronie, Gino wdrapał się zwinnie z powrotem na dach. Buldog na czworakach wrócił pod wagonem do Joeya i znowu chwycił go za kołnierz.

Gino podskakiwał na dachu wagonu i skandował:

— Charlie Chaplin, fujara, muchy by nie złapał!

Buldog nasrożył się, w jego głosie pojawiła się już jawna pogróżka.

— Złaź, smarkaczu, pókim dobry — zawołał — bo jak cię dorwę, to tak tyłek skroję, że przez tydzień nie usiądziesz!

Na te słowa Gino jakby się zreflektował. Przestał podskakiwać i przez chwilę przestępował niepewnie z nogi na nogę. Potem zagrał Buldogowi na nosie, podbiegł drobnym truchcikiem do końca wagonu i przeskoczył stamtąd niezdarnie na następny. Buldog bez trudu dotrzymywał mu kroku, idąc wzdłuż składu i raz po raz rzucając przez ramię groźne spojrzenie Joeyowi, żeby temu nie przyszło czasem do głowy uciekać ze swoim wózkiem. Skład liczył zaledwie dziesięć, najwyżej jedenaście wagonów.

Gino przebiegł po dachach kilku, a potem udał, że schodzi z drugiej strony po drabince. Buldog zanurkował znowu pod wagon. Tym samym tracił z oczu Joeya, ale miał to gdzieś. Zawziął się, że dopadnie tego gówniarza skaczącego po wagonach i złoi mu tyłek.

Gino, biegnąc po dachach wagonów, odciągał Buldoga coraz dalej w głąb terenu bocznicy. Kiedy dystans między nimi zbytnio się zwiększał, zatrzymywał się i czekał. W trakcie jednego z takich postojów poszukał wzrokiem Joeya. Joey, ciągnąc za lejce wózek, umykał co sił w nogach ku wolności i bezpiecznemu azylowi drugiej strony Alei.

— Mówię po dobroci, mały, złaź! — krzyknął Buldog. — Jak dalej będziesz uciekał, to patrz, co cię czeka. — Pogroził chłopcu pałką. Przemknęło mu przez myśl, żeby postraszyć smarkacza pistoletem, ale nie wprowadził owego pomysłu w czyn, bo mogliby to zobaczyć włoscy robotnicy z którejś z brygad pracujących na bocznicy i miałby się wtedy z pyszna. Padł znowu na czworaki i wpełzł pod wagon. Wynurzył się po drugiej stronie i rozejrzał za Joeyem. Chłopiec przebiegał właśnie z wózkiem przez Dziesiątą Aleję. Widok ten tak go rozwścieczył, że wrzasnął do Gina:

— Jak nie zleziesz, świński gnojku, to nogi z zadka powyrywam!

Z zadowoleniem stwierdził, że pogróżka podziałała; gówniarz wrócił po dachach wagonów i stanął nad nim. Stał tak przez chwilę, a potem nachylił się i z pogardą dorosłego na smagłej dziecięcej twarzy krzyknął:

— Brandzluj się, Charlie Chaplin!

Wielka, oślepiająco biała gruda lodu przeleciała ze świstem obok głowy Buldoga, a chłopiec, z trudem utrzymując równowagę, znów pocwałował po dachach wagonów w głąb labiryntu bocznicy.

Buldog, nie na żarty już rozjuszony, ale pewny swego, puścił się kłusem wzdłuż składu z komicznie zadartą głową. Nie daruje smarkaczowi. Wyzwiska wyzwiskami, ale żeby „Charlie Chaplin"! Był próżny i bardzo wrażliwy na punkcie swoich kabłąkowatych nóg.

Nagle Gino zniknął. Buldog zanurkował po raz kolejny pod wagon, żeby złapać chłopaka, kiedy będzie zbiegał po drabince z drugiej strony. Zahaczył jednak nogą o szynę i stracił kilka cennych sekund. Wygramolił się w końcu spod wagonu i rozejrzał. Ścigany jakby się pod ziemię zapadł. Cofnął się, żeby poszerzyć sobie pole widzenia.

Zobaczył Gina dosłownie frunącego po dachach wagonów w kierunku Dziesiątej Alei, przeskakującego zwinnie z jednego na drugi bez śladu demonstrowanej wcześniej niezdarności. Po chwili ponownie zniknął mu z oczu. Buldog puścił się za nim sprintem, ale kiedy dobiegł do końca składu, chłopiec był już poza jego zasięgiem i wpadał właśnie w bezpieczny cień kamienicy po drugiej stronie Alei. Zatrzymał się tam, żeby zaczerpnąć tchu, i jak gdyby nigdy nic, nie oglądając się, kupił sobie cytrynowy sorbet. Po tamtym drugim nie było ani śladu.

Buldog parsknął mimo woli śmiechem. To ci przechera, taki mały wypierdek, a patrzcie, jaki sprytny. Ale on ich jeszcze dopadnie; da im wtedy Charliego Chaplina; będą wyli, ale bynajmniej nie ze śmiechu.


Gino, znalazłszy się po drugiej stronie Alei, już się nie oglądał. Teraz najważniejsze to poszukać Joeya Bianca z wózkiem i pieniędzmi.

— Gino, *bestia*, gdzie lód?! — doleciał go krzyk matki. — Chodź jeść!

Spojrzał w górę i zobaczył ją w oknie czwartego piętra. Nad nią było już tylko błękitne niebo.

— Za minutkę! — odkrzyknął i pobiegł w kierunku Trzydziestej Ulicy. Skręcił za róg i zobaczył Joeya siedzącego na schodkach prowadzących do sutereny. Obok stał wózek przywiązany do żelaznej poręczy.

Joey był zdruzgotany, bliski płaczu. Na widok Gina ożywił się momentalnie i zerwał na równe nogi.

— Już miałem iść powiedzieć twojej matce — wyrzucił z siebie jednym tchem. — O rany, nie wiedziałem, co robić.

Trzydziesta Ulica była zakurzona i zalana słońcem. Gino wskoczył do wózka i kierował, Joey pchał. Na Dziewiątej Alei kupili sobie po kanapce z salami i po pepsi. Dojechali z nimi do Trzydziestej Pierwszej Ulicy i usiedli w cieniu, pod murem fabryki czekolady Runkela.

Jedli kanapki z ukontentowaniem i apetytem mężczyzn, którzy mają za sobą ciężki, ale owocny dzień: harówka w pocie czoła, przygoda, teraz zasłużony posiłek.

— Chłopie, uratowałeś mnie — powtarzał z podziwem Joey. — Aleś przerobił tego Buldoga.

Gino milczał skromnie, bo przecież nie wymyślił fortelu sam, zaczerpnął go z książki o ptakach, którą kiedyś czytał. Joey o tym nie wiedział i niech tak zostanie.

Letnie słońce przesłoniły ciemne chmury. Zaraz potem zagrzmiało i lunął deszcz, oczyszczając rozgrzane powietrze z kurzu i z zapachu gorących cementowych trotuarów i roztopionej smoły. Zastąpiła je ledwie uchwytna woń czegoś zielonego. Joey i Gino schowali się po rampą załadowczą. Lało jak z cebra, deszczówka przeciekała przez spoiny w pomoście rampy. Chłopcy wystawili twarze na rozkosznie zimne krople.

Pod rampą zalegał piwniczny półmrok, ale nie aż taki, żeby nie dało się pograć w karty. Joey wydobył z kieszeni spodni wyszmelcowaną talię. Gino nie lubił z nim grać, bo Joey prawie zawsze wygrywał. Zagrali w siedem i pół i Gino przegrał pięćdziesiąt centów z utargu za lód. Wciąż padało.

— Masz z powrotem swoje pięćdziesiąt centów — powiedział Joey, lekko się zacinając. — Za to, że uratowałeś mnie przed Buldogiem.

Gino obruszył się. Bohaterowie nie przyjmowali nigdy zapłaty za swoje bohaterskie czyny.

— Daj spokój — powiedział Joey już bardziej stanowczo. — Mój wózek też uratowałeś. Należy ci się te pięćdziesiąt centów.

Gino naprawdę nie chciał tych pieniędzy. W jego odczuciu przyjęcie od przyjaciela dowodu wdzięczności umniejszyłoby doniosłość czynu, którego dokonał. Ale Joey miał łzy w oczach i Gino po namyśle uległ, żeby nie robić mu przykrości.

— No dobra — mruknął i Joey wcisnął mu monetę w garść.

Wciąż padało. Siedzieli jakiś czas w milczeniu. Joey nerwowo tasował karty, deszcz bębnił o rampę. Gino zakręcił pięćdziesięciocentówką młynka na betonowym podłożu.

Joey wpatrzył się pożądliwie w wirującą monetę. Gino schował ją do kieszeni.

— Może zagramy w siedem i pół na podwójne stawki? — zaproponował Joey.

— Nie — burknął Gino.

Przestało w końcu padać i słońce wyszło zza chmur. Oni też wyczołgali się jak krety spod rampy. Opłukana kula słońca była już daleko na zachodzie, nad rzeką Hudson.

— O Jezu, ale późno — zafrasował się Joey. — Muszę wracać do domu. Idziesz, Gino?

— Cha, cha — powiedział Gino. — Ja nie muszę.

Odprowadził wzrokiem Joeya ciągnącego wózek w kierunku Dziesiątej Alei.

Z fabryki Runkela wychodziła właśnie pierwsza zmiana. Mężczyźni pachnieli czekoladą, którą produkowali. Jej ciężki, słodki, odurzający jak woń kwiatów aromat wypełnił odświeżone przez deszcz powietrze. Gino usiadł na rampie i siedział tak, dopóki z bramy nie wyszedł ostatni robotnik.

Chłonął z zadowoleniem roztaczający się przed nim widok — zachodzące słońce barwiło ceglane ściany kamienic na ciemnoczerwono, dzieci wybiegały z domów na ulicę, żeby podjąć przerwane zabawy, Aleją toczyły się powoli zaprzężone w konie wozy, za jednym ciągnął się urywany ślad w postaci ziarnistych, cętkowanych złotem kulek końskich odchodów. Z otwartych okien wychylały się kobiety, podkładały sobie pod łokcie poduszki, ich wystające nad ulicę głowy o ziemistych twarzach obramowanych czarnymi czepcami gładko zaczesanych włosów przywodziły na myśl gargulce na murach zamku. Uwagę Gina przyciągnął strumień deszczówki rwący wartko przepełnionym rynsztokiem. Podniósł z ziemi kawałek płaskiego drewienka, położył na nim swoją półdolarówkę i puścił na wodę. Patrzył przez chwilę, jak odpływa. Potem rzucił się w pogoń. Dogonił drewienko przed Dziesiątą Aleją, wyłowił je wraz z monetą z rynsztoka i zawrócił w kierunku Dziewiątej Alei.

Mijając po drodze ciąg opuszczonych czteropiętrowych ruder, zobaczył grupkę chłopców w wieku Larry'ego bujających się na linie, która zwisała z dachu jednej z nich. Uczepieni tej liny skakali z parapetu okna na drugim piętrze i jak Tarzan na lianie szybowali wahadłowym lotem wysoko nad Trzydziestą Pierwszą Ulicą do okna sąsiedniej pustej kamienicy.

Blondynek w czerwonej koszuli zatoczył w powietrzu wspaniałe półkole, nie trafił w okno, odbił się nogami od ściany i obracając się wokół własnej osi poszybował z powrotem tam, skąd nadleciał. Przez moment wydawało się, że naprawdę frunie. Gino śledził jego lot z zazdrością. Nic z tego nie będzie. Jego nie dopuszczą do zabawy. Powiedzą, że za mały. Ruszył dalej.

Na rogu Dziewiątej Alei i Trzydziestej Pierwszej Ulicy Gino znowu zwodował drewienko z monetą i patrzył, jak odpływa rynsztokiem w kierunku Trzydziestej Ulicy; podskakując, pokonując małe falki, obijając się o namoknięte strzępy gazet, skórki i ogryzki owoców, o zwietrzałe, wygładzone przez nurt resztki zwierzęcego łajna, szorując tu i tam po błyszczącej granatowo-czarnej, smołowanej nawierzchni jezdni stanowiącej dno strumienia. Na rogu drewienko skręciło i nie gubiąc monety, pożeglowało Trzydziestą Ulicą w kierunku Dziesiątej Alei.

Gino biegł obok niego truchtem, rozglądając się czujnie za chłopakami, którzy gonili go poprzedniego wieczoru. Prowizoryczna łódeczka lawirowała między pustymi puszkami i kupkami śmieci, ani razu nie utykając w miejscu. Kiedy już miała runąć w otchłań okratowanej studzienki ściekowej pod mostem na Dziesiątej Alei, Gino zgarnął z niej półdolarówkę. Zamyślony skręcił za róg i tam zderzył się z małym Salem, który opuścił przed chwilą plac gry w kopaną puszkę i pędził przed siebie z pochyloną głową.

— Mama cię wszędzie szuka! — krzyknął zaaferowany. — My już zjedliśmy, a z ciebie zostanie mokra plama.

Gino zrobił w tył zwrot i pomaszerował w kierunku Dziewiątej Alei, wypatrując po drodze małych tęcz nad rynsztokiem. Wrócił po własnych śladach do opuszczonych domów. Bujających się tam wcześniej chłopaków już nie było, lina zwisała smętnie z dachu. Gino wszedł do budynku przez suterenę i wspiął się po trzeszczących schodach na drugie piętro. Dom był wypatroszony, zbieracze złomu rozkradli rury, rozszabrowano oprawy oświetleniowe, po drzwiach zostały tylko zawiasy. Zasłana odpryskami tynku podłoga uginała się zdradliwie i skrzypiała, tak jakby miała się za chwilę zarwać. Gino z duszą na ramieniu, ostrożnie stawiając kroki, szedł przez widmowe pokoje. Dotarł w końcu do okna wychodzącego na ulicę. Nie tyle może okna, co pustego kamiennego oczodołu, bo rama była wyrwana. Wspiął się na parapet, wychylił i uchwycił linę.

Skoczył. Przez jeden wspaniały moment miał wrażenie, że frunie o własnych siłach. Przeleciał łukiem nad ulicą i wylądował na parapecie okna sąsiedniego budynku. Skoczył i poszybował przez powietrze z powrotem, skoczył i znowu poszybował — coraz szybciej i szybciej, tam i z powrotem, to lądując na parapetach, to znów uderzając w ścianę i odbijając się od niej nogami. W końcu omdlałe ramiona nie były już w stanie utrzymać jego ciężaru. Ścierając sobie boleśnie dłonie, zjechał po linie w połowie lotu ku Dziesiątej Alei, wylądował

71

miękko na trotuarze, pchany siłą bezwładności przebiegł kilka kroków i zatrzymał się.

Dopiero teraz zauważył ze zdziwieniem, że zapada zmierzch. Usiłując utrzymać na twarzy wyraz tego zdziwienia, ruszył biegiem w kierunku Dziesiątej Alei, już pewien, że dostanie za swoje. Wśród sąsiadów, którzy jak co dzień wylegali o tej porze na ulicę, żeby spędzić wieczór przed kamienicami, nie było nikogo z jego rodziny, nawet Sala. Wbiegł na schody. Już na podeście drugiego piętra doleciały go podniesione głosy matki i Octavii. Kłóciły się o coś zażarcie. Zaniepokojony, zwolnił. Wspiął się noga za nogą na czwarte piętro, podkradł na palcach do drzwi, uchylił je i zajrzał. Stały naprzeciwko siebie, stykając się niemal nosami, krwiste wypieki krasiły im policzki, z oczu strzelały czarne błyskawice. Kiedy wsunął się do kuchni, zamilkły, odwróciły się jak na komendę i spiorunowały go wzrokiem. Ale Gino tego nie zauważył, bo patrzył zafascynowany na brata, Vinniego, który siedział już przy stole. Vinnie całą twarz miał białą od mąki i wyglądał jak trup, ubranie też miał całe w mące. Sprawiał wrażenie skonanego, oczy spozierające z tej umączonej twarzy wydawały się większe i czarniejsze niż zwykle.

— Ach. Wróciłeś — wycedziła przez zaciśnięte zęby matka. — *Bravo.* — Gino dopiero teraz uświadomił sobie, że i ona i Octavia patrzą na niego oskarżycielsko. Usiadł czym prędzej przy stole, żeby dostać posiłek. Kiszki grały mu marsza z głodu. Niespodziewane, siarczyste uderzenie w ucho zamroczyło go na chwilę i zobaczył gwiazdy. Gdzieś z oddali doleciał stłumiony krzyk matki: — Łajdusie jeden! Cały dzień cię nie było! Gdzieś się szwendał? A teraz patrzcie hrabiego, wraca sobie jak do hotelu, siada do stołu, żreć mu dajcie, a umyć się, to gdzie? Jazda. *Figlio de puttana. Bestia.* Vincenzo, ty też się obmyj. Lepiej się poczujesz. — Chłopcy opłukali się nad kuchennym zlewem i wrócili do stołu.

Gino miał w oczach łzy — nie z powodu uderzenia, lecz z żalu, że tak niechlubnie kończy się taki wspaniały dzień. Oto matka i siostra wyładowują na nim, bohaterze, swój gniew, zupełnie jakby go nienawidziły. Siedział ze zwieszoną głową naburmuszony i rozgoryczony jak każdy urwis, który nie poczuwa się do winy i nie rozumie, czego od niego chcą. O głodzie przypomniał sobie dopiero, kiedy matka podstawiła mu pod nos talerz z kiełbaskami i marynowaną papryką.

Octavia, posławszy Ginowi płomienne spojrzenie, zwróciła się do Lucii Santy:

— On też musi coś z siebie dawać. Czemu, u diabła, to Vinnie ma na niego harować, jeśli jego ojcu się nie chce? Jak nie weźmie się do roboty, Vinnie rzuca pracę w piekarni. Są letnie wakacje i Vinnie też ma prawo zbijać bąki.

Gino zauważył, że Octavia i matka patrzą na zmęczonego, jedzącego apatycznie Vinniego ze współczuciem i miłością, ale nie budziło to w nim zazdrości. Spostrzegł, że siostra, nie wiedzieć czemu, jest bliska łez. Obie z matką usługiwały Vinniemu jak dorosłemu mężczyźnie.

Wsunął rękę do kieszeni, wyjął zarobione pięćdziesiąt centów i wręczył je matce.

— Weź je sobie. Codziennie mogę przynosić do domu takie pięćdziesiąt centów.

— Powiedz mu lepiej, żeby przestał kraść lód z kolei — wtrąciła się Octavia.

Lucia Santa wzruszyła ramionami.

— E, tam. Kolej nie ma nic przeciwko temu, żeby dzieci wzięły sobie trochę lodu. — Patrzyła teraz na Gina z ciepłym uśmiechem. — Zabierz brata w niedzielę do kina za te pieniądze — powiedziała i posmarowała mu grubo masłem wielką pajdę chleba.

Vinnie był nadal blady, choć zmył już mąkę z twarzy. Malujący się na niej wyraz znużenia i napięcia, zawsze obsceniczny u dziecka, poruszył Octavię. Objęła brata i spytała z troską:

— Co oni ci kazali robić? Za ciężka dla ciebie ta praca?

Vinnie wzruszył ramionami.

— Nie, ujdzie. Tylko ten upał — mruknął. A potem dodał z ociąganiem: — Ubrudziłem się, bo nosiłem worki z mąką z piwnicy.

Octavia zrozumiała.

— A to parszywe łajdaki! — zawołała i zwracając się do matki, powiedziała: — Twój *paesan' Panettiere* każe dźwigać takiemu dzieciakowi ciężkie wory. Jak ten jego synalek będzie się chciał ze mną umówić, napluję mu w twarz na środku ulicy.

Vinnie popatrzył na nie z nadzieją w oczach. Może rozgniewana Octavia każe mu rzucić pracę. Ale zaraz zawstydzony pochylił głowę. Przecież matce potrzebne pieniądze.

Lucia Santa wzruszyła ramionami.

— Pięć dolarów tygodniowo piechotą nie chodzi, a do tego chleb za darmo — powiedziała. — I jeszcze darmowy cytrynowy sorbet, kiedy Vincenzo będzie stał za straganem. Sporo oszczędzimy przez lato. A że ojca nie ma...

Octavia nie zdzierżyła. Chłodna akceptacja, z jaką matka podchodziła do dezercji ojca, doprowadzała ją do furii.

— No właśnie — wyrzuciła z siebie. — Jego ojciec buja sobie po świecie i gówno go wszystko obchodzi. — Chociaż była wściekła, to rozbawiły ją spojrzenia, które rzucili jej chłopcy — takie brzydkie słowo w ustach dziewczyny. Widząc jednak zgorszoną minę matki, spuściła z tonu i dokończyła: — To niesprawiedliwe. To niesprawiedliwe, żeby Vinnie z tego powodu cierpiał.

— I ty z taką niewyparzoną gębą chcesz być nauczycielką? — spytała po włosku matka. Zawiesiła głos i czekała na odpowiedź. Nie doczekawszy się, podjęła: — Jak chcesz rozkazywać, to wyjdź za mąż, załóż rodzinę, urodź dzieci, krzycz, kiedy będą wychodziły z twojego brzucha. Wtedy będziesz mogła je bić, wtedy będziesz mogła rozporządzać, kiedy, jak i które ma pracować. — Patrzyła na córkę chłodno jak na śmiertelną rywalkę. — Dosyć. *Bastanza* — Zakończyła.

Zwróciła się do Gina:

— Ty, *giovanetto*. Nie widziałam cię od rana do wieczora. Mogło cię coś przejechać. Mogli cię porwać. To po pierwsze. A po drugie twój ojciec poszedł sobie i nie będzie go jakiś czas, a więc wszyscy muszą pomagać. Jak mi jutro znowu znikniesz na cały dzień, to oberwiesz tym. — Podeszła do kredensu i wyjęła drewniany wałek do ciasta na świąteczne ravioli. — *Tackerilem.* — Zniżyła głos, w jej tonie pojawił się gniew. — Klnę się na Jezusa Chrystusa, że to cię uczyni widzialnym. Nabierzesz takiego fioletowosinego koloru, że nawet gdybyś był Duchem Świętym, to zniknąć nie dasz rady. A teraz jedz. Potem posprzątasz ze stołu, pozmywasz i zamieciesz podłogę. I żebym cię dzisiaj nie widziała na ulicy.

Gino był pod wrażeniem wymowności matki. Nie bał się, ale na wszelki wypadek przez cały czas był czujny i sprężony w sobie. Takie natchnione tyrady bywały czasami akcentowane niekontrolowanymi wymachami rąk i chwila nieuwagi, a obrywało się w ucho. Ale nic się nie stało. Matka z siostrą zeszły na ulicę i Gino odprężony zabrał się do jedzenia. Tłusta kiełbasa tworzyła na wygłodniałym podniebieniu pyszną kompozycję smakową z oleistą, pulchną papryką. Burza przeszła bokiem. Popracuje jutro dla matki, pomoże jej.

Vinnie siedział zapatrzony w swój talerz i nie jadł.

— Widzę, braciszku, żeś się fest natyrał u tego zawszonego *Panettiere* — powiedział wesoło Gino. — Widziałem cię z wielkim koszem. Dokąd go taszczyłeś?

— Nie ma o czym gadać — odparł Vinnie. — Mają drugi sklep przy Dziewiątej Alei. Nie byłoby tak źle, żeby nie to noszenie mąki z piwnicy.

Gino popatrzył na niego podejrzliwie. Coś mu się nie zgadzało.

Vinnie poczuł się lepiej i rzucił łapczywie na jedzenie. Nie wiedział, że tym nieprzyjemnym uczuciem, które doskwierało mu przez cały dzień, był strach. Że odczuł na własnej skórze skutki pospolitego okrucieństwa, jakim jest wyrwanie dziecka z ciepła domowego ogniska i oddanie go pod rozkazy obcych, żeby odwalało za nich najczarniejszą robotę. Po raz pierwszy w życiu sprzedawał cząstkę siebie za pieniądze, co w niczym nie przypominało wykonywania poleceń matki albo czyszczenia starszemu bratu butów za pięć centów.

Na jesieni zaczyna się szkoła i będzie znowu wolny, i zapomni, że matka z siostrą, nie oglądając się na zasady miłości ani na więzy krwi, wypchnęły go brutalnie spod opiekuńczych skrzydeł rodziny. Nie myślał już, jak by to mógł grać teraz w palanta w słoneczne letnie poranki albo włóczyć się bez celu po kwartale, gawędząc z kolegami, szukać ochłody w cieniu Trzydziestej Pierwszej Ulicy i wylizywać leniwie cytrynowy sorbet z papierowego kubka. Przepełniał go dojmujący smutek, jaki potrafią odczuwać tylko dzieci, bo nie wiedzą jeszcze, że inni też bywają smutni, nie zdają sobie sprawy z całego tragizmu ludzkiej egzystencji.

Gino posprzątał ze stołu i zabrał się do zmywania. Vinnie wycierał. Gino opowiedział mu o przygodzie z kolejowym strażnikiem, o pustym budynku i linie i o grze w karty z Joeyem; nie wspomniał tylko o spławianiu drewienka rynsztokiem naokoło całego kwartału, bo dziesięciolatkowi nie przystoją takie szczeniackie zabawy.

Jeden okopcony i lepiący się od tłuszczu garnek Gino schował w kuchence. Potem obaj bracia poszli do bawialni, żeby pogapić się na Aleję. Gino usiadł na parapecie jednego okna, Vinnie drugiego. Obaj byli już pogodzeni z losem.

— Dlaczego, u diabła, mama i Octavia tak się na mnie wściekły? Zwyczajnie zapomniałem. Jutro wszystko zrobię.

— Są złe, bo tata przepadł. Nie wiedzą, gdzie jest. Musowo dał dyla.

Uśmiechnęli się obaj z żartu Vinniego. Dyla dają tylko dzieci.

Daleko, w głębi Dziesiątej Alei, pojawiła się czerwona latarnia przodownika, a za nią mały świetlik, biała plamka reflektora parowozu. Na dole, w poświacie rozsiewanej przez uliczne latarnie, girlandę niebieskich i czerwonych lampek nad straganem z cytrynowym sorbetem, za którym stał *Panettiere*, i żarówki w witrynach sklepu spożywczego i zakładu fryzjerskiego, majaczyły sylwetki ludzi.

Gino i Vincent siedzieli na parapetach, na wpół drzemiąc. Twarze chłodziła im rześka bryza powiewająca od rzeki Hudson. Przynosiła ze sobą zapach płynącej wody i, zupełnie jakby nadlatywała do miasta z bardzo daleka, woń trawy, drzew i innej zieloności.

# Rozdział 4

Pod koniec sierpnia wszyscy, z wyjątkiem dzieci, mieli już serdecznie dosyć lata. Dni przesycone były zapachami nagrzanego kamienia, topiącej się smoły, benzyny i łajna koni ciągnących wozy z warzywami i owocami. Nad zachodnią ścianą miasta, gdzie mieszkali Angeluzzi-Corbo, w zastygłym z upału powietrzu wisiały obłoki pary z kominów i płatki sadzy z rozgrzanych palenisk lokomotyw, które uwijały się po bocznicy, ustawiając wagony towarowe w długie równe rzędy. Tego niedzielnego popołudnia w lejącym się z nieba żarze wszystko znieruchomiało. Lite geometryczne figury utworzone z upakowanych ciasno, żółtych, brązowych i czarnych wagonów układały się w abstrakcyjną kompozycję na tle stalowo-żelaznej, betonowo-ceglanej dżungli. Po ziemi pełzły w tę i z powrotem lśniące srebrzyście szyny.

Dziesiąta Aleja, otwarta na zachód aż po rzekę, pozbawiona drugiej ściany, która rzucałaby cień, była za dnia bardziej widna od innych alei miasta i upał mocniej dawał się tu we znaki. Teraz świeciła pustkami. Wielkie niedzielne ucztowanie, a potem opowiadanie rodzinnych legend przy orzechach i winie przeciągnie się do czwartej po południu. Część z mieszkających tutaj ludzi wybrała się z wizytą do mających więcej szczęścia krewnych, którym się powiodło i przeprowadzili się do własnych domów na Long Island albo do Jersey. Inni wykorzystywali wolny dzień na udział w pogrzebach, ślubach, chrzcinach albo — co najważniejsze — na podtrzymywanie na duchu i dokarmianie chorych krewniaków leżących w szpitalu Bellevue. Zdarzało się, że ci bardziej zamerykanizowani wyprawiali się z rodzinami na wyspę Coney, ale robili to nie częściej niż raz do roku. Podróż była długa, a wydatki na frankfurterki i wodę sodową na miejscu — nawet jeśli zabrało się ze sobą papierowe torby z własną wałówką i piciem — spore z uwagi na liczebność rodzin. Zresztą mężczyźni nie lubili tam jeździć. Włosi nie gustowali w bezczynnym wylegiwaniu się na plaży. Słonecznej kąpieli zażywali w nadmiarze przez cały tydzień, harując w pocie czoła na kolejowych torowiskach. W niedziele woleli poleniuchować w chłodzie mieszkania albo ogrodu, wytężać mózgownice przy partyjce kart, sączyć wino albo słuchać plotkujących kobiet, które nie pozwalały im kiwnąć palcem. Wyspę Coney mieli w pracy.

Najprzyjemniejsze były senne niedzielne popołudnia. Żadnych obowiązków, dzieci w kinie. Uciąwszy sobie krótką drzemkę po ciężkostrawnym posiłku, matka z ojcem wykorzystywali skwapliwie te chwile pełnej prywatności i kochali się bez skrępowania, pewni, że nie przydybie ich na tym ani nie podsłucha nikt z domowników. Był to jedyny w tygodniu wolny dzień i starano się go w pełni wykorzystać. Na regenerację sił. Na zacieśnianie rodzinnych więzów. Nie da się ukryć, w ten dzień nawet Bóg odpoczywał.

Tej niedzieli wyludnione, piękne ulice odbiegały od Dziesiątej Alei prostymi jak strzelił liniami. Ponieważ okoliczni mieszkańcy byli za biedni, żeby posiadać samochody, nic nie zakłócało symetrii cementowych krawężników i pustych trotuarów. Gładka czarna smoła lśniła w słońcu, słońce odbijało się w metalowych poręczach schodów, kładło na chropawych kamiennych stopniach. Wszystko wydawało się zastygłe na wieczność w oślepiającym letnim blasku, jakby czystsze i bardziej wyraziste w ten jeden jedyny dzień tygodnia, kiedy przestawały dymić fabryczne kominy.

Lucia Santa wybrała właśnie ten dzień wypoczynku na zaskoczenie wroga — Le Cinglatów.

Wszyscy wyszli z domu. Octavia, dobra włoska córka, zabrała Sala i małą Lenę na spacer. Vincenzo z Ginem poszli do kina. Lucia Santa była wolna.

Najstarszy syn, Lorenzo, tarcza i opoka opuszczonej przez ojca rodziny, nie okazywał należytego szacunku swojemu nazwisku ani matce. Nie było go na niedzielnym obiedzie. Od dwóch dni nie wracał na noc do domu. Wpadał tylko rano uprzedzić matkę, że późno kończy pracę i prześpi się w kolejowej stajni. Lucia Santa odkryła, że z szafy zniknął jego najlepszy garnitur, a do tego jedna z dwóch białych koszul i mała walizeczka. Dosyć tego. *Bastanza*. Postanowione.

Niespełna osiemnastoletni, nieżonaty, nieustatkowany syn śmiał wyprowadzić się z domu, królestwa swojej matki! Jakaż to plama na honorze rodziny. Jaki cios dla poważania, jaki miała u sąsiadek. Jaka obelga dla niej samej. Rebelia. Rebelia, którą trzeba stłumić w zarodku.

Ubrana na czarno, w odświętnym kapeluszu z woalką, z torebką, jak na matronę przystało, w brązowych bawełnianych pończochach naciągniętych na krótkie nogi i podtrzymywanych przez wrzynające się w uda podwiązki, Lucia Santa wyszła na zalaną słońcem ulicę i ruszyła Dziesiątą Aleją w stronę Trzydziestej Szóstej Ulicy, przy której mieszkali Le Cinglatowie. Po drodze podsycała swój gniew, gotując się do sceny, którą zamierzała urządzić. A to szlaja, a to wywłoka i pomyśleć tylko, że dwadzieścia lat temu zalewała się łzami w kościele, zrozpaczona, że będzie musiała iść do łóżka z mężczyzną, którego nigdy na oczy nie widziała. *Del-i-cato*. Och, jaka to okropność — och, jaka sromota — och, ach, ach. Lucia Santa uśmiechnęła się ironicznie. Co to w ludziach siedzi. Modli się jedna z drugą pod figurą, a diabła ma za skórą. Teraz wylazło szydło z worka. We Włoszech z czystym sumieniem zamordowałaby taką. Ale to nie Włochy. Odpędziła od siebie te krwiożercze myśli.

Patrzcie, co ta Ameryka potrafi zrobić z porządnej włoskiej dziewczyny, która nie ma już nad sobą rodziców. Le Cinglatowa jest teraz kobietą. Ale jak się stoczyła. Jak nisko upadła. Zresztą co tam, nigdy nie była święta, udawała tylko kiedyś taką.

A co do rodzonego syna... Ameryka Ameryką, siedemnaście lat czy nie, pracujący czy nie, matki słuchać będzie albo poczuje na gębie jej karzącą dłoń. Ach, dostałby on za swoje, gdyby żył jego naturalny ojciec, tylko że wtedy Lorenzo nie odważyłby się wyprowadzać z rodzinnego domu.

Cień kamienicy Le Cinglatów przyniósł trochę ulgi. Lucia Santa przystanęła w chłodnej, mrocznej, śmierdzącej gryzoniami sieni domu, żeby trochę odsapnąć i zebrać siły przed wspinaczką po schodach i bitwą, którą zaraz stoczy. Na chwilę ogarnęła ją czarna, zniechęcająca rozpacz, uświadomiła sobie nagle swoją bezradność wobec wyroków losu i zakrętów życia — dzieci spaczone obcymi zwyczajami i obcym językiem, mąż taki niewydarzony, że w walce o przetrwanie jest jej bardziej kulą u nogi niż podporą.

Ale tego rodzaju myśli prowadzą do nieszczęścia. Wstąpiła na schody. Jej syn nie będzie gangsterem, kryminalistą na usługach zepsutej, bezwstydnej kobiety. Na mgnienie oka, w tej ciemnej sieni, na tej zatęchłej klatce schodowej, Lucia Santa doświadczyła strasznej wizji — najpierw zobaczyła krzesło elektryczne, a potem syna całego we krwi, pchniętego nożem przez Sycylijczyka albo zazdrosnego męża. Pukając do drzwi Le Cinglatów, dygotała z przejęcia, a krew szybciej krążąca w żyłach podsycała w niej bojowego ducha.

Już na samym wstępie cały jej plan kampanii legł w gruzach. W drzwiach stanął brzuchaty Le Cinglata w czystej białej koszuli i czarnych spodniach podtrzymywanych szelkami. Uśmiechał się pod sumiastym siwym wąsem, przez ten krótki pobyt w więzieniu nie zdążyła mu nawet zejść opalenizna.

Lucię Santę opadły wątpliwości. Skoro mąż jest w domu, to co by tu robił jej syn? Czyżby to tylko plotki? Wątpliwości rozwiały się jednak, kiedy ponad ramieniem gospodarza zobaczyła stojącą przy stole Le Cinglatową. Wyczytała z jej twarzy wrogość, wyzwanie przemieszane z poczuciem winy i dziwną niechęcią.

Ubrana była na czarno, podobnie jak Lucia Santa; co prawda, twarz miała szczuplejszą i młodszą, ale i tak nie dało się ukryć, że mogłaby być matką Lorenza. Żeby kobieta w jej wieku miała czelność deprawować dziecko. Czy to w ogóle możliwe, że kiedyś obie były młode, a ta zdzira niewinna?

— Ach, signora — ucieszył się Le Cinglata. — Zachodźcie, siadajcie, napijemy się winka. — Zaciągnął ją do białego stołu z metalowym blatem. Napełnił szklaneczkę winem z pół-galonowego dzbana. — Dobre winogrona zeszłego roku obrodziły. To wino pachnie Włochami. — Puścił do niej oko. — Wierz mi, ono nie jest na sprzedaż. — Dawał do zrozumienia, że trunkiem z takiego zbioru częstowani są tylko specjalni goście, do jakich zalicza Lucię Santę.

Le Cinglatowa przyniosła talerz twardych, chrupkich *tarelle*, nakrapianych ciemnymi cętkami pieprzu. Postawiła go na stole i założyła ręce na piersi. Ona nie piła.

Signor Le Cinglata sobie też nalał wina i zaproponował:

— Wypijmy, Lucio Santo.

Powiedział to z taką serdecznością, że Lucia Santa poczuła się rozbrojona. Niespodziewana uprzejmość zawsze tak na nią działała. Wypiła. A potem, tonem łagodniejszym, niż zamierzała, powiedziała:

— Przechodziłam i pomyślałam sobie, że może Lorenzo tu jest, że pomaga signorze Le Cinglata obsługiwać klientów.

Le Cinglata uśmiechnął się.

— Nie, nie — powiedział. — W niedzielę po południu odpoczywamy. Interes otwieramy dopiero wieczorem. W końcu Żydami nie jesteśmy.

— Wybacz, że to mówię — powiedziała bardziej już zdecydowanym tonem Lucia Santa. — Zrozum matkę. Lorenzo jest jeszcze za młody na taką pracę. Nie ma doświadczenia. Jednego wieczoru pobił dorosłego mężczyznę, który mógłby być jego ojcem. Na dodatek to Sycylijczyk, który z zemsty może będzie chciał go teraz zabić. Ty, signor Le Cinglata, na pewno wiesz o tym, wiesz o wszystkim.

— A jakże, wiem, wiem — przyznał wylewnie, dobrodusznie Le Cinglata. — To dobry chłopak. *Bravo, bravo,* ten twój Lorenzo. Wychowałaś go na dobrego Włocha, ma szacunek dla starszych, robotny, przedsiębiorczy. Wiem, że co u nas zarobi, a uczciwie mu płacimy, oddaje matce. Niewielu jest takich, którym ufam, którzy mają wolny wstęp do mojego domu, ale co do Lorenza nie może być żadnych wątpliwości. A jaką szczerą ma twarz... — I tak dalej, i tak dalej.

— Ale aniołem z nieba też nie jest — przerwała mu zniecierpliwiona Lucia Santa. — Musi być posłuszny. Mam rację? Syn powinien okazywać szacunek matce, dobrze mówię? A co ja widzę? Część jego ubrań zniknęła z domu. Pomyślałam więc sobie, że może wy coś o tym wiecie, że może u was nocował.

Tu po raz pierwszy odezwała się Le Cinglatowa i Lucię Santę zadziwiła jej bezczelność, bezwstydność, jej pewny siebie ton.

— Oj — powiedziała. — Twój syn jest dorosłym mężczyzną. Zarabia na siebie i na swoje rodzeństwo. Nie jesteśmy we Włoszech. Za krótko go trzymasz, signora.

Mówiąc to, Le Cinglatowa popełniła błąd. Wobec takiej gruboskórności Lucia Santa mogła stracić nad sobą panowanie i wygarnąć w oczy, co naprawdę myśli.

— Ach, signora — odparła chłodno, ale grzecznie Lucia Santa — ty nie wiesz, ile kłopotu jest z dziećmi. Bo i skąd miałabyś wiedzieć. Los był dla ciebie łaskawy i nie obarczył cię żadnym. Ile to musi się namartwić matka, ile namodlić do Chrystusa, a tobie zostało to oszczędzone. Ale jedno ci powiem, moja droga Le Cinglatowa. Ameryka nie Ameryka, Afryka albo nawet Anglia, wszystko jedno. Moje dzieci będą nocowały pod moim dachem, dopóki nie założą własnych rodzin. Moje dzieci nie zostaną pijakami, nie będą się z pijakami biły, nie pójdą do więzienia ani na elektryczne krzesła.

— Co? Co takiego? — krzyknęła wzburzona Le Cinglatowa. — Chcesz przez to powiedzieć, że nie jesteśmy przy-
zwoitymi ludźmi? Że twój syn jest za porządny, żeby do nas
przychodzić? A kim ty jesteś? Z jakiej części Włoch po-
chodzisz? Ani w mojej, ani w twojej prowincji nie było nikogo
ze szlachetnego rodu, kto by się nazywał Angeluzzi albo Corbo.
Jak to? Mojemu mężowi, który był najbliższym przyjacielem
prawdziwego ojca twojego syna i razem z nim pracował, prawie
ojcu chrzestnemu, nie wolno okazywać przyjaźni Lorenzowi?
To chcesz powiedzieć?

Lucia Santa, widząc, że wpadła we własne sidła, przeklinała
w duchu tę kutą na cztery nogi spryciarę. Miała pod ręką
gotową ripostę, że nie do jej męża, lecz właśnie do niej ma
pretensje o wywieranie złego wpływu na syna, ale nie mogła
tego powiedzieć. Bała się. Zazdrosny i zdradzony mąż mścił
się nie tylko na niewiernej żonie, ale i na jej kochanku.

— Nie, nie — zaprzeczyła czym prędzej — oczywiście, że
może tu przychodzić. Ale nie do pracy. I niech nie przesiaduje
do białego rana między swarzącymi się mężczyznami. Niech tu
nie nocuje — zakończyła z przekąsem.

Le Cinglatowa uśmiechnęła się.

— Mój mąż wie, że twój syn tu nocował. On nie daje
posłuchu głupim plotkom. Wie, że żona nie zdradziłaby go
z chłopcem, który jeszcze mleko ma pod nosem. Jest wdzięczny
twojemu synowi za ochronę. Dał mu za to dwadzieścia dolarów.
A ty powiedz szczerze. Jesteś rodzoną matką tego chłopca
i naprawdę podejrzewasz go o najgorsze?

— Nie, nie — zaprzeczyła pośpiesznie Lucia Santa, bo
zauważyła, że Le Cinglata zawisł wzrokiem na jej wargach, tak
jakby nie mógł się doczekać odpowiedzi. — Tylko że ludzie
gadają. Dzięki Bogu twój mąż jest rozsądnym człowiekiem. —
Akurat, głupcem i idiotą, dodała w duchu. A co do matki
podejrzewającej syna o najgorsze, to kto ma do tego większe
prawo?

W tym momencie, bez pukania, jak do siebie, wszedł Lorenzo. Zatrzymał się jak wryty, a scena, która się zaraz potem rozegrała, wszystko matce wyjaśniła.

Larry uśmiechnął się z niewymuszonym wdziękiem do wszystkich, do matki, do swojej kochanicy, a na koniec do męża, któremu przyprawiał rogi. Oni też się uśmiechnęli, ale w uśmiechu Le Cinglaty Lucia Santa zauważyła fałsz i pogardę dla młodzieńca; był to uśmiech mężczyzny, który nie da się wyprowadzić w pole. A Le Cinglatowa... że też twarz kobiety w jej wieku może tak wyglądać — wargi pełne, wilgotne i czerwone, czarne oczy błyszczące, roziskrzone, wlepione bez skrępowania w chłopca.

Lucia Santa obserwowała z ponurą ironią Lorenza. Swojego przystojnego syna o fałszywym sercu. Włosy granatowoczarne, jedwabiste, twarz opalona na brąz, jak wykuta z kamienia, rysy wyraziste, duży, mięsisty, męski nos, cera niezeszpecona młodzieńczym trądzikiem. I ten syn, ten Judasz, popatrzył teraz na matkę z niewinnym zdziwieniem.

— Mama? A co ty tu robisz? — spytał, stawiając na podłodze walizkę, z którą przyszedł. — Właśnie sobie myślę, jaki to pech, że nie zastałem cię w domu.

Wiedziała, jak to było. Czekał, aż ona wyjdzie, obserwując dom z ukrycia. Do głowy mu nawet nie przyszło, że wybiera się tutaj. Potem szybko do mieszkania po czyste rzeczy. *Figlio de puttana*, pomyślała, jaki dwulicowy.

Nie dała jednak po sobie poznać, jaki gniew nią miota.

— Ach, synku — powiedziała — widzę, że przeprowadzasz się do nowego domu. Signor i signora Le Cinglatowie cię adoptują? Moje gotowanie ci nie w smak? Któreś z rodzeństwa w jakiś sposób cię uraziło? Odmiany ci się zachciało, tak?

— Oj, przestań, mamo — odparł ze śmiechem Larry. — Nie żartuj. — Był pełen uznania dla dowcipu matki. Nie znał jej od tej strony. Nagrodził ją promiennym uśmiechem. — Mówiłem ci przecież, że zamierzam się tu przenieść na jakiś czas i pomagać. Chcę ci dawać więcej pieniędzy na dom. *Zi'* Le Cinglata musi stawić się przed sądem, a potem jedzie na wieś skupować winogrona. Bez obawy, mamo, wszystko, co zarobię, oddam tobie.

— *Grazia* — powiedziała Lucia Santa.

Wszyscy, nawet signor Le Cinglata, się uśmiechnęli. Bawił ich tupet chłopca nazywającego „wujkiem" człowieka, któremu przyprawia rogi.

Signor Le Cinglata, wyczuwając, że atmosfera się rozluźniła, powiedział wylewnie:

— Lucio Santo, traktuję Lorenza jak własnego syna. Ach, co za *disgrazia*, że nie mamy dzieci. I kto ma teraz chronić moją żonę, kiedy mnie nie ma? Prowadzenie takiego interesu jest trudne i niebezpieczne dla samotnej kobiety. W domu musi być silny mężczyzna. Twój syn ma etat na kolei. Po pracy przychodzi tutaj i siedzi do białego rana. Spać musi w dzień. U ciebie wciąż kręcą się dzieci, wbiegają i wybiegają, wbiegają i wybiegają. Dlaczego nie miałby wypoczywać tutaj, gdzie za dnia jest cicho i spokojnie? Mam do twojego syna pełne zaufanie i nie słucham głupich plotek. Człowiek, który zarabia tyle co ja, nie musi się przejmować opiniami sąsiadów.

Dla Lucii Santy wszystko było już jasne. Ogarnęła ją bezbrzeżna pogarda dla tych ludzi. Oto mąż, i w dodatku Włoch, który dla pieniędzy przymyka oko na to, że żona go zdradza. Oto żona, która wie, że dla męża bardziej liczą się interes i pieniądze niż jej honor i dobre imię, i robi z niej dziwkę. Lucia Santa była do głębi wstrząśnięta, co nieczęsto jej się w życiu zdarzało.

Jak skończy jej syn, zamieszkując z takimi ludźmi?

— Zbieraj swoje rzeczy, *figlio mio* — powiedziała beznamiętnie do Lorenza — i wracamy do domu. Bez ciebie się stąd nie ruszę.

Larry uśmiechnął się z zakłopotaniem i zerknął na gospodarzy.

— Daj spokój, mamo — odrzekł. — Od pięciu lat pracuję i przynoszę do domu pieniądze. Nie jestem już dzieckiem.

Lucia Santa wstała, przyjmując władczą postawę.

— Śmiesz sprzeciwiać się matce przy obcych? — zapytała teatralnym tonem.

— *Va, va, giovanetto* — podchwyciła ze zjadliwą pogardą Le Cinglatowa. — Idź z matką. Dzieci powinny być matce posłuszne.

Larry poczerwieniał pod opalenizną i Lucia Santa zobaczyła w jego oczach męski gniew. Przypominał teraz swojego nieżyjącego ojca.

— Za cholerę nie pójdę — warknął.

Lucia Santa doskoczyła do syna i wymierzyła mu otwartą dłonią siarczysty policzek. Odepchnięta, zatoczyła się na kuchenny stół.

Le Cinglatowie wystraszyli się. Sprawy za daleko się posunęły. Wkroczyli między matkę i syna.

— Nooo! — Lucia Santa wydała z siebie przeciągły okrzyk. — Syn podnosi rękę na matkę. *Animale! Bestia! Sfachim! Figlio de puttana!* Bogu dzięki, że twój ojciec już nie żyje. Bogu dzięki, że nie widzi, jak jego syn ujmuje się za obcymi i bije własną matkę.

Na policzku Larry'ego odznaczało się pięć czerwonych pręg, ale gniew już mu przeszedł.

— Oj, mamo, tylko cię odepchnąłem — burknął ponuro. — Nie rób scen. — Widok łez upokorzenia w oczach matki napełniał go poczuciem winy, przyprawiał o wyrzuty sumienia.

Lucia Santa odwróciła się do Le Cinglatów.

— Zadowoleni, co? — zapytała. — Dobrze. Niech mój syn tu zostanie. Ale uprzedzam, na noc ma wrócić do domu. Bo jak nie, to idę na policję. Jest nieletni. Poślę go do domu poprawczego, a was do więzienia. Handlujcie sobie na lewo winem i whisky, mnie nic do tego, ale dzieci są tutaj, w Ameryce, pod ochroną. Sama powiedziałaś, signora, że to nie Włochy. — Teraz zwróciła się do syna: — Zostań ze swoimi przyjaciółmi. Nie życzę sobie twojego towarzystwa na ulicy, ale ostrzegam, mój drogi synu, albo nocujesz dzisiaj w domu albo jak amen w pacierzu wyrzeknę się ciebie. — To powiedziawszy, odwróciła się i wyszła z godnością.

A więc to tak zbija się fortuny, rozmyślała, wracając do domu. Pieniądze na pierwszym miejscu, ważniejsze od wszystkiego. Jakaż to szumowina. Istne zwierzęta. I tacy mają jeszcze czelność patrzeć ludziom w oczy.

Tego wieczoru, kiedy dzieci były już w łóżkach, Octavia z matką zaparzyły sobie kawę i usiadły z filiżankami przy dużym okrągłym stole w kuchni. Larry nie wracał. Octavię niepokoiło trochę, że matka wytrwa w swoim postanowieniu i rzeczywiście pośle go do poprawczaka. Wtedy ona nie mogłaby iść jutro do pracy. Musiałaby udać się z matką na posterunek policji, żeby złożyć tam pod przysięgą doniesienie o przestępstwie. Octavia nigdy by się nie spodziewała, że matka potrafi być tak okrutna i zawzięta ani że aż tak gardzi dodatkowymi pieniędzmi, które Larry zarabia u Le Cinglatów.

Drgnęły obie, słysząc pukanie do drzwi. Octavia poszła otworzyć. W progu stał wysoki, ciemnowłosy, przystojny młodzieniec w pięknym garniturze, jaki noszą tylko gwiazdy filmowe. Uśmiechnął się do niej.

— Czy tu mieszka signora Corbo? — spytał po włosku. A potem dodał: — Reprezentuję państwa Le Cinglatów, jestem ich prawnikiem; prosili mnie, żebym z wami porozmawiał.

Octavia zrobiła mu kawy. Przyjaciel czy wróg, gościnność obowiązuje.

— Przejdę od razu do rzeczy — zagaił mężczyzna. — Signora Corbo, niepotrzebnie robi pani tyle szumu o syna. Wszyscy teraz handlują pokątnie alkoholem. Nie ma w tym nic zdrożnego. Sam prezydent lubi sobie strzelić jednego. Taka pani bogata, że nie zależy pani na podreperowaniu domowego budżetu tymi paroma dolarami?

— Panie prawnik — powiedziała Lucia Santa. — Nie obchodzi mnie jak ani co pan mówi. — Młodzieniec przyglądał się jej z zainteresowaniem, wyraźnie nie biorąc sobie tych słów do serca. — Mój syn ma nocować w domu swojej matki, swoich braci i swojej siostry — podjęła. — Dopóki się nie ożeni. A jak nie, to wyląduje w zakładzie poprawczym. Wypuszczą go stamtąd, kiedy skończy osiemnaście lat, ale we mnie nie będzie już miał matki. Do tego czasu nie mam wyboru. Żadne z moich dzieci nie będzie alfonsem, niebieskim ptakiem ani mordercą.

Młodzieniec studiował przez chwilę jej twarz. Potem powiedział:

— No tak. Widzę, że się rozumiemy. A teraz proszę mnie posłuchać, signora. Niech pani pod żadnym pozorem nie idzie na policję. Obiecuję, że jutro pani syn tu wróci. Na bank. I więcej nie będzie pani z nim miała takich kłopotów. To jak, dogadaliśmy się?

— Dzisiaj — nie ustępowała Lucia Santa.

— Oj. — Młodzieniec westchnął. — Rozczarowuje mnie pani. Sam Jezus Chrystus nie dałby rady nakłonić pani syna do powrotu jeszcze dzisiaj. Pani, matka, kobieta znająca życie, rozumie pewnie, że dla niego to kwestia honoru. Uważa się za dorosłego mężczyznę. Niech mu pani pozwoli odnieść to małe zwycięstwo.

Lucii Sancie pochlebiły te komplementy, a poza tym musiała w duchu przyznać, że prawnik ma rację. Kiwnęła na zgodę głową.

Młodzieniec wstał sprężyście.

— Buona sera, signora — powiedział, ukłonił się Octavii i wyszedł.

— Widzisz? — mruknęła posępnie matka. — Oto przed czym uchroniłam twojego brata.

Octavia nie zrozumiała.

— Prawnik, cha, cha — ciągnęła matka. — Wynajęli Czarną Rękę. Na twarzy miał wypisane „morderca".

Octavia parsknęła śmiechem.

— Mamo, co ty wygadujesz! — powiedziała, ale patrzyła

na matkę z miłością i szacunkiem. Ta prosta wieśniaczka, upatrując w mężczyźnie, który ich odwiedził, groźnego przestępcę, nie ugięła się, nie okazała cienia lęku. Mało tego, od samego początku wizyty sprawiała wrażenie gotowej chwycić w razie czego za *tackeril*.

— To będę mogła iść jutro do pracy? — spytała Octavia.

— Tak, tak — odparła Lucia Santa. — Idź do pracy. Szkoda stracić dniówkę. Nie stać nas na to. Tacy jak my nigdy nie będą bogaci.

# Rozdział 5

Lucia Santa z małą Leną na ręku wyjrzała przez okno pokoju, mrużąc oczy przed oślepiającym blaskiem późnosierpniowego poranka. Na Alei panował ożywiony ruch, bezpośrednio pod jej oknem uliczny sprzedawca zachwalał wrzaskliwie swój towar: „Ziemniaki. Banany. Szpinak. Tanio. Tanio. Tanio". Na wozie mieniły się czerwienią, brązem, zielenią i żółcią skrzynki z owocami i warzywami. Całość przypominała Lucii Sancie dziecięce malunki, jakie nieraz ścierała z linoleum pokrywającego podłogę w mieszkaniu.

Po drugiej stronie, na terenie bocznicy kolejowej, zobaczyła tłumek mężczyzn i chłopców. Dzięki Bogu Lorenzo jeszcze w łóżku, odsypia nocną zmianę. Gdyby nie to, poczułaby ten okropny, przeszywający ból, strach ściskający w dołku i odbierający władzę w nogach. Wytężyła wzrok.

Z dachu wagonu towarowego patrzył na zbiegowisko mały chłopiec. Co jakiś czas robił kilka szybkich, nerwowych kroków w jedną, potem w drugą stronę i znowu przystawał. Słońce odbijało się od koszulki w biało-niebieskie pasy. Nikt inny, tylko Gino. Ale co on tam robi? Co się stało? W pobliżu wagonu nie było lokomotywy, czyli nic mu raczej nie zagraża.

I nagle Lucię Santę coś tknęło. Był to ów przebłysk niemal nadprzyrodzonej intuicji przytrafiający się kobietom, które

91

patrzą z okien na swoje bawiące się na dole dzieci, obserwują, same nie będąc obserwowanymi. Jak ten Pan Bóg z legendy, który spoziera zza chmury na ludzkie dzieci zbyt zaabsorbowane zabawą, by spojrzeć w górę i przyłapać Go na podglądaniu.

Zalśniła w słońcu czarna skórzana kurtka strażnika kolejowego wspinającego się po drabince na dach wagonu i Lucia Santa już wszystko wiedziała.

— Lorenzo, wstawaj! — krzyknęła, wpadając do sypialni. — Migiem.

Potrząsnęła syna za ramię. Niepotrzebnie. Wibrujący, piskliwy tembr jej głosu głuchego by obudził. Larry zerwał się z łóżka jak oparzony. W samych spodenkach gimnastycznych, naga, owłosiona pierś i nogi — widok gorszący dla każdej kobiety, ale nie dla matki — rozczochrane włosy, błędny wzrok, spocona twarz. Podbiegł za matką do okna w bawialni. Gino, umykając przed wspinającym się po niego Buldogiem, zeskakiwał właśnie z dachu towarowego wagonu. Wpadł prosto w objęcia drugiego Buldoga, który czekał na dole. Kiedy był jeszcze w powietrzu, Lucia Santa wydała okrzyk zgrozy.

— Jezu Chryste! — wrzasnął Larry. — Ile razy ci mówiłem, żebyś zakazała szczeniakowi kraść lód? — Wrócił pędem do sypialni, wciągnął spodnie, podkoszulek, wzuł buty i już był na schodach.

Kiedy wybiegał z budynku, Lucia Santa krzyknęła za nim z okna:

— Szybciej, szybciej, bo go zatłuką. — Zobaczyła przed chwilą, jak Gino obrywa w ucho od jednego z Buldogów. Cały tłumek zmierzał teraz w stronę baraku przy Dziesiątej Alei. Larry przeciął jezdnię, roztrącił wianuszek gapiów i wyrwał strażnikowi rękę Gina. Na ten widok Lucia Santa wybaczyła mu znieważenie u Le Cinglatów, karygodne zachowanie przez kilka ostatnich tygodni. A więc nie zapomniał, co znaczy brat; nadal wie, że nie ma zobowiązań świętszych niż wynikające z więzów krwi, że najpierw one, a dopiero potem kraj, kościół, żona, kobieta i pieniądze. Na jej oczach grzesznik zmywał swe winy i jej serce się radowało.

Larry Angeluzzi przemknął przez jezdnię jak wojownik owładnięty żądzą mordu. Dosyć upokorzeń. Od kilku tygodni chodził jak struty, to miotał nim gniew, to znów dręczyły wyrzuty sumienia. Takie wysokie miał o sobie wyobrażenie i ten wizerunek zawalił się w gruzy. Uderzył matkę i narobił jej wstydu przed obcymi. A doprowadziło do tego zadawanie się z ludźmi, którzy go wykorzystali, a potem odprawili. Frajer zrobił swoje, frajer może odejść. W swoim odczuciu postąpił jak ostatni łajdak i za to spotkała go kara, był jak ten anioł strącony ze swojego małego nieba. Czasami nie mógł uwierzyć, że tak się zachował, i próbował sobie wmawiać, że to był wypadek — że matka potknęła się i zatoczyła, a on tylko chciał ją podtrzymać, lecz tak niezdarnie, że wyglądało, jakby ją pchnął. Ale natychmiast odrzucał ze wstydem tę wersję. Teraz, nie zdając sobie nawet sprawy, że pragnie się zrehabilitować, wyrwał Buldogowi Gina i w tym momencie poczuł na plecach wzrok matki.

Gino płakał, ale nie z bólu ani nie ze strachu. Do ostatniej chwili był przekonany, że zdoła umknąć. Odważył się nawet zeskoczyć z dachu wagonu na twardy żwir i nic sobie nie zrobił. Nie, to były łzy złości i upokorzenia chłopca, który dając się złapać, nie dość, że stracił twarz, to przekonał się jeszcze, jaki w istocie jest mały i bezradny.

Jednego z Buldogów Larry widział po raz pierwszy, drugiego znał — miał na imię Charlie. W zimie Larry niejeden wieczór przesiedział z nim w baraku, obgadując dziewczęta z okolicy i śmiejąc się z wysokiego mniemania, jakie miał o sobie ten krzywonogi człowieczek. Teraz powiedział chłodno do obu:

— Czego się, cholera, czepiacie mojego brata? — Zamierzał załagodzić jakoś sprawę; wiedział, że rzecz trzeba załatwić polubownie, z wyczuciem. Ale słowa te zabrzmiały w jego ustach jak buńczuczne wyzwanie.

— Co to, u diabła, za jeden? — zwrócił się wyższy Buldog, ten nieznajomy, do Charliego Chaplina, i wyciągnął rękę, żeby znowu chwycić Gina za kołnierz. Larry zagarnął Gina za siebie.

— Idź do domu — warknął do chłopca.

Gino ani myślał go posłuchać.

— To przodownik z nocnej zmiany — wyjaśnił Charlie Chaplin koledze. A potem, zwracając się do Larry'ego, powiedział: — Słuchaj, ten twój braciszek przez całe lato podkrada lód z kolei. Kiedyś rzucał we mnie kamieniami i kazał mi się brandzlować. Taki gnojek. Twój brat czy nie twój zerżnę mu tyłek na kwaśne jabłko. Odsuń się, chłopcze, bo i tobie się oberwie. A i z roboty możesz wylecieć. Nie zapominaj, że też pracujesz na kolei. Nie przeginaj, chłopie.

— Wlepili już twojemu bratu parę niezłych klapsów — zawołał po włosku jeden z przyglądających się zajściu robotników.

Larry zaczął się cofać. Zatrzymał się, kiedy żwir przestał mu chrzęścić pod podeszwami i znalazł się na trotuarze.

— Stoimy teraz poza terenem bocznicy. Tutaj wasza władza nie sięga. — Postanowił negocjować; nie chciał tracić tej posady. — Czegoś tu nie rozumiem, Charlie. Od kiedy to z ciebie taki służbista? Wszystkie dzieciaki z Dziesiątej Alei kradną lód z bocznicy. Nawet młodszy brat twojej dziewczyny. Nie rozmawiasz, cholera, z pierwszym lepszym. Dobra, przylałeś mojemu bratu, bo trafił cię kiedyś kamieniem. Jesteście kwita. — Przesunął wzrokiem po twarzach gapiów, potem zerknął na przyrodniego brata. Gino już nie płakał. Stał obok poważny, a jego dziecięca buzia pałała żądzą zemsty, co komicznie wyglądało. — Jeszcze raz wejdziesz na bocznicę, a tak cię spiorę, że popamiętasz — powiedział do niego Larry. — A teraz idziemy.

Dobrze to rozegrał. Nikt nie stracił twarzy, obyło się bez ekscesów, dzięki czemu nie narobił sobie wrogów, a na swoim jednak postawił. Był z siebie dumny. Ale wysoki, ten nieznajomy Buldog, wszystko popsuł.

— Po to ściągałeś mnie tu taki kawał, żeby teraz wszystko rozeszło się po kościach? — zwrócił się z pretensją w głosie do Charliego Chaplina. Charlie wzruszył tylko ramionami. Wysoki Buldog podszedł do Gina, dał mu na odlew w twarz i ostrzegł: — Niech no cię tu jeszcze kiedyś zobaczę.

Larry uderzył go z pięści. Cios był tak silny, że Buldog padł jak ścięty, a jego czarna czapka z daszkiem poleciała w tłum. Krąg gapiów odstąpił, zaległa martwa cisza, wszyscy byli ciekawi, czy Buldog z rozkwaszonymi, krwawiącymi wargami się podniesie. Bez czapki wyglądał starzej i jakoś mniej groźnie z tą łysiną. Pozbierał się z ziemi i stanął przed Larrym.

Mierzyli się przez chwilę wzrokiem. Potem Buldog zdjął pas z pistoletem i oddał go razem ze swoją czarną kurtką Charliemu. Został w samej brązowej koszuli opinającej szeroką klatkę piersiową.

— Takiś twardziel, makaroniarzu? Dobra, zobaczymy, jaki z ciebie zawodnik.

— Nie tutaj — powiedział Charlie. — Chodźmy za tamte bydlęce wagony.

Przeszli całą grupą na wysypany żwirem placyk w głębi bocznicy. Żaden podstęp nie wchodził w rachubę. To była sprawa honoru. Buldodzy mieszkali na West Side. Egzekwując w tych okolicznościach służbowe uprawnienia, na zawsze okryliby się niesławą w swojej dzielnicy.

Larry ściągnął podkoszulek i upchnął go sobie w spodnie. Pomimo młodego wieku, tors miał już bujnie owłosiony, a w barach był jeszcze szerszy od starszego odeń przeciwnika. Bał się tylko jednego, że matka przybiegnie tu z awanturą i narobi mu wstydu. Gdyby tak się stało, odszedłby z domu na dobre. Zerknął w górę i stwierdził z ulgą, że Lucia Santa stoi nadal w oknie.

Po raz pierwszy w życiu Larry rwał się do walki, ręce go świerzbiały, żeby komuś przyłożyć, udowodnić sobie, że jest panem swojego światka.

Od strony Alei nadbiegali dalsi, żądni widowiska gapie. Z okien kamienicy wychylały się głowy.

— Będę twoim sekundantem — wysapał Guido, syn *Panettiere*, dopadając do Larry'ego. Za nim dreptał przejęty Vinnie.

Larry i Buldog przyjęli bokserskie postawy i ruszyli na siebie. I w tym momencie Larry odczuł całą zespoloną siłę spojrzeń patrzącej z okna matki i dwóch wmieszanych w tłum młodszych braci, którym oczy omal nie wyszły z orbit. Poczuł przypływ nadludzkiej energii. Nie da się upokorzyć; nie zobaczą go pobitego. Doskoczył do przeciwnika. Z obu stron posypał się grad ciosów, pięści ześlizgiwały się po przedramionach i bicepsach. W ferworze tej wymiany Larry opuścił na moment gardę i nadział się na jeden z chaotycznych cepów broniącego się Buldoga. Odskoczył z policzkiem przeoranym długą krwawą bruzdą.

Syn *Panettiere* zareagował natychmiast.

— Zdejmuj obrączkę, podstępny skubańcu! — wrzasnął, wpadając między nich. — Walcz fair.

Buldog zaczerwienił się, ściągnął grubą ślubną obrączkę, którą wcześniej wsunął sobie niepostrzeżenie na palec, i rzucił ją Charliemu Chaplinowi. Z tłumu posypały się kpiny i docinki. Buldog runął na Larry'ego.

Larry, trochę zdeprymowany krwią lejącą się z policzka, ale wciąż pałający morderczą nienawiścią, rąbnął Buldoga szerokim hakiem w żołądek. Buldog padł. Tłum zawył z zachwytu.

— Lutuj go, Larry, lutuj! — darł się jak opętany Guido.

Buldog podźwignął się z ziemi i wszyscy zamilkli. W tej ciszy Larry usłyszał stłumiony odległością krzyk matki:

— Lorenzo, *stoppa, stoppa*.

Niektórzy z gapiów obejrzeli się na okno kamienicy po drugiej stronie Alei. Rozgrzany walką Larry machnął ze zniecierpliwieniem na matkę, żeby się zamknęła.

Starli się znowu i po krótkiej młócce na pięści Buldog upadł po raz drugi, nie tyle może od ciosu, co żeby odsapnąć. Brakło mu już tchu. Kiedy się podnosił, Larry posłał go z powrotem na ziemię bolesnym ciosem w twarz.

Mężczyzna, doprowadzony do furii doznanym upokorzeniem, złapał Larry'ego za szyję, przyciągnął do siebie i próbował kopnąć kolanem. Larry w porę go odepchnął. Obaj słaniali się już na nogach, a żaden nie był na tyle wprawnym bokserem, by znokautować przeciwnika i zakończyć w ten sposób pojedynek niekwestionowanym zwycięstwem. Charlie Chaplin chwycił wpół Buldoga, Guido Larry'ego, i przytrzymali ich. Było po walce.

— Okej — obwieścił uroczyście Charlie Chaplin. — To była dobra walka. Obaj pokazaliście, żeście nie palcem robieni. Podajcie sobie teraz ręce i nie żywcie urazy.

— Tak jest — poparł go Guido. A potem puścił do Larry'ego oko i tonem zdradzającym, że wcale tak nie myśli, dodał: — Remis.

Kibice podchodzili do Larry'ego, ściskali mu dłoń i poklepywali po ramieniu. Nie mieli wątpliwości, że wygrał.

Na koniec Larry i Buldog z głupawymi uśmieszkami na twarzach podali sobie ręce i uścisnęli się za ramiona na znak przyjaźni.

— Dobry jesteś, chłopcze — powiedział schrypniętym głosem Buldog.

Z tłumu dobiegły pomruki poparcia.

— Chodźmy, braciszku — powiedział Larry, otaczając Gina ramieniem. Przecięli Aleję i weszli do kamienicy. Za nimi postępowali Guido i Vincent.

Kiedy przekraczali próg mieszkania, Lucia Santa zamachnęła się bez słowa na Gina, ale ten z łatwością uniknął uderzenia. Potem zobaczyła rozharatany policzek Larry'ego.

— *Marrone, marrone* — jęknęła, załamując ręce, ale zaraz się opamiętała, zakrzątnęła i przyłożyła do rany mokry gałganek. — *Sfachim!* — wydarła się na Gina — przez ciebie biją twojego brata.

— Oj, mamo — powiedział z dumą Larry — ja wygrałem tę walkę, spytaj Guida.

— Bezapelacyjnie — przytaknął Guido. — Syn mógłby zostać zawodowym bokserem, pani Corbo. Niewąski wycisk dał temu Buldogowi. A po nim samym nie byłoby nic widać, że się bił, gdyby nie ta obrączka.

— Larry cztery razy posłał na ziemię tego sukinsyna, mamo — wtrącił się Gino. — To znaczy, że wygrałeś, prawda?

— Jasne — odparł Larry — a ty przestań przeklinać. — Rozpierała go moc ciepłych uczuć do matki, brata, do całej rodziny. — Nikt nie będzie podnosił ręki na nikogo z mojej rodziny — powiedział. — Gdybym nie pracował na kolei, zatłukłbym gościa na śmierć.

Lucia Santa zrobiła im kawy.

— Wracaj do łóżka, Lorenzo — powiedziała, kiedy wypili. — Wieczorem idziesz do pracy.

Guido z Vinniem wyszli do piekarni. Larry rozebrał się i położył. Z kuchni dolatywał podniecony głos Gina opowiadającego matce o walce.

Był zmęczony, ale odzyskał spokój ducha. Zmył z siebie piętno łajdaka. Dziś wieczorem, kiedy będzie jechał konno Dziesiątą Aleją, prowadząc za sobą wielką czarną lokomotywę z niekończącym się sznurem wagonów, ludzie z Alei będą patrzyli na niego z uznaniem, witali go okrzykami, zagadywali. Będzie traktowany z szacunkiem. Obronił brata i honor rodziny. Nikt nie waży się teraz tknąć palcem nikogo z jego rodziny. Zasnął.

— Jak jeszcze raz polezisz na bocznicę, to ci łeb ukręcę — ostrzegła Gina Lucia Santa, spoglądając na niego groźnie.

Chłopiec wzruszył tylko ramionami.

Lucia Santa była szczęśliwa, ale trochę ją irytowało całe to podniecanie się zwyczajną przecież bójką, to typowe dla mężczyzn puszenie się i egzaltacja. Myślałby kto, że takie rzeczy naprawdę mają jakieś znaczenie. Nie chciała już tego słuchać. Pogardzała w skrytości ducha męskim heroizmem i nie była w tym odosobniona. Podobnie myślało wiele kobiet, tyle że żadna z nich nie odważyłaby się powiedzieć tego głośno. Dla nich męska ambicja była przejawem infantylizmu, bo jeśli się dobrze zastanowić, to który mężczyzna dzień po dniu, rok po roku ryzykowałby życie, jak to czynią one, kobiety, decydując się na akt miłości? Gdyby to oni rodzili dzieci, gdyby to ich ciała otwierały się co rok w wielkie krwawe pieczary. Nie obnosiliby się tak wtedy ze swoimi rozkwaszonymi nosami, z bliznami po pchnięciu nożem. Gino wciąż paplał o stoczonej przez brata walce. Chwyciła go za kołnierz i wyrzuciła za drzwi jak kociaka.

— A spróbuj mi się tylko spóźnić na kolację! — krzyknęła za nim.


Przez resztę lata, w morderczym skwarze lejącym się z nieba, Lucia Santa musiała toczyć wojnę z Octavią. Płatki zeschniętego łajna i sadzy — nieczystości wyprodukowane przez miliony ludzi i zwierząt — pokrywały trotuary, wypełniały rynsztoki. Nawet z wielkich gmachów z nieożywionego kamienia osypywał się i unosił w powietrzu ziarnisty kurz niczym sierść z liniejących psów.

Octavia wygrała. Najpierw zmieniła pracę i została nauczycielką szycia w firmie Melody zajmującej się promocją sprzedaży maszyn do szycia. Udzielała bezpłatnych lekcji przysługujących każdemu, kto taką maszynę kupował. Zarabiała o trzy dolary tygodniowo mniej niż w poprzednim miejscu pracy, ale obiecywano jej szybki awans. A na dodatek od czasu do czasu mogła w ramach obowiązków służbowych uszyć coś dla matki i małej Leny. Ten ostatni argument przekonał w końcu Lucię Santę. To było jedno zwycięstwo.

Vinnie bardzo wychudł przez lato. Martwiło to i matkę, i siostrę. Octavia zaprowadziła kiedyś trzech młodszych braci do bezpłatnej przychodni dentystycznej przy siedzibie Hudsońskiego Stowarzyszenia Właścicieli Domów Czynszowych.

Zobaczyła tam ogłoszenie informujące, że założona przez „Herald Tribune" Fundacja Świeżego Powietrza przyjmuje zapisy dzieci na dwutygodniowy letni obóz albo pobyt na wsi u specjalnie wytypowanych rodzin. Niewiele myśląc, zapisała Vinniego. Było to jeszcze przed podjęciem przez chłopca pracy u *Panettiere*.

Teraz poruszyła ten temat z matką. Vinnie straci tylko wypłatę za dwa tygodnie. Zresztą i tak niedługo będzie musiał rzucić tę pracę, bo jesień za pasem i zaczyna się nowy rok szkolny. Nadarza mu się okazja spędzenia za darmo dwóch tygodni w prywatnym farmerskim domu. Lucia Santa była temu przeciwna, ale nie z powodu pieniędzy; po prostu nie trafiały do niej tłumaczenia, dlaczego miejskie dziecko powinno spędzić przynajmniej dwa tygodnie w roku na świeżym wiejskim powietrzu. Sama była wieśniaczką i nie mogła w takie argumenty uwierzyć. Trudno jej też było uwierzyć, że obcy ludzie godzą się przyjąć na dwa tygodnie pod swój dach nieznane sobie dziecko, nie wymagając od niego, żeby pracowało ani zarabiało na swoje utrzymanie. Dopiero gdy Octavia powiedziała jej, że fundacja płaci za to tym ludziom, zrozumiała. To musiała być niezła sumka.

I w końcu się zgodziła. Na te dwa tygodnie Vinniego zastąpi w piekarni Gino. Vinnie wyposażony został w list, który miał wysłać, gdyby mu się tam nie podobało, a wtedy Octavia przyjedzie i zabierze go do domu. Kiedy wydawało się już, że wszystkie przeszkody zostały usunięte, Vincent oznajmił, że nie chce jechać. Przerażało go, że będzie musiał mieszkać u obcych ludzi. Ale Octavia wpadła w gniew graniczący z histerią, dla świętego spokoju dał więc za wygraną i pojechał.

Gino, pracując u *Panettiere*, poważnie nadszarpnął rodzinie opinię robotnej i sumiennej. Jak poszedł rozmieść chleb, to nie było go pół dnia. Zjawiał się w pracy spóźniony, wychodził przed czasem. Worki z mąką, zamiast znosić, spuszczał do piwnicy po schodach i po schodach je z piwnicy wywlekał. Worki pękały, mąka się wysypywała. Pochłaniał tony pizzy i cytrynowego sorbetu. Ale nikt nie potrafił się na niego gniewać. *Panettiere* poinformował tylko Lucię Santę, że Gino nie sprawdził się jako zastępca Vinniego, w związku z czym następnego lata nie ma co liczyć na zatrudnienie, i oboje się roześmiali, co rozwścieczyło Octavię. Boże jedyny, gdyby to Vinnie dopuścił się tego, co ich tak śmieszyło, matka stłukłaby go na kwaśne jabłko.

Octavia doczekała się owoców swoich zabiegów. Lato zleciało jak z bicza trzasł i na tydzień przed początkiem nowego roku szkolnego Vinnie wrócił z wakacji. Zmienił się nie do poznania. Miał nową walizkę z lśniącej brązowej skóry. Był w nowych białych spodniach z flaneli, białej koszuli, granatowej marynarce i pod granatowym krawatem. Poprawił się i opalił. Krótko mówiąc, z taksówki, którą pracownicy socjalni podwieźli go z dworca Grand Central pod dom, wysiadł światowy mężczyzna.

Tego wieczoru rodzina Angeluzzich-Corbo wcześniej niż zwykle wróciła spod kamienicy do siebie. Gino i Sal słuchali z wypiekami na policzkach i nawet mała Lena zdawała się nadstawiać uszko, kiedy Vinnie opowiadał im o wsi.

Otóż wieś to miejsce, gdzie nie uświadczy się ani cegieł, ani trotuarów. Ulice są tam z ubitej ziemi; gdzie się nie obrócić, rosną drzewa, z których zwisają małe zielone jabłka i krzewy obsypane malinami. Można się nimi opychać, ile dusza zapragnie, kiedy tylko przyjdzie na to ochota. Wieś to mały biały domek z drewna, a nocami robi się tam taki ziąb, że trzeba się opatulać kocem. Każdy ma tam samochód, bo nie ma metra ani tramwajów. Na Lucii Sancie te rewelacje nie robiły wrażenia. Mieszkała kiedyś na wsi. Natomiast Gina aż skręcało na myśl, co mu przeszło koło nosa.

Potem Vincent pokazał im piżamę. Jako pierwszy w rodzinie wszedł w jej posiadanie. Była żółto-czarna i podobno sam ją sobie wybrał.

— I ty w tym spałeś? — spytała z niedowierzaniem Lucia Santa.

Zimą wszyscy domownicy sypiali w ciepłej bieliźnie i grubych, robionych na drutach swetrach ze zgrzebnej wełny. A w czasie letnich upałów w spodenkach gimnastycznych. Piżamy były dobre dla Chińczyków.

— I dlaczego ci ludzie tak się na ciebie wykosztowali? — spytała. — Tyle pieniędzy dostali z *Funda*?

— Nie — odparł z dumą Vinnie — polubili mnie. Na przyszły rok też mnie zapraszają i powiedzieli, że mogę przyjechać z Ginem. Opowiadałem im o naszej rodzinie. Obiecali, że będą do mnie pisać listy i przyślą mi prezent na Gwiazdkę. To znaczy, że ja też będę musiał wysłać im prezent.

— A dzieci mają? — spytała Lucia Santa.

— Nie — odparł Vincent.

Widząc go takim uszczęśliwionym, Octavia pod wpływem impulsu wypaliła:

— Nie musisz iść jutro do pracy, Vin. Za tydzień i tak zaczyna się szkoła. Pal licho piekarnię.

Vinnie rozpromienił się. Spojrzeli oboje na Lucię Santę, ale ta uśmiechnęła się tylko i nic nie powiedziała. Myślała o czymś innym.

Była poruszona. A więc są jeszcze na świecie dobrzy ludzie, którzy bezinteresownie uszczęśliwiają cudze dzieci. Co im każe to robić? Jacyż muszą być zacni, skoro marnują czas i pieniądze na chłopca, którego widzą po raz pierwszy w życiu i być może po raz ostatni. Wyczuwała intuicyjnie, że obok jej świata istnieje inny świat tak odmienny jak obca planeta. Tacy jak ona i jej dzieci nigdy długo w tym drugim świecie miejsca nie zagrzeją. Przenoszą się do niego tylko czasem, na krótko, dzięki dobroczynności, a ta gaśnie szybko jak spadająca gwiazda, wypala się. Ale dobre i to, bo we Włoszech bogaci, spasieni właściciele ziemscy pożerają dzieci biednych żywcem. Tutaj jej dzieci przynajmniej dziś wieczorem są szczęśliwe i świta im jakaś nadzieja. Była zadowolona.

Lato skończyło się dla Octavii fatalnie. Szef, korpulentny,

jowialny mężczyzna, zawsze bardzo miły, poprosił ją pewnego dnia do swojego gabinetu.

— Panno Angeluzzi — zagaił — obserwuję panią od pewnego czasu. Jest pani świetną nauczycielką. Kobiety, które kupują maszyny do szycia i biorą u pani lekcje, nie mogą się pani nachwalić. Są bardzo zadowolone ze swoich maszyn, i w tym sęk, moja droga.

— Nie bardzo rozumiem — wybąkała zdezorientowana Octavia.

— Otóż, jest pani młoda i bezsprzecznie inteligentna. To dobrze, bardzo dobrze. Ma pani zacięcie do tej pracy. Zauważyłem kiedyś, że pewna kobieta ma kłopoty z obsługą. Bardzo ograniczona kobieta, to było widać na pierwszy rzut oka. A pani dopóty przy niej siedziała, dopóki nieboraczka nie podchwyciła techniki. Co tu owijać w bawełnę, jest pani najlepsza z dziewcząt, które dotąd na tym stanowisku zatrudnialiśmy. — Poklepał ją przyjaźnie po ramieniu, a kiedy cofnęła się spłoszona, uśmiechnął się. Wychodził z niej cały włoski ciemnogród — mężczyzna dotyka kobiety tylko w jednym celu.

Octavii kręciło się w głowie z euforii, w jaką wprawiły ją te pochwały. A więc jest urodzoną nauczycielką. Przeczucie ją nie myliło.

— Ale — podjął łagodnie szef — fabryka maszyn do szycia Melody nie jest od udzielania lekcji szycia, Octavio. Nie w naszym interesie leży też sprzedawanie tych tanich, szajsowatych maszyn, które reklamujemy tylko po to, żeby zwabić klienta do sklepu. My chcemy sprzedawać maszyny dobre. Najlepsze. I pani nam w tym pomoże. Awansuję panią na agenta handlowego i daję dwa dolary podwyżki. Robi pani nadal to, co dotychczas, tylko staje się bardziej przystępna. — Uśmiechnął się, widząc w jej oczach błysk nieufności. — Nie, nie wobec mnie. Chodzi mi o nawiązywanie towarzyskich stosunków z klientkami, które pani uczy. Niech pani z nimi wypije czasem kawę, pogawędzi o tym i owym. Mówi pani po włosku, a to duży plus. Na maszynach, które reklamujemy, praktycznie nic nie zarabiamy. Pani zadanie to nakłaniać klientki do przerzucania się na lepsze modele. Rozumie pani? Robi pani dokładnie to samo, co do tej pory, a dodatkowo stara się wchodzić w dobrą komitywę z klientkami. Na przykład umawiając się z tą czy inną na wieczór. Na drugi dzień może się pani nawet spóźnić trochę do pracy. Ma pani dobre wyniki sprzedaży, sama pani ustala sobie godziny, w jakich pracuje. — Chciał ją znowu poklepać po ramieniu, ale w porę się powstrzymał i obdarzył rozbawionym ojcowskim uśmiechem.

Octavia wyszła z gabinetu szefa pod wrażeniem, cała w skowronkach, ogromnie podbudowana pochlebstwami. Miała teraz dobrą pracę z perspektywami na przyszłość. Jeszcze tego popołudnia, podczas przerwy na kawę, spotkała się na mieście z kilkoma młodymi zamężnymi już kobietami, które pobierały u niej lekcje. Odnosiły się do niej z takim szacunkiem i respektem, że poczuła się kimś naprawdę ważnym, prawdziwą nauczycielką. Kiedy spytała jedną, jak sprawuje się maszyna do szycia, ta odparła, że bez zarzutu, i dodała:

— Twój szef namawiał mnie, żebym ją zmieniła na tę lepszą i droższą. Ale po co mi taka? Szyję tylko dla swoich dzieci i dla siebie, żeby trochę zaoszczędzić, bo u nas się nie przelewa.

I tu Octavia zrozumiała, czego chce od niej szef.

Rozpoczynając pracę na stanowisku agentki handlowej, musiała po raz pierwszy w życiu podjąć moralną i intelektualną decyzję, która nie miała nic wspólnego z jej osobistymi związkami, z jej ciałem, płcią, rodziną. Dopiero teraz uświadomiła sobie, że w życiu osiąga się coś tylko kosztem bliźnich. Wyobraziła sobie, że to jej matkę w taki sposób mamią. Gdyby rzecz dotyczyła sprzedawania rzekomo lepszych, a tym samym trochę droższych wyciszających podkładek pod maszyny, może by i na to poszła, żeby utrzymać pracę. Chociaż była jeszcze tak naiwna, że uważała, iż wykorzystując swoją osobowość, swoje uśmiechy, swój dar przekonywania do pozyskiwania zaufania ludzi i naciągania ich na niepotrzebny wydatek, właściwie kupczy własnym ciałem. Próbowała, ale nie potrafiła wyzbyć się skrupułów, co było niezbędne do sfinalizowania transakcji sprzedaży.

Po dwóch tygodniach dostała wymówienie. Kiedy wychodziła, szef stał przy drzwiach. Pokręcił głową i uśmiechając się z żalem, powiedział:

— Porządna z ciebie dziewczyna, Octavio.

Nie odwzajemniła mu uśmiechu. Spojrzała na niego tylko z gniewnym błyskiem pogardy w czarnych oczach. On mógł sobie pozwolić na docenienie jej postawy. Nic na tym nie tracił, jego podejście do życia zwyciężyło. Co mu szkodziło okazać wielkoduszność pokonanemu. Jej nie było stać na taką tolerancję.

Octavia zaczynała tracić złudzenia. Wychodziło na to, że nauczyciele, których tak podziwiała, mamili ją tylko swoimi pochwałami, swoim dopingowaniem do starań o poprawę losu, bo jej nie było na to stać. Sprzedawali jej ideał za drogi dla świata, w którym żyła.

Wróciła do krawiectwa. Kiedy znalazła nową pracę, opowiedziała o wszystkim matce; Lucia Santa słuchała w milczeniu, czesząc małego Sala, którego trzymała między kolanami.

— Tacy jak ty nigdy nie będą bogaci — podsumowała.

— Nie potrafiłabym robić tego biednym — fuknęła gniewnie Octavia. — Ty też byś nie potrafiła. Napychać pieniędzmi kieszenie tym nadzianym sukinsynom.

— Za stara jestem na takie sztuczki. — Lucia Santa westchnęła. — Nie mam talentu. Nie umiem się przymilać ludziom, których nie znam, nawet za pieniądze. Ale ty jesteś jeszcze młoda, może się nauczysz. To nie takie trudne. Chociaż nie. Moja rodzina czyta książki, chodzi do kina, wydaje jej się, że może żyć tak, jak żyją bogaci. Ujmujesz się honorem, będziesz żyła w biedzie. Co mi tam zresztą. Ja byłam biedna, moje dzieci też mogą. — Popchnęła Sala w kierunku drzwi.

Sal przebiegł kilka kroków i odwrócił się.

— Daj mi dwa centy na wodę sodową, mamo — poprosił.

Lucia Santa, która zawsze dawała mu te dwa centy, powiedziała teraz gniewnie:

— Nie słyszałeś, co mówiłam przed chwilą twojej siostrze? Jesteśmy biedni. Zmykaj.

Sal patrzył na nią ponuro. Lucia Santa pomyślała z irytacją, że wszystkie jej dzieci są za poważne jak na swój wiek.

— A jak nie będziesz mi dawała tych dwóch centów, to staniemy się bogaci? — spytał Sal z żelazną dziecięcą logiką.

Octavia parsknęła śmiechem. Lucia Santa wzięła portmonetkę i z kamienną twarzą dała Salowi srebrną pięciocentówkę. Chłopiec, nic już nie mówiąc, wybiegł z mieszkania.

Lucia Santa wzruszyła ramionami i uśmiechnęła się do Octavii. A kto wie, pomyślała, może i bylibyśmy już bogaci, gdybym nie dawała dzieciom tych dwóch centów na wodę sodową. Gdybym nie dawała im na kino ani na baseball, gdybym gotowała tylko raz w tygodniu i zapalała elektryczne światło dopiero wtedy, kiedy zrobi się już ciemno, że oko wykol. Gdybym przez cały rok posyłała dzieci do pracy, zamiast czekać, aż pokończą szkoły, gdybym im kazała, żeby wieczorami, zamiast czytać i słuchać radia, przyszywały guziki do koszul, kto wie?

Tysiące domów na Long Island kupiono z uciułanych cent po cencie oszczędności. Ale w przypadku jej rodziny to się nie uda. Oni zawsze będą nędzarzami. I to z jej winy. Nie dała im zaznać prawdziwej biedy, jak to powinna zrobić dobra matka.

Nie miała złudzeń co do ludzi. Wiedziała, że nie są z gruntu źli i nieuczciwi. Ale pieniądz był Bogiem. Pieniądz mógł uczynić człowieka wolnym. Pieniądz rodził nadzieję. Pieniądz dawał poczucie bezpieczeństwa. I jak tu się go wyrzec? Równie dobrze można by kazać człowiekowi odrzucić karabin w dzikiej dżungli.

Pieniądze stoją na straży życia twoich dzieci. Pieniądze wyciągają je z pomroki. Któż nie płakał z braku pieniędzy? Kto nie modlił się o pieniądze? Kto się zjawia zwabiony pieniędzmi? Lekarze, księża, kochający synowie.

Pieniądze rządzą światem. Lucia Santa nie mogła tej nocy zasnąć. Leżała w ciemnościach z szeroko otwartymi oczami, rozmyślając o przyrastających w banku procentach, i naraz przeszedł ją zimny dreszcz przemieszanego z lękiem podniecenia, jakie odczuwa więzień, który liczy dni do wyjścia na wolność.

Pieniądze są przyjaciółmi, szacownymi krewnymi. Nowy Jezus nic by nie wskórał, potępiając tych, którzy je mają.

Nie być bogatym, ale mieć pieniądze. Pieniądze są jak ściana, o którą można się oprzeć, i dopiero wtedy stawić czoło światu.

Octavia wiedziała, że matka często myśli o pieniądzach. O pieniądzach na lekarzy, ubrania, na olej do pieca, szkolne podręczniki, na stroje do komunii. Na wymarzony dom na Long Island i może nawet na edukację Sala, który jako pierwszy z rodzeństwa miał pójść do college'u.

A mimo to matka nie szanowała, zdaniem Octavii, pieniędzy. Kupowała najlepszy olej do pieca, drogi ser prosciutto z importu. Co najmniej trzy razy w tygodniu przyrządzała na obiad mięso i nieraz wzywała doktora do gorączkującego albo przeziębionego dziecka, podczas gdy inne rodziny w takich przypadkach poprzestawały na domowej kuracji. A na Wielkanoc każde dziecko dostawało nowy garnitur albo sukienkę.

Co kilka tygodni matka dawała Octavii pięć, a czasem nawet dziesięć dolarów na odłożenie. Na pocztowej książeczce oszczędnościowej leżało teraz i procentowało z górą tysiąc pięćset dolarów, o których wiedziały tylko one. Octavia ciekawa była, jaki magiczny impuls skłoni w końcu matkę do wykonania tego milowego kroku w życiu rodziny i nabycia domu na Long Island.

Nastała jesień, dzieci chodziły już do szkoły, wieczorami temperatura tak spadała, że nie dało się wysiedzieć przed domem, zresztą nawał prac nie pozwalał na czcze pogaduszki. Zbliżała się zima i trzeba było dorabiać praniem, prasowaniem, czyszczeniem butów i przyszywaniem guzików. Z podwórkowych komórek i z piwnic wyciągano olejowe piecyki. Miasto zmieniło kolor; słońce stało się bladożółte, trotuary i rynsztoki stalowoszare. Budynki jakby wyszczuplały, wysmuklały i zaczęły bardziej się od siebie odróżniać. Nie śmierdziało już nagrzanym kamieniem i rozmiękłą smołą. Powietrze oczyściło się, zatraciło tę zawiesistość, której przydawały mu w lecie kurz i upał. Biały dym unoszący się z kominów lokomotyw na bocznicy pachniał naturą. Rankiem jednego z takich właśnie dni Frank Corbo wrócił na łono rodziny.

# Rozdział 6

Starsze dzieci wyszły już, jedne do szkoły, inne do pracy. *Zia* Louche piła z Lucią Santą kawę. Usłyszały kroki na schodach, drzwi się otworzyły i w progu stanął Frank Corbo. Stał tak, dumny, ale jak dziecko czekający na zaproszenie. Nie doczekawszy się go, wszedł do mieszkania. Wyglądał dobrze. Opalony, twarz pełna, spojrzenie jakby łagodniejsze.

— Ach, wróciłeś wreszcie — powiedziała Lucia Santa chłodno, ale z nutką aprobaty w głosie. *Zia* Louche była starsza i lepiej wiedziała, jak traktować marnotrawnego męża, który odnalazł drogę do domu.

— Ojej, Frank — zawołała, zrywając się ze stołka — aleś ty się poprawił. Jak dobrze cię widzieć. — Zakrzątnęła się po kuchni, wstawiła wodę na kawę. Frank Corbo siadł za stołem naprzeciwko żony.

Patrzyli sobie przez chwilę w oczy. Milczeli. Bo i co tu było mówić. Co się stało, to się nie odstanie. Miał przepraszać, błagać o przebaczenie? Co by to zmieniło? Musiała potraktować jego wybryk jak coś, na co nie ma się wpływu, tak jak traktuje się w rodzinie chorobę albo śmierć kogoś bliskiego. Puścić tego w niepamięć też się nie dało. Lucia wstała od stołu, wzięła walizkę, którą zostawił przy drzwiach, tak jakby nie miał pewności, czy go tu przyjmą, i postawiła ją w kącie. Potem zrobiła mu do kawy omlet.

Kiedy schyliła się, stawiając przed nim talerz, pocałował ją w policzek. Nie cofnęła głowy. Był to akt pojednania dwojga ludzi, którzy zdradzili się nawzajem i tym pocałunkiem zobowiązują się odstąpić od szukania zemsty.

Siedzieli przy stole, sącząc kawę; dwie kobiety i mężczyzna.

— I jak ci tam było na wsi? — spytała Zia Louche. — Ach, ta praca na roli, prawdziwa praca, najlepsza dla mężczyzny. We Włoszech ludzie pracują po szesnaście godzin na dobę i nigdy nie chorują. Bardzo dobrze wyglądasz. Posłużyła ci wieś, co?

Frank kiwnął głową.

— Nie powiem — odparł układnie.

Do kuchni weszli Sal i mała Lena. Bawili się dotąd w pokoju frontowym. Na widok gościa przystanęli, wzięli się za rączki i wybałuszyli oczy.

— Dalej, na co czekacie? Pocałujcie ojca — ponagliła ich Zia Louche.

Frank patrzył na dzieci tak jak one na niego, z zadziwieniem i nieśmiałością, z cieniem przebrzmiałej miłości, a spod tego wszystkiego wyzierała czujność i poczucie zagrożenia. Podeszły, a wtedy pochylił się i z nieskończoną delikatnością pocałował w czółko najpierw jedno, potem drugie. Kiedy znowu się wyprostował, Lucia Santa dostrzegła w jego oczach ten lęk, który zawsze tak ją niepokoił.

Wyjął z kieszeni dwie małe tutki cukierków i wręczył je dzieciom. Usiadły na podłodze przy jego krześle, otworzyły torebki i zaczęły przebierać w łakociach, ocierając się o nogi ojca jak kocięta. On zaś pił kawę, nie zwracając już na nie uwagi, tak jakby przestały dla niego istnieć.

Zia Louche wyszła. Kiedy drzwi się za nią zamknęły, Frank wyjął z kieszeni zwitek banknotów, dwa zostawił sobie, resztę oddał Lucii Sancie. Przeliczyła. Było tego sto dolarów.

Nie do wiary!

— Może i dobrze zrobiłeś. Lepiej wyglądasz. Chyba ci

wyszło na zdrowie. Jak się czujesz, Frank? — W jej głosie pobrzmiewała troska zabarwiona niepokojem.

— Lepiej — odparł. — Byłem chory. Nie mówiłem ci przed odejściem, bo nie chciałem awantur. Te hałasy na mieście, w domu... Cały czas bolała mnie głowa. Tam było cicho. Pracowałem ciężko i w dzień, i w nocy. Nic mi się nie śniło. Czy człowiek może wymagać od życia więcej?

Przez chwilę oboje milczeli, potem Frank podjął przepraszającym tonem:

— Niedużo tych pieniędzy, ale tyle tylko zarobiłem. Na siebie nie wydałem z tego nawet centa. Walizkę i ubranie dostałem od szefa, wikt miałem za darmo. Lepiej, niż gdybym został tutaj i mył schody.

— To góra pieniędzy — powiedziała cicho Lucia Santa. Nie mogła się jednak powstrzymać i dodała: — A schody mył za ciebie Gino.

— Myślała, że Frank wpadnie w gniew, ale on kiwnął tylko głową i z powagą, głosem łagodnym, bez cienia ironii wyrecytował:

— Dzieci muszą cierpieć za grzechy ojców.

Gada jak nawiedzony kaznodzieja, pomyślała Lucia Santa. Jakby na potwierdzenie tego Frank wyjął z kieszeni marynarki Pismo Święte z czerwonymi brzegami.

— Widzisz? — zapytał. — W tej książce zawarta jest prawda, a ja nawet nie umiem jej przeczytać. Chociaż jest po włosku. Jak Gino wróci ze szkoły, to mi poczyta. Miejsca zaznaczyłem.

Lucia Santa przyjrzała mu się uważnie.

— Pewnieś zmęczony. Połóż się, prześpij. Powiem dzieciom, żeby poszły się bawić na ulicę.

Rozebrał się, usiadł na łóżku, a ona przyniosła mu wilgotny ręcznik do otarcia twarzy i rąk. Nawet nie próbował jej posiąść, nie okazał pożądania, kiedy zaś położył się na wznak i zamknął oczy, wydawało się, że zrobił to, by nie patrzeć na świat, w którym znowu się znalazł. Lucia Santa wyczuwała, że pod tymi zewnętrznymi oznakami powrotu do zdrowia i odmiany

111

na lepsze dzieje się coś bardzo złego. Patrzyła na niego z góry i dziwnie żal jej było tego mężczyzny, którego kochała, który przez tyle lat był jej mężem. Każdej sekundy, minuty, każdego dnia przędła nić jego losu, jakby był jej więźniem odsiadującym dożywocie. Była jego niewinną strażniczką; nie ścigała go, nie sądziła, nie skazała. Ale nie pozwalała uciec. Przysiadła na łóżku i położyła dłoń na jego dłoni. Spał już. Siedziała tak jakiś czas, w pewnym sensie rada, że będzie spał bezpiecznie w łóżku, kiedy do domu powróci reszta rodziny, że Octavia, Larry, Gino i Vinnie po raz pierwszy ujrzą go takim bezbronnym i też pożałują.

Wieczorem, kiedy rodzina siedziała przy kolacji, Frank Corbo obudził się i wyszedł do nich.

— Dzień dobry — powiedziała bardzo chłodno Octavia. Larry powitał go cieplej.

— Dobrze wyglądasz, tato — ucieszył się szczerze. — Brakowało nam ciebie.

Gino i Vincent przyglądali się ojcu ciekawie.

— Słuchałeś matki, kiedy mnie nie było? — zwrócił się Frank do Gina. Chłopiec kiwnął głową. Frank usiadł, a potem, jakby sobie coś dopiero teraz przypomniał, wyciągnął z kieszeni dwa jednodolarowe banknoty i bez słowa dał jeden Ginowi, a drugi Vincentowi.

Octavia zauważyła z oburzeniem, że Vincenta nie spytał, czy był posłuszny. Znała Vincenta i wiedziała, że chłopiec też to zauważył i poczuł się dotknięty, a ten dolar nie wynagrodzi mu doznanego upokorzenia. Jeszcze bardziej oburzała ją świadomość, że ojczym postąpił tak z rozmysłem.

Ni z tego, ni z owego Frank wygłosił oświadczenie, które zdumiało wszystkich.

— Dziś wieczorem odwiedzą mnie znajomi — oznajmił. Nigdy nie sprowadzał do domu znajomych. Tak jakby wiedział albo wyczuwał, że nie jest to tak naprawdę jego dom, że nigdy nie zostanie głową tej rodziny. Nie przyprowadzał do domu na szklaneczkę wina nawet kumpli od kart. Larry szedł dziś na noc do pracy, ale Octavia postanowiła zostać i wesprzeć matkę, gdyby się okazało, że ci ludzie trzymają stronę ojczyma przeciwko rodzinie.

Mieszkanie było wysprzątane, naczynia umyte, na piecu czekała na gości świeżo zaparzona kawa, a na stole kupione w sklepie ciasto. Przyszli. Byli to państwo Johnowie Colucci z dziewięcioletnim synem Jobem.

Państwo Colucci byli młodzi, tuż po trzydziestce. Pan Colucci był szczupły, poważny i tylko ledwie uchwytny akcent zdradzał, że nie urodził się w Ameryce. Przyszedł w białej koszuli, pod krawatem i w marynarce. Jego żona, kobieta grubej kości o bujnych kształtach, ale nie otyła, nie miała akcentu, za to bardziej niż mąż wyglądała na Włoszkę.

Całą rodzinę Angeluzzich-Corbo zaskoczył szacunek, z jakim państwo Colucci odnoszą się do Franka. Uścisnęli mu serdecznie dłoń, spytali z troską, co u niego. „A więc to jest twoja żona" — powiedzieli z uznaniem, potem zaś, jakby z podziwem i niedowierzaniem spytali: „A to twoje dzieci?". Nadskakują mu jak bogatemu wujowi, pomyślała Lucia Santa. Widziała, że mąż nie pozostaje obojętny na ich serdeczność. Nigdy nie był skory do okazywania uczuć, a teraz w jego głosie, w tym przypochlebnym tonie, po raz pierwszy od kiedy się pobrali, usłyszała tę nutkę, która znaczy, że człowiek skłonny jest przychylić się do wszelkich życzeń i opinii rozmówców. Był stremowany, starał się za wszelką cenę zrobić dobre wrażenie. Chyba po raz pierwszy chciał, żeby ludzie dobrze o nim myśleli. Sam nalał sobie kawy.

Usiedli przy dużym kuchennym stole. Octavia czarowała gości w najlepszym amerykańskim stylu, częstymi uśmiechami i przyciszonym, modulowanym głosem. Manierom państwa Colucci nie dało się nic zarzucić. Od razu było widać, że pan Colucci pracuje w biurze, a nie fizycznie. Pani Colucci mówiła perfekcyjnie po włosku, z pewnością nie uczyła się

113

tego języka we Włoszech. Nie byli dziećmi biednych górali, wywodzili się z włoskiej warstwy urzędniczej, której członkowie z pokolenia na pokolenie pełnili służbę cywilną. Pan Colucci należał do tych nielicznych Włochów, których rodziny wyemigrowały do Ameryki nie za chlebem, lecz z powodów religijnych. Byli protestantami i tutaj, w Ameryce, założyli nową sektę, tak zwany Literalny Kościół Baptystów.

Właściciel farmy był ich bliskim kuzynem i Colucci spędzali na farmie letni urlop przez wzgląd na syna, któremu służyło wiejskie powietrze. Lucii Sancie, wieśniaczce z urodzenia, wydało się dziwne, że tak często słyszy tego lata ów argument. Ale, ciągnął pan Colucci, rękę Boga najbardziej widać było w tym, że w mieście mieszkają zaledwie kilka przecznic od siebie i on każdego ranka przechodzi obok domu Franka Corby. Pan Colucci pracował za rogiem, przy Trzydziestej Pierwszej Ulicy, w fabryce czekolady Runkela. Co najlepsze, zapewniał, że bez trudu załatwi Frankowi pracę w tej fabryce, ale nie to było celem ich wizyty.

Nie. Pan Colucci obiecał Frankowi, że nauczy go czytać i pisać. Za podręcznik miała im posłużyć Biblia. Przyszli dzisiaj, bo przyrzekli Frankowi, że go odwiedzą, a prócz pisania i czytania będą go również uczyli o Jezusie Chrystusie. Ale w tym celu musiałby przychodzić na zajęcia, które odbywają się w ich kaplicy Literalnego Kościoła Baptystów. Pan Colucci chciał się upewnić, czy pani Lucia Santa Corbo nie będzie miała nic przeciwko temu, czy nie będzie jej przeszkadzało, jeśli jej mąż zacznie spędzać trzy wieczory w tygodniu w kaplicy. Miał świadomość szacunku i uważania należnych włoskiej żonie i matce dzieciom. Nie napomknął słowem o obiekcjach natury religijnej, tak jakby się żadnych nie spodziewał.

Lucia Santa spojrzała na gościa przychylniejszym okiem. Jak rozumiała, jej mąż miał się stać protestantem, ale to akurat ani ją ziębiło, ani grzało. Był dorosłym mężczyzną. Za to praca u Runkela! Przynosiłby do domu darmową czekoladę i kakao. O pensji już nie wspominając. To istny uśmiech losu. Dla niej mąż mógłby nawet przerobić się na żyda. Zgody nie miała co wyrażać, bo nie do niej to należało; decyzje męża są niepodważalne. Udzieliła tylko swojego błogosławieństwa.

Napięcie opadło, zaczęli gawędzić o sobie, opowiadać, z jakich regionów Włoch pochodzą, kiedy i dlaczego stamtąd wyjechali. Colucci nie pili ani nie palili. Całe swoje życie podporządkowali religii, bo wierzyli w żywego Boga. Opowiadali zadziwiające rzeczy o cudach, jakie czyni ich wiara. Na spotkaniach w ich kaplicy wierni padali podobno w transie na ziemię i przemawiali obcymi językami; pijacy zmieniali się w całkowitych abstynentów, a brutale, którzy regularnie maltretowali swoje żony i dzieci, stawali się z dnia na dzień łagodni jak baranki. Lucia Santa, słuchając tego, robiła wielkie oczy i kręciła z podziwem głową, żeby nie sprawiać gościom przykrości, ale swoje myślała.

— Grzesznicy stają się podobni Bogu — ciągnął pan Colucci. — Ja sam byłem kiedyś wielkim grzesznikiem, w szczegóły wolałbym nie wnikać.

Jego żona opuściła na moment głowę, a kiedy znowu ją uniosła, po wargach błąkał się jej nikły, frasobliwy uśmieszek. Pan Colucci nie mówił tego, żeby się pochwalić. Przyznawał otwarcie, że jest człowiekiem, któremu zdarzyło się zbłądzić i który, po wielkich cierpieniach, został sprowadzony ze złej drogi, w czym nie upatrywał żadnej swojej zasługi.

Pan Colucci tłumaczył dalej, żeby nie pozostawić żadnych niedomówień. Nawet jeśli Frank nie czuje w sobie teraz wiary, to nie ma to znaczenia. Oni są jego przyjaciółmi i uczynią wszystko, żeby mu pomóc. Z miłości do niego i do Boga. A wiara przyjdzie z czasem.

Rodzina, pomimo padających często i gęsto słów „miłość" i „Bóg", była pod wrażeniem. Nigdy nie mieli do czynienia z człowiekiem takim jak pan Colucci. Lucia Santa czekała tylko, kiedy w tym potoku słów padnie jakiś warunek do spełnienia, jakiś haczyk, i okaże się, ile naprawdę trzeba będzie zapłacić za ten uśmiech losu. Nie doczekawszy się niczego takiego, wstała od stołu, żeby zaparzyć świeżą kawę i przynieść *tarelle*. Frank Corbo wodził beznamiętnym wzrokiem po twarzach obecnych, ale widać było, że jest ukontentowany. Nie było już żadnych wątpliwości. Pan Colucci wyczuł, że jego słowa padają na podatny grunt, i to dodało mu skrzydeł. Zaczął wyjaśniać, na czym polega ich religia. Każdy powinien kochać każdego, nikt nie powinien pożądać dóbr doczesnych. Krótko mówiąc, Armagedon za pasem, Bóg unicestwi świat, a ocaleją tylko wybrani, ci, którzy wierzą prawdziwie. Pani Colucci kiwała potakująco głową. Zaciskała przy tym z przekonaniem piękne, z natury ciemne, krwistoczerwone usta, wspaniałe czarne oczy lśniły jej z przejęcia.

Gino z Vincentem stracili wątek i wymknęli się z jadalni do frontowego pokoju, pociągając za sobą Joba. Pan Colucci perorował dalej. Lucia Santa słuchała, nie przerywając. Ci ludzie mieli załatwić jej mężowi pracę. *Bravo*. Niech się z nimi modli, jeśli taka jego wola. Wszystkie dzieci, z wyjątkiem Sala i małej Leny, były już u pierwszej komunii i u bierzmowania w Kościele katolickim, dopilnowała tego, bo tak wypadało, tak nakazywał ogólnie przyjęty społeczny obyczaj. Sama dawno przestała myśleć o Bogu, czasem tylko użyła bezwiednie jego imienia, przeklinając jakieś niepowodzenie. Na łożu śmierci przyjmie roztropnie ostatnie namaszczenie i każe się pochować zgodnie z obrządkiem swojego Kościoła. Co do tego nie było żadnych wątpliwości. Teraz jednak nie chodziła na msze nawet w Wielkanoc ani w Boże Narodzenie.

Octavia słuchała pana Colucciego z większym zaangażowaniem. Była młoda i wierzyła jeszcze w dobroć, a wola czynienia dobra wzbudzała w niej szacunek. Chciałaby być tak piękna jak pani Colucci i cieszyła się, że nie ma tu Larry'ego, bo ten zacząłby roztaczać swój urok, o tym była przekonana.

Frank patrzył i słuchał, tak jakby czekał, kiedy wreszcie pan Colucci powie coś, co on bardzo chce usłyszeć, jakby pan Colucci miał lada moment wypowiedzieć jakieś magiczne

słowa, po których wszystko stanie się dla niego jasne i zro-
zumiałe. Czekał.

We frontowym pokoju Gino wyjął wyszmelcowaną talię kart
z okrągłej dziury w ścianie, przez którą w zimie wystawiało się
na zewnątrz rurę od piecyka.

— Chcesz z nami zagrać w siedem i pół? — spytał Joba.

Vinnie siedział już na podłodze i supłał z kieszeni jednocentówki. Gino usiadł naprzeciwko.

— To grzech grać w karty — powiedział Job. Był poważnym
chłopcem, prawie ładnym, podobnym do matki, co wcale nie
znaczyło, że zniewieściałym. On też usiadł na podłodze.

— Grasz czy nie, do cholery, bo nie wiem, na ilu rozda-
wać? — spytał łagodnie Gino.

— To grzech przeklinać.

— Nie truj — burknął Vinnie. Sam nigdy nie przeklinał, ale
denerwowało go, że taki smarkacz upomina jego brata.

Gino przekrzywił głowę i spojrzał na Joba spod oka.

— Powiedz tak na dzielnicy, mały, to chłopaki ściągną ci
portki, powieszą je na latarni i będziesz musiał dymać do domu
z gołą dupą. — Przerażenie w oczach Joba przyniosło mu
satysfakcję. Rozdał karty między siebie i Vinniego i pochłonęła
ich gra.

— Tak, a wy dwaj pójdziecie do piekła, i to bardzo niedługo — wypalił ni z tego, ni z owego Job.

Gino i Vinnie jakby go nie słyszeli.

— Mój tato powiedział, że zbliża się koniec świata — dodał
spokojnie.

Gino i Vinnie przerwali na chwilę grę. Prognoza pana
Colucciego zrobiła na nich pewne wrażenie.

Job uśmiechnął się z wyższością.

— To ludzie tacy jak wy do tego doprowadzili. Rozgniewa-
liście Boga, bo źle czynicie, na przykład grając i przeklinając.
Gdyby ludzie tacy jak wy słuchali we wszystkim mnie i mojego
ojca, to może Bóg nie zrobiłby końca świata.

Gino ściągnął brwi. Przed rokiem przystępował do pierwszej

117

komunii i bierzmowania, ale nie pamiętał, żeby zakonnice, które uczyły go katechizmu, coś o tym mówiły.

— Kiedy to ma się stać? — spytał.

— Niedługo — odparł Job.

— To znaczy kiedy? — nie ustępował Gino, tracąc powoli cierpliwość.

— A zrobią to pożary, powodzie i armaty walące z nieba. Wszystko wybuchnie. Ziemia się rozstąpi, wchłonie ludzi do piekła i wszystko zaleje ocean. I wszyscy usmażą się w piekle. Oprócz małej garstki, która wierzy i czyni dobro. I wtedy Bóg znowu wszystkich pokocha.

— Dobra, ale kiedy? — dociekał z uporem Gino. Gdy zadawał pytanie, to nie odpuścił, dopóki nie uzyskał odpowiedzi, obojętne, czego dotyczyło.

— Za dwadzieścia lat — odparł Job.

Gino przeliczył swoje jednocentówki.

— Postawię dyszkę — powiedział do Vincenta, który kiwnął głową. Kto by się przejmował tym, co będzie za dwadzieścia lat?

Vinnie przegrał. Był już na tyle dorosły, by sobie dowcipkować.

— Gdybym miał na imię Job — powiedział — to nie mógłbym się doczekać końca świata.

Bracia spojrzeli z ironią na Joba i ten po raz pierwszy stracił zimną krew.

— Moje imię to amerykański odpowiednik imienia Hiob, które nosił jeden z najwspanialszych ludzi, jakich opisuje Biblia. Wiecie, jak to było z tym Hiobem? Głęboko wierzył. I Bóg postanowił sprawdzić, jak głęboko. Zabił mu dzieci, a potem sprawił, że żona od niego uciekła. Potem go oślepił i obsypał milionami pryszczy. Potem zabrał mu pieniądze i dom. A potem wiecie, co zrobił? Wysłał diabła, żeby spytał Hioba, czy dalej kocha Boga. I wiecie, co mu odpowiedział Hiob? — Tu Job zrobił dramatyczną pauzę. — Pan dał, Pan wziął. Kocham mojego Boga.

Vinnie wpatrywał się z przejęciem w Joba, opowieść zrobiła na nim wrażenie. Gina tylko zirytowała.

— I to była prawda? Czy tylko tak powiedział, bo się bał o swoje życie?

— Oczywiście, że prawda — odparł Job. — I wtedy Bóg zesłał na niego wiele łask, żeby mu wszystko wynagrodzić, bo się przekonał, że Hiob naprawdę w niego wierzy. Mój ojciec mówi, że Hiob był pierwszym Literalnym Baptystą. I dlatego Literalni Baptyści zostaną ocaleni, kiedy nastąpi koniec świata, a ci wszyscy, którzy nie chcą nas słuchać, będą pogrzebani na milion lat. A może i na dłużej. Mówię wam, przestańcie lepiej grać w karty i przeklinać.

Gino ani myślał pójść za tą radą. Rozdzielił talię na dwie kupki, wygiął obie w kabłąk, przystawił do siebie krawędziami i zaczął wypuszczać jedną i drugą spod kciuków. Rozprostowujące się karty wślizgiwały się kaskadą między siebie. Sztuczka do tego stopnia zafascynowała Joba, że patrzył jak urzeczony. Gino zerknął na niego spod oka.

— Potrafisz tak? — Wcisnął Jobowi talię w dłoń. Job spróbował powtórzyć sztuczkę i karty rozsypały się po podłodze. Pozbierał je i ze skupioną, poważną miną spróbował jeszcze raz. Nagle na podłogę nasunął się olbrzymi cień; w drzwiach stała pani Colucci; nie słyszeli, jak nadchodzi.

Vinnie i Gino zaniemówili, zachwyceni jej urodą. A ona, uniósłszy brwi, mierzyła bardzo chłodnym spojrzeniem swojego syna.

— Ja... ja nie grałem, mamo — wyjąkał Job. — Gino pokazywał mi tylko, jak się tasuje. To oni grali, a ja się tylko przyglądałem.

— On nie kłamie, pani Colucci — potwierdził ciepło Gino. — On się tylko przyglądał. Namawiałem go — dodał z niekłamanym podziwem — ale za nic nie chciał z nami zagrać.

— Wiem, Gino, że mój syn nigdy mnie nie okłamuje — powiedziała z uśmiechem pani Colucci. — Ale od dotknięcia kart się zaczyna. Ojciec będzie się na niego bardzo gniewał.

Gino uśmiechnął się do niej porozumiewawczo.

— Nie musi pani mówić jego ojcu.

— Oczywiście, że ja mu nie powiem — odparła chłodno pani Colucci. — Ale Job powie na pewno. — Gino, nie wierząc własnym uszom, spojrzał pytająco na Joba. Głos pani Colucci nieco złagodniał. — Tak jak Bóg sprawuje władzę nad światem, tak pan Colucci jest głową naszej rodziny. Przed Bogiem nie ma się sekretów, prawda, Gino? — Chłopiec patrzył na nią z namysłem.

Vinnie tasował ze złością karty. Był wściekły na Gina, że ten nie przejrzał jeszcze tych ludzi, że zachowuje się tak, jakby wierzył, że oni go lubią, że dał się zwieść ich układnym manierom. On widział na pięknej twarzy pani Colucci wyraz obrzydzenia. Myślałby kto, że przyłapała ich na czymś haniebnym. Przecież grali tylko w karty.

— Nie strzęp języka, Gino — burknął. Rozdał karty.

Gino, zaintrygowany czymś, czego nie rozumiał, zwrócił się do Joba:

— Naprawdę powiesz ojcu? Na głowę upadłeś? Jak ty mu nie powiesz, to twoja matka też nie. Prawda, pani Colucci?

Kobieta skrzywiła się z niesmakiem, ale milczała.

Job też nie odpowiedział, tylko łzy napłynęły mu do oczu. Gino już zupełnie nie wiedział, co o tym myśleć.

— Powiem twojemu ojcu, że wepchnąłem ci te karty w ręce. Bo tak było. Prawda, Vin? Chodź, zaraz mu to powiem.

— Jego ojciec uwierzy we wszystko, co Job mu powie — zareagowała ostro pani Colucci. — Dobranoc, dzieci. Pożegnaj się z kolegami, Job. — Oddalili się amfiladą pokoi w kierunku kuchni.

Braciom odechciało się gry w karty. Gino podszedł do okna, otworzył je i usiadł na parapecie. Vincent podszedł do drugiego i zrobił to samo.

Bocznica kolejowa tonęła w ciemnościach. Przecinał je tylko snop światła z reflektora jedynej uwijającej się jeszcze po torowisku czarnej niewidzialnej lokomotywy. Ciszę nocy mącił od czasu do czasu zgrzyt stali trącej o stal. W bladej poświacie jesiennego księżyca nawet rzeka Hudson była prawie czarna, a klify Palisades przypominały widmowe górskie pasmo. Dziesiąta Aleja wyludniła się, chłodny październikowy wiatr wymiótł ją do czysta z zapachów i ludzi. Tylko na rogu Trzydziestej Pierwszej Ulicy, przy ognisku otoczonym przez wyrostków, tliło się jeszcze życie.

Gino i Vincent zobaczyli ojca wychodzącego z kamienicy w towarzystwie państwa Coluccich. Odprowadzał ich na przystanek tramwajowy przy Dziewiątej Alei. Po jakimś czasie wrócił. Widzieli, jak zatrzymuje się przy ognisku i długo wpatruje w płomienie. Nie odrywali od niego oczu. W końcu ruszył Aleją w stronę kamienicy i zniknął w drzwiach klatki schodowej.

Zsunęli się wtedy z parapetów, rozłożyli i pościelili łóżko. Vinnie wyjął piżamę, którą przywiózł ze sobą ze wsi.

— Ten Job — powiedział Gino, patrząc, jak brat się przebiera — to nawet niczego sobie chłopak, ale ma szczęście, że nie mieszka w naszej dzielnicy.


Pan Colucci nie rzucał słów na wiatr. Nim minął tydzień, Frank Corbo pracował już w fabryce czekolady Runkela i jego wieczorne powroty do domu były dla dzieci nie lada wydarzeniem. Wracał pachnący kakao. Przynosił wielką nieforemną grudę czekolady. Była to czysta czekolada, o wiele smaczniejsza od tej ze sklepu ze słodyczami. Dawał tę grudę Ginowi, żeby podzielił ją między dzieci. Gino przecinał ją nożem na pół i jedną połówkę zostawiał sobie, a drugą dawał Vinniemu. Potem każdy z nich wydzielał po kawałku Salowi i małej Lenie. Wyobraźnia podsuwała Ginowi obraz ojca pracującego na wielkiej górze czekolady i odłupującego z niej kilofem małe kawałki.

Na Wielkanoc Frank Corbo miał przyjąć chrzest w nowej wierze. Na razie chodził co wieczór do Coluccich na lekcje czytania, a potem do kaplicy na nabożeństwo i jeszcze jakieś nauki. Czasami kazał Ginowi czytać sobie Biblię. Chłopiec starał się zawsze od tego wykręcić, a kiedy już się nie dało, czytał na odczepnego, z wyraźną niechęcią, zwłaszcza ulubione fragmenty ojca, w których człowiek jest rozliczany przez gniewnego i mściwego Boga. Dukał je głosem tak monotonnym i znudzonym, że irytował tylko ojca. Pewnego dnia Frank Corbo powiedział do niego z dobrotliwym uśmiechem:

— *Animale!* A więc nie wierzysz w Boga? I nie boisz się, że po śmierci pójdziesz do piekła?

— Przecież byłem u komunii i bierzmowania — żachnął się zaskoczony Gino.

Ojciec popatrzył na syna, wzruszył ramionami i więcej nie prosił go o czytanie.

Przez dwa miesiące w domu trwała sielanka; nikt nie wszczynał kłótni, nikt się nie awanturował.

Lucia Santa, widząc męża tak odmienionego — pracującego, spokojnego, zachowującego się przykładnie — doszła do wniosku, że powinien jeszcze bardziej się zmienić. Wypomniała mu, że jest gościem w domu, że dzieci niedługo przestaną go poznawać, że nie zabiera jej w odwiedziny do krewnych. Frank jakby tylko na to czekał, jakby nie czuł się zbyt dobrze w nowym wcieleniu. I stało się; uderzył, były piski i krzyki, Octavia zamierzyła się na ojczyma kuchennym nożem. Zupełnie jak za dawnych czasów. Frank wyszedł z domu i wrócił dopiero następnego dnia rano.

Zmieniał się stopniowo. Nie chodził już tak często do kaplicy. Nieraz wracał z pracy prosto do domu i nie jedząc kolacji, kładł się do łóżka. Nie spał. Leżał na wznak wpatrzony w sufit, do nikogo się nie odzywając. Lucia Santa przynosiła mu coś na gorąco; bywało, że zjadł, bywało, że wytrącił jej talerz z ręki, po czym nie pozwalał zmienić powalanych powłoczek.

W końcu zasypiał, ale około północy budził się, jęcząc i miotając w pościeli. Miał potworne bóle głowy i Lucia Santa nacierała mu skronie alkoholem. Jednak następnego ranka czuł się na tyle dobrze, by pójść do pracy. Przed pójściem do pracy nic nie było w stanie go powstrzymać.

Tej zimy noce stały się koszmarem. Wrzaski Franka budziły dzieci. Gino, Vincent i Sal zbijali się w gromadkę. Gino i Vincent nasłuchiwali z zaciekawieniem i przejęciem, za to mały Sal trząsł się cały ze strachu. Wybudzona ze snu Octavia leżała w łóżku i wściekała się na matkę, że tak cierpliwie to znosi. Larry'ego to omijało, bo w nocy pracował i wracał do domu dopiero rankiem.

Frank stawał się coraz gorszy. Budził się w środku nocy i zaczynał przeklinać żonę, zrazu wolno, potem w coraz szybszym rytmie — rytmie Biblii. Wszyscy śpią, dom pogrążony w egipskich ciemnościach, aż tu nagle z tych ciemności dobiega i rozchodzi się na całe mieszkanie dźwięczny, donośny głos: „Dziwka... Suka... Par-szy-wa, be-ze-cna ladacznica...". I szybciej, na wyższą nutę: „Diablica z piekła rodem, córka kurwy, matka kurwie". Dalej następowała długa wiązanka plugawych przekleństw, którą kończył rozdzierający jęk nieludzkiego cierpienia i straszne wołanie o pomoc: „Gesù, Gesù, pomóż mi, pomóż, aiuto, aiuto".

Wszyscy budzili się przerażeni, siadali, czekali z duszą na ramieniu, czym jeszcze ojciec ich zaskoczy. Lucia Santa uspokajała go, przemawiając jak do rozkapryszonego dziecka, prosząc, żeby się uciszył, bo rodzina nie może spać. Po mieszkaniu rozpływał się palący odór alkoholu, którym zwilżała mu obficie skronie.

Między Octavią i Lucią Santą doszło do kłótni o umieszczenie ojca w szpitalu. Lucia Santa nie chciała o tym słyszeć. Octavia, wytrącona z równowagi brakiem snu i nerwową atmosferą w domu, wpadła w histerię i matka musiała wymierzyć jej policzek. Pewnej nocy, kiedy Frank zaczął jęczeć „Gesù, Gesù", zza zamkniętych drzwi pokoju Octavii dobiegło w odpowiedzi przedrzeźniające go pojękiwanie. Ojciec zaczął kląć po włosku, a Octavia, małpując jego dialekt, zaczęła powtarzać w obcym języku te wulgarne słowa. Jej świdrujący uszy wrzask, zdający się wprawiać ciemności w wibrację, szokował bardziej niż pomstowanie ojca. Sal i mała Lena rozpłakali się. Gino i Vinnie siedzieli na krawędzi łóżka zaspani i wystraszeni. Lucia Santa bębniła pięścią w drzwi sypialni córki, błagała, żeby przestała. Ale do Octavii nic nie docierało, i to ojciec przestał pierwszy.

Nazajutrz Frank Corbo nie poszedł do pracy. Lucia Santa zostawiła go, żeby odpoczął, a sama wyprawiła dzieci do szkoły. Kiedy wyszły, przyniosła mężowi śniadanie.

Leżał nieruchomo jak kloc drewna. Niewidzącymi oczami wpatrywał się w sufit. Kiedy potrząsnęła go za ramię, odezwał się grobowym głosem:

— Nie żyję, nie daj im pochować mnie bez ubrania. Wzuj mi na nogi moje najlepsze buty. Bóg mnie wezwał. Nie żyję.

Przerażona Lucia Santa obmacała mu nogi i ręce. Były zimne jak lód i sztywne.

— Gesù, Gesù — zawołał Frank. — Zmiłuj się. Aiuto, aiuto.

Wzięła go za rękę.

— Frank, pozwól mi wezwać doktora — powiedziała. — Jesteś chory.

Frank zapienił się na tyle, na ile może się zapienić nieboszczyk. Grobowym, złowróżbnym tonem ostrzegł:

— Jak tu przyjdzie jakiś doktor, to go wyrzucę przez okno.

Ta pogróżka paradoksalnie podniosła Lucię Santę na duchu, bo zimne niebieskie oczy męża ożyły wściekłością. Ciepło wpłynęło w kończyny, które wciąż obmacywała. Usłyszała kroki na schodach i ktoś wszedł do mieszkania. To Larry wracał z nocnej zmiany.

— Lorenzo — zawołała — chodź tu szybko, z ojcem coś nie tak.

Larry, zaalarmowany tonem matki, w jednej chwili był już w sypialni.

— Patrz, jaki chory, a nie pozwala mi wezwać doktora — poskarżyła się matka. — Przemów mu do rozumu.

Larry był wstrząśnięty zmianą, jaka zaszła w wyglądzie

ojczyma. Zapadnięte policzki, ściągnięte wargi, bruzdy na twarzy nadające jej wyraz szaleństwa.

— Daj spokój, tato — powiedział. — Żyjesz czy nie żyjesz, lekarza trzeba wezwać. Jeszcze ludzie zaczęliby plotkować, że mama cię otruła albo co. Rozumiesz? Musimy mieć podkładkę. — Uśmiechnął się do ojczyma.

Frank Corbo obrzucił go pogardliwym spojrzeniem jak kogoś niespełna rozumu albo zupełnie pomylonego.

— Żadnych doktorów — burknął. — Zostawcie mnie w spokoju — dodał i zamknął oczy.

Lucia Santa z Larrym przeszli do kuchni w drugim końcu mieszkania.

— Lorenzo — powiedziała matka — leć do Runkela i sprowadź pana Colucciego. On umie z Frankiem rozmawiać. Powiedz, że w nocy znowu mu się pogorszyło. Jak tak dalej pójdzie... nie, leć po pana Colucciego.

Larry był skonany i marzył tylko o walnięciu się do łóżka. Widział jednak, że matka, zawsze taka silna i pewna siebie, jest bliska łez, których tylko duma nie pozwala jej uronić. Kochał ją i żal mu się jej zrobiło, chociaż czuł niesmak, że zostaje wciągnięty w coś, co jego tak naprawdę nie dotyczy.

— Zrobi się, mamo — powiedział i poklepawszy ją po ramieniu, wybiegł z domu, żeby sprowadzić pana Colucciego.


Pan Colucci, pomimo że był pracownikiem biurowym, nie mógł się wyrwać z pracy. Przyszedł dopiero o piątej po południu i przyprowadził ze sobą trzech mężczyzn. Wszyscy pachnieli kakao. Weszli i zobaczyli Franka Corbo leżącego sztywno w pościeli.

Otoczyli go kręgiem jak wyznawcy proroka na łożu śmierci.

— Frank, Frank — zaczął łagodnie pan Colucci. — Co się stało? Co ty wyprawiasz? Nie wolno ci zostawiać żony i dzieci. Kto ich utrzyma? Bóg jeszcze cię do siebie nie wzywa; masz jeszcze wiele dobrego do zdziałania na tym łez padole. Nie rób

125

nam tego, Frank, wstań, posłuchaj przyjaciela, który cię miłuje. To nie twój czas.

— Amen — mruknęli chórem, jak po modlitwie, mężczyźni, których ze sobą przyprowadził.

— Musimy ci sprowadzić doktora na te bóle głowy — dodał pan Colucci.

Frank Corbo uniósł się na łokciu.

— Mówiłeś mi, że doktorzy nie są potrzebni — odezwał się głosem cichym, gniewnym, pełnym teraz życia — że Bóg decyduje, a człowiek wierzy. Teraz mówisz co innego. Jesteś Judaszem. — I wytknął pana Colucciego palcem wskazującym, omal nie wybijając mu oka. Z tą wyciągniętą ręką przypominał do złudzenia fresk na ścianie kościoła.

Pan Colucci stropił się. Przysiadł na łóżku, wziął Franka za rękę.

— Posłuchaj, bracie — powiedział. — Ja wierzę, ale kiedy patrzę na twoją żonę i dzieci, które chcesz osierocić, moja wiara się chwieje. Nawet moja. Nie mogę dopuścić, żeby moja wiara cię zniszczyła. Jesteś chory. Masz te bóle głowy. Mówisz, że Bóg cię wezwał i że nie żyjesz. Bluźnisz. Żyj. Pocierp jeszcze trochę. Bóg ulituje się nad tobą pod Armagedonem. Wstań teraz i chodź do mnie na kolację. Potem udamy się do kaplicy i pomodlimy wspólnie w twojej intencji. — Pan Colucci płakał. Pozostali mężczyźni stali ze spuszczonymi głowami. Frank Corbo patrzył na nich szeroko otwartymi oczami, do których jakby powrócił rozsądek.

— Wstanę — zadecydował i dał im znak ręką, że mają wyjść, bo chce się ubrać.

Pan Colucci ze swoją świtą przeszedł do kuchni. Usiedli tam przy stole, Lucia Santa postawiła przed nimi kawę.

Pan Colucci milczał wpatrzony w drewniany blat. Był niezmiernie przygnębiony. To, co przed chwilą widział w sypialni, było karykaturą Chrystusa i prawdziwego wiernego, manifestacją logicznego wniosku wysnutego z wiary: położyć się i umrzeć.

— Signora Corbo — zwrócił się do Lucii Santy — pani mąż będzie z powrotem w domu o dziewiątej wieczorem. Niech pani zamówi na tę godzinę lekarza. Proszę się nie obawiać, zostanę i będę przy tym asystował. — Położył jej rękę na ramieniu. — Niech mi pani zaufa, signora. Pani mąż ma prawdziwych przyjaciół. Będziemy się za niego modlić. Wydobrzeje. A jego dusza zostanie zbawiona.

Dotyk dłoni pana Colucciego sprawił, że Lucia Santa zawrzała zimnym, zawziętym gniewem. Ten człowiek, z jednym zaledwie dzieckiem na utrzymaniu, nie mający zielonego pojęcia, co ona teraz przeżywa, jak się tym wszystkim gryzie, śmie sobie wyobrażać, że ją pocieszy? Co może wiedzieć o życiu ten złoczyńca, który swoją nachalną religijnością wpędził w chorobę jej męża. To on ze swoją kompanią zamącił Frankowi w głowie tymi głupotami, tą obsceniczną i lizusowską poufałością z Bogiem — patrzcie ich, świnia za pan brat z pastuchem. Zresztą i bez tego pan Colucci wzbudzał u niej niechęć. Jakiś donośny głos wewnętrzny podpowiadał jej, że tego człowieka nic nie obchodzi świat ani los bliźnich. A to, że mając taką piękną żonę, poprzestaje na jednym dziecku, świadczyło najlepiej o jego tchórzostwie i braku wiary. Przypomniała sobie, jak płakał przy łóżku jej męża, i zapałała głęboką pogardą dla niego i wszystkich ludzi, którzy oczekują czegoś po śmierci, jakiejś wspaniałej nagrody. Jakby życia, życia samego w sobie, nie było im dosyć. Jakaż pycha przez nich przemawia. Odwróciła wzrok, żeby nie patrzeć na tę współczującą, zbolałą minę pana Colucciego i ukryć przed nim własną twarz. Nienawidziła go. To jej przypadnie w udziale prawdziwa rozpacz i żałoba, to ona będzie cierpieć i zgrzytać z wściekłości zębami, że los znowu tak ją doświadcza; pan Colucci utoczy parę krokodylich łez współczucia i na tym jego rola się skończy.

# Rozdział 7

Lekarz był synem kamienicznika, właściciela wielu czynszówek przy Dziesiątej Alei. Ojciec, włoski chłop, nie po to harował w pocie czoła, porzucił ojczyznę, nie po to wyciskał ostatniego centa od lokatorów i krajan zarazem, nie po to cztery razy w tygodniu jadał na kolację *pasta* i *fagioli*, żeby jego syn został Dobrym Samarytaninem. Doktor Silvio Barbato był młody, ale jeśli chodzi o przysięgę Hipokratesa, wyzbył się już wszelkich złudzeń. Za bardzo szanował ojca i miał się za zbyt inteligentnego, by odnosić się z sentymentem do tych Włochów z południa, którzy gnieździli się jak szczury na zachodniej ścianie miasta. Był jednak na tyle młody, że uważał cierpienie za coś nienaturalnego. Współczucia jeszcze się całkiem nie wyzbył.

Lucię Santę znał. W dzieciństwie, zanim ojciec się wzbogacił, mieszkał przy Dziesiątej Alei i okazywał jej szacunek należny starszej kobiecie. Teraz żył na wyższej niż ona stopie, w czwartki i niedziele jadał spaghetti; *pasta* i *fagioli* we wtorki, środy, piątki i soboty; a w poniedziałki dla oczyszczenia jelit, *scarola*. Nie chciał jej onieśmielać całkowicie profesjonalnym sposobem bycia. Ilekroć wchodził do domu takiego jak ten, błogosławił w duchu swojego ojca.

Powrót do takiej egzystencji raczej mu nie groził. Ojciec mądrze zrobił, kształcąc go na lekarza. Jak świat światem, ludzie chorowali, chorują i będą chorowali, zawsze będą szpitale, pracy nigdy nie zabraknie. Czasy dobre czy złe, w powietrzu unoszą się zarazki. Nawet ci, których choroby i nieszczęśliwe wypadki się nie imają, nie uciekną przed starością i niedomaganiami właściwymi długiemu procesowi umierania. Kto jeszcze żyw, ten ma jakieś tam pieniądze, które wcześniej czy później znajdą drogę do lekarskiej kieszeni.

Usiadł przy kuchennym stole, żeby wypić filiżankę kawy. Musiał, bo inaczej nigdy by go już tu nie wezwali. W stojącej na korytarzu lodówce roiło się pewnie od karaluchów. Córka — jak to jej na imię? — była już na tyle dorosła, by pracować, i tak fizycznie rozwinięta, że jeśli rychło nie wyjdzie za mąż, będą z nią kłopoty. Za wiele osób naraz opisywało mu stan pacjenta. Otaczał go tłumek przyjaciół rodziny i domorosłych doradców, co zawsze bardzo irytuje lekarzy. A najgorsze te stare baby.

Dopuścili go wreszcie do leżącego w łóżku pacjenta. Wyglądał na spokojnego. Doktor Barbato zbadał mu puls, zmierzył ciśnienie krwi. To wystarczyło. Ta maska spokoju na wymizerowanej twarzy musiała skrywać niewyobrażalne napięcie. Słyszał od kolegów lekarzy o takich jak ten przypadkach. Dotyczyły bez wyjątku mężczyzn, którzy załamywali się psychicznie, nie mogąc sprostać wyzwaniom tego nowego wspaniałego kraju, nigdy kobiet. A nie należało do rzadkości, że przybywający do Ameryki Włosi bezpowrotnie tracili zmysły, tak jakby opuszczając kraj ojców, wyrywali sobie z umysłów jakiś niezbędny do dalszej egzystencji korzeń.

Doktor Barbato wiedział, jaka jest na to rada. Frank Corbo powinien trafić do szpitala i uwolniony od presji codzienności porządnie tam wypocząć. Ale ten człowiek musiał pracować, miał dzieci do wykarmienia. Trzeba będzie zaryzykować. Doktor Barbato kontynuował badanie. Odrzuciwszy kołdrę, zobaczył parę ohydnie zdeformowanych stóp i ogarnął go niemal zabobonny lęk.

— Jak to się stało? — spytał po włosku tonem grzecznym, lecz stanowczym, domagającym się odpowiedzi.

Frank Corbo uniósł się na łokciach i z powrotem naciągnął kołdrę na nogi.

— Nic panu do tego — burknął. — Są, jakie są, i dobrze mi służą. — To był wróg.

— A więc uskarża się pan na bóle głowy — zaczął z innej beczki doktor.

— Tak — odparł Frank.

— Od jak dawna?

— Od zawsze — odparł Frank.

Doktor Barbato nie miał tu już nic więcej do roboty. Wypisał receptę na silny środek uspokajający i czekał cierpliwie, aż Lucia Santa wygrzebie ze skrytki w sąsiednim pokoju pieniądze na jego honorarium. Czuł się trochę skrępowany. Wolał, kiedy ludzie, którzy mu płacili, byli lepiej ubrani i mieli lepsze meble. Potem zauważył radio i po skrupułach nie zostało śladu. Skoro stać ich na taki luksus, to i na chorobę ich stać.

W następnym tygodniu Frank Corbo wrócił do pracy. Czuł się już o niebo lepiej. Wprawdzie pojękiwał jeszcze czasami w nocy i przeklinał na głos, ale tylko przez parę minut, a po północy już się nie budził. Jednak pod koniec tego tygodnia wrócił do domu tuż przed lunchem. Stanął w progu i powiedział do żony:

— *Padrone* odesłał mnie do domu. Jestem za chory, żeby pracować.

I ku przerażeniu Lucii Santy, rozpłakał się.

Posadziła go przy kuchennym stole i zrobiła mu kawy. Był bardzo wychudzony. Rozmawiał z nią tak jak w pierwszym roku małżeństwa.

— Czy ja naprawdę jestem taki chory? — pytał z lękiem w głosie. — *Padrone* mówi, że za często przerywam pracę i zapominam o maszynie. Że powinienem porządnie wypocząć i dopiero wtedy się do niego zgłosić. Ale ja przecież nie

130

jestem taki chory. Lepiej się czuję, panuję nad sobą. I dbam o siebie. Prawda?

— Nie przejmuj się pracą — powiedziała Lucia Santa — odpocznij. Musisz wydobrzeć. Idź dziś po południu na spacer, zabierz Lenę, niech się przewietrzy w parku. — Spojrzała na jego zwieszoną głowę. Lepiej z nim było czy gorzej? Trudno powiedzieć, czas pokaże.

Kiedy wychodził z małą Leną, dała mu pieniądze na cukierki i cygara. Wiedziała, że lubi mieć przy sobie trochę gotówki i że podniesie go to na duchu. Nie było go całe popołudnie, wrócił dopiero na kolację.

Rodzina siedziała przy stole w komplecie — Octavia, Larry, Vincent, Gino i Sal. Wiedzieli już, że ojciec stracił pracę, i byli przygnębieni. Szybko poweseleli, widząc, jaki jest spokojny, jak nienagannie się zachowuje, jak stara się pomagać matce. Wyglądało na to, że szok związany z utratą pracy podziałał na niego otrzeźwiająco i wybił z głowy wszystkie bzdury. Poprawiły się humory, rozwiązały języki. Larry powiedział do chłopców żartem, że karaluchy na ścianie za nimi grają w baseball, i kiedy Sal z Ginem się obejrzeli, świsnął im z talerzy po kartoflu. Octavia karmiła małą Lenę, trzymając ją na kolanach. Vinnie miał na wszystko oko. On nie dał się oszukać Larry'emu. Dotknął sukienki matki, która przechodziła obok z parującym półmiskiem. Zatrzymała się i jemu pierwszemu nałożyła.

Kiedy po posiłku wstali od stołu, Lucia Santa spytała męża, czy idzie dzisiaj do kaplicy. Odparł, że pan Colucci nie jest mu już do niczego potrzebny. Dało to Lucii Sancie do myślenia. Czyżby jej mąż, który ze szkodą dla własnej rodziny nigdy nie wykazywał życiowej zaradności, wykorzystał sprytnie pana Colucciego tylko po to, żeby zdobyć pracę? Co w takim razie ma znaczyć ta choroba? Coś jej się nie zgadzało.

Kiedy przyszła pora udania się na spoczynek, Lucia Santa usiadła na kuchennym krześle, żeby poszyć do północy. Ostatnio wolała być kompletnie ubrana i gotowa, kiedy mąż dostawał

131

tych swoich ataków. Jeśli do północy nic się nie wydarzy, będzie mogła spokojnie położyć się spać; niebezpieczeństwo minie.

Frank Corbo przyglądał się jej z miną, która u niego wyrażała czułość, a potem powiedział:

— Idź do łóżka. Odpocznij. Ja posiedzę jeszcze trochę i też się położę.

Lucia Santa wiedziała, że to „trochę", znaczy do północy albo i dłużej. A teraz nie było jeszcze jedenastej. Wszyscy już spali, Larry wyszedł do pracy. Zalała ją fala ogromnej ulgi i poczuła dumę, że jednak nie myliła się w swoich przewidywaniach. Frankowi się polepszyło. Mężczyźni miewają takie gorsze okresy, ale to mija.

— Dokończę tylko ten ścieg — mruknęła i szyła dalej.

Frank zapalił cygaro i nalał jej szklaneczkę wina. Sobie też nalał, chociaż było to wbrew zasadom, które wpajał mu pan Colucci. Było już dobrze po północy, kiedy położyli się wreszcie, biorąc między siebie małą Lenę. W bardzo ciemnym, bardzo czarnym sercu nocy Lucię Santę obudził wyraźny, miarowy głos męża powtarzającego:

— Co to za lalka leży między nami? Trzymajcie mnie, bo ją zaraz wyrzucę przez okno.

Lucia Santa odruchowo otoczyła śpiące dziecko ramieniem i przytłumionym, zaspanym głosem wymamrotała:

— Co, co, Frank? Co się stało? — Nie całkiem jeszcze rozbudzona, nie od razu zrozumiała, o co mu chodzi.

— Dlaczego położyłaś między nas tę lalkę? — spytał Frank ciszej już, złowróżbnie.

Lucia Santa jeszcze bardziej zniżyła głos.

— Frank, Frank — wyszeptała — przecież to twoja córeczka. Ocknij się, Frank.

Nie odzywał się przez dłuższy czas, ale Lucia Santa bała się zasnąć. Nagle całe łóżko zatrzęsło się gwałtownie.

Frank podniósł się z niego niczym anioł zemsty. Światło zalało sypialnię i frontowy spokój, gdzie spały dzieci, a on stał

132

tam kompletnie ubrany. Twarz nabiegła mu krwią, była niemal czarna, wykrzywiona w grymasie wściekłości.

— WYNOCHA Z TEGO DOMU! — ryknął głosem jak grzmot. — BĘKARTY, SKURWYSYNY, SUKINSYNY! WYNOCHA Z TEGO DOMU, BO WAS WSZYSTKICH POZABIJAM!

Lucia Santa zerwała się z łóżka, tuląc do siebie dziecko. Wbiegła w nocnej koszuli do frontowego pokoju i rzuciła do przerażonych Gina i Vincenta:

— Szybko, ubierajcie się. Jeden niech zabierze stąd Salvatore, drugi biegnie po Zię Louche. Szybko, szybko.

Frank Corbo szalał, klnąc na czym świat stoi, ale kiedy zobaczył, że Vincent zbiera się do wyjścia, uspokoił się i powiedział:

— Nie, Vincenzo może zostać. Vincenzo jest aniołem.

Lucia Santa wypchnęła jednak Vincenta z pokoju i odwróciła się do męża. Nie dostrzegła w jego oczach litości.

— Zabieraj swoją lalkę i wynoś się z tego domu — wycedził głosem cichym, ale zionącym nienawiścią. Lucia Santa zerknęła na zamknięte drzwi sypialni Octavii.

Frank przechwycił to spojrzenie.

— Nie zmuszaj mnie, żebym zapukał do twojej córki — powiedział — bo wypędzę na ulicę, gdzie jej miejsce.

Drzwi otworzyły się. W progu stanęła Octavia. Była ubrana, w prawym ręku trzymała krawieckie nożyce.

— Chodź tu do mnie — wyrzuciła z siebie jednym tchem Lucia Santa.

Octavia nie bała się; wychodziła z sypialni gotowa stoczyć walkę w obronie matki i dzieci. Ale teraz, na widok mściwego zadowolenia na twarzy ojczyma, nie na żarty się przestraszyła. Odebrała od matki małą Lenę i ściskając wciąż w dłoni nożyce, wybiegła do kuchni. Zastała tam Vinniego, Sala i Gina zbitych w gromadkę. Mieli na sobie tylko kurtki narzucone na zimową bieliznę. Wypchnęła ich przed sobą na schody. Zbiegli razem na dół i wypadli na ulicę. Lucia Santa została sam na sam z mężem.

— Co z tobą, Frank? — spytała drżącym głosem, wciągając sukienkę na nocną koszulę. — Cały dzień byłeś normalny, co cię nagle napadło?

Patrzył na nią matowymi niebieskimi oczami, ze spokojem na wymizerowanej twarzy.

— Wynocha wszyscy z tego domu — powtórzył. Podszedł do niej i popchnął amfiladą pokoi w stronę drzwi wejściowych.

Do mieszkania wpadli Larry z *Panettiere* i rozdzielili ich. Frank ucapił Larry'ego za gardło i przydusił do ściany, krzycząc:

— Myślisz, że jak dałeś mi dzisiaj dolara, to możesz się wtrącać? — Cisnął pasierbowi w twarz garścią drobnych monet.

Larry zachował przytomność umysłu i nie dał się sprowokować.

— Spokojnie, tato — powiedział — przyszedłem tylko pomóc. Gliniarze tu jadą. Musisz się uspokoić. — Z ulicy doleciało wycie syreny. Frank pobiegł do frontowego pokoju i wyjrzał przez okno.

Zobaczył na dole trójkę skulonych dzieci w kurtkach. Otaczały Octavię, która wołała coś do wysiadających z auta policjantów i pokazywała palcem na wejście do kamienicy. Dwaj policjanci wbiegli do środka. Frank, spokojny już, wrócił amfiladą pokoi do kuchni i powiedział do obecnych tam zupełnie przytomnie:

— Policja ma pałki. Z policją nikt nie wygra. Nawet Bóg nic nie poradzi przeciwko pałkom. — Usiadł na krześle.

Dwaj krzepcy, rośli policjanci, obaj Irlandczycy, weszli bez pośpiechu, spacerowym krokiem do otwartego mieszkania. Larry wziął ich na stronę i tłumaczył coś przez chwilę przyciszonym głosem. Frank obserwował ich z zainteresowaniem. W końcu Larry podszedł do ojczyma i usiadł. Był przejęty, miał łzy w oczach.

— Posłuchaj, tato — powiedział. — Zaraz tu przyjedzie karetka. Jesteś chory, rozumiesz? Nie opieraj się. Zrób to dla mamy i dzieciaków.

Frank Corbo odepchnął go brutalnie. Policjanci chcieli interweniować, ale na drodze stanęła im Lucia Santa.

134

— Nie, zaczekajcie, zaczekajcie! — zawołała.

Zbliżyła się do męża i zaczęła do niego przemawiać przyciszonym głosem, tak jakby nie chciała, żeby *Panettiere* i policjanci ją słyszeli. Z zimnej ulicy wróciła Octavia z dziećmi. Stanęli bez słowa przy drzwiach i patrzyli.

— Frank — mówiła Lucia Santa — jedź do szpitala. Tam cię wykurują. Pomyśl tylko, jak się będą czuły dzieci, kiedy zobaczą, że policja cię bije i zwleka po schodach. Frank, Frank, opamiętaj się. Będę cię codziennie odwiedzała. Za tydzień, dwa będziesz już zdrowy. A teraz chodź.

Frank Corbo wstał z krzesła. W tym samym momencie w otwartych na oścież drzwiach mieszkania pojawili się dwaj sanitariusze w białych kitlach. Frank stał przy stole ze zwieszoną głową, tak jakby się nad czymś zastanawiał. Nagle uniósł głowę i oświadczył:

— Wszyscy muszą się napić kawy. Sam zaparzę.

Ci w białych kitlach ruszyli w jego stronę, ale Lucia Santa zastąpiła im drogę. Obok niej stanął Larry.

— Z nim trzeba po dobroci — powiedziała Lucia Santa do sanitariuszy i policjantów. — Wtedy pójdzie za wami jak baranek. Jak spróbujecie na siłę, wstąpi w niego dzika bestia.

Postawiwszy na kuchence czajnik z wodą na kawę, Frank zaczął się golić nad kuchennym zlewem. Sanitariusze sprężyli się w sobie, gotowi w każdej chwili go obezwładnić. Policjanci zacisnęli dłonie na rękojeściach pałek. Frank szybko uwinął się z goleniem i chwilę potem stawiał już na stole filiżanki z parującą kawą. Octavia i dzieci usiedli po przeciwnej stronie stołu. Frank zaczekał, aż zaczną pić, po czym, zadowolony, kazał Lucii Sancie przynieść sobie czystą koszulę. Kiedy wróciła, z sardonicznym błyskiem w oku potoczył wzrokiem po twarzach wszystkich obecnych.

— *Figlio de puttana* — zaczął. — Źli ludzie. Znam ja was, panowie policjanci. Późno w noc zachodzicie do piekarni i pijecie tam whisky. To tak pracujecie? A ty nie lepszy,

*Panettiere.* Pędzisz nielegalnie whisky na zapleczu. O, widzę ja was wszystkich w nocy, kiedy porządni ludzie śpią. Wszystko widzę. W nocy jestem wszędzie. Widzę grzechy świata. Potwory — złoczyńcy — mordercy — kurwie syny i córki — znam ja was wszystkich. Myślicie, że nie mam oczu?! — Te ostatnie słowa wykrzyczał i potrząsnął kuchennym stołem, zrzucając z niego filiżanki z kawą.

Jakby urósł, może wspiął się na palce, oczy ciskały błyskawice. Larry i Lucia Santa skulili się i cofnęli. Dwaj sanitariusze w białych kitlach utworzyli z dwoma policjantami tyralierę i ruszyli na niego. Wzrok Franka zatrzymał się na twarzy Gina siedzącego jak trusia po drugiej stronie stołu. Chłopiec był biały jak papier, patrzył tępo na ojca wybałuszonymi, nieprzytomnymi z przerażenia oczami. Frank, odwrócony plecami do zachodzących go od tyłu nieprzyjaciół, puścił do niego oko. Twarz Gina nabrała z powrotem rumieńców, strach wyparło bezmierne zdumienie.

Ale komedia już się skończyła. Czterej mężczyźni otoczyli Franka, nie dotykając go jeszcze. Frank uniósł ręce w geście, który wyrażał poddanie, a jednocześnie prośbę, żeby się powstrzymali i posłuchali, co jeszcze ważnego ma do powiedzenia. Ale nic nie powiedział. Sięgnął do kieszeni i oddał Lucii Sancie klucze od mieszkania, a potem portfel. Lucia Santa wzięła go pod rękę i wyprowadziła. Larry chwycił ojca pod drugą rękę i zaczęli schodzić po schodach. Policjanci i ludzie w białych kitlach postępowali krok w krok za nimi.

Po ciemnej opustoszałej Dziesiątej Alei hulał wiatr. Przed wejściem do kamienicy stały ambulans i wóz policyjny. Frank Corbo zatrzymał się i spojrzał na żonę.

— Lucio Santo — powiedział cicho — pozwól mi wrócić do domu. Nie daj im mnie zabrać. Oni mnie zabiją.

Po drugiej stronie ulicy zagwizdała lokomotywa. Lucia Santa pochyliła głowę, wysunęła rękę spod jego ramienia i cofnęła się. Dwaj sanitariusze w białych kitlach jak na komendę dopadli do Franka, naciągnęli mu coś na ręce i na wpół wepchnęli, na wpół wnieśli do ambulansu. Jeden z policjantów podskoczył, żeby im pomóc. Odbyło się to wszystko w absolutnej ciszy. Frank Corbo nawet nie zdążył, a może nie chciał krzyknąć. Tylko młócka obleczonych w granat i biel rąk. Lucia Santa gryzła zaciśniętą pięść, Larry stał jak sparaliżowany. Ambulans odjechał, policjanci podeszli do nich.

Gwiazdy blakły przesłaniane mgiełką przedświtu, ale jasno się jeszcze nie robiło. Lucia Santa płakała, Larry podawał policjantom ich nazwiska, nazwisko ojczyma, imiona dzieci i każdego, kto był obecny w mieszkaniu podczas interwencji. I opowiadał, jak to się wszystko zaczęło.


Dopiero w następną niedzielę pozwolono odwiedzić Franka w szpitalu. Po obiedzie Lucia Santa zwróciła się do córki z pytaniem:

— Jak myślisz, mam go zabrać do domu? Myślisz, że to bezpieczne?

Octavia, uchylając się od szczerej odpowiedzi, wzruszyła tylko ramionami. Zadziwiał ją optymizm matki.

Larry, jako najstarszy teraz w rodzinie mężczyzna, wziął decyzję na siebie.

— To co, tato ma zgnić w Bellevue tylko dlatego, że jednej nocy trochę narozrabiał? — spytał z wyraźną pogardą dla kobiecego tchórzostwa. — Zabieramy go stamtąd. Bez obawy, będzie dobrze.

— Łatwo ci mówić — zaperzyła się Octavia. — Łatwo odgrywać wielkodusznego mądrale. Nigdy nie ma cię w domu. Uganiasz się za dziwkami, za tymi swoimi głupimi kurewkami. Ty się będziesz z nimi zabawiał, a w tym czasie mama, dzieci i ja skończymy z poderżniętymi gardłami. I będzie ci ta-a-ak przykro, kiedy wrócisz do domu! Ale będziesz żywy, a my martwi. Nie gadaj głupstw, Larry.

— Oj, ty zawsze robisz z igły widły — odparował Larry. — Jak staruszek posmakuje uroków Bellevue, to odechce mu się

chorowania. — A potem z powagą i bez złośliwości dodał: —
Sęk w tym, siostruniu, że ty go nigdy nie lubiłaś.

— A za co miałam go lubić? — fuknęła gniewnie Octavia. — Nigdy niczego nie zrobił dla Vinniego ani nawet dla
swoich własnych dzieci. A ile razy uderzył mamę? Raz nawet,
kiedy chodziła w ciąży, i ja nigdy mu tego nie zapomnę.

Lucia Santa słuchała tego z posępną miną, ściągając czarne
brwi. Traktowała tę rozmowę jak przekomarzanie się dzieci,
znaczyła dla niej tyle co nic. Nie dojrzeli jeszcze ani emocjonalnie, ani psychicznie na tyle, żeby liczyła się poważnie z ich
zdaniem.

Ta niepiśmienna, niewykształcona kobieta ze wsi była, jak
wiele jej podobnych, panią życia i śmierci swoich najbliższych.
Każdego dnia każdego roku ludzie zmuszeni są poświęcać
i zdradzać tych, których kochają. Lucia Santa nie rozumowała
kategoriami sentymentów, ale miłość i współczucie liczą się,
znaczą coś w życiu.

Mężczyzna, który spłodził jej dzieci, ocalił ją przed despera-
cją i beznadzieją wdowieństwa, i rozbudził w niej kobietę, nie
miał już dla niej żadnej realnej wartości. Wprowadzał do
rodziny rozłam. Octavia gotowa odejść; wyjść przedwcześnie
za mąż, byle tylko od niego uciec. Stał się kulą u nogi w walce
o przetrwanie. Ona musiała myśleć o swoich dzieciach, i tych
dorosłych, i tych jeszcze dorastających. Z premedytacją wy-
rzekła się miłości. Miłość między mężem a żoną to fanaberia
dobra dla pławiących się w luksusie, wiodących nieskompli-
kowane życie.

Ale miłość to nie wszystko, była jeszcze lojalność, były
zobowiązania wynikające z przymierza zawartego przeciwko
nieprzyjaznemu światu. I pod tym względem Frankowi Corbo
nie można było niczego zarzucić; starał się, inna sprawa, że nie
bardzo mu to wychodziło. No, i był ojcem trojga z jej dzieci.
Tu w grę wchodziła krew. Za kilka lat będzie musiała spojrzeć
tym dzieciom w oczy, będzie musiała się przed nimi wytłumaczyć, bo to on dał im życie, były jego dłużnikami. A gdzieś

tam w tle tlił się jeszcze pierwotny, prześladujący wszystkich rodziców lęk, świadomość, że kiedyś się zestarzeją i staną bezwolnymi dziećmi swoich dzieci, zdanymi na ich łaskę i niełaskę.

Gino, który przez cały czas dokazywał i droczył się z Salem i Vinniem, nie zwracając pozornie uwagi na toczącą się rozmowę, powiedział nagle do matki:

— A tato wtedy do mnie mrygnął.

Lucia Santa nie zrozumiała słowa „mrygnął".

Octavia wytłumaczyła jej, co znaczy.

— Widzicie? — ożywiła się Lucia Santa. — On tylko udawał. Dobrze wiedział, co robi, tylko coś go podkusiło i nie mógł się powstrzymać.

— Właśnie — podchwycił Larry — ale jak zobaczył przestraszonego Gina, to zaraz zbastował. Mówiłem, że to nic poważnego. Jest trochę chory i to wszystko. Zabieramy go do domu.

— No, co ty na to? — zwróciła się Lucia Santa do Octavii. Była już zdecydowana, ale czułaby się lepiej, gdyby córka też się zgodziła.

Octavia spojrzała na Gina i chłopiec odwrócił głowę.

— Spróbujmy — mruknęła. — Postaram się dostosować.

Pomogli spakować matce wałówkę. Spaghetti w małej miseczce, owoce, pół bochenka prawdziwego chleba. Na wypadek, gdyby Franka nie wypuścili do domu jeszcze tego samego dnia. Żartowali sobie nawet przy tym.

— Och, jak tamtej nocy nazwał Vincenza aniołem, od razu wiedziałam, że zwariował — powiedziała Lucia Santa. Był to gorzki żart i miał być wspominany przez lata.

Kiedy była już gotowa do wyjścia, Gino spytał:

— Tato naprawdę wróci dzisiaj do domu?

Lucia Santa spojrzała na niego z góry. Na jego dziecinnej buzi malowała się emocja, której nie potrafiła nazwać.

— Bądź spokojny, jak nie dzisiaj, to jutro — powiedziała. Z oczu Gina ulotnił się niepokój, a ufność, którą w nich wyczytała, napełniła ją znajomym ciepłym poczuciem władzy i miłości.

Vinnie, słysząc słowa matki skierowane do Gina, zawołał z lojalną radością: — Hura! Hura!

— Ubiorę dzieci i będziemy na was czekali przed kamienicą — powiedziała Octavia.

Larry, który szedł z matką, zwrócił się na odchodnym do młodszego rodzeństwa:

— Słuchajcie, jeśli przywieziemy dzisiaj tatę, to nie zawracać mu głowy, niech odpoczywa. I macie robić wszystko, o co poprosi.

W Lucię Santę, kiedy to usłyszała, wstąpił nowy duch; uwierzyła, że wszystko dobrze się skończy, a tamta straszna noc nie była wcale tak przełomowa, jakby się mogło wydawać. Każdemu, kogo życie nie rozpieszcza, mogą przecież puścić nerwy. Nie trzeba było wzywać tej policji ani karetki, ani oddawać go do szpitala. Ale może rzeczywiście nie ma tego złego, co by na dobre nie wyszło. Atmosfera się oczyściła z korzyścią dla wszystkich.

Cała w czerni, niosąc zawiniątko z wałówką, Lucia Santa prowadzona pod rękę przez najstarszego syna — dobre dziecko — doszła do Dwudziestej Trzeciej Ulicy i wsiadła w tramwaj jadący do szpitala Bellevue po drugiej stronie miasta.

Weszli na zatłoczoną izbę przyjęć, usiedli i czekali. Po dłuższym czasie powiedziano im, że lekarz chce się z nimi widzieć, i objaśniono, jak trafić do jego gabinetu.

O tym wielkim szpitalu powiadano, że ma najlepszy na świecie personel, że pielęgniarki są tu bardziej zaangażowane i pracowitsze od wszystkich innych pielęgniarek i że opieka medyczna nad biednymi jest tak dobra, na ile to tylko możliwe. Tego niedzielnego popołudnia Lucię Santę niewiele to obchodziło. Jej Bellevue jawiło się jako koszmar ubogich, ostatnie z bolesnych i zawstydzających upokorzeń, których aż po grobową deskę nie szczędzi im los. Pełno tu było wykolejeńców, życiowych rozbitków, nędzarzy. Gruźlicy siedzieli na obskurnych balkonach i wdychając przesycone sadzą powietrze, patrzyli na kamienne miasto, którego trujące wyziewy pożarły im płuca. Zgrzybiałymi staruszkami nie zajmował się nikt oprócz krewnych, którzy przychodząc w odwiedziny, przynosili prowiant i starali się podsycać w nich iskierkę nadziei. W niektórych salach leżeli ci, którym życie, Bóg albo ludzie tak dojedli, że ogarnięci żądzą śmierci wypili ług bądź w inny straszny sposób okaleczyli sobie ciała. Teraz, cierpiąc fizyczne katusze, rozpaczliwie czepiali się życia. Byli tu też szaleńcy, którzy uciekli od świata w jakiś łaskawszy mrok.

Lucia Santa zdawała sobie jednak sprawę, że cokolwiek mówić czy myśleć o tym przybytku, nie wolno zapominać o jednym: był to szpital opieki społecznej. Nic nie był dłużny ani jej, ani ludziom takim jak ona, i niczego od nich nie dostawał. Wyłożone ciemnymi kafelkami korytarze rozbrzmiewały wrzaskami dzieci czekających na podanie leku, zbadanie, założenie szwów. W jednej z sal dzieci okaleczone przez samochody albo pijanych rodziców biły się o jeden jedyny wózek inwalidzki.

Wśród ciężko chorych nie brakowało też mężczyzn, którzy znojną pracą zarabiali na chleb dla swoich żon i dzieci. Ich lęk przed śmiercią potęgowała wizja pozostawionych samym sobie, pozbawionych środków do życia rodzin.

Był to szpital, którego pacjentów musieli codziennie dokarmiać krewni. Odwiedzający przynosili rondle spaghetti, torby pomarańczy, jak również czyste ręczniki, porządne mydło i świeże zmiany pościeli. Była to bezduszna fabryka, w której bez współczucia, czułości, bez miłości skleja się i sztukuje pokiereszowane ludzkie wraki. Było to miejsce, w którym leczy się juczne zwierzę, by dalej mogło dźwigać swe brzemię. Z pacjentami nikt się tu nie ceregielił; udzielano im niezbędnej darmowej pomocy, która z zasady jest bezduszna, i nic ponad to. Szpital znajdował się na wschodniej ścianie miasta, swoją wieżyczkową architekturą i żelaznymi bramami przywodził na myśl średniowieczne zamczysko — istny symbol piekła.

Pobożni nędzarze żegnali się, przechodząc przez te bramy; śmiertelnie chorzy tracili ostatnią nadzieję.

Lucia Santa i Larry znaleźli gabinet lekarza i weszli. Lucia Santa nie mogła uwierzyć, że taki młody mężczyzna w źle dopasowanym białym kitlu sprawuje władzę nad jej mężem. Kiedy usiedli, powiedział, że nie radzi jej widzieć się dzisiaj z Frankiem; najlepiej będzie, jeśli podpisze tylko pewne niezbędne dokumenty.

— Powiedz mu o tym mrygnięciu — zwróciła się Lucia Santa przyciszonym głosem, po włosku, do Larry'ego.

— Nie, signora, niech pani sama mi o tym powie — odezwał się po włosku doktor.

Lucia Santa nie kryła zaskoczenia. Tak po amerykańsku wyglądał.

Posługiwał się włoskim wyższych sfer i traktował ją z dżentelmeńską kurtuazją. Opowiedziała mu, jak to owej strasznej nocy, kiedy wydawało się, że napad szału osiągnął u męża kulminację, ten puścił nagle oko do swojego najstarszego syna, żeby chłopca uspokoić, dać mu do zrozumienia, że tak naprawdę to wcale nie zwariował. To jasne jak słońce, że wyszedł z siebie w chwili słabości, może z powodu kłopotów rodzinnych albo w przypływie desperacji, bo los się z nim nie pieścił. Ledwie wiążą koniec z końcem. A on naprawdę był zbyt chory, żeby pracować zarobkowo. Z tego powodu mężczyznom czasami miesza się w głowie. A do tego chodził przez całą zimę bez czapki. Przeziębił sobie mózg. I nie od rzeczy będzie jeszcze wspomnieć, że kiedy kopał tunel dla nowej linii metra do Ósmej Alei, przysypało go i przez parę minut był żywcem pogrzebany, a na dodatek uderzył się w głowę.

Mówiła i mówiła. Pragnęła wykazać, że choroba męża ma podłoże fizyczne, że jest spowodowana czynnikami zewnętrznymi i wymaga jedynie konwencjonalnego leczenia, ale wciąż wracała do tego „mrygnięcia". Oszukał ich wszystkich tamtej nocy. Wszyscy dali się nabrać, nawet doktorzy.

Lekarz słuchał ze skupioną miną. Od czasu do czasu kiwał głową na znak, że jego zdaniem to puszczenie oka było bardzo symptomatyczne, że przeziębienie, uderzenie w głowę, mogły zrobić swoje, pomrukiwał potakująco. Lucia Santa nie zdawała sobie sprawy, że jego kurtuazja jest podyktowana współczuciem. Kiedy skończyła, odezwał się swoim pięknym włoskim i wtedy wyszedł z niego wróg.

— Signora — powiedział — pani mąż jest bardzo chory. Tak chory, że nasz szpital nie może mu pomóc. Wypisać do domu też go nie możemy. Trzeba go umieścić w specjalistycznej placówce. Za rok, dwa może wyzdrowieje. Trudno powiedzieć. Te sprawy wciąż są dla nas tajemnicą.

— Nie podpiszę żadnych dokumentów — wycedziła przez zaciśnięte zęby Lucia Santa. — Chcę się widzieć z moim mężem.

Lekarz zerknął na Larry'ego i pokręcił głową.

— Chodźmy, mamo — powiedział Larry. — Przyjdziemy jutro, może wtedy wpuszczą nas do taty.

Lucia Santa ani drgnęła, zaparła się jak oślica.

— Signora — rzekł łagodnie lekarz — gdyby mąż miał gorączkę, był przeziębiony, nie kazałaby mu pani chyba iść do pracy, nie wypędziła na mróz. Gdyby miał złamaną nogę, nie kazałaby mu pani chodzić. Wyjście na świat to dla niego teraz za wiele. To dla niego zbyt bolesne. Ta choroba jest sygnałem, że dzieje się z nim coś niedobrego, co może skończyć się śmiercią. Postąpi pani jak kochająca żona, podpisując te dokumenty. — Dotknął brązowej koperty, która leżała na jego biurku.

Lucia Santa uniosła głowę i spojrzała na niego.

— Niczego nie podpiszę — warknęła opryskliwie po włosku.

Lekarz zarumienił się.

— Widzę, że ma pani paczkę dla męża — powiedział. — Chce mu ją pani wręczyć osobiście? Nie będzie pani mogła u niego długo zostać, ale zamienić kilka słów owszem.

Teraz z kolei zarumieniła się Lucia Santa, ujęta jego uprzejmością. Kiwnęła głową. Lekarz sięgnął po słuchawkę stojącego na biurku telefonu i rozmawiał z kimś przez chwilę. Potem wstał i zwrócił się do Lucii Santy:

— Proszę za mną. — A kiedy Larry również zaczął podnosić się z krzesła, powstrzymał go gestem ręki. — Pan niech lepiej zaczeka tu na matkę.

Lucia Santa szła i szła za białym kitlem ciemnymi, przywodzącymi na myśl więzienie korytarzami, schodami w górę, schodami w dół, aż wreszcie, przebywszy szmat drogi, zatrzymali się przed jakimiś drzwiami. Lekarz otworzył je i przepuścił ją przodem. Oczom Lucii Santy ukazała się wielka, wyłożona kafelkami sala, w której stały wanny. Niektóre z tych wanien były zasłonięte kotarami. Ruszyła za lekarzem przez tę salę w kierunku drzwi znajdujących się w przeciwległym rogu. Ale lekarz, nie dochodząc do nich, zatrzymał się niespodziewanie obok jednej z zasłoniętych wanien. Prawą ręką ścisnął mocno dłoń Lucii Santy, tak jakby chciał ją podtrzymać na wypadek, gdyby potknęła się albo upadła. Lewą odgarnął zasłonę zawieszoną na metalowym pręcie.

W wannie wypełnionej zimną wodą siedział nagi mężczyzna, ramiona miał przywiązane do boków.

— Frank! — krzyknęła Lucia Santa.

Wąska głowa obróciła się powoli w jej stronę. Zobaczyła twarz o wyszczerzonych zębach, wykrzywioną grymasem zwierzęcego przerażenia. Niebieskie oczy były jak szkło, połyskiwały bezrozumną wściekłością. Nie patrzyły na nią, lecz na niewidzialne niebo w górze. Była to maska beznadziejnego, szatańskiego szaleństwa. Lekarz opuścił na powrót zasłonę, podbiegli do nich sanitariusze zaalarmowani przeciągłym skowytem kobiecego cierpienia. Brązowa papierowa torba wysunęła się Lucii Sancie z rąk, upadła na wyłożoną kafelkami posadzkę i pękła. Zawartość rozprysła się, brudząc jej pończochy i buty.

Nie wiedziała, jak znalazła się z powrotem w gabinecie lekarza. Płakała, a Larry próbował ją bez powodzenia uspokajać. Płakała nad sobą, bo oto znowu została wdową, bo już zawsze będzie spała sama w łóżku; płakała nad swoimi młodszymi dziećmi, które też zostaną bez ojca; płakała, bo została pobita, pokonana przez los. I płakała, bo po raz pierwszy od lat zdjęło ją przerażenie; kochała mężczyznę, rodziła mu dzieci, a teraz ten mężczyzna był żywym trupem, truchłem, któremu coś wydarło duszę.

Podpisała wszystkie dokumenty, jakie podsunął jej lekarz. Podziękowała mu za uprzejmość. Wyszli ze szpitala i Larry złapał taksówkę. Obawiał się o matkę. Kiedy jednak wysiadali na Dziesiątej Alei, była już zupełnie spokojna; nie musiał jej nawet pomagać przy wchodzeniu po schodach. Nie zauważyli dzieci — Gina, Vinniego i Sala — czekających na rogu w odświętnych ubraniach.

# Część II

# Rozdział 8

W pierwszą niedzielę wiosny Octavia zarządziła generalne porządki. Do szorowania schodów i korytarzy w całej kamienicy, co należało do obowiązków rodziny od czasu kiedy Frank Corbo przyjął posadę dozorcy, wydelegowała Vinniego i Gina; po uporaniu się z tym mieli jeszcze zamieść podwórko. Salowi i małej Lenie dała po gałganku i kazała wytrzeć z kurzu krzesła oraz wielki drewniany stół w kuchni; krzesła z mnóstwem toczonych szczebelków i stół ze wspaniałymi, łukowatymi przęsłami pod blatem, tworzącymi tajemniczą krainę pieczar, która rozbudzała wyobraźnię dzieci i była ich ulubionym miejscem zabaw. Po odkurzeniu dzieci zabrały się do polerowania. W wyniku tej operacji, na którą poszła cała butelka zawiesistego cytrynowego oleju, drewno nabrało brudnozielonego odcienia, niesamowitego połysku i lepiło się przy dotknięciu jak wysmarowane miodem. Octavia musiała zetrzeć nadmiar specyfiku suchą szmatką.

Półki w szafach, po usunięciu z nich wszystkiego, wyłożone zostały nowymi gazetami. Cała zastawa powędrowała na kuchenny stół, skąd sztuka po sztuce trafiała do zlewu, gdzie pozbawiono ją warstewki tłustego osadu.

Po godzinie Gino i Vincent wrócili z miotłami, mopami, wiadrem i czajnikiem na gorącą wodę z mydłem.

— Zrobione — oznajmił Gino. — Lecę pograć w palanta.

Octavia wystawiła głowę z szafy. Była zła. Już od paru miesięcy obserwowała, jak Gino się zmienia. Od zawsze był leniem; ale przyciśnięty do muru, widząc, że się nie wymiga, brał się do roboty i nawet nieźle mu szło. Teraz stał się opryskliwy, krnąbrny. Do czego się wziął, to sknocił. Popatrzyła na chłopców spod ściągniętych brwi. Vinnie też zmienił się na gorsze.

— Mamo, chodź, zobacz! — zawołała. — Umyli całą kamienicę jednym czajnikiem gorącej wody. Cztery skrzydła schodów, cztery korytarze i marmurową posadzkę na parterze jednym zakichanym czajnikiem gorącej wody. — Zaśmiała się pogardliwie.

— I dobrze! — odkrzyknęła z kuchni Lucia Santa. — Grunt, że trochę czyściej.

— Jak, u diabła, może być czyściej po jednym czajniku gorącej wody? — wrzasnęła Octavia. Usłyszała śmiech matki i sama też się roześmiała. Taki piękny poranek. Mieszkanie zalane słonecznym blaskiem...

Chłopcy stojący z mopami i wiadrem tak komicznie wyglądali. Te ich naburmuszone miny.

— No dobrze. — Octavia westchnęła. — To teraz Vinnie pomoże mi z szafami, a ty, Gino, umyjesz okna od wewnątrz. Potem wyniesiecie z Vinniem śmieci, a ja dokończę okna.

— Możesz mi naskoczyć — burknął Gino.

Octavia nawet na niego nie spojrzała.

— Nie pyskuj.

— Wychodzę — oświadczył Gino.

Vinnie i Sal byli wstrząśnięci zuchwalstwem Gina. Żaden z braci nie ważył się dotąd przeciwstawić Octavii; nawet Larry wykonywał czasami jej polecenia. Szarpała ich za włosy i biła po twarzy, jeśli jej nie słuchali. Raz nawet grzmotnęła Larry'ego w głowę butelką po mleku.

Octavia klęczała, zanurzona do połowy w szafie.

— Nie zmuszaj mnie, żebym wstała — warknęła przez ramię.

— A wstawaj sobie — fuknął Gino. — Nie będę mył żadnych zafajdanych okien, idę grać w palanta.

Octavia zerwała się z podłogi i doskoczyła do brata. Jedną ręką ucapiła go za włosy, drugą wymierzyła dwa policzki. Spróbował się wyrwać, ale trzymała mocno. Za to biła tak, żeby za bardzo nie bolało.

— No, gówniarzu — krzyczała — powtórz, że nie umyjesz okien, a zatłukę!

Gino, zamiast odpowiedzieć, zebrał się w sobie i wreszcie udało mu się wyrwać. Posłał siostrze dobrze jej już znane spojrzenie, w którym nie było nienawiści czy strachu, lecz bolesne, rozbrajające zdumienie, bezbronny wyrzut. Pod tym spojrzeniem Octavii zawsze dziwnie się robiło na duszy. Vinnie często gorzej od niej obrywał, a więc nie były to raczej wyrzuty sumienia. Zresztą pomimo zdania, jakie miała o ojczymie, nigdy nie myślała o Lenie, Salu czy Ginie jak o przyrodnim rodzeństwie. Byli przecież dziećmi jej matki.

Z kuchni wyszła Lucia Santa.

— Dosyć, starczy — powiedziała do Octavii. — Gino, umyjesz tylko dwa okna frontowe i możesz iść grać.

Na szczupłej, smagłej twarzy Gina malowały się teraz upór i wściekłość.

— Nie będę mył żadnych zasranych okien. — Stał i czekał, co one na to.

— Nie wyrażaj się, takiemu małemu chłopcu to nie przystoi — powiedziała ugodowo Lucia Santa.

— Octavia przeklina na okrągło! — wrzasnął Gino. — A jest dziewczyną. Jej nigdy nie zwrócisz uwagi. A taką układną damulkę odstawia przed obcymi.

Lucia Santa uśmiechnęła się, Octavia zacisnęła usta, żeby nie parsknąć śmiechem. Miał rację. Znajomym chłopcom, a zwłaszcza synowi *Panettiere*, włos by się zjeżył na głowie, gdyby usłyszeli, jak klnie. Nie śmieli używać w jej obecności słów, których ona używała na co dzień w domu, wyprowadzona z równowagi przez matkę albo któregoś z młodszych braci.

Czasami, kiedy zdarzyło jej się przekroczyć granice histerii, własnym uszom nie wierzyła. Jedna z koleżanek nazywała ją Bluzgatą Dziewicą.

— Dobrze, dobrze — powiedziała Lucia Santa. — Pomożesz do drugiego śniadania. Niedługo będzie gotowe. Potem możesz iść. — Wiedziała, że Octavia nie cierpi, kiedy podważa się jej autorytet, ale dzień tak dobrze się zaczął i nie chciała go zepsuć swarami w rodzinie.

Ku jej zaskoczeniu, Gino odpysknął wyzywająco:

— Nie jestem głodny. Idę teraz. W dupie mam drugie śniadanie. — Wziął z kąta kij do palanta, odwrócił się do drzwi i oberwał od matki otwartą dłonią w usta.

— *Animale!* — krzyknęła rozwścieczona Lucia Santa. — Łeb zakuty! Drugi ojciec! Jak ty tak, to ja też po swojemu. Nigdzie dzisiaj nie pójdziesz.

Nie dorastał jej do brody. Patrzyła mu z góry w oczy, w te dwie wielkie czarne kałuże furii i chłopięcej frustracji. Podniósł kij i cisnął nim na oślep, uważając jednak, żeby kogoś nie trafić. Kij zatoczył w powietrzu pełen gracji łuk i zmiótł ze stołu stos talerzy i filiżanek. Huk, ogłuszający brzęk tłukącej się porcelany; malowane skorupy rozprysły się po podłodze...

I martwa cisza. Gino rzucił jedno wystraszone spojrzenie matce, drugie Octavii, odwrócił się i już go nie było. Za drzwi, po schodach i na Dziesiątą Aleję, w rześkie wiosenne przedpołudnie. Lucia Santa, oprzytomniawszy trochę, wrzasnęła za nim:

— *Figlio de puttana!* Bestia! Zwierzę! Nie wracaj do domu, bo żreć i tak nie dostaniesz!

Jej krzyk poniósł się pustą już, ciemną klatką schodową, mieszając tam z zapachami pieprzu, smażonego czosnku i oliwy z oliwek.

Na Trzydziestej Pierwszej Ulicy Gino zwolnił i przeszedł w marsz. Ochłonął już trochę, ale nadal był wzburzony. Do diabła ze wszystkimi. Do diabła z matką i siostrą. Pies z nimi tańcował. Aż podskoczył, szarpnięty od tyłu za rękę. Ale to był tylko Vinnie.

— Wracaj do domu — wysapał Vinnie. — Octavia kazała mi ciebie przyprowadzić.

Gino zatrzymał się i odwrócił.

— Chcesz się bić, sukinsynu? — warknął, odpychając brata.

Vinnie spojrzał na niego spode łba.

— Chodź, pomogę ci z tymi oknami — powiedział. — Potem pójdziemy pograć.

Gino puścił się pędem w kierunku Dziewiątej Alei i chociaż Vinnie był szybszym od niego biegaczem, nie słyszał za sobą odgłosów pogoni.

Był wolny, ale jakoś nie sprawiało mu to satysfakcji. Nawet złość już mu przeszła. Nikt mu nie będzie mówił, co ma robić, nawet Larry. Na myśl o Larrym zatrzymał się. Trzeba znikać z dzielnicy. Pewne jak diabli, że wyślą za nim Larry'ego.

Na Dziewiątej Alei uczepił się konnego wozu zmierzającego w kierunku śródmieścia. Parę przecznic dalej woźnica — tęgi, wąsaty Włoch — zobaczył go i zamachnął się batem. Gino zeskoczył na jezdnię, schylił się po kamień i cisnął nim za wozem. Bez celowania, ale i tak o mało nie trafił. Wywołało to wiązankę przekleństw, wóz zatrzymał się i Gino, nie czekając na dalszy rozwój wypadków, popędził z wiatrem w zawody w kierunku Ósmej Alei. Tam uczepił się przejeżdżającej taksówki. Szofer zauważył go, dodał gazu i chłopcu udało się zeskoczyć ze stopnia dopiero przy Central Parku. Kierowca zagrał Ginowi na nosie i uśmiechnął się złośliwie.

Gino po raz pierwszy wszedł do Central Parku. Przy żłobie dla koni zobaczył fontannę i napił się z niej ciepłej wody. Kupiłby sobie sodową, ale nie miał ani centa przy duszy. Ruszył w głąb parku i szedł tak z zachodu na wschód, aż zobaczył przed sobą wielkie, białe, pudełkowate budynki, w których mieszkali bogaci. Nie zrobiły na nim wrażenia.

153

W jego dziecięcych marzeniach pieniądze nie odgrywały roli. On marzył o męstwie na polu bitwy, o wielkości na boisku do baseballu. Marzył, żeby być kimś niepowtarzalnym.

Szukał w parku miejsca, gdzie można by usiąść pod drzewem i nie widzieć przesłaniających niebo budynków ani nie słyszeć przejeżdżających ulicą samochodów i konnych wozów. Gdzie byłoby jak w lesie. Ale gdzie tylko przystanął albo usiadł, gdzie tylko się obrócił, dostrzegał ponad drzewami przynajmniej jedną fasadę budynku, zawieszoną pod niebem reklamę, słyszał trąbiące klaksony albo stukot końskich kopyt. Smród benzyny mieszał się z zapachem trawy i drzew. W końcu, zmęczony, położył się nad stawem o wybetonowanych brzegach, przymknął oczy i wysokie budynki zafalowały, zawisły, zwiewne, nad koronami drzew niczym ilustracja w książce z bajkami. Poleży tak sobie trochę, a potem wyjdzie z tego lasu i wróci do miasta. Nie wiedzieć kiedy zasnął.

Miał czarodziejski sen. Czuł na sobie spojrzenia przechodzących ludzi, obok odbiła się piłka, przybiegło za nią dwóch wyelegantowanych fircyków; przystanęli i patrzyli na niego z góry. Widział ich, a tak jakby nie widział. Czas jakby przyśpieszył biegu, zmieniały się pory roku. Najpierw było bardzo gorąco i Gino przetoczył się po trawie w cień drzewa. Potem trochę pokropiło i zmókł, a potem zmarzł i zrobiło się ciemno, a potem znowu wyszło słońce i zrobiło się jak w lecie. Ale był tak zmęczony, że nie chciało mu się wstawać. Zakrywając przedramionami głowę, z nosem w pachnącej świeżością trawie, przespał całe życie, ale kiedy się obudził, okazało się, że upłynęło tylko jedno popołudnie.

Iglice miasta niebieściły się w zapadającym zmierzchu; złote promienie słońca nie przeszywały już powietrza. Park był ciemnozielony. Musi się pośpieszyć, jeśli chce wrócić do domu przed zmrokiem.

Wyszedł z Central Parku przy Siedemdziesiątej Drugiej Ulicy. Czuł się nieswojo. Chciał znaleźć się jak najszybciej w domu, swoim własnym domu, na swoich śmieciach; chciał zobaczyć znowu braci, siostry i matkę. Jeszcze nigdy nie rozstawał się z nimi na tak długo. Uczepił się taksówki. Miał szczęście; dowiozła go do Dziewiątej Alei. Mijając Trzydziestą Pierwszą Ulicę, jechała za szybko. Gino zaryzykował i zeskoczył, przebierając nogami, zanim jeszcze stopy dotknęły ziemi. Udało mu się zachować równowagę i biegł jeszcze siłą rozpędu, kiedy nagle usłyszał za sobą pisk hamulców. Poczuł uderzenie, ziemia umknęła mu spod nóg i wzleciał w powietrze. Spadł na trotuar i poderwał się natychmiast. Nic mu się nie stało, ale świadomość, że został potrącony przez samochód, zmroziła mu krew w żyłach.

Duże niebieskie auto wjechało dwoma kołami na chodnik, dwa pozostały w rynsztoku. Z auta wyskoczył wysoki mężczyzna i podbiegł do Gina. Miał niebieskie oczy i przerzedzające się włosy, a na jego twarzy malowało się takie przerażenie i zatroskanie, że Ginowi zrobiło się go żal.

— Nic mi nie jest, proszę pana — powiedział czym prędzej.

Mężczyzna, głuchy na to zapewnienie, zaczął go obmacywać, szukając złamanych kości. Znalazł tylko długie rozdarcie na nogawce spodni, z którego sączyła się krew.

— Dobrze się czujesz, synku? Boli cię coś? — spytał mężczyzna z graniczącym z paniką przejęciem.

— Kolano — mruknął Gino.

Mężczyzna obejrzał kolano. Było rozharatane, głębokie rozcięcie podchodziło powoli krwią. Mężczyzna wziął Gina na ręce jak dziecko i wsadził do samochodu na przednie siedzenie. Do gapiów, którzy zaczęli się zbierać, powiedział:

— Zabieram małego do szpitala.

Zatrzymał samochód przed Szpitalem Francuskim przy Trzydziestej Ulicy i zapalił papierosa. Spojrzał badawczo na Gina, studiując jego twarz.

— Powiedz mi teraz prawdę, chłopcze, jak się czujesz?

— W porządku — odparł Gino. Słabo mu się robiło na samą myśl, że o mało nie został przejechany, ale nadrabiał miną.

— Pokaż mi jeszcze raz to kolano — poprosił mężczyzna.

155

Gino podwinął nogawkę spodni. Krwawienie ustało i na kolanie zaczynał się już tworzyć rozległy strup.

— Krew nigdy mi długo nie leci, jak się skaleczę — oznajmił z dumą Gino. — Zaraz robi się strup i po krzyku.

Mężczyzna westchnął głęboko.

— Chyba lepiej będzie, jak wejdziemy — rzekł. — Niech lekarz to obejrzy.

— W szpitalach zawsze trzeba długo czekać — powiedział szybko Gino — a ja muszę wracać do domu, bo mama będzie zła. Nic mi nie jest, proszę pana. — Wysiadł z auta. — Zresztą to nie pana wina — dodał tonem rozgrzeszenia, odwrócił się i zaczął się oddalać, kuśtykając.

— Chwileczkę, mały! — zawołał za nim mężczyzna. Wychylił się przez okno, w ręku trzymał banknot. Pięć dolarów.

Ginowi zrobiło się głupio.

— Nie — bąknął, spuszczając wzrok. — To była moja wina. Nie chcę żadnych pieniędzy.

— Bierz, bierz — powiedział stanowczo mężczyzna. — Co, staruszka ma wysupływać ostatnie centy na nowe spodnie, bo ty postanowiłeś ująć się honorem? — Wyglądał jak Lindbergh, kiedy ten był poważny. Gino wziął pieniądze. Mężczyzna uścisnął mu rękę i uśmiechnął się. — Zuch chłopak — pochwalił go głosem, w którym słychać było ulgę.

Gino miał stąd do siebie niedaleko. Przeciął Dziewiątą Aleję, doszedł Trzydziestą Ulicą do Dziesiątej Alei i już był w domu.

Rozpierany szczęściem skręcił za róg. Sal bawił się na ulicy; przed kamienicą, na stołku, siedziała matka w towarzystwie *Zii* Louche i jeszcze jakiejś sąsiadki. Octavia stała przy straganie z cytrynowym sorbetem i gawędziła z synem *Panettiere*. Gino minął ją. Oboje udawali, że się nie widzą. Gino zatrzymał się przed matką. Złość już jej przeszła, to było widać na pierwszy rzut oka.

— *Buona sera* — powiedziała spokojnie. — A więc postanowiłeś wrócić do domu? Kolację masz w kuchence. — Przeniosła wzrok z powrotem na *Zię* Louche i podjęła przerwaną rozmowę. Nawet nie zauważyła mojej nogi, pomyślał z goryczą Gino.

Utykając, wspiął się po schodach. Kamień spadł mu z serca. Wyglądało na to, że nikt już nie pamięta o jego porannym wybryku. Dopiero teraz zaczynał odczuwać tępy, pulsujący ból w kolanie. W ustach miał sucho, czuł w nich słoność, szczypały go trochę oczy i nogi mu drżały.

Vinnie czytał w kuchni. Na widok Gina wyjął z kuchenki talerz kartofli z jajecznicą i postawił go na stole. Potem wyszedł na korytarz i wrócił z butelką mleka z lodówki. Gino pociągnął sążnisty łyk prosto z butelki, po czym usiadł i zabrał się do jedzenia.

— Gdzieś ty się podziewał przez cały dzień? — spytał Vinnie spokojnie, ale z leciutką nutką przygany. — Mama i Octavia bardzo się denerwowały, Larry cię szukał. Niepokoili się o ciebie.

— Aha, akurat — mruknął z sarkazmem Gino, ale przyjemnie mu się zrobiło. Zjadł trochę kartofli, skubnął jajecznicy i odsunął od siebie talerz. Nie był głodny. Położył nogę na krześle. Była sztywna. Podciągnął nogawkę. Strup był wielki, krwisty i wzdęty jak dobrze wypieczona babka.

— O rany — stęknął z przejęciem Vinnie. — Lepiej przemyj to jodyną. Twarz i ręce też. Biłeś się?

— Nie — odburknął Gino. — Wpadłem pod samochód. — Powiedziawszy to, o mało się nie rozpłakał. Umył się nad zlewem. Potem pokuśtykał do frontowego pokoju, rozłożył łóżko i zrzucił z siebie ubranie. Było mu zimno, przykrył się więc kocem. Wyjął z kieszeni spodni pięciodolarowy banknot i obejrzał go ze wszystkich stron. Było mu niedobrze, twarz piekła. Wtedy nie zauważył tego auta, teraz widział, jak rozpędzone wpada na niego od tyłu, widział siebie zataczającego łuk w powietrzu. Przyszedł Vinnie i przysiadł na łóżku.

— Samochód mnie potrącił — powiedział Gino drżącym głosem. — Wiesz? Facet dał mi pięć dolarów. Równy gość. Chciał mnie nawet zaprowadzić do szpitala, ale nic mi nie jest.

Czepiałem się taksówki i zeskoczyłem mu przed samą maską. To była moja wina. — Otworzył dłoń. — Widziałeś? Pięć dolców.

Chłopcy wlepili oczy w banknot. To była fortuna. Co prawda, Vinnie miał złotą pięciodolarówkę, którą dostał z okazji bierzmowania od *Zii* Louche, ale nie wolno mu jej było wydać.

— O, ja cię kręcę — powiedział Vinnie — i co z nimi zrobisz, oddasz mamie?

— Jeszcze czego — prychnął Gino. — Dostałbym ja za swoje, gdyby się dowiedziała, że wpadłem pod samochód. — A potem, już poważnie, dodał: — Chodź, zaczniemy warzyć to korzenne piwo i sprzedawać je w butelkach. Namawiałeś mnie do tego, pamiętasz? Może uda nam się rozkręcić interes.

Vinniemu oczy się zaświeciły. Zawsze o tym marzył.

— Serio? — spytał. A kiedy Gino kiwnął głową, zaproponował: — Lepiej daj mi te pieniądze na przechowanie. Mama jeszcze je u ciebie znajdzie i każe odłożyć.

— Nic z tego — mruknął Gino. — Sam je przechowam.

Vinnie był zaskoczony i urażony. Gino zawsze dawał mu na przechowanie to, co zarobił na lodzie albo wygrał w siedem i pół.

— Nie wygłupiaj się — powiedział. — U mnie będą bezpieczniejsze. Ty je jeszcze zgubisz.

— To mnie potrącił samochód, nie ciebie — zauważył zgryźliwie Gino. — Ty nawet ze mną nie poszedłeś. Trzymałeś z Octavią. Ciesz się, że biorę cię na wspólnika.

Położył głowę na poduszce. Vinnie przyglądał mu się badawczo. Gino nigdy się tak nie zachowywał.

— Jak chcesz — mruknął. — Sam trzymaj te pieniądze.

— I ja będę szefem od robienia tego korzennego piwa — powiedział Gino. — To moje pieniądze.

W Vinniem krew się zagotowała. Był starszy i to on wpadł na ten pomysł. O mało nie wypalił: „A wsadź sobie gdzieś te swoje pięć dolarów". W porę jednak ugryzł się w język i powiedział:

— Dobrze, będziesz szefem. Zabandażować ci kolano?

— Nie trzeba, nie boli mnie — odparł Gino. — Pogadajmy o robieniu tego korzennego piwa. I pamiętaj, nikomu ani mru-mru, że wpadłem pod samochód. Bo spuszczą mi lanie.

— Pójdę po papier i ołówek — powiedział Vinnie — i podliczymy, ile trzeba włożyć na początek. — Wrócił do kuchni, sprzątnął ze stołu i zmył naczynia. Matka, wychodząc, zaznaczyła wyraźnie, że Gino ma posprzątać po kolacji. Potem wyjął ze szkolnej torby ołówek i kajet.

Kiedy wrócił do frontowego pokoju, było już prawie ciemno, zmierzch za oknem ustępował pola nocy. W półmroku zobaczył rozluźnioną dłoń Gina spoczywającą na kocu. Zmięty pięcio-dolarowy banknot leżał na podłodze. Gino nie poruszał się, oczy miał zamknięte, spał jak zabity.

Ale wydawał dziwne dźwięki. Vinnie podszedł bliżej i stwierdził, że brat płacze przez sen, łzy lały mu się strumieniami po policzkach. Może śnił koszmar. Vinnie potrząsnął go za ramię, ale Gino się nie obudził, spał dalej, oddychając miarowo i głęboko. Po chwili przestał szlochać i tylko wilgotne od łez policzki i rzęsy świadczyły, że płakał. Vinnie, odczekawszy jakiś czas na wypadek, gdyby brat jednak się obudził i zażądał zwrotu swoich pięciu dolarów, schował pieniądze do ich sekretnej kryjówki w ścianie.

Potem usiadł w ciemnościach na parapecie. Noc była bardzo spokojna, wiosna dopiero się zaczynała i Aleja wcześnie pustoszała. Nawet na bocznicy kolejowej zalegała cisza; nie kręciły się po niej żadne lokomotywy, stal nie zgrzytała o stal. Vinnie zerkał co rusz na łóżko, żeby się upewnić, czy z bratem wszystko w porządku. Zachodził w głowę, skąd wezmą butelki na korzenne piwo, które będą warzyli. Wiedział, że Gino zgodzi się w końcu, żeby to on był szefem.

# Rozdział 9

W szarym, mglistym, jesiennym świetle miasto zmieniło się w galimatias rozmytych konturów i cieni. Z kładki dla pieszych nad Dziesiątą Aleją prawie nie było widać przebiegającej dwa piętra niżej brukowanej kocimi łbami jezdni z jej kręgosłupem w postaci dwóch równoległych nitek stalowych szyn; można było pomyśleć, że przerzucono ją nad jakimś bezdennym jarem. Pod kładkę, od strony Dwudziestej Dziewiątej Ulicy, wjeżdżała lora ciągnięta przez potężnego brązowego perszerona. Wóz był wyładowany skrzynkami z surowego drewna, skrzynki kiśćmi purpurowych winogron.

Wóz zatrzymał się w połowie drogi między Trzydziestą a Trzydziestą Pierwszą Ulicą. Woźnica i pomocnik ściągnęli z niego dwadzieścia skrzynek i ustawili je w stos przed jedną z kamienic. Woźnica odchylił głowę, nabrał powietrza w płuca i zawołał śpiewnie w miejskie niebo:

— Ca-te-rin-a, twoje winogronka przyjechały.

Na czwartym piętrze otworzyło się okno, wychyliły się z niego głowy dzieci, mężczyzn i kobiet. Po sekundzie wszyscy byli już przed kamienicą. Jak w tym tempie zdołali pokonać cztery skrzydła schodów, pozostawało ich tajemnicą. Mężczyzna obszedł skrzynki dookoła, jak pies obwąchując kiście przez szpary między deszczułkami.

— Dobre latoś? — spytał woźnicę.

Ten nie raczył nawet odpowiedzieć. Wyciągnął rękę po pieniądze. Mężczyzna zapłacił.

Jego żona postawiła tymczasem dwoje dzieci na warcie, a sama z pomocą reszty potomstwa zaczęła znosić skrzynkę po skrzynce do piwnicy. Ojciec oderwał z jednej wieko i wyjął dorodną kiść granatowoczarnych winogron do zjedzenia na miejscu. Kiedy z piwnicy wróciła żona z dziećmi, im oraz wartownikom też rozdał po kiści. Ta scenka powtarzała się przed każdą kamienicą — dzieci zajadające się winogronami, dumny ojciec oparty o stos swoich skrzynek, grupka mężczyzn popatruje ze źle skrywaną zazdrością i życzy mu powodzenia przy produkcji wina. Oblizują się, wyobrażając sobie pękate balony ciemnoczerwonej ambrozji ustawione jeden przy drugim pod ścianami piwnic.

Gino zazdrościł dzieciom, które miały ojców robiących wino. Stał obok ojca Joeya Bianca, ale Joey był za skąpy, żeby poczęstować go chociaż jednym winogronem, a jego ojciec taki sam. Ojciec Joeya był za skąpy na to, żeby otworzyć jedną skrzynkę na ulicy i dać owocu do spróbowania przynajmniej krewnym i bliskim znajomym.

Ale oto tłusty brzuchaty *Panettiere* wychodzi w białej piekarskiej czapce odebrać trzy stosy skrzynek piętrzące się przed jego sklepem. Zaraz na wstępie otworzył dwie i zaczął obdzielać wielkimi kiśćmi wszystkie dzieci. Gino podskoczył i też dostał.

— *Ragazzi* — zawołał wspaniałym tubalnym głosem *Panettiere* — pomóżcie nosić, a będzie pizza dla wszystkich.

Dzieciarnia niczym stado mrówek obległa trzy stosy skrzynek i te w mgnieniu oka, jak za dotknięciem czarodziejskiej różdżki, zniknęły pod ziemią, w piwnicy. Dla Gina nie zostało nic do noszenia.

*Panettiere* popatrzył na niego z dezaprobatą.

— Oj, Gino, Gino, *figlio mio*, co z ciebie wyrośnie? Praca cię unika, choćbyś nie wiem jak się starał. Trzeba dać ci nauczkę; kto nie pracuje, ten nie je. Zmykaj.

*Panettiere* chciał się już odwrócić, ale powstrzymał go gniewny błysk w oku chłopca.

— Aha — mruknął. — To nie twoja wina, tak? Inni byli szybsi? Gdyby została jedna skrzynka do dźwigania, to byś się za nią złapał, co? — Gino pokiwał głową i *Panettiere* zaprosił go gestem do sklepu. Zanim inne dzieci wróciły z piwnicy po nagrodę, Gino był już na ulicy, zajadał pizzę, a gorący sos pomidorowy spłukiwał z ust i podniebienia słodki smak winogron.

W zapadającym zmierzchu dzieciarnia — ci z wargami sinymi od winogron, tamci z czerwonymi od pomidorowego sosu — wyjąc jak stado demonów, biegała tam i z powrotem po Alei, w górę i w dół po schodach prowadzących na kładkę, tańczyła w obłokach pary z komina przejeżdżającej dołem lokomotywy, znikała w nich i pojawiała się znowu w snopach iskier. Górowało nad nimi kamienne, poczerniałe od nadciągającej zimy miasto. Był to ich ostatni zryw, zanim z okien dobiegną nawoływania do odwrotu przed zapadającą nocą. Zwalali puste skrzynki na kupy przy krawężniku i obkładali je papierami. Któryś ze starszych chłopców pierwszy przystawił płonącą zapałkę. Ognisko! Dziesiąta Aleja rozbłysła kulami pomarańczowego blasku. Dzieci otoczyły je kręgiem. Wołania wychylających się z okien matek niosły się echem zimnymi kanionami długich, opustoszałych ulic niczym pokrzykiwania pasterek w górach.

Lucia Santa, oparta łokciami o niepowleczoną poduszkę, patrzyła na to wszystko ze swojego okna w kamienicy przy Dziesiątej Alei 358 niczym Bóg zza chmury. Widziała, jak jej dzieci razem z innymi zajadają winogrona, jak wspinają się na kładkę, jak przepoławia je blask pomarańczowych ognisk, jak pomniejsza do furkoczących cieni chłodna, wietrzna jesienna noc. Tego roku zimno nadciągnęło wcześnie. Lato, błogosławiony czas wypoczynku mieszczuchów, dobiegło końca.

Tylko patrzeć, jak zacznie się szkoła. Trzeba będzie pocerować i odprasować dzieciom białe koszule i spodnie. Pożegnać się z łatanymi plastrem tenisówkami i przeprosić z solidnymi butami. Strzyc wszystkich regularnie i czesać. Kupić gubione wiecznie rękawiczki na zimę, a także czapki i kurtki. Do sąsiadującej z kuchnią bawialni wstawić piecyk; palić w nim i sprawdzać, czy nie wydziela czadu. Odłożyć trochę pieniędzy na zimowy haracz dla lekarza. Sporo by się zaoszczędziło na wydatkach, gdyby mały Sal przytaszczył od czasu do czasu wiaderko węgla z bocznicy kolejowej. Ale Salvatore jest na to zbyt nieśmiały; brak mu tej smykałki. A na Gina nie ma już co liczyć w tym roku. Za duży z niego chłopak; wzięliby go jeszcze za złodzieja. O tym rozmyślała Lucia Santa z charakterystycznym dla biednych kunktatorstwem.

Naraz w kałuży pomarańczowego blasku zobaczyła małego chłopca, który cofnął się z trotuaru do rynsztoka, potem rozpędził się i przeskoczył nad ogniskiem. Gino. Zawziął się, żeby zniszczyć ubranie. Po nim spróbował tego jeszcze mniejszy chłopiec i wylądował na skraju ogniska, wzbijając piętami w powietrze fontannę iskier. Widząc, że Gino bierze rozbieg do kolejnej próby, powiedziała na głos: *„Mannaggia Gesù Crist"*. Przebiegła amfiladą pokoi do kuchni, chwyciła czarny *tackeril* i wypadła na schody. Octavia spojrzała za nią znad książki, którą czytała.

Kiedy Lucia Santa wybiegała z kamienicy, Gino szybował akurat po raz trzeci nad ogniskiem. Zobaczył matkę, będąc jeszcze w powietrzu, i natychmiast po wylądowaniu spróbował wykonać unik. Uderzenie cienkim czarnym wałkiem po żebrach wywołało ostry, piekący ból. Zawył, żeby zrobić matce przyjemność, i wbiegł do domu. Lucia Santa zobaczyła skaczącego przez ogień Sala. Kiedy obok niej przebiegał, zaleciał ją swąd spalenizny. Pewnie przypalił sobie spodnie. Zanim zamachnęła się *tackerilem*, dała mu czas na schowanie głowy w ramiona, ale i tak go dosięgła. Sal wrzasnął żałośnie i wpadł w ślad za Ginem do kamienicy. Kiedy wspięła się po schodach, chłopcy zdążyli już zrzucić kurtki i czapki i schować się pod łóżkiem. Przynajmniej na pół godziny będzie z nimi spokój. Kończył się dzień, kończyła pora roku, z materii jej życia ubywała jeszcze jedna nitka.

— Rzuć tę książkę — zwróciła się do Octavii. — Pomóż mi przy dzieciach.

Octavia odłożyła z westchnieniem książkę. Zawsze pomagała matce w niedzielne wieczory, odpokutowując w ten sposób słodkie sobotnie nieróbstwo. W niedzielne wieczory ogarniał ją zawsze szczególny spokój ducha.

Zdjęła z rozciągniętych nad wanną sznurów suche pranie, umyła wannę i napuściła do niej gorącej wody. Potem weszła do pokoju i zawołała:

— Wyłazić, obaj! — Gino i Sal wypełzli spod łóżka.

— Mama jeszcze zła? — spytał Sal.

— Nie — odparła z powagą Octavia — ale jak będziesz niegrzeczny, to znowu się wścieknie. I żadnego wygłupiania się w wannie, bo pozabijam.

Lucia Santa szykowała tymczasem w kuchni kolację. Vinnie wrócił z kina i pomagał jej nakrywać do stołu. On wykąpie się później.

Na wychodzących z wanny Gina i Sala czekała zimowa bielizna z długimi nogawkami i rękawami. Z zapomnianej kryjówki wydobyto ich szkolne torby. Były porządnie sfatygowane, ale nadawały się jeszcze do użytku. Czekały też na nich kanapki z mielonym kotletem i po szklance doprawionej sokiem wody sodowej, bo Lucia Santa uważała, że do dań przyrządzanych w sosie pomidorowym mleko nie pasuje.

Po kolacji Octavia zrobiła chłopcom wykład. Nie pierwszy raz go słyszeli.

— Słuchajcie — zagaiła — żaden z was nie jest w ciemię bity. Na okres chcę widzieć dobre cenzurki, oceny ze sprawowania również to dotyczy. Ty, Vinnie, w zeszłym roku szkolnym dobrze się spisałeś, ale teraz musisz jeszcze bardziej przysiąść fałdów. Chcesz studiować w CCNY, prawda? Jeśli będziesz miał dobre stopnie, dostaniesz stypendium.

Płacenie za college nie wchodziło w rachubę. Vinnie mógłby się uważać za szczęściarza, gdyby po ukończeniu szkoły średniej nie musiał iść od razu do pracy. Octavia miała co do niego własne plany i własne pieniądze odłożone na ich realizację. Vinnie pójdzie do college'u, do CCNY. O utrzymanie rodziny zadba ona. Właśnie z tą myślą porzuciła w końcu wszelkie mrzonki o zostaniu nauczycielką.

— Co do ciebie, Gino — ciągnęła — to spróbuj przynieść na okres tę samą ocenę ze sprawowania, co na koniec roku, a tak cię spiorę, że wylądujesz w szpitalu. Inne stopnie też mógłbyś poprawić. Zachowuj się po ludzku, bo trafisz do poprawczaka i przyniesiesz wstyd całej rodzinie. — Trochę przesadzała; Gino nie zachowywał się aż tak skandalicznie, żeby groził mu poprawczak, nigdy nie wystawiono mu oceny niedostatecznej ze sprawowania, stopnie z innych przedmiotów też niewiele odbiegały od średniej.

Miała swoje audytorium. Nawet mała Aileen usiadła w łóżeczku. Octavia wzięła ją na kolana.

— Teraz ty, Sal — podjęła. — W zeszłym roku dobrze ci poszło. W tym będzie trudniej. Ale nie bój się, pomogę ci w odrabianiu lekcji. Jestem tak samo dobrą nauczycielką jak te ze szkoły. — Powiedziała to z dziewczęcą przechwałką w głosie. — I jeszcze jedna sprawa. Po powrocie z pracy chcę was wszystkich widzieć w domu. Zresztą wtedy i tak już będzie ciemno, a więc nie ma czego szukać na ulicy. Kto do szóstej nie ściągnie do domu, ten będzie miał ze mną do czynienia. I żadnego grania w karty ani zbijania bąków, dopóki lekcje nie zostaną odrobione i ja ich nie sprawdzę. Co wieczór pomagacie matce na zmianę przy zmywaniu. Niech ma z was jakąś wyrękę.

I teraz padło ostatnie, mrożące krew w żyłach w swojej prostocie i szczerości ostrzeżenie wygłoszone bez żadnych ozdobników ani wstępów:

— A jak któryś nie przejdzie do następnej klasy, jak zostanie na drugi rok, zabiję. — Aileen poprawiła się niespokojnie na jej kolanach. — Niech mi się żaden nie waży splamić honoru rodziny i wyrosnąć na niedouczonego makaroniarza wegetującego do końca życia przy Dziesiątej Alei.

— *Bastanza*. Dosyć — wtrąciła się Lucia Santa zirytowana tonem córki. — Nie idą przecież na wojnę. — I zwracając się do chłopców, dodała: — Zapamiętajcie, jesteście *mascalzoni*. Ja oddałabym wszystko za to, żeby pójść do szkoły, nauczyć się czytać i pisać. We Włoszech do szkoły chodzili tylko synowie bogaczy. Będąc w waszym wieku, pasałam kozy, harowałam w polu i wyrzucałam gnój z obory. Ucinałam łby kurczakom, zmywałam i sprzątałam domy. Szkoła była dla mnie jak ten film w kinie. Gdyby wasz ojciec mógł chodzić do szkoły, miałby lepszą pracę i — kto wie — może by nie zachorował. A więc korzystajcie z okazji, która się wam trafia jak ślepej kurze ziarno, bo jak nie, to *tackerilem* wbiję jednemu z drugim do łba, pod jaką szczęśliwą gwiazdą się urodził.

Sal wybałuszał na nią oczy. Gino i Vinnie zachowywali powagę, ale oni też byli pod wrażeniem.

— Mamo, a jak nauka nie będzie mi wchodziła do głowy — spytał przestraszony Sal — bo jestem za mało zdolny? To nie moja wina. — Powiedział to z takim przejęciem, że obie kobiety uśmiechnęły się.

— Bez obawy — uspokoiła go Octavia. — W tej rodzinie wszyscy są wystarczająco zdolni, żeby zdawać z klasy do klasy. Bylebyś tylko robił co do ciebie należy. Na moją pomoc zawsze możesz liczyć, a trzeba ci wiedzieć, że w ostatniej klasie szkoły średniej byłam najlepsza z dziewcząt.

— Ha, ha! — odezwali się kpiącym chórem Vinnie i Gino sprowokowani jej łagodnym, smutnym tonem.

Wielkie czarne oczy Octavii zabłysły gniewnie. Spojrzała z uśmiechem na Lucię Santę.

— Byłam, prawda, mamo? — Ta tęsknota za uznaniem, która im była obca, przemówiła do dzieci mocniej niż pogróżki, może z wyjątkiem tej, że ich pozabija, jeśli zostaną na drugi rok. W tę ani przez chwilę nie wątpili.

Lucia Santa patrzyła na córkę. Pamiętała, jak Octavia chętnie chodziła do szkoły, i właśnie to kazało jej tolerować amerykańską modę na robienie takiego szumu wokół nauki. Ona nie ufała wygórowanej ambicji, wysoko postawionym celom. Bo im więcej do zyskania, tym większe ryzyko, że niepowodzenie będzie bolesne. Po upadku z wysokiego konia można się już nie podnieść. Lepsze skromne bezpieczeństwo. Ale Lucia Santa po cichu podziwiała córkę.

— Tak — powiedziała z powagą do dzieci — gdyby nie ojciec, wasza siostra mogłaby zostać nauczycielką. Tak — powtórzyła, widząc pytające spojrzenie Gina, i ciągnęła, zwracając się bezpośrednio do niego: — Gdyby twój ojciec wywiązywał się z obowiązku utrzymania rodziny, Octavia mogłaby rzucić pracę. Ale on nigdy nie myślał o innych, i ty, *figlio de puttana*, masz to po nim. Skakałeś dzisiaj przez ognisko. *Animale* jesteś. Nie myślisz nigdy o innych. Ostrzegam cię...

— Już dobrze, mamo — wtrąciła pośpiesznie Octavia — rozmawiamy o czym innym. Rzecz w tym, żeby zrozumieli, jak ważna dla ich przyszłości jest szkoła. Jeśli nauczycie się czegoś w szkole, możecie zostać w życiu kimś. Jeśli nic z niej nie wyniesiecie, będziecie co najwyżej popychlami od czarnej roboty w porcie albo na kolei jak Larry.

Kiedy dzieci poszły do łóżek, Lucia Santa wzięła się do prasowania i cerowania dziur w ubraniach. Stos upranej garderoby w przeznaczonym na nią koszu był tak wysoki, że sięgając po kolejne rzeczy, nie musiała się nawet schylać. Octavia czytała książkę, oparłszy ją o wielką cukiernicę. Panowała absolutna cisza, czasem tylko z sypialni dobiegło skrzypnięcie sprężyny, kiedy któreś z dzieci przewracało się we śnie na drugi bok. Kobiety były rozluźnione, humory im dopisywały — istne przywódczynie posłusznego plemienia. Dobrze się między nimi układało, tworzyły zgrany duet — córka, oddana choć mająca własne zdanie podwładna; matka, niekwestionowana szefowa, szanująca jednak i doceniająca pomoc mądrej i pracowitej córki. Żadna nie powiedziała tego głośno, ale od kiedy ojca zabrano do szpitala, atmosfera w domu znacznie się poprawiła, opadło to nieznośne napięcie, ubyło im trosk. Były niemal szczęśliwe, że go nie ma, i ich władza jest teraz absolutna.

Lucia Santa wstała, żeby postawić czajnik z wodą na ogniu, bo Octavia, jak już wsadziła nos w książkę, to o bożym świecie zapominała. Lucię Santę intrygowało bardzo, co takiego jest w tych książkach, że wprowadzają córkę w jakiś magiczny trans. Nigdy się nie dowie, i gdyby była młodsza, odczuwałaby pewnie z tego powodu coś w rodzaju zazdrości albo tęsknoty za nieosiągalnym. Była jednak zapracowaną kobietą i za wiele miała na głowie, żeby martwić się jeszcze o przyjemności, których nigdy nawet nie posmakowała. Wystarczył jej aż nadto żal po tych, których smak poznała. W tej sprawie też nic się nie da zaradzić. Skrzywiła się od gorącej pary i tych myśli.

Musiała wyjść do stojącej na korytarzu lodówki po mleko i dobrą, przyprawianą pieprzem włoską szynkę. Trzeba skusić czymś smacznym Octavię, która ostatnio za bardzo wychudła. Wracając, usłyszała czyjeś powolne kroki na schodach. Ktokolwiek to był, mijał dopiero drugie piętro. Drzwi do mieszkania zostawiła otwarte, żeby przewietrzyło się trochę po prasowaniu. Usiadła z córką przy stole. Piły kawę, jadły prosciutto i razowy chleb. Odgłos kroków zbliżał się i po chwili spod ostatniego stopnia schodów wynurzyła się powoli okutana w szal głowa *Zii* Louche. Staruszka, klnąc pod nosem po włosku na czym świat stoi, wtoczyła się do mieszkania.

Były zbyt zżyte, żeby wymieniać formalne powitania. Lucia Santa wstała bez słowa od stołu, zrobiła jeszcze jedną kawę i dokroiła chleba, chociaż wiedziała, że stara nie je nigdy w towarzystwie.

— Jak się czujesz, *Zio* Louche? — spytała po włosku, uprzejmie i z szacunkiem, Octavia.

Stara tylko machnęła ręką niecierpliwie gestem kogoś, kto jest już jedną nogą w grobie i uważa takie pytanie za nietaktowne i w złym guście. Siedziały w milczeniu.

— Praca, praca i jeszcze raz praca — odezwała się Lucia Santa. — Ta szkoła, co oni tam wymyślają! Dzieci mają przychodzić ubrane jak sam prezydent, a ja tylko piorę i prasuję jak ta niewolnica.

— E tam — burknęła Zia Louche i znowu wykonała gest zniecierpliwienia, tak jakby chciała nim zmieść z powierzchni ziemi ludzi, którym się wydaje, że w życiu wszystko powinno łatwo przychodzić. Zdjęła wyświechtany czarny płaszcz, a potem długi, sięgający kolan, robiony na drutach sweter zapinany na guziki.

Pod jej świdrującym wzrokiem Octavii przeszła ochota do czytania; zresztą dalsza lektura byłaby świadectwem braku wychowania. Zostawiła otwartą książkę opartą o cukiernicę, wstała od stołu i zaczęła prasować. Lucia Santa sięgnęła i zamknęła książkę, żeby uniemożliwić córce zerkanie w nią zza deski do prasowania. Octavię spotkał rzadki zaszczyt; Zia Louche w swoich pierwszych artykułowanych słowach zwróciła się bezpośrednio do niej.

— Moja młoda panno — powiedziała z bezczelną poufałością starych ludzi — czy twój przystojny brat pokazał się dzisiaj chociaż na chwilę w domu?

— Nie, Zio Louche — odparła grzecznie Octavia. Gdyby to ktoś inny, zwłaszcza któraś z tych zadowolonych z siebie tłustych bab, tych makaroniar, które do młodych dziewcząt przemawiają zawsze głosem sugerującym współczucie, że te nie zakosztowały jeszcze rozkoszy małżeńskiego łoża, użył wobec niej tego tonu, naplułaby mu w twarz.

— A ty go dziś widziałaś, Lucio Santo? — ciągnęła Zia Louche, a kiedy Lucia pokręciła głową, podjęła z przyganą: — I nie obchodzi was, co też może się dziać z takim pięknym synem i bratem, siedemnastoletnim chłopcem w takim jak ten kraju? Nie martwicie się o niego? — Octavia zauważyła, że na twarzy matki pojawia się grymas zaniepokojenia.

Lucia Santa wzruszyła bezradnie ramionami.

— Do czego zmierzasz, Zio Louche? — spytała. — On

z soboty na niedzielę nigdy nie nocuje w domu. Chyba nic się nie stało?

*Zia* Louche parsknęła rechotliwym śmiechem.

— Oj, stało się, stało. Cała komedia się rozegrała. I, co normalne w Ameryce, matka dowiaduje się o tym ostatnia. Spokojnie, Lucio Santo, twój piękny syn jest cały i zdrowy. Ten pies na baby... — to ostatnie określenie wypowiedziała po amerykańsku z niewiarygodnym upodobaniem — ...trafił w końcu na dziewczynę, która go usidliła. Gratuluję, Lucio Santo, małżeństwa syna i nowej synowej — w amerykańskim stylu.

Efekt tych słów był tak porażający, że Octavia i jej matka oniemiały. Stara miała nadzieję, że swoim sarkazmem ściągnie choć część ich gniewu na siebie, ale teraz nie zdzierżyła i zaniosła się serdecznym śmiechem, który wstrząsnął jej starym, obleczonym w czerń szkieletem.

— Nie, nie, Lucio Santo, nie obrażaj się — wykrztusiła — jestem całym sercem z tobą, ale... och... co za huncwot z tego twojego Lorenzo, *cue mascalzone*. Nie wytrzymam, oj, nie wytrzymam.

Widząc kamienne oblicze i zaciśnięte usta przyjaciółki, uspokoiła się jednak i przybrała wyraz powagi, przystojący jej wiekowi. Nie potrafiła jednak ukryć pewnej pogardy dla ich reakcji.

— Jeszcze raz proszę o wybaczenie — podjęła — ale czego się właściwie spodziewałaś po takim synu dziwkarzu? Wolałabyś go może zobaczyć pobitego albo martwego? Twój syn nie jest taki głupi, Lucio Santo. Signora Le Cinglata przez dwadzieścia lat nie zachodzi, signor Le Cinglata dwa razy żonaty, czterdzieści lat mężem, a ani razu ojcem, i nagle ona w błogosławionym stanie. — Pochyliła kpiąco głowę. — Dzięki niech będą dobremu Bogu na wysokościach. Le Cinglata myśli, że winien podziękowania komuś nie tak wysoko postawionemu i ostrzy nóż, żeby spłacić dług. A rozpustnej Le Cinglatowej marzy się ślub z twoim synem. Czy to do uwierzenia, że ta kobieta urodziła się i wychowała we Włoszech? Och, ta Ameryka — rozpustny kraj.

Tutaj Lucia Santa wzniosła do nieba karzącą dłoń, rzucając niemą klątwę na bezwstydną Le Cinglatową, ale zaraz pochyliła się i znowu nastawiła ucha.

— Twój syn wpadł w końcu w dołek, który tak beztrosko sam pod sobą kopał. Wystarczy, że Le Cinglatowa szepnie mężowi jedno słówko, a już po nim. Z drugiej strony, jeśli będzie robił tej starej ladacznicy nadzieje, to co się może stać? Jakie nieszczęście? Ona może otruć swojego starego i powędrują oboje na elektryczne krzesło. Tak źle i tak niedobrze. Znasz swojego syna, nie jest palcem robiony i będzie tak kombinował, żeby i wilk był syty, i owca cała. Oto co wymyślił: w te pędy do magistratu, bierze ślub z młodą, niewinną Włoszką, która od podlotka wodzi za nim oczami, kiedy on jedzie na koniu Dziesiątą Aleją, ale nigdy nie zamieniła z nim słowa. Nikt nawet nie wiedział, że się znają, nikt nie widział, żeby rozmawiali publicznie. Jej rodzina mieszka przy Trzydziestej Pierwszej Ulicy. Marconozzi się nazywają, porządni ludzie, ale w domu bieda aż piszczy. Och, kuty na cztery nogi ten twój syn, zostanie księdzem.

— A ta dziewczyna porządna chociaż? — zapytała cicho Lucia Santa.

*Zia* Louche uśmiechnęła się lubieżnie.

— Mężczyźni pokroju twojego syna żenią się tylko z nieprzystępnymi dziewczętami. Taka już ich filozofia. Kto doceni dziewicę lepiej niż dziwkarz? Chuda tylko jak patyk. — Stara wymownym gestem uniosła w górę kościsty palec. — Mój Boże, przerżnie ją na dwoje jak suchą szczapę. — Przeżegnała się.

Octavia gotowała się ze złości. Wstydziła się tego małżeństwa tak typowego dla biedoty, zawartego w atmosferze skandalu, stanowiącego dopełnienie marnej egzystencji brata. I ta obrzydliwa obsesja na punkcie seksu, którą oni wszyscy są zarażeni. Z zaskoczeniem stwierdziła, że matka nie jest wzburzona i nawet uśmiecha się pod nosem. Nie rozumiała, że przyniesiona przez Zię Louche wiadomość, choć zaskakująca i niepożądana, w gruncie rzeczy nie jest taka najgorsza. W każdym razie nie dla kobiety, która tylko czekała, kiedy zaczną się urzeczywistniać dalsze nękające ją koszmary. Tajemnicza choroba, zbrodnia popełniona w afekcie, więzienie, krzesło elektryczne — wszystko to było jak najbardziej możliwe, na wyciągnięcie ręki. Lorenzo mógł przecież wziąć sobie za żonę dziwkę albo kocmołucha, a co gorsza, Irlandkę. Co z tego, że ożenił się w pośpiechu? To normalne u chłopców z biednych rodzin i żaden wstyd; niech się wstydzą rodzice dziewczyny.

— Co sobie ludzie o nas pomyślą — powiedziała na głos Octavia. — Bękart zatracony.

Ale Lucia Santa śmiała się już otwarcie z Le Cinglatowej wyprowadzonej w pole przez jej przebiegłego syna.

— Gdzie teraz jest ten mój udany synek? — spytała Zię Louche.

— Daj mi skończyć — fuknęła Zia Louche. — Le Cinglata wierzy teraz, że sam jest ojcem. Kobiecie wystarczy przytrzymać chłopa na klęczkach za oba uszy, a pójdzie za nią wszędzie. Ale jest jeszcze jedna sprawa. Trzeba powiedzieć matce dziewczyny... tfu, matce panny młodej. I robi się problem. Dumy w nich tyle, co biedy w domu. Uznają, że ich córka okryła się hańbą.

Lucia Santa machnęła niecierpliwie ręką.

— Pójdę tam i powiem. My jesteśmy tak samo dumni, ale bieda u nas nie piszczy. Dogadamy się. No, mów, gdzie oni są?

Zamiast odpowiedzieć, Zia Louche wstała, pojękując do wtóru trzaskającym stawom, pokuśtykała na klatkę schodową, przechyliła się przez barierkę i krzyknęła:

— Lorenzo, Louisa, chodźcie na górę!

Trzy kobiety, czekając, aż młoda para wdrapie się po schodach, analizowały tę nową odmianę, którą zrządził los. Lucia Santa uświadomiła sobie dopiero teraz, że utrata zarobków syna będzie ciosem dla rodziny. Chociaż dopóki nie urodzą mu się dzieci, będzie musiał dokładać się na pozbawione ojca siostry i braci. Nie wywinie się od tego. To po pierwsze. Po drugie, tylko patrzeć jak zwolni się mieszkanie na drugim piętrze; młodzi mogliby się do niego wprowadzić, miałaby w ten sposób oko na nową synową, pomogłaby czasem w kłopotach, bez których na początku się nie obejdzie, a kiedy przyjdą na świat dzieci... Nie miała wątpliwości, że wkrótce zostanie babcią. Nagle ogarnęła ją wielka ciekawość, jak też wygląda dziewczyna, na którą w końcu padł wybór jej przystojnego syna; dziewczyna, której udało się wreszcie założyć mu wędzidło.

Octavia też myślała teraz o pieniądzach. Ten sukinsyn Larry opuszcza rodzinę w momencie, kiedy najbardziej ich potrzebują. Nagle doszła do przekonania, że właśnie to było prawdziwym powodem jego małżeństwa, że matka rządziła zbyt silną ręką, zabierając mu większą część wypłaty, ograniczając jego wolność, wybrał więc ten sposób na zerwanie pęt, które go krępowały. Teraz, kiedy rodzina popadła w tarapaty, Larry nie widzi w niej przyszłości dla siebie. Octavia wiedziała już, jak przyjmie nowożeńców. Bratu da wyraźnie odczuć, że uważa go za cynicznego zdrajcę, a tej jego flamie nie pozostawi cienia złudzeń co do jej pozycji w rodzinie.

*Zia* Louche czekała. Nie posiadała się z zachwytu, że jest naocznym świadkiem takiej wybornej komedii.

Pierwsza spod ostatniego stopnia schodów wyłoniła się piękna, czarnowłosa głowa Larry'ego. Postępującej za nim dziewczyny prawie nie było widać. Larry uśmiechał się z zakłopotaniem i był to uśmiech czarujący; pewność siebie, którą zawsze wyrażał, mąciła domieszka zawstydzenia. Matka czekała na niego z powitalnym uśmiechem, w którym błąkał się cień pobłażliwej przygany.

— Mamo, siostrzyczko — powiedział szybko Larry — chciałem wam przedstawić swoją żonę. — Wygarnął zza siebie chudziutką dziewczyninę. — Lou, to moja matka, a to siostra Octavia.

Lucia Santa uścisnęła i posadziła dziewczynę. Na widok pięknej, bladej, wymizerowanej twarzy o wielkich, zalęknionych, brązowych oczach i niedojrzałej figury bratowej Octavii zrobiło się żal. Toż to jeszcze dziecko, za nic nie zdoła utrzymać Larry'ego w karbach, nie wie, biedactwo, co ją czeka. Spojrzała na brata — dobrze zbudowany, lśniące czarne włosy, romantyczna wiara w siebie — i jego też zrobiło jej się żal. To koniec jego marzeń; jego życie się skończyło. Miała go przed oczami, jak cwałuje dumnie Dziesiątą Aleją, a końskie kopyta krzeszą skry o bruk i stalowe szyny; wspomniała, jak zwierzał jej się ze swoich marzeń o lepszym, dostatnim życiu. Serce, owszem, miał dobre. Wcześnie poszedł do pracy, żeby pomóc matce, a rzucając szkołę, nie przygotował umysłu na zmagania z życiem. I teraz nie dysponował bronią, która pomogłaby mu w walce z losem. Niedługo będzie miał dzieci, lata przelecą tak szybko, jak koń pod kładką dla pieszych, i ani się obejrzy, a stanie się podtatusiałym mężczyzną w średnim wieku. A ponieważ jest Larrym, dalej będzie marzył. Kochała go, kiedy oboje byli jeszcze dziećmi, i teraz współczucie kazało jej okazać sympatię jego dziecinnej żonie. Cmoknęła Larry'ego w policzek i obejmując bratową, poczuła, że ta sztywnieje ze strachu.

Zasiedli wszyscy do weselnego przyjęcia, na które składała się kawa i czerstwe bułeczki, i uradzili, że nowożeńcy będą tu spali do czasu, kiedy zwolni się mieszkanie na drugim piętrze. Larry ożywił się, rozgadał; wszystko szło dobrze. Czuł się już zupełnie swobodnie. Za to Louisa w pewnym momencie ukryła twarz w dłoniach i rozpłakała się.

— Muszę pójść do domu i powiedzieć matce — wykrztusiła między kolejnymi szlochami.

Lucia Santa wstała i oznajmiła stanowczo:

— Wszyscy pójdziemy. Powinniśmy się poznać, bo jesteśmy teraz krewnymi.

— Dobra myśl, mamo — podchwycił Larry — tylko że ja mam dzisiaj nocną zmianę. Idź z Lou sama, a ja wpadnę tam jutro.

Młodziutka żona spojrzała na niego strwożona i zaskoczona. — O nie, Larry! — wybuchnęła z gniewem Octavia. — Noc poślubna to bardzo dobry powód, żeby wziąć dzień wolnego. Idziesz z mamą i Louisą do jej rodziców i wstawiasz się za swoją żoną.

Louisa patrzyła na nią szeroko otwartymi oczami jak na bluźnierczynię.

— Daj spokój, siostrzyczko — odparł ze śmiechem Larry — nie rób z tego takiej afery. Chcesz, żebym z tobą poszedł, Lou? — Dziewczyna kiwnęła głową. — No, to pójdę. — Opiekuńczym gestem przyłożył dłoń do jej pleców.

— Dziękuję — bąknęła dziewczyna i Octavia parsknęła śmiechem. Z zaskoczeniem przechwyciła strofujące spojrzenie matki. Była zdziwiona, że matka nawet nie próbowała wymusić na Larrym zrobienia tego, co nakazuje przyzwoitość. Ale kiedy Lucia Santa powiedziała uprzejmie do syna: „Chyba lepiej będzie, Lorenzo, jak z nami pójdziesz", zrozumiała, że matka przygotowuje się już do nowej roli; że nie uważa się już za panią i władczynię najstarszego syna i z zimną krwią usuwa go ze swego serca — nie dlatego, że jest na niego zła albo obrażona lub już go nie kocha, lecz jako balast, który trzeba wyrzucić, żeby mieć więcej sił na dźwiganie innych brzemion. Kiedy wszyscy wyszli, Octavię ogarnęło takie przygnębienie, że wyprasowała całe pranie i nie otworzyła już książki.


Życie jest dla małych chłopców tak pełne niespodzianek, że Gina ani trochę nie zdziwił widok długich czarnych dziewczęcych włosów w łóżku brata Larry'ego. Przyglądał się im, stojąc w skromnej zimowej bieliźnie. Larry wyglądał jakby inaczej, a i dziewczyna jakoś nie tak. W tych dwóch trupio bladych twarzach po nocy przespanej w zimnym mieszkaniu, bezbronnych w straszliwie głębokiej nieświadomości, tragicznie wyczerpanych, było coś z surowej czystości śmierci. Oboje mieli kruczoczarne włosy. Rozrzucone teraz po poduszce, potargane i splątane ze sobą tak, że nie sposób było stwierdzić, gdzie kończą się jedne, a zaczynają drugie, przypominały do złudzenia jednorodną jedwabistą masę czerni wyrastającą im z głów. Larry poruszył się; wstępowały w niego z powrotem siła, energia i życie, krew szybciej zaczynała krążyć w żyłach, policzki nabierały koloru. Gęste, proste, czarne brwi poruszyły się, otworzył oczy i te zabłysły. Oderwał głowę od głowy dziewczyny i ich włosy się rozdzieliły; teraz można już było rozróżnić, czyje są czyje. Zobaczył przyglądającego się im Gina i uśmiechnął się.

Vinnie zebrał już i pochłonął kożuch z butelki z mlekiem, ten pierwszy cal lodowato zimnej śmietany, będący nagrodą dla rannego ptaszka. Gino chciał otworzyć drugą butelkę, ale matka pacnęła go płazem noża w grzbiet dłoni, aż zapiekło.

Kiedy Gino wracał przez sypialnię do swojego pokoju, żeby się ubrać, Larry siedział na łóżku oparty o wezgłowie i palił papierosa, a dziewczyna spała odwrócona twarzą do ściany, wypięta chudą tylną częścią ciała na cały świat. Jej sterczące spomiędzy ramiączek białej nocnej koszuli, obciągnięte skórą łopatki przypominały skrzydełka kurczęcia. Kiedy Gino przechodził, Larry podciągnął wyżej koc i okrył żonę, żeby nie marzła. Odsłonił przy tym swój owłosiony tors i nogi w długich, grubych kalesonach.


Ten rok miał na zawsze zapaść Ginowi w pamięć. Tyle rzeczy się wydarzyło, od ślubu Larry'ego poczynając.

Wracając pewnego dnia ze szkoły, zobaczył Joeya Bianca siedzącego na rampie przy fabryce Runkela w otoczeniu rozrzuconych po trotuarze szkolnych podręczników i kajetów. Nie mógł uwierzyć własnym oczom; Joey płakał, ale jego mokra od łez twarz ścięta była wściekłością.

— Co jest, Joey? — spytał Gino, podchodząc ostrożnie do przyjaciela. — Coś się stało twojemu ojcu albo matce?

Joey, płacząc wciąż, pokręcił głową. Gino podciągnął się na rampę i usiadł obok niego.

— Zagramy w siedem i pół? — spytał. — Mam sześćdziesiąt centów.

— Nie mam pieniędzy na granie — odburknął opryskliwie Joey, po czym zawył: — Przepadły wszystkie moje pieniądze. Ojciec mi poradził, żeby je włożyć do banku, a teraz bank stracił wszystkie moje pieniądze. Zawszone dranie. Ojciec nic sobie z tego nie robi i jeszcze się ze mnie naśmiewa. Wszyscy mi mówili, że jak dorosnę, to będę mógł z nimi zrobić, co chcę, a teraz mi je ukradli. I śmieją się ze mnie. — Płakał i klął zupełnie załamany.

Gino był wstrząśnięty. On najlepiej wiedział, jaki to straszliwy cios. Ileż to razy kupował sobie cytrynowy sorbet i dawał Joeyowi polizać, bo Joey wolał zaoszczędzić te dwa centy? Ileż to niedzielnych popołudni Joey przesiedział w domu, żeby oszczędzić pieniądze na kino i wpłacić je do banku? Ile razy Joey, ściskając kurczowo w kieszeni dziesięciocentówkę i przełykając ślinę, odwracał się plecami do sprzedawcy hot dogów i jego trzykołowego wózka z parasolem w pomarańczowe pasy, i do Gina zatapiającego zęby w miękkiej długiej bułce z soczyście czerwoną parówką i białą kiszoną kapustą, polaną obficie żółtą musztardą? Gino też poczuł się stratny, bo w pewnym sensie były to jego pieniądze. Podczas gdy inne dzieci śmiały się z Joeya, Gino odnosił się do niego z szacunkiem i dawał odgryźć choć jeden kawałek hot doga, spróbować pizzy, liznąć cytrynowego sorbetu, by w ten sposób pomóc mu zwalczyć pokusę. Nawet w Wielkanoc, kiedy każdy kupuje biało-różowe jaja po dziesięć centów, Joey pozostawał niezłomny, chociaż Wielkanoc jest tylko raz w roku. Gino był dumny, że jego przyjaciel jest najbogatszym dzieciakiem jeśli nie w całej Chelsea, to na pewno na Dziesiątej Alei. Spytał więc teraz powoli i z duszą na ramieniu:

— Joey, to ile straciłeś?

— Dwieście trzydzieści dolarów — powiedział Joey z desperackim, godnym spokojem, niemal z namaszczeniem.

177

Spojrzeli na siebie osłupiali. Ginowi do głowy by nie przyszło, że aż tyle tego się uzbierało. Joey dopiero teraz zdał sobie sprawę z rozmiarów i ostateczności tragedii, jaka go spotkała.
— O Jezu — jęknął.
— Chodź, Joey, pozbierajmy twoje książki. Wracajmy do domu.

Joey zeskoczył z rampy i zaczął kopać z zapamiętaniem podręczniki, kopał je dopóty, dopóki nie wylądowały całe w strzępach w rynsztoku parę kroków dalej.
— Chrzanię książki! — wrzasnął. — Chrzanię szkołę! Mam wszystko w dupie. Nie wracam do domu. — Puścił się biegiem w kierunku Dziewiątej Alei i po chwili zniknął przyjacielowi z oczu.

Gino pozbierał podręczniki. Były porwane, brudne i zapaćkane granulkami końskiego łajna. Wytarł każdą o spodnie i poszedł na Dziesiątą Aleję, gdzie pod numerem 356, na trzecim piętrze, mieszkał Joey.

Zapukał, ale słysząc przez drzwi kobiecy szloch, chciał się już odwrócić i zbiec po schodach, jednak drzwi za szybko się otworzyły. Niska, przysadzista matka Joeya, cała w czerni, zaprosiła go gestem do środka.

Gino był zaskoczony, że ojciec Joeya jest już w domu i siedzi przy kuchennym stole. Był niskim, przygarbionym lekko mężczyzną o sumiastych wąsach, na ulicy widziało się go zawsze w wygniecionym pilśniowym kapeluszu i nie wiedzieć czemu siedział w nim teraz przy stole. Przed nim stał dzban ciemnoczerwonego wina, a obok opróżniona do połowy szklanka.

— Przyniosłem książki Joeya — powiedział Gino. — Później wróci do domu, bo musiał zostać w szkole i pomóc nauczycielce.

Położył książki na stole. Pan Bianco popatrzył na niego i powiedział z pijacką wylewnością:

— *Buono giovanetto*, dobry chłopiec. Jesteś synem Lucii Santy i przyjacielem Joeya, dobry chłopiec. Ty nigdy nikogo nie słuchasz, co? Wszystko robisz po swojemu. I bardzo dobrze. Bardzo dobrze. Napij się ze mną wina. Dziękuj Bogu, że nie masz ojca.

— Ja nie piję, Zi' Pasquale — powiedział Gino. — Ale dziękuję. — Żal mu było pana Bianca, że tak boleje nad straconymi pieniędzmi syna. Pani Bianco usiadła przy stole i wpatrzyła się w męża.

— Pij, pij — mruknął Zi' Pasquale Bianco i napełnił mały kieliszek do wina, który wyjęła z kredensu jego żona. — Za Amerykę — wzniósł toast. — Za tych amerykańskich prezesów banków, żeby ich piekło pochłonęło.

— Cicho, cicho — próbowała go zmitygować pani Bianco.

Gino widywał nieraz Zi' Pasquale w trakcie jego codziennego zmartwychwstawania w chwale i triumfie.

Najpierw ten mały przygarbiony człowieczek o guzowatym, powykręcanym ciele wracał noga za nogą z bocznicy kolejowej za stalowymi szynami wpuszczonymi w bruk Dziesiątej Alei. Jakiż był zmęczony, jaki zakurzony i brudny, wprost lepił się od zasychającego i zatykającego pory potu. Okrągły brudnoszary kapelusz z przepoconym otokiem chronił głowę przed palącymi promieniami słońca; pusty koszyczek na drugie śniadanie dyndał mu żałośnie u prawego boku, kiedy wspinał się po ciemnych schodach kamienicy i wchodził do mieszkania.

Tam rozbierał się do pasa i Zia Bianco wycierała mu szerokie guzowate plecy szmatką zwilżoną w ciepłej wodzie z mydłem. Potem czysta niebieska koszula na grzbiet i szklanka wina z dzbana przeniesionego spod zlewu na stół.

Otarłszy usta, Zi' Pasquale patrzył każdemu po kolei, nawet Ginowi, niemal oskarżycielsko w oczy, po czym kręcił lekko głową na znak, że nie obwinia ich o jemu tylko wiadome niedole. Potem łyk wina ze szklanki. Powoli, ostrożnie, jakby od wlanej w ciało energii, zaczynały prostować się plecy. Żona stawiała przed nim wielki, głęboki talerz fasoli z makaronem, przyprawionej czosnkiem i oblanej parującym brązowym sosem. Zi' Pasquale ujmował łyżkę, jakby to była łopata, wbijał

179

ją w danie, i kopiec fasoli z makaronem niesiony wprawną robociarską dłonią znikał w tych ogromnych, ocienionych wąsami ustach. Po trzech takich wsadach Zi' Pasquale odkładał łyżkę i odrywał wielki kawał chleba od bochenka.

Z łyżką w jednej i chlebem w drugiej ręce ładował teraz życie i energię do samej swojej duszy. Z każdym nawrotem łyżki, z każdym kęsem chleba wracały mu wyraźnie siła i władczość. Rósł w oczach na krześle, zaczynał górować nad nimi. Policzki mu się różowiły, spod unurzanych w sosie wąsisk prześwitywały białe zęby, a nawet ciemnoczerwone wargi. Chrupka, przypieczona skórka chleba trzeszczała w zębach jak seria z karabinu maszynowego, wielka metalowa łycha połyskiwała niczym miecz. Wypijał do dna wino ze szklanki. I w powietrzu, zupełnie jakby przemielił wszystko, co było na stole, do pierwotnego stanu, rozchodził się zapach winogron, mąki i surowej fasoli.

Na koniec Zi' Pasquale brał od żony nóż i od koła w czarnej skórce odkrawał gruby plaster kruchego, ziarnistego sera. Unosił go do światła, żeby na wszystkich mógł paść czar jego zapachu. Drugą ręką brał ze stołu to, co zostało z bochenka chleba, i zadowolony z siebie, wypinając dumnie pierś, uśmiechał się do wszystkich z wyższością i pytał po włosku, z południowym akcentem:

— No, jest ktoś lepszy ode mnie?

— Oj — mruczała jego żona, dając tym do zrozumienia, że nie warto nawet odpowiadać pełnym zdaniem na takie retoryczne pytanie. Chłopcy patrzyli na niego z niemym podziwem. Oni też nie mieli wątpliwości.

Czyj posiłek najlepiej smakował tego wieczoru, od czyjego wina krew szybciej krążyła w żyłach? Czyje ciało, kości i nerwy lepiej się regenerowały? Zi' Pasquale przeciągłym jękiem rozkoszy żegnał opuszczający go ból zmęczenia. Unosił się nieco nad krzesło, by puścić bąka, po czym następowało ciche westchnienie ulgi. Komu w tym momencie, jak świat długi i szeroki, dane było dostępować większego błogostanu?

Teraz Gino szukał gorączkowo słów pocieszenia.

— Nic takiego się nie stało, *Zi'* Pasquale — powiedział. — Joey może zacząć oszczędzać od początku. Pomogę mu sprzedawać węgiel z kolei, a na wiosnę przerzucimy się na lód. Raz-dwa odrobimy stratę.

Wielkie wąsiska zaczęły podrygiwać, gorzki uśmiech pomarszczył twarz.

— Co tam mój syn i jego pieniądze. Ach, *figlio mio*, gdyby tylko o to chodziło. Wiesz, ile straciłem ja, czy mój syn wie, ile ja straciłem? Pięć tysięcy dolarów! Dwadzieścia lat wstawania przed świtem, harówki na siarczystym mrozie i w tym piekielnym amerykańskim upale. Poniżanie przez szefów, zmiana nazwiska, nazwiska, które we Włoszech znane jest od tysiąca lat, nazwiska Baccalona — wyryczał — z miasteczka Salerno w Italii. Wszystko to znosiłem. A teraz mój syn płacze na ulicy. Żyły sobie wypruwałem i co z tego mam? Wszystko diabli wzięli. Niech piekło pochłonie niebo i Jezusa Chrystusa! Okradli mnie bez pistoletu, bez noża, w biały dzień. Jak to możliwe?

— Nie pij już, Pasquale — odezwała się jego żona. — Jutro musisz iść do pracy, dzisiaj nie byłeś. Jest kryzys, łatwo stracić posadę. Zjedz coś i idź spać. Mówię ci.

— Bądź spokojna, kobieto — powiedział łagodnie *Zi'* Pasquale — pójdę jutro do pracy. O mnie się nie martw. Czy nie poszedłem do pracy, kiedy umarła nasza córeczka? No? Czy nie chodziłem do pracy, kiedy rodziłaś dzieci? Kiedy byłaś chora albo dzieci były chore? Pójdę do pracy, o mnie się nie martw. Ale co z tobą, biedna kobieto, która nie zapaliłaś nigdy światła elektrycznego, dopóki nie zrobiło się tak ciemno, że nic nie było widać, byle tylko oszczędzić centa! A ile razy jadłaś sam szpinak bez mięsa i chodziłaś po domu w swetrach, żeby zaoszczędzić na węglu? Czy to nic dla ciebie nie znaczy? Och, kobieto, ty jesteś z żelaza. Posłuchaj mnie, mały Gino, bój się ich. — *Zi'* Pasquale opróżnił duszkiem jeszcze jedną pełną szklankę wina i już bez słowa spadł nieprzytomny z krzesła na podłogę.

Pani Bianco, pewna, że mąż jej teraz nie usłyszy, uderzyła w lament. Płacząc i wylewając swoje żale, zaciągnęła pana Bianco z pomocą Gina do sypialni. Tam zaczęła rozbierać męża i wkrótce pan Bianco, żałosny skulony człowieczek w długich żółtawych kalesonach, zapadł w pijacki sen, pochrapując przed sumiaste wąsiska. Przypominał Ginowi śmieszną postać z komiksu.

Pani Bianco posadziła Gina w kuchni i usiadła naprzeciwko. Spytała, gdzie jest Joey. Potem zaczęła swoje. Jej biedny mąż jest ich jedyną nadzieją, ich szansą na ocalenie, nie może się ugiąć przez furiami. Pieniądze przepadły — straszne, ale świat się na tym nie kończy.

Ameryko, Ameryko, ileż to nadziei jest z tobą wiązanych? Jakimi świętokradczymi marzeniami o szczęściu zapładniasz umysły? Wszystko ma swoją cenę, jednak niejednemu marzy się, że szczęście przyjdzie do niego samo, nie żądając niczego w zamian. Tutaj była nadzieja, we Włoszech żadnej. Zaczną od początku, jemu idzie dopiero czterdziesty ósmy rok. Jego ciało wytrzyma jeszcze dwadzieścia lat pracy. Każde ludzkie ciało to kopalnia złota. Z kruszca pracy biorą się góry jedzenia, schronienie przed zimnem, weselne przyjęcia i pogrzebowe wieńce do powieszenia na drzwiach kamienicy. To komiczne, drobne, wąsate, guzowate ciało w długich zimowych kalesonach kryje jeszcze w sobie skarb, który wystarczy wydobyć, i pani Bianco, wiedziona kobiecym zmysłem praktyczności, bardziej martwiła się teraz o swego męża niż o pieniądze, które stracili.

Gino długo musiał tego wysłuchiwać, zanim udało mu się wyrwać.

Ściągnął do domu na ostatnią chwilę; wszyscy siedzieli już przy stole. Jak dobrze było wejść do tej ciepłej kuchni pachnącej czosnkiem, oliwą z oliwek i bulgoczącym w rondlu sosem pomidorowym, który do złudzenia przypominał ciemnoczerwone grzane wino.

Nałożyli sobie na talerze spaghetti z postawionej pośrodku czubatej misy. Był czwartek i do makaronu, zamiast mielonych kotletów, Lucia Santa podała sztukę taniej wołowiny uduszonej w sosie do takiej kruchości, że można było od niej oddzielać widelcem poszczególne włókienka. Jedli już, kiedy ze swojego mieszkania na drugim piętrze przyszli Larry z żoną. Dosiedli się do stołu.

Larry zawsze był tu mile widziany, a z jego wizyt najbardziej cieszyli się chłopcy. Wprowadzał wesoły nastrój żarcikami i dykteryjkami o kolei i znał wszystkie plotki o rodzinach z Dziesiątej Alei. Kiedy wpadał, Octavia i Lucia Santa się ożywiały, poprawiały im się humory i nie strofowały z byle powodu dzieci.

Gino zauważył, że Louisa nabiera ciała, za to maleje jej głowa.

— Tak — mówił Larry — *Panettiere* stracił dziesięć tysięcy dolarów na giełdzie i jeszcze ileś tam w banku, ale ma sklep, to sobie odbije. Wielu ludzi z Alei potraciło pieniądze. Dziękuj Bogu, mamo, że jesteś biedna.

Octavia i Lucia Santa uśmiechnęły się do siebie. O tych pieniądzach wiedziały tylko one, a poza tym przechowywały je na koncie pocztowym.

— Jedz więcej — zwróciła się Lucia Santa do Louisy — musisz nabrać sił. — Zabrała z talerza Larry'ego dużą porcję wołowiny i przeniosła ją na talerz Louisy. — Ty *animale*, tobie siły nie brakuje. Wcinaj spaghetti, twojej żonie potrzeba mięsa.

Dziewczyna zarumieniła się. Była bardzo cicha, rzadko się odzywała, ale teraz bąknęła nieśmiało:

— Dziękuję, mamo.

Gino i Vincent spojrzeli po sobie; coś im się tu nie zgadzało. Znali matkę na wylot. Nie zrobiła tego ze szczerego serca, nie przepadała za tą dziewczyną, a dziewczyna też podziękowała jakoś bez przekonania.

Larry uśmiechnął się do chłopców i puścił do nich oko. Nabrał na łyżkę sosu i zawołał z wielkim zdumieniem:

— Patrzcie tylko, co te karaluchy wyrabiają na ścianie! — Był to numer z długą, długą brodą, którym podpuszczał braci w sobotnie wieczory, żeby podkradać im pieczone ziemniaki z talerzy. Vinnie i Gino nie dali się nabrać, ale Louisa obejrzała się odruchowo, i w tym momencie Larry nadział na widelec porcję wołowiny leżącą na jej talerzu, odgryzł kawałek i odłożył mięso na miejsce. Dzieci parsknęły śmiechem, ale Louisa, zorientowawszy się, że została nabrana, rozpłakała się. Wszystkim zrobiło się głupio.

— Oj, przestań — mruknął Larry — to nasz stary rodzinny kawał. Żartowałem tylko.

Lucia Santa i Octavia wstawiły się za Louisą.

— Dałbyś jej spokój, Larry, kiedy jest w tym stanie — ofuknęła brata Octavia.

— Twojego męża trzymają się głupie dowcipy, bo sam głupi. Następnym razem chluśnij mu gorącym sosem w gębę — dorzuciła Lucia Santa.

Louisa zerwała się od stołu i zbiegła po schodach na drugie piętro do swojego mieszkania.

— Leć za nią, Lorenzo — powiedziała Lucia Santa — i zabierz dla niej coś do zjedzenia.

Larry założył ręce na piersi.

— Ani mi się śni — powiedział. Zaczął znowu jeść spaghetti. Zapadło niezręczne milczenie. Pierwszy przerwał je Gino.

— Joey Bianco stracił w banku dwieście trzydzieści dolarów — powiedział — a jego ojciec pięć tysięcy.

Zauważył, że twarz matki nabiera zimnego odcienia satysfakcji, takiego samego, jak przed chwilą na wieść, że pieniądze stracił *Panettiere*. Ale kiedy opowiedział, jak *Zi' Pasquale* się upił, wyraz twarzy matki uległ zmianie.

— Nawet sprytni ludzie nie są w tym świecie bezpieczni — powiedziała, kiwając głową — tak to już jest.

Wymieniły z Octavią jeszcze jedno porozumiewawcze spojrzenie. Mało brakowało, a nie wpłaciłyby swoich pieniędzy na konto pocztowe, lecz do banku. Na szczęście onieśmielone białymi kolumnami i wielką, wyłożoną marmurem salą krępowały się tam wejść ze swoimi skromnymi oszczędnościami.

— Biedny człowiek. — Lucia Santa westchnęła ze smutkiem, jakby dręczona wyrzutami sumienia, że pozwoliła sobie na tę chwilę zawistnego triumfu. — Tak kochał pieniądze, a ożenił się z miłości z nędzarką. Byli szczęśliwi. Ze świecą szukać drugiego takiego małżeństwa. Raz na wozie, raz pod wozem i nic na to nie poradzisz.

Nikt nie zwracał uwagi na to, co mówi Lucia Santa. Znali ją. Zawsze z pesymizmem patrzyła na życie. Ale żyła tak, jakby naprawdę wierzyła w uśmiech losu. Wstawała rano pogodna, zadowalała się tym, co ma. Jej siłą była fizyczna energia podsycana miłością do dzieci i koniecznością walki o byt. Wiedziały, że nigdy niczego się nie bała. Tak więc jej słowa niewiele znaczyły, mówiła, żeby mówić. Jedli spokojnie. Kiedy skończyli, Larry rozparł się z papierosem na krześle i zaczął gawędzić z Octavią i z matką o swoich dziecięcych wyczynach. Vinnie wziął zostawiony przez Louise talerz ze spaghetti i wrzucił na chwilę do gorącego sosu kawałek wołowiny, którego nie dojadła. Potem przykrył talerz drugim talerzem.

— Dobre dziecko — pochwaliła go Lucia Santa — zanieś coś do zjedzenia swojej bratowej.

Vinnie zszedł po schodach z dwoma talerzami i opróżnioną do połowy butelką lemoniady. Po paru minutach wrócił z pustymi rękami i usiadł bez słowa przy stole.

Larry spojrzał na niego i spytał:

— W porządku z nią?

Kiedy Vinnie kiwnął głową, podjął przerwaną opowieść.

# Rozdział 10

Pewnego niedzielnego popołudnia, pod koniec marca, Octavia Angeluzzi stała w kuchennym oknie i patrzyła na podwórka. Wewnątrz czworoboku kamienic znajdował się wielki pusty plac pocięty parkanami na wiele podwórek. Nad nim wisiała rozpięta gęsta sieć przecinających się, wystrzępionych, brudnobiałych sznurów do bielizny, przeciągniętych od poszczególnych okien do odległych wysokich drewnianych tyczek. Przez ten gąszcz nawet czarownica na miotle by nie przeleciała.

Octavia czuła się bardzo zmęczona. To chyba przez te chłody, myślała, przez tę długą zimę bez słońca i wydłużony dzień pracy. Trwał kryzys i stawki wynagrodzeń spadły. Teraz pracowała dłużej, a mniej zarabiała. Wieczorami dorabiały z matką szyciem w domu, czasami pomagały im dzieci. Chłopcy nie garnęli się do tej roboty. Cóż było robić. Dzieci mogą sobie pozwolić na luksus niezależności.

Dokuczał jej ból w klatce piersiowej, pobolewały oczy i głowa. Była cała rozpalona. Nie mogła opędzić się od myśli, jak sobie poradzą bez pieniędzy Larry'ego, mając czwórkę dzieci na utrzymaniu. Musiała teraz chodzić co tydzień na pocztę i wyjmować trochę pieniędzy. Marzenie legło w gruzach; oszczędności się kurczyły, kupno własnego domu oddalało w czasie o lata.

Zapatrzona na rozciągający się w dole pustynny krajobraz, któremu pewnych ludzkich cech dodawał, o dziwo, kot spacerujący po parkanie, pomyślała o Ginie i Salu. Byli na najlepszej drodze do wyrośnięcia na tępych robociarzy, nieokrzesanych, prostackich, gnieżdżących się w slumsach, płodzących dzieci, które zasilą armię nędzarzy. Zalała ją fala niepokoju, a potem poczuła mdłości i lęk. Będzie patrzyła, jak płaszczą się i żebrzą o jałmużnę z opieki społecznej, tak jak wcześniej ich rodzice. Nędzarze błagający o środki do przeżycia.

A Vinnie? Octavia uświadomiła sobie z przerażeniem, że przecież spisała już jego przyszłość na straty. Będzie musiał wcześnie pójść do pracy, żeby pomóc braciom i siostrom. Innego wyjścia nie było.

Och, ten podły drań Larry — zostawić tak rodzinę na łasce losu, kiedy najbardziej potrzebowała jego pomocy! I ma jeszcze czelność przyłazić ze swojego drugiego piętra na wyżerkę. Ale mężczyźni są już tacy niewydarzeni. Przed oczyma stanęła jej nagle wizja mężczyzny — obficie owłosionego, potężnego, nagiego, z olbrzymim sterczącym penisem — wizja typowego mężczyzny. Policzki jej się zaróżowiły, nogi zrobiły jak z waty. Podeszła do kuchennego stołu i usiadła. Czuła dławiący ból w klatce piersiowej i z przerażeniem zdała sobie sprawę, że jest chora.

Gino pierwszy wrócił do domu i zastał Octavię opartą o stół, płaczącą ze strachu i bólu, plującą małymi czerwonymi kropelkami na ceratę w biało-niebieską szachownicę.

— Biegnij do *Zii* Louche po mamę — wyszeptała Octavia.

Przerażony Gino obrócił się na pięcie i bez słowa wypadł na klatkę schodową.

Kiedy wrócił z matką, Octavia odzyskała już siły i siedziała prosto. Nie starła ceraty. Chciała to zrobić, żeby nie denerwować matki, ale jakaś podświadoma potrzeba czyjegoś współczucia, obawa, że zostanie uznana za symulantkę w rodzinnej walce o przetrwanie, podpowiedziały jej, że lepiej zostawić wszystko tak, jak jest.

Lucia Santa wpadła do kuchni jak burza. Jej wzrok padł od razu na zbolałą, chorą i pełną poczucia winy twarz córki, a zaraz potem na plamki krwi. Załamała ręce, krzyknęła: „O Boże ty mój" i zalała się łzami. To teatralne zachowanie zirytowało Octavię, a wchodzący za matką do kuchni Gino wzniósł oczy do sufitu, mrucząc: „Ja cię kręcę".

Ale to był tylko moment. Lucia Santa natychmiast odzyskała panowanie nad sobą, wzięła córkę za rękę i poprowadziła ją amfiladą sypialni.

— Leć po doktora Barbato! — krzyknęła przez ramię do Gina.

Chłopiec, przejęty sytuacją i swoją ważną rolą, runął znowu w dół po schodach.

Położywszy Octavię do łóżka, Lucia Santa pobiegła po butelkę alkoholu do nacierania i wróciła do córki, żeby czuwać przy niej do przybycia doktora. Nalała sobie obficie alkoholu na ułożoną w muszelkę dłoń i przemyła nim rozpalone czoło i twarz Octavii. Opanowały się już obie, ale Octavia dostrzegała na twarzy matki ten znajomy skrajny niepokój, który pojawiał się tam, kiedy spodziewała się najgorszego. Spróbowała zażartować.

— Nie martw się, mamo — powiedziała. — To nic takiego. Ciesz się lepiej, że nie mam nieślubnego dziecka. Że jestem wciąż „porządną włoską dziewczyną".

W takich sytuacjach Lucia Santa traciła poczucie humoru. Życie nauczyło ją szacunku do złośliwych grymasów losu.

Siedziała przy łóżku córki jak mały, odziany na czarno Budda. Czekając na doktora, zastanawiała się gorączkowo, co też to za choroba, jaką nową biedę przyniesie. Przytłaczało ją to pasmo nieszczęść — mąż w szpitalu, syn ożenił się w młodym wieku, kryzys, a teraz choroba córki. Siedziała, zbierając siły, bo nie była to już kwestia indywidualnej tragedii. Niebezpieczeństwo zawisło nad całą rodziną, nad jej materią, jej bytem. To nie była już sprawa pojedynczych klęsk, teraz groziło im unicestwienie, stoczenie się na samo dno egzystencji.

Doktor Barbato wspiął się za Ginem po schodach, wszedł do mieszkania i skierował amfiladą pokoi do sypialni Octavii. Jak zawsze był elegancko ubrany, wąsik miał starannie przystrzyżony. Miał w kieszeni bilety na operę w Brooklyn Academy of Music i śpieszył się. Mało brakowało, a w ogóle by nie przyszedł, chciał już powiedzieć chłopcu, żeby zadzwonili do Bellevue.

Kiedy zobaczył dziewczynę i usłyszał, co się stało, wiedział już, że traci tylko czas. Będzie musiała iść do szpitala. Usiadł jednak przy łóżku. Dziewczyna była wyraźnie zażenowana, że bada ją taki młody lekarz. Zauważył też, że wstydzi się za matkę, która nie spuszczała z niego czujnego oka. Tym Włoszkom się wydaje, że mężczyzna przeleciałby kobietę nawet na łożu śmierci, pomyślał z niesmakiem. Stłumił jednak wzburzenie i powiedział spokojnie:

— Będę musiał zbadać pani córkę, signora. Niech pani każe chłopcu wyjść. — Chwycił kołdrę, przygotowując się do jej odrzucenia.

Lucia Santa obejrzała się i zobaczyła wybałuszającego oczy Gina. Dała mu na odlew w twarz i warknęła:

— Znikaj. Chociaż raz z moim przyzwoleniem.

Gino, który oczekiwał pochwał za swoją bieganinę w tym nagłym przypadku, wycofał się do kuchni, wymrukując pod nosem przekleństwa.

Doktor Barbato przystawił stetoskop do piersi Octavii i zapatrzył się profesjonalnie w przestrzeń, ale tak naprawdę przyjrzał się dobrze ciału dziewczyny. Z zaskoczeniem stwierdził, że jest bardzo chuda. Duży biust i zaokrąglone biodra wprowadzały w błąd. Straciła sporo na wadze. Twarz, mięsista i okrągła, o tym nie świadczyła. W takiej twarzy policzki nigdy się nie zapadną. Oczy — wielkie, lśniące i brązowe — wpatrywały się w niego z niepokojem. Przy okazji zwrócił też uwagę, jak dojrzałe jest to ciało do miłości. Przypominała nagie piękności z obrazów, które oglądał we Włoszech podczas swojej podróży podyplomowej. Była klasycznym typem stworzonym do rodzenia dzieci i intensywnego wypełniania obowiązków w małżeńskim łożu. Chora czy nie, lepiej będzie dla niej, jeśli szybko wyjdzie za mąż.

Wstał i z powrotem okrył Octavię kołdrą.

— To nic takiego — zapewnił pacjentkę i skinął na jej matkę, żeby wyszła z nim do sąsiedniego pokoju.

Z zaskoczeniem przyjął słowa Octavii:

— Panie doktorze, proszę mówić przy mnie. Mama i tak mi wszystko powtórzy. Sama nie będzie wiedziała, co robić.

Lekarza uczono, że w przypadku tych ludzi stosowanie drobnych subtelności zawodu nie ma sensu, i miał tu najlepszy tego przykład.

— Ma pani zapalenie opłucnej — powiedział, zwracając się do obu kobiet — nic groźnego, ale musi się pani położyć do szpitala, odpocząć tam i prześwietlić. Niepokoi mnie to odkasływanie krwią. Może świadczyć o chorobie płuc. — Kiedy to mówił, przypomniała mu się opera, na którą szedł dziś wieczorem. Bohaterka umierająca na gruźlicę, wyśpiewuje w najlepsze w pełnym blasku reflektorów; ubolewa tylko nad stratą kochanka, stratą zażywanych z nim rozkoszy; jej tragedia ukazywana w takim kontekście wywołuje pusty śmiech. — Proszę się nie niepokoić — podjął — nawet jeśli to płuca, nie ma powodu do obaw. W najgorszym wypadku czeka pani córkę kilka miesięcy wypoczynku. Tak więc proszę zawieźć ją jutro do szpitala klinicznego Bellevue. A na dzisiejszą noc dam jej to. — Wyjął z torby i wręczył matce jedną z próbek przysłanych mu przez sieć aptek. — I proszę pamiętać, jutro bezwzględnie do Bellevue. W tym mieszkaniu jest zbyt zimno, dzieci hałasują, a ona potrzebuje spokoju. I co najważniejsze, zrobią jej tam zdjęcia rentgenowskie. Niech mnie pani nie zawiedzie, signora. — Łagodniejszym już tonem dodał: — Proszę się nie martwić.

Doktor wychodził z mieszanymi uczuciami. Zamiast tych dwóch nędznych dolarów mógł zarobić piętnaście. Mógł ją kurować przez tydzień, zrobić jej prześwietlenie we własnym gabinecie, ubić niezły interes. Wiedział jednak, że rodzina jest biedna. Później będzie zły na samego siebie, sfrustrowany, że tak tanio sprzedaje zdobytą wiedzę, że poświęcenie ojca rodzi takie kwaśne owoce. Dysponował przecież potężną bronią ekonomiczną, którą mógł bez skrupułów szermować. Co za pech, że nie przytrafiło się to córce *Panettiere*. Wydoiłby piekarza, wyżął go do ostatniej kropelki. I to bez sprzeniewierzania się etyce zawodowej, bez kantowania, całkiem uczciwie. Och, otworzy kiedyś praktykę w okolicy, gdzie będzie mógł z czystym sumieniem zbijać fortunę. Doktor Barbato był człowiekiem, który nie może znieść widoku i smrodu ubóstwa. Zdarzające mu się spontaniczne odruchy współczucia odchorowywał potem przez wiele dni. Całkiem poważnie uważał je za swoją wadę, nie cnotę.

Sal i Vinnie wrócili wreszcie z niedzielnego seansu filmowego i siedzieli w kuchni, zajadając w milczeniu grube pajdy chrupkiego chleba umaczanego w occie i oliwie z oliwek. Gino ślęczał w rogu stołu nad lekcjami. Lucia Santa obserwowała ich z przygnębieniem.

— Gino — odezwała się w pewnej chwili — weź sobie dziesięć centów z mojej torebki. A potem zbiegnij do brata i powiedz mu, żeby tu przyszedł — *subito*.

Kiedy chłopiec zerwał się ochoczo od stołu, żeby wykonać te polecenia, poczuła nagły przypływ miłości. Fakt, że tak szybko zapomniał o policzku, który wymierzyła mu w obecności doktora, był balsamem dla jej skołatanej duszy.

Nazajutrz Lucia Santa dopuściła się czegoś tak potwornego, że cała Dziesiąta Aleja — każdy, kto w innych okolicznościach współczułby jej nowego nieszczęścia — straciła do niej sympatię. Doktor Barbato wpadł w taki gniew, że po raz pierwszy od rozpoczęcia studiów medycznych zaklął po włosku. Nawet *Zia* Louche popatrywała na Lucię Santę spode łba. Był to czyn godny najwyższego potępienia, amoralny, szokujący; a przecież podyktowała go miłość. Lucia Santa nie umieściła córki w szpitalu opieki społecznej Bellevue; kazała Larry'emu, żeby je zawiózł do Szpitala Francuskiego przy Trzydziestej Ulicy, między Alejami Dziewiątą i Ósmą, niecałe dwie przecznice od domu. Był to szpital sympatyczny, czysty i drogi. Pielęgniarki są tam grzeczne, doktorzy czarujący, a pracownicy administracyjni usłużni. Pacjenci nie czekają godzinami w mrocznych korytarzach na przyjęcie. Krótko mówiąc, córka Lucii Santy będzie tam traktowana jak człowiek, jak wypłacalny członek społeczeństwa.

Najbardziej tą decyzją zaskoczona była sama Lucia Santa. Dopuszczała się właśnie aktu skrajnej nieodpowiedzialności, który wyssie ich wieloletnie oszczędności w momencie, kiedy są najbardziej potrzebne. Z domu ubywała przecież jedyna żywicielka. Był to akt czystej arogancji.

Miał jednak uzasadnienie. Lucia Santa przez całą noc nie zmrużyła oka i bijąc się z myślami, przeżywała koszmary na jawie. Widziała swoją piękną córkę uwięzioną w wieżach Bellevue, zabłąkaną w labiryncie ponurych korytarzy, poszturchiwaną jak zwierzę. Do tego dochodziło uprzedzenie. Jej mąż poszedł do Bellevue i już nie wrócił. To była umieralnia; córka umrze, potną ją na kawałeczki i zapeklują w słojach.

I tak, nad ranem, Lucia Santa podjęła decyzję. Od razu kamień spadł jej z serca; nie dbała już, co świat o niej pomyśli — co pomyślą znajomi, krewni, sąsiadki. Popłakała w łóżku pod osłoną ciemności, były to straszne łzy, które trzeba przelewać w samotności, żeby nikt ich nie widział; łzy niewyrażające żalu, lecz uwalniające od cierpienia, zastępujące pocieszenie ze strony kogoś znajomego czy bliskiego. Lucia Santa płakała o siły do walki z kryzysem, bo nie miała teraz na świecie nikogo, od kogo mogłaby tych sił zaczerpnąć. Na takie ostateczne akty decydują się ci, którzy nie potrafią okazać, że potrzebują współczucia. O świcie wzięła się w garść i kiedy wstawała z łóżka, jej twarz wyrażała już niezłomność i pewność siebie.

Kiedy dzieci wybiegły do szkoły, przyszedł Larry i opatulili Octavię — ciepło już ubraną — w koce. Pomogli jej zejść po schodach i wsiąść do samochodu. Potem Lucia Santa zajęła miejsce z przodu i powiedziała do syna:

— Jedź do Szpitala Francuskiego. — Siedząca z tyłu Octavia zaczęła protestować, ale Lucia Santa krzyknęła z furią przez ramię: — Cicho! Ani mru-mru!

Formalności załatwiono szybko. Octavia została umieszczona w cichym, czystym, uroczym pokoju z jakąś inną młodą dziewczyną. Na ścianie wisiały fotografie. W drodze powrotnej do domu Larry, jak zawsze zazdrosny o siostrę, powiedział matce, że będzie dawał na rodzinę pięć dolarów tygodniowo do czasu, kiedy Octavia zacznie znowu pracować. Matka dotknęła jego ramienia i mruknęła po włosku:

— Dobre z ciebie dziecko, Lorenzo.

W jej tonie Larry wyczuł nieszczerość; nie liczyła na niego, nie ufała mu, nie miała dla niego szacunku w tym rodzinnym kryzysie. Co innego, gdyby był na miejscu Octavii, gdyby to jego wybrała na swojego faworyta; wtedy nigdy nie zostałby odtrącony.

# Rozdział 11

Lucia Santa Angeluzzi-Corbo, komendant oblężonej twierdzy, analizowała trudne położenie rodziny i czekające ją wyrzeczenia, planowała taktyki, obmyślała strategie, liczyła środki, szacowała lojalność sprzymierzeńców. Octavia spędzi sześć miesięcy w sanatorium. Może nawet przez rok nie będzie mogła pracować. Rok bez regularnych dochodów.

Lorenzo daje pięć dolarów tygodniowo, czasem dorzuci jeszcze dwa, trzy. Vincenzo będzie pracował w piekarni — kolejne pięć dolarów co tydzień, do tego pieniądze oszczędzone na chlebie. Gino to obibok i nie ma na niego co liczyć. Sal i Aileen są za mali.

A tu jeszcze żona Lorenza w ciąży, kolejny wyłom w murach obronnych. Może lepiej na pieniądze od Lorenza też nie liczyć.

Nie, inaczej. Vincenzo ma jeszcze przed sobą trzy lata szkoły. Czy koniecznie musi ją skończyć? Gino zhardział, trzeba go utemperować, musi pomóc, koniec z pobłażliwością.

Lucia Santa wyraźniej niż kiedykolwiek uświadomiła sobie, jak ważna dla rodziny była Octavia, niezależnie od tego, że ona jedna miała posadę i przynosiła do domu pieniądze. To ona mobilizowała dzieci do nauki, ona prowadzała je do darmowej przychodni dentystycznej przy stowarzyszeniu. To Octavia pilnowała systematycznego odkładania w sekrecie i wpłacania na konto pocztowe pieniędzy, choćby nie wiadomo jak potrzebowali ich na żywność i ubrania. To Octavia dodawała jej sił, to ona była podporą, ona wspierała ją w chwilach słabości. Teraz Lucia Santa znowu została sama. Znowu trzeba będzie staczać w pojedynkę zacięte bitwy. Starsza, bardziej twarda i doświadczona, nie odczuwała tej bezsilnej rozpaczy i przerażenia, co dawniej, kiedy została młodą wdową. Była teraz zaprawionym w bojach weteranem w stawianiu czoła przeciwnościom losu, jej ducha walki nie osłabiały młodość ani głupie mrzonki. Nie ugnie się, będzie samotnie walczyć do ostatka o utrzymanie się na powierzchni.

Lucia Santa podjęła decyzję. Nie ma wyjścia, trzeba wystąpić do opieki społecznej o zasiłek rodzinny, sami nie dadzą rady. Podjęła ją z ciężkim sercem, po rozważeniu wszystkich za i przeciw.

Z ciężkim sercem, ale bez skrupułów i nie zakładając bynajmniej prowadzenia z władzą czystej gry. Urodziła się wszak w kraju, gdzie naród i państwo to nieprzejednani wrogowie. Nie, był lepszy argument.

Opieka społeczna to sól sypana na ranę. Boli. Państwo zapewnia ją, ale z nienawiścią ofiary nękanej przez szantażystę. Odbiorca tych wypłacanych za nic pieniędzy jest poniżany, znieważany i upokarzany. Gazety czują się jakby w obowiązku mieszać z błotem tę szumowinę, która zamiast umrzeć z głodu albo zagłodzić na śmierć swoje dzieci, ma czelność wyciągać rękę po jałmużnę. Z tego, co wypisują, można wysnuć wniosek, że zwracanie się o pomoc do opieki społecznej to podła szykana, wyłudzanie pieniędzy podatników, i że biedni się w tym lubują. Owszem, są i tacy. Tak samo jak są ludzie, którym przyjemność sprawia wbijanie sobie w brzuch długich gorących igieł albo połykanie okruchów szkła z potłuczonych butelek. Ludzie mają różne gusta. Większość biednych zwraca się o pomoc do opieki społecznej w ostateczności, skręcając się ze wstydu i tracąc do siebie cały szacunek, co samo w sobie zasługuje na współczucie.

Larry umówił inspektora na wywiad środowiskowy, ale zastrzegł, że nie będzie obecny podczas jego wizyty. Męska duma mu na to nie pozwalała. Nie chce mieć z tym nic wspólnego, odcina się od całej sprawy. Lucia Santa dobrze schowała importowaną z Włoch oliwę z oliwek, bez której nie wyobrażała sobie życia; świadczyłaby przeciwko niej.

Inspektor przyszedł pod wieczór. Był to poważny, komicznie wyglądający młody człowiek o wielkich, okrągłych czarnych oczach. Gęste krzaczaste brwi oraz półkoliste cienie pod tymi oczami upodabniały go do sowy. Był uprzejmy. Grzecznie zapukał. Przystąpił do oględzin i co chwila przepraszając, otwierał drzwiczki kredensu, zaglądał do szaf i krążył po mieszkaniu bardziej jak ewentualny nabywca niż inspektor referatu zasiłków rodzinnych. Do Lucii Santy zwracał się per „signora", i miał elegancko brzmiące nazwisko; nazywał się La Fortezza.

Wysłuchał w skupieniu opowieści Lucii Santy, zapisując, co uznał z niej za istotne, w swoim notesie. Kiwał współczująco głową i wypowiadał wyrazy ubolewania, kiedy mówiła o jakimś szczególnie dotkliwym życiowym kataklizmie. Włoskiego nauczył się w college'u, ale dało się go zrozumieć.

Potem rozłożył na stole formularze i posypały się pytania. Nie; ona nie ma pieniędzy w banku, jej dzieci też nie; nie posiada niczego cennego, ubezpieczenia też nie ma; nic nie ma. Nie miała biżuterii, którą mogłaby spieniężyć, prócz ślubnej obrączki, ale zapewnił ją, że to się nie liczy. Kiedy skończyli, pan La Fortezza wyprostował się najpierw na krześle, a potem pochylił do przodu i wczepił chwytliwymi jak szpony palcami w krawędź stołu. Spojrzał na Lucię Santę z wyrzutem w okrągłych sowich oczach.

— Signora Corbo — zagaił — z wielką przykrością informuję panią, że będą trudności. Każde z trójki pani najstarszych dzieci ma pieniądze z odszkodowania po swoim tragicznie zmarłym ojcu, zdeponowane na rachunku powierniczym. Mówiąc wprost, jeśli te pieniądze nie znikną, zasiłek nie zostanie pani przyznany. Takie jest prawo. Jeśli nie wspomnę w raporcie o tych pieniądzach, będę miał nieprzyjemności. — Patrzył na nią posępnie.

Lucia Santa była kompletnie zaskoczona. Ten dobrze ułożony młody mężczyzna, Włoch z pochodzenia, zabawił się w szpiega. Wypytał o nią sąsiadów, a potem zastawił pułapkę — zawrzała gniewem.

— Dobrze — powiedziała zgryźliwie. — Wyrzucę te pieniądze przez okno.

Uśmiechnął się z tego żartu i czekał. Wyczuła, że nie wszystko jeszcze stracone.

— I nic już nie da się w mojej sprawie zrobić? — spytała ostrożnie.

Twarz pana La Fortezzy przybrała nieco zaambarasowany wyraz, wypisz, wymaluj sowa połykająca szczególnie żywotną mysz.

— Wie pani, signora — powiedział — ręka rękę myje.

Potem, wciąż nieco zaambarasowany (był jeszcze za młody, żeby bez żenady proponować lewe interesy), wyjaśnił, że ryzykowałby utratą pracy, załatwiając jej te szesnaście dolarów co dwa tygodnie, ale gdyby była skłonna za każdy opiewający na tę sumę czek odwdzięczyć mu się trzema dolarami... Mimo wszystko nie należą jej się te pieniądze, on łamie prawo, i tak dalej. Ubili interes. Lucia Santa z wdzięczności poczęstowała go kawą i ciastem, chociaż jeśli chodzi o kodeks gościnności wystarczyłaby sama kawa. I przy tej kawie z ciastem pan La Fortezza zaczął wylewać przed nią żale. Jak to dzięki wielu wyrzeczeniom rodziców, ludzi takich jak ona, ukończył prawo; a teraz nie ma pracy i musiał wziąć tę niskopłatną państwową posadę. Jak ze swojej marnej pensyjki ma spłacić ojca? Ciężko mu na duszy, że musi dorabiać w taki sposób, ale czy bez tych dodatkowych — bądźmy szczerzy, niewielkich przecież pieniędzy — mógłby marzyć o otworzeniu w przyszłości własnej praktyki? A zresztą, jakkolwiek na to by patrzeć, zyskują oboje, ponieważ signora nie kwalifikuje się w pełni do przyznania zasiłku z państwowej kasy. I tak dalej, i tak dalej. Rozstali się w przyjaźni.

Pan La Fortezza przychodził co dwa tygodnie z czekiem. Odbywała się wtedy cała ceremonia. Lucia Santa wysyłała Gina do sklepu spożywczego, żeby zrealizował czek i spłacił zaciągnięty tam dług. A ponadto kupił ćwierć funta malowniczo różowiutkiej amerykańskiej szynki w prostokątnej obwódce z białego, rozpływającego się w ustach, słodkiego tłuszczyku; trochę miękkiego, krojonego amerykańskiego chleba; oraz żółtego amerykańskiego sera. Bo pan La Fortezza miał słaby żołądek i kręcił nosem na przyzwoite włoskie salami i pepperoni, ostry, szczypiący w język provolone i włoski chleb z dobrze przypieczoną, chrupką, kaleczącą dziąsła skórką.

Gino śledził z szeroko otwartymi oczami rozgrywającą się przed nim scenkę. Najpierw pieczołowite układanie różowych i żółtych plasterków na długim ceremonialnym półmisku, potem wielki kubek kawy i już pan La Fortezza, rozparty wygodnie, trzymający spuchnięte nogi na drugim krześle, zaczyna opowiadać Lucii Sancie o swoim ciężkim losie, a ona słucha i kiwa współczująco głową. Ileż to ten biedak musiał pokonać dziennie schodów, ile musiał się nasłuchać od tych prymitywnych Włochów, którzy próbowali zataić przed nim, że synowie pracują, a kiedy odrzucał ich wnioski o zasiłek, klęli i wywrzaskiwali, że jest Żydem, nie Włochem, bo żaden Włoch nie trzymałby z rządem przeciwko własnym ziomkom.

— Ach — powtarzał zawsze pan La Fortezza — i po to moi biedni rodzice ciułali cent do centa? Świątek czy piątek, jedli na okrągło *scarola*, *pasta* i fasolę? Żeby ich syn zarabiał teraz na chleb kosztem własnego zdrowia?

Lucia Santa cmokała współczująco.

W sowich oczach pojawiał się smutek. Pan La Fortezza musiał wychodzić w teren niezależnie od pogody. Nie czuł się za dobrze. Cztery lata wytężonej nauki na uniwersytecie też odbiły się na jego zdrowiu.

— Bo ja nie zaliczam się do najzdolniejszych, signora —

tłumaczył — mimo wszystko moja rodzina to z dziada pradziada niepiśmienni chłopi i nawet teraz wydaje im się, że zrobiłem nie wiadomo jaką karierę, bo nie muszę pracować fizycznie. Spożywszy ostatni plasterek szynki i sera, wstawał od stołu, szykując się do wyjścia. Był to dla Lucii Santy sygnał, że pora dać mu umówione trzy dolary. Robiła to w bardzo taktowny sposób, biorąc go za rękę i wciskając pieniądze w dłoń, niby to zmuszając do ich przyjęcia. Pan La Fortezza krygował się, wpychał jej pieniądze z powrotem; potem dawał za wygraną, wzdychał ciężko, unosił brwi i mówił z rezygnacją „Ech", dając tym do zrozumienia, że jego sytuacja życiowa jest tak rozpaczliwa, że chociaż nie chce, to musi.

Ta dwójka naprawdę darzyła się sympatią. On lubił ją za to, że była uprzejma, że ze zrozumieniem odnosiła się do jego problemów, że zawsze pomyślała o skromnym poczęstunku i kawie. Ona, ze swej strony, naprawdę współczuła temu chłopcu i dziękowała Bogu, że żaden z jej synów nie przejawia takiego braku radości życia. Nie miała żadnych pretensji, że musi się z nim dzielić zasiłkiem.

Po paru tygodniach pan La Fortezza załatwił Lucii Sancie rentę społeczną w wysokości piętnastu dolarów miesięcznie. Przy pierwszej nadarzającej się okazji Lucia Santa z własnej inicjatywy, zamiast trzech dolarów, wcisnęła mu w dłoń banknot pięciodolarowy. Rozumieli się bez słów.

I to zrozumienie pogłębiało się. Pan La Fortezza załatwił jej czterodolarową podwyżkę tygodniowego zasiłku. Lucia Santa przygotowała mu za to paczkę z artykułami spożywczymi, funt różowej słodkiej szynki, butelkę mocnej anyżówki domowej roboty na lepsze trawienie. Larry kupił sobie niedawno starego, zdezelowanego forda T, przy którym dłubał w każdej wolnej chwili, kazała mu więc odwieźć nim pana La Fortezzę z tą paczką do domu aż na Bronx, na Arthur Avenue.

Pomknęli rozklekotanym gruchotem Larry'ego we trójkę — Larry, pan La Fortezza i Gino — podskakując na wybojach, lawirując między zaprzężonymi w konie wozami, tramwajami i automobilami. Gino zauważył, że Larry, choć z pozoru grzeczny, pogardza młodym prawnikiem, co przejawiało się w zakamuflowanych przymówkach. Panu La Fortezzy nawet do głowy nie przyszło, że robią sobie z niego śmichy-chichy. Zwierzał się ze swoich bolączek z powagą dewotki odmawiającej paciorki różańca. Jak to mało opieka społeczna płaci inspektorom, ile to kosztuje go dom w Bronksie, że rodzice się starzeją i nie mogą już pracować, a on musi ich utrzymywać i jeszcze spłacać hipotekę. Kiedy mówił, jak rozpaczliwie potrzebuje gotówki, w jego głosie pobrzmiewał autentyczny strach, niemal panika. Gino nie wiedział, co o tym myśleć. Przecież pan La Fortezza był bogaty. Skończył uniwersytet, miał dwurodzinny dom, co roku wyjeżdżał z rodziną na letnie wakacje. To, czego ludzie z Dziesiątej Alei w najśmielszych marzeniach mieli nadzieję dorobić się po czterdziestu latach ciężkiej harówki, on, pomimo młodego wieku, już miał; żył jak w bajce, a był bardziej przerażony od najmarniejszego robotnika z kamienicy Gina.

Kiedy pan La Fortezza, ściskając pod pachą małą brązową torbę z artykułami spożywczymi, wysiadł z auta, Larry zapalił papierosa i puścił oko do młodszego brata. Gino też do niego mrugnął. Wracali do siebie, na Dziesiątą Aleję, weselsi i bardziej pewni siebie, z poczuciem, że świat stoi przed nimi otworem.


Doktor Barbato, wspinając się po schodach na czwarte piętro do rodziny Angeluzzich-Corbo, zarzekał się w duchu, że tym razem za Boga nie odpuści już tej rodzinie, zapłacą pełną stawkę. Lituj się nad takimi, a kto inny zgarnia pieniądze. Dlaczego on ma być stratny, a Szpital Francuski zarabiać jego kosztem?

A więc to tak! Szpital Bellevue już nie w smak tym ciemnym makaroniarskm wypierdkom. Zachciało im się najlepszej opieki medycznej, co? Za kogo, u diabła, się mają ci *miserabili*, ci nędzarze, których na przyzwoity nocnik nawet nie stać, ta hołota wegetująca na zasiłku, z córką w sanatorium w Raybrook.

Ledwie postawił nogę na podeście czwartego piętra, drzwi się otworzyły. Stał w nich mały, bardzo poważny Sal. Cały kuchenny stół był zawalony brudnymi talerzami po kolacji, żółtą ceratę pstrzyły okruchy smażonych kartofli i resztki jajecznicy. Przy tym stole grali w karty Gino i Vincent. Dobrana para małych bandytów, pomyślał gniewnie doktor, ale rozbroił go Vincent, który na jego widok podniósł się od stołu i z naturalną, wstydliwą grzecznością poprowadził amfiladą pokoi, mówiąc po drodze:

— Mama jest chora.

Lucia Santa leżała w ciemnej, pozbawionej okien sypialni. Szmatką zwilżoną w miednicy przystawionej do łóżka przecierała buzię i rączki stojącej obok małej Aileen. Przypominało to doktorowi scenę z jakiegoś religijnego obrazu, który widział kiedyś we Włoszech — chora matka pielęgnująca swoje dziecko.

Doktor Barbato stanął w nogach łóżka i powiedział ponuro:

— Och, signora Corbo, pech panią tej zimy prześladuje.

— Oj, panie doktorze — jęknęła Lucia Santa — moje plecy, moje nogi, nie mogę chodzić ani pracować.

— Na początek proszę odesłać dziecko do kuchni.

Dziewczynka przysunęła się bliżej do łóżka i przyłożyła rączkę do głowy matki.

— Idź, Lena — powiedziała łagodnie Lucia Santa. — Idź do kuchni i pomóż braciom zmywać. — Doktor uśmiechnął się ironicznie i Lucia Santa, widząc ten uśmiech, wrzasnęła po włosku: — Vincenzo! Gino! *Mascalzoni* zatraceni, zaczęliście zmywać? Czy może zostawiliście w kuchni ten bałagan panu doktorowi na pokaz? Zaczekajcie — już wy mnie popamiętacie. Idź, Lena, zobacz, czy sprzątają. Jak nie, to wróć mi powiedzieć.

Dziewczynka, zachwycona powierzoną jej rolą szpiega, pobiegła do kuchni.

Doktor Barbato obszedł łóżko i przysiadł na brzegu. Odrzucił koc i przyłożył stetoskop do piersi pacjentki, na początek przez nocną koszulę. Miał już powiedzieć Lucii Sancie, żeby pod-

ciągnęła koszulę, kiedy obok siebie zobaczył znowu dziewczynkę wybałuszającą ciekawie ciemnobrązowe oczy.

— Gino i Vincent zmywają — powiedziała do matki —
a Sal ściera stół.

Lucia Santa zauważyła zniecierpliwioną minę doktora.

— Dobrze, dobrze, Lena, idź im teraz pomóc i przypilnuj
huncwotów. Nie wolno tu nikomu wchodzić, dopóki nie zawo-
łam. Powtórz im. — Dziewczynka wybiegła.

Kiedy Lucia Santa wyciągała rękę, żeby dotknąć główki
córki, doktor zwrócił uwagę na jej spuchnięte nadgarstki i już
wiedział, czego może się spodziewać. Kiedy zostali sami,
kazał jej przekręcić się na brzuch, po czym podwinął prostą
wełnianą koszulę nocną. Zobaczył guzy u nasady kręgosłupa
i powiedział z pocieszającym śmiechem:

— Ma pani artretyzm, signora. Miesiąc na Florydzie i będzie
pani jak nowo narodzona. Potrzeba pani słońca, ciepła, odpoczynku.

Zbadał ją dokładnie, uciskając rozmaite części ciała, żeby
stwierdzić, gdzie ją boli. Miał wciąż przed oczyma dorodne
pośladki tej wieśniaczki po czterdziestce. Podobnie jak u jej
córki, były to, wypisz wymaluj, pośladki tych zmysłowych
włoskich nagusek wiszących w galeriach Florencji — wielkie,
krągłe, równie głębokie co szerokie — ale nie wzbudzały
w nim pożądania. Nie pociągała go żadna z tych kobiet. Dla
niego były nieczyste, splamione ubóstwem. Obciągnął nocną
koszulę.

Lucia Santa przekręciła się z powrotem na wznak. Doktor
popatrzył na nią z powagą i powiedział surowo:

— Jak to, signora? Nie może pani chodzić, nie może zaj-
mować się pracami domowymi? Nic poważnego pani nie
dolega. Fakt, przydałby się pani wypoczynek, ale z chodzeniem
nie powinno być kłopotów. Ma pani spuchnięte stawy w nad-
garstkach, nogi i plecy, ale to nic takiego.

Lucia Santa patrzyła na niego przez dłuższą chwilę, a potem
powiedziała:

— Niech mi pan pomoże wstać.

Usiadła, spuściła nogi z łóżka i z pomocą doktora wstała. Prostując plecy, wydała stłumiony okrzyk bólu i wsparła się całym ciężarem na ramieniu doktora. Pomógł jej ostrożnie się położyć. Tu nie mogło być mowy o udawaniu.

— No cóż, odpoczynek będzie niezbędny — orzekł doktor Barbato. — Ale to powinno ustąpić. Nie całkiem, zawsze już będzie pani miała kłopoty na tym tle, ale moja w tym głowa, żeby niedługo stanęła pani znowu przy kuchni.

Lucia Santa uśmiechnęła się z tego żarciku.

— Wielkie dzięki — powiedziała.


Doktor Barbato wyszedł z kamienicy Angeluzzich-Corbo, odetchnął pełną piersią świeżym powietrzem Dziesiątej Alei i oddał się refleksjom na temat świata i ludzkości. Ogarnęło go coś na kształt podziwu. Podliczając nieszczęścia, jakie spadły na tę rodzinę, nie wiedział, czy śmiać się, czy płakać. Mąż u czubków, córce ten wielki biały robal wyżera od środka wspaniałe cycki (nawiasem mówiąc, pierwszy mąż zginął w wypadku), przygnębiające małżeństwo syna z biedną jak mysz kościelna niedojrzałą dziewczyną. I na domiar złego ta obarczona dorastającymi dziećmi kobieta sama została teraz kaleką. Leży sobie na tej swojej pięknej rozłożystej dupie, ciało jak rzeźbione, i oczekuje, że on ją wyleczy.

Popatrzył na rząd kamienic. Na tle zimowego nieba okna przypominały małe kwadratowe ogniki. Źle się czuł.

— Co oni sobie, u diabła, wyobrażają? — mruknął pod nosem, sam nie wiedząc, o co mu właściwie chodzi. Od rzeki Hudson przepływającej za bocznicą kolejową powiało chłodem, a jemu zrobiło się gorąco. Był zły, wściekły, że to akurat na niego musiało paść. Odnosił wrażenie, że został spoliczkowany, że padł ofiarą kosmologicznych knowań. Cholera go brała. Co za dużo, to niezdrowo. Dobrze, pomyślał, zastanów się, jak z tego wybrnąć. Było mu już tak gorąco, że pomimo zimnicy rozpiął płaszcz pod szyją i poluzował wełniany szalik, który zrobiła mu na drutach matka.

Przez następne dwa miesiące doktor Barbato, sobie samemu na złość, praktykował nieodpłatnie sztukę leczenia. Co drugi dzień odwiedzał Lucię Santę, robił jej zastrzyki, przykładał kompresy, a podczas masażu gawędzili co najmniej przez dwadzieścia minut o starych dobrych czasach. Pacjentka czuła się coraz lepiej, ale wciąż nie mogła podnieść się z łóżka. Doktor Barbato próbował ją zmobilizować argumentem, że Octavia, która miała niedługo wrócić z sanatorium, zmartwi się, zastając matkę w takim stanie. Kilka dni przed powrotem Octavii zrobił Lucii Sancie zastrzyk z witamin i środków pobudzających i w wieczór poprzedzający powrót córki zastał Lucię Santę prasującą przy kuchennym stole w otoczeniu dzieci, które na komendę podawały jej wodę i składały to, co wychodziło spod żelazka.

— No, no, dobrze, bardzo dobrze — powiedział z zadowoleniem doktor Barbato. — Jeśli ktoś może pracować, to znaczy, że zdrowy, prawda, signora?

Lucia Santa uśmiechnęła się do niego. Był to uśmiech, który z jednej strony wyrażał wdzięczność za wszystko, co dla niej zrobił, z drugiej politowanie dla jego poczucia humoru. Oboje wiedzieli, że ludzie pozrywaliby się z łóż śmierci, żeby podjąć pracę, gdyby tylko była. Kiedy doktor Barbato przygotowywał się do zrobienia jej kolejnego zastrzyku, mruknęła po włosku:

— Och, panie doktorze, jak ja się panu odpłacę?

O dziwo, nie zdenerwował się. Z uspokajającym uśmiechem powiedział:

— Zaprosi mnie pani na wesele córki i będziemy kwita.

Była w tym sugestia, że życie ma też swoje dobre strony, że cierpienia kiedyś zostaną wynagrodzone; po latach chudych przyjdą tłuste; że wszystko będzie dobrze, córka się wykuruje, dzieci dorosną, to tylko kwestia czasu.

# Rozdział 12

Octavii nie było sześć miesięcy. Przez ten czas Lucia Santa ani razu jej nie odwiedziła; złożyło się na to wiele przyczyn. Za duża odległość, za dużo obowiązków w domu, brak zaufania do Larry'ego oraz jego zdezelowanego auta. Nie wspominając już o konieczności zostawienia dzieci samych, co w ogóle nie wchodziło w rachubę.

Octavia wracała pociągiem. Na dworzec Grand Central wyjechali po nią Larry z Vinniem. Reszta rodziny czekała w domu — dzieci w świątecznych ubraniach, Lucia Santa w swojej najlepszej czarnej sukience. Po kuchni krzątała się *Zia* Louche, uzupełniając wygotowującą się wodę, mieszając sos pomidorowy.

Gino wyglądał przez okno od frontu. Wpadł w końcu do kuchni, wrzeszcząc:

— Są, mama, są!

Lucia Santa otarła łzy, które napłynęły jej do oczu. *Zia* Louche zaczęła wrzucać ravioli do garnka z wrzątkiem. Dzieci wybiegły na klatkę schodową, wychyliły się przez balustradę i wsłuchały w kroki na schodach.

Kiedy Octavia pojawiła się wreszcie na podeście półpiętra, ledwie ją poznały. Nastawiły się, że zobaczą kogoś bladego, wyniszczoną inwalidkę, którą będą się mogły czule opiekować. A tu po schodach wchodzi kwitnąca Amerykanka. Po ziemistej cerze nie zostało nawet wspomnienie. Rumiane policzki, trwała ondulacja, Amerykanka w każdym calu. W spódnicy, sweterku i żakiecie z paskiem. Najbardziej obcy wydał im się jej głos, sposób mówienia i manieryzm, z jakim się z nimi witała. Wargi Octavii rozciągnęły się w wystudiowanym słodkim uśmiechu, odsłaniając zęby. Wydawszy egzaltowany, ale stłumiony nieco okrzyk zachwytu, uściskała Sala i Aileen, mówiąc do każdego z osobna: „Och, kochanie, kochanie, tak mi cię brakowało". Potem podeszła do Lucii Santy, pocałowała ją w policzek zamiast w usta i powiedziała kokieteryjnie: „Och, tak się cieszę, że jestem znowu w domu".

Tymczasem na schodach pojawili się Larry i Vincenzo. Każdy dźwigał po walizce, obaj miny mieli nieszczególne.

Octavia cmoknęła Gina w policzek, mówiąc:

— No, nie, aleś ty wyprzystojniał!

Gino cofnął się. Nikt nie odzywał się słowem. Co się z nią porobiło?

Tą nową osobowością zachwyconych było tylko dwoje malców — Sal i Aileen. Nie odstępowali Octavii na krok, chłonęli jej słodkość oczami, uszami i całym ciałem, drżeli z rozkoszy, kiedy mierzwiła im palcami włosy, raz po raz przytulała i powtarzała z najwyższą tkliwością: „Och, jak wy wyrośliście".

Lucia Santa posadziła od razu Octavię. Nie zwracała uwagi na te nowe fanaberie. Najważniejsze, żeby córka odpoczęła po wspinaczce schodami na czwarte piętro. *Zia* Louche, podając do stołu, powiedziała do Octavii:

— No, dzięki Bogu, że jesteś już z powrotem, młoda kobieto, matka cię potrzebuje. — Zanim Octavia zdążyła odpowiedzieć, staruszka była znowu przy kuchence.

Posiłek przebiegał w atmosferze takiego skrępowania, jakiego w domu Angeluzzich-Corbo najstarsi nie pamiętali. Konwersacja przypominała uprzejmą wymianę informacji między obcymi sobie ludźmi. Gino i Vinnie nie wygłupiali się przy stole. Sal i Aileen siedzieli jak dwa aniołki, nie wykłócali się, które dostało większego klopsa. Przyszła Louisa z dzieckiem na ręku i płochliwie pocałowała Octavię za uchem, tak jakby bała się czymś zarazić. Usiadła z dzieckiem obok Larry'ego, jak najdalej od Octavii, która zagadała do niemowlaka, ale go nie dotykała. Larry zjadł, powiedział, że ma dzisiaj zmianę od czwartej do dwunastej, i już go nie było.

Kiedy Octavia wstała, żeby posprzątać ze stołu, wszyscy zerwali się ze zgrozą. Nawet Gino podskoczył i złapał dwa talerze, żeby zanieść je do zlewu.

— A ty co — krzyknęła Lucia Santa — znowu chcesz się rozchorować?!

Octavia, chcąc nie chcąc, usiadła z powrotem. Sal i Aileen oparli się o jej nogi i wpatrzyli w siostrę z uwielbieniem.

Jedna Lucia Santa pod uśmiechami i wesołym szczebiotaniem Octavii wyczuwała smutek. Bo Octavię, kiedy znalazła się znowu w swoim domu i zobaczyła te pokoje zastawione łóżkami i szafami na ubrania, te porozrzucane wszędzie rzeczy dzieci, zalała fala przygnębienia. To uczucie coraz bardziej się pogłębiało, kiedy po posiłku obserwowała matkę przy tych samych co zawsze czynnościach — zmywającą naczynia, prasującą, rozpalającą kuchenkę w kuchni i piecyk na węgiel we frontowym pokoju, a o zmierzchu gazową lampę, która zapełniła pokój cieniami, i na koniec przygotowującą dzieci do snu. Octavia spróbowała sobie wyobrazić, co robiłaby o tej porze w sanatorium. Spacerowałyby z przyjaciółką po ogrodzie. Wszystkie siedziałyby w pokojach i czekając na gong na kolację, plotkowały o aktualnych romansach. A po wspólnym posiłku przeszłyby do świetlicy na brydża. Octavia zatęskniła za tamtym życiem, jak dotąd jedynym znanym jej życiem, w którym człowiek wolny od trosk i obowiązków dba tylko i wyłącznie o siebie, swoje zdrowie i przyjemności. Czuła się nieswojo we własnym domu, bliscy wydawali jej się obcymi. Pochłonięta tymi myślami nie zauważyła, jak sztywno porusza się Lucia Santa po mieszkaniu.

— Przez cały dzień ani razu nie zaklęła — szepnął Gino do

Vinniego, kiedy rozbierali się przy rozkładanym łóżku we frontowym pokoju.

— Chyba w szpitalu nie pozwalają kląć i zapomniała — odszepnął Vinnie.

— Fajnie by było — odparł Gino. — Nie mogę słuchać, kiedy dziewczyna przeklina, a już najbardziej, jak to robi własna siostra.


Octavia i Lucia Santa zostały w kuchni same. Siedziały przy wielkim okrągłym stole przykrytym żółtą ceratą. Przed nimi bieliły się filiżanki z kawą. W kącie czekały na Lucię Santę rzeczy do prasowania. Na kuchence gotowała się woda. Z amfilady pokoi dobiegały ciche posapywania śpiących dzieci. Siedziały naprzeciwko siebie w żółtym kuchennym świetle i matka opowiadała o kłopotach, jakie miała przez te ostatnie sześć miesięcy. Jak nieposłuszny był Gino, a nawet Vinnie i maluchy. Że Larry i jego żona Louisa nie pomagali tyle, ile powinni, i jak ona sama była chora, a nie pisała o tym wszystkim w listach, bo nie chciała, żeby Octavia się martwiła.

Był to długi monolog, który Octavia przerywała co jakiś czas, mówiąc:

— Mamo, dlaczego nic mi nie napisałaś, dlaczego mi nie powiedziałaś?

A matka odpowiadała:

— Chciałam, żebyś spokojnie zdrowiała.

Wysłuchawszy Lucię Santę do końca, Octavia powiedziała łagodnie:

— Nie martw się, mamo, w przyszłym tygodniu wracam do pracy. Dopilnuję, żeby dzieci dobrze sprawowały się w szkole i pomagały w domu. — Poczuła przypływ siły, pewności siebie i dumy, że jest tak potrzebna matce. W tym momencie ulotniło się całe wrażenie obcości. Była w domu. Lucia Santa wróciła do prasowania, a ona poszła do swojego pokoju po książkę do czytania, żeby dotrzymać matce towarzystwa.

Tydzień po powrocie Octavii doszło wreszcie do jej spotkania z inspektorem opieki społecznej. Octavia była słodka; szczęśliwa, że jest z powrotem w domu, nie przejawiała dawnej władczości, nie przeklinała ani nie podnosiła głosu.

Wpadła do domu około czwartej po południu i zatrzymała się jak wryta na widok pana La Fortezzy, który siedział z nogami na krześle, sączył bezkofeinową kawę i zajadał kanapkę z szynką. Pan La Fortezza przyjrzał się dobrze jej wyzywająco ładnej twarzy i odsunął od siebie delikatesy. Jak na dżentelmena przystało, spuścił nogi z krzesła i wstał.

— To moja córka — powiedziała Lucia Santa. — Najstarsza. Octavia.

Pan La Fortezza porzucił włoski styl bycia i z nonszalancją, bezpośrednim amerykańskim tonem, powiedział:

— Wiele o tobie słyszałem, Octavio. Gawędzimy tu sobie często z twoją matką. Jesteśmy starymi znajomymi.

Octavia skinęła głową, jej wielkie ciemne oczy wyrażały niechęć, której nawet nie próbowała ukryć.

— Siadaj — wtrąciła szybko Lucia Santa zaniepokojona miną córki — napij się z nami kawy, porozmawiaj z tym młodym człowiekiem. — Zwracając się do pana La Fortezzy, dodała: — To ta mądra, bez przerwy czyta książki.

— Tak, napij się z nami kawy — podchwycił pan La Fortezza. — Chętnie z tobą pogawędzę.

Octavia o mało nie zaklęła. To protekcjonalne zwracanie się do niej na ty, ta poufałość, tak ją wzburzyły, że splunęła, z tym że w jedną z chusteczek, w które wyposażani są pacjenci wypisywani ze szpitali gruźliczych. Lucia Santa i pan La Fortezza patrzyli na nią z wyrozumiałością i współczuciem. A ona siedziała i słuchała, jak matka nadskakuje inspektorowi opieki społecznej.

Pan La Fortezza, a jakże, też czytał powieści. Ostatnio taką o pewnej ubogiej robotnicy, do której młodemu człowiekowi z wyższych sfer wystarczyło się uśmiechnąć, a ona zaraz kładła się na grzbiet i przebierała w powietrzu nogami jak piesek. I to nie pieniądze tak na nią działały, tylko szlachecki stan. Niestety, pan La Fortezza nie ma w sobie tej wielkopańskości, nie ma tego powalającego uśmiechu, tego dobrodusznego amerykańskiego czaru ani miliona dolarów (zawsze ten milion dolarów), który, oczywiście, nic dla bohaterek powieści nie znaczy. Pan La Fortezza coraz bardziej się ożywiał, stawał się coraz bardziej elokwentny i czarujący, na tyle, na ile pozwalały na to jego sowie oczy w czarnych obwódkach. A Octavia przyglądała mu się coraz chłodniej. Wrócili Gino i Vincent. Widząc minę siostry, zostali w kuchni i czekali, co z tego wyniknie.

Pan La Fortezza dalej tokował o literaturze:

— Ach, ten Zola, on umiał pisać o biednych. Wielki artysta. Francuz.

— Wiem — powiedziała cicho Octavia.

Pan La Fortezza nie wychwycił w jej głosie tej niewróżącej niczego dobrego nuty i perorował w najlepsze:

— Szkoda, że już nie żyje i nie napisze, jak biedni muszą żyć za tych parę marnych centów z opieki społecznej. Co za farsa. Pani córka powinna sięgnąć po jego książki, signora Corbo. Byłaby to edukacja sama w sobie. Pomogłyby ci, Octavio, zrozumieć samą siebie i środowisko, w którym żyjesz.

Octavia pokiwała głową, chociaż korciło ją, żeby plunąć mu w oko.

La Fortezza nie krył zadowolenia, Lucia Santa też.

— Jesteś inteligentną dziewczyną — podjął z powagą. — Nie wybrałabyś się ze mną kiedyś do teatru? Zwróć uwagę, że jak nakazuje dobry obyczaj, zapraszam cię w obecności matki. Bo ja jestem staroświecki, co twoja matka może potwierdzić. Prawda, że jestem, signora?

Lucia Santa kiwnęła z uśmiechem głową. Oczyma wyobraźni widziała już córkę na ślubnym kobiercu pod rękę z prawnikiem na dobrej magistrackiej posadzie. Bo matki, nawet w książkach, nie mierzą tak wysoko jak same bohaterki.

— Tak, to dobry włoski chłopiec — powiedziała dobrotliwie.

Pan La Fortezza szedł za ciosem:

— Często z twoją matką rozmawiamy i dobrze się rozumiemy. Na pewno nie będzie miała nic przeciwko temu, żebyśmy się bliżej poznali. Miasto daje nam ulgowe bilety do teatru. To będzie dla ciebie nowe doświadczenie, bo przecież nie samym kinem człowiek żyje. Octavia już nieraz była z koleżankami w teatrze. Zakłady krawieckie też fundowały swoim pracownicom ulgowe bilety.

Octavia czytała książki, którymi tak się zachwycał pan La Fortezza, i pogardzała głęboko ich bohaterkami, tymi nieszanującymi się, głupimi dziewczynami, dającymi się złapać na lep bogactwa, którym wabili je spragnieni cielesnych uciech mężczyźni. Coś takiego, ten ograniczony, niedożywiony, makaroniarski pętak wyobraża sobie, że może ją przelecieć?!

— W dupę sobie wsadź te swoje bilety, alfonsie zasrany! — wrzasnęła, obrzucając inspektora wściekłym spojrzeniem.

— Oho-o — szepnął w kącie Gino do Vinniego. — Zaczyna się.

Lucia Santa, istne niewiniątko, które siedzi na baryłce prochu i dopiero teraz zobaczyło sypiący iskrami lont, rozejrzała się gorączkowo dookoła, jakby zastanawiała się, gdzie by tu czmychnąć. Twarz pana La Fortezzy nabiegła krwią, poczerwieniały mu nawet sowie oczy. Osłupiał.

Bo nic nie mrozi krwi w żyłach tak, jak wybuch gniewu młodej jędzowatej Włoszki. Octavia rugała go dalej wysokim silnym sopranem:

— Zabierasz osiem dolarów miesięcznie mojej biednej matce, która ma czwórkę dzieci do wykarmienia i chorą córkę. Doisz rodzinę będącą w takiej trudnej sytuacji i masz jeszcze czelność proponować mi randkę? Jesteś wszawym skur-wy-sy-nem, nędzną, zaplutą gnidą. Moi młodsi bracia i siostra muszą obywać się bez cukierków i kina, żeby matka mogła cię spłacać, i ja mam się z tobą umówić?! — Wywrzeszczała to z niedowierzaniem. — Tak, jesteś staro-świec-ki, to fakt. Tylko prawdziwego makaroniarskiego palanta z Włoch, co to rzuca na prawo i lewo signorami, stać na taką bezczelność. Ukończyłam szkołę średnią, czytałam Zolę, i byłam już nieraz w teatrze, a ty, jak chcesz sobie za frajer poruchać, to szukaj jakiejś siusiumajtki i na niej próbuj robić wrażenie. Bo ja cię przejrzałam i powiem ci, kim jesteś: jesteś jedną wielką kupą gówna.

— Octavio, Octavio, przestań! — krzyknęła przerażona Lucia Santa i zwróciła się do gościa tonem wyjaśnienia: — Ona jest chora, ma gorączkę.

Ale pan La Fortezza był już na schodach. Rejterował w takim pośpiechu, że nie zabrał nawet ze stołu przygotowanej dla niego paczki żywnościowej, a uciekał z miną człowieka przydybanego na popełnianiu najwstydliwszego z grzechów i nigdy już nie mieli zobaczyć jego twarzy. Dwa tygodnie później przyszedł nowy inspektor — starszy Amerykanin — który obniżył im wysokość zasiłku, ale wyjaśnił, że pieniądze zdeponowane na rachunku powierniczym nie są wliczane przez opiekę społeczną do aktywów rodziny, ponieważ magistrat może wypłacić te pieniądze tylko w skrajnych przypadkach, gdyby któreś z dzieci znalazło się w wielkiej potrzebie, i to tylko w kwocie, która na nie przypada, i te pieniądze nie mogą być wykorzystane przez pozostałą dwójkę dzieci ani przez matkę.

Tej ostatniej sceny z udziałem pana La Fortezzy Gino i Vincent mieli nigdy nie zapomnieć. Kręcili głowami, słysząc straszne przekleństwa padające z dziewczęcych ust. Przysięgli sobie w duchu, że nigdy w życiu nie poślubią dziewczyny takiej jak ich siostra. Po tym incydencie wyklarowała się przynajmniej atmosfera w domu — koniec ze specjalnym traktowaniem przynależnym chorej, koniec z męczącym nadskakiwaniem członkowi rodziny, który powraca ze szpitala albo z długiej podróży. Wyszło szydło z worka. To była dawna Octavia, i to w pełni sił. Nawet matka nie mogła zżymać się długo na zachowanie córki, nie pojmowała tylko, czym zawinił jej pan La Fortezza. Przecież każdy wie, że nie ma nic za darmo.

# Rozdział 13

Pewnego dnia przyszedł list z Ravenswood, ale Octavia przeczytała go matce dopiero wtedy, kiedy dzieci były już w łóżkach. Było to bardzo krótkie, urzędowe powiadomienie, że ojciec może zostać wypisany na próbę ze szpitala i wrócić na łono rodziny, jeśli tylko żona wyrazi na to zgodę i podpisze stosowne dokumenty. Nie ukrywano, że będzie wymagał stałej opieki i nadzoru. Do listu załączony był kwestionariusz do wypełnienia. Zawarte w nim pytania dotyczyły wieku dzieci, dochodów całej rodziny oraz poszczególnych jej członków. Ponadto w liście wyjaśniono, że ojciec, choć nadaje się do wypisania, nadal pozostaje inwalidą.

— To znaczy, że on nie jest zupełnie zdrowy — orzekła Lucia Santa, upijając nerwowo łyk kawy. — Chcą tylko zobaczyć, jak się będzie zachowywał na wolności.

Octavia postanowiła być wobec matki absolutnie fair.

— Jest zdrowy — zapewniła ją. — Nie może tylko pracować ani niczego robić. Trzeba o niego dbać jak o chorego. Może po jakimś czasie będzie mógł pójść znowu do pracy. Chcesz go z powrotem? — Odwróciła wzrok i zarumieniła się, bo przychodziły jej do głowy wstydliwe myśli w związku z matką.

Lucia Santa przyjrzała się z zainteresowaniem rumieńcowi córki.

— Czemu miałabym nie chcieć? — spytała. — Jest ojcem

trójki moich dzieci. Przez dziesięć lat zarabiał na nasz chleb. Gdybym miała osła albo konia, który by tak ciężko harował, traktowałabym go dobrze, gdyby zachorował albo się zestarzał. Dlaczego miałabym nie chcieć, żeby mój mąż wrócił?

— Ja ze swej strony nie będę robiła trudności — zapewniła ją Octavia.

— Trudności i tak będzie dosyć — odparła Lucia Santa. — Kto zaręczy, że nie zrobi krzywdy dzieciom? I komu tak pilno do przeżywania na nowo tamtych lat? Musielibyśmy wszyscy cierpieć, ryzykować życie, żeby on miał jeszcze jedną szansę. Nie, za dużo tego, za dużo.

Octavia nic nie powiedziała. Wzięła pióro, kałamarz, kartkę papieru, gotowa pisać odpowiedź na list z sanatorium. Siedziały tak kilka godzin, a przynajmniej wydawało im się, że to było kilka godzin.

Lucia Santa rozważała swój problem. Słyszała o podobnych przypadkach, o bliskich wracających stamtąd do domu i popełniających w napadzie szaleństwa morderstwo albo inne przestępstwa.

Myślała o Octavii, która nigdy nie przepadała za ojczymem, i mogłaby się jeszcze wyprowadzić albo wyjść przedwcześnie za mąż, byle tylko wynieść się z domu.

Nie można ryzykować. W pełni świadoma skutków swojej decyzji (oczyma wyobraźni widziała zwierzę więzione niezliczone lata w klatce z żelaza i cegły), Lucia Santa skazała swego męża, ojca swoich dzieci, człowieka, z którym dzieliła rozkosze tamtego jednego lata, na dożywocie. Pokręciła powoli głową i powiedziała:

— Nie, nie podpiszę. Niech zostanie, gdzie jest.

Zaskoczyło to, a nawet trochę zaszokowało Octavię. Przypomniała sobie śmierć własnego ojca; naszło ją znowu tamto przytłaczające poczucie straty, którego doświadczyła jako mała dziewczynka. Gdyby tak jakimś cudem został przywrócony do życia, tak jak teraz mogli przywrócić do życia ojczyma... Nagle uzmysłowiła sobie, że nie będzie w stanie spojrzeć w oczy

Ginowi, Salowi i Aileen, jeśli nie zrobi wszystkiego, by sprowadzić do domu ich ojca.

— Powinnyśmy chyba porozmawiać z Ginem i Salem — zauważyła. — Mimo wszystko to ich ojciec. Zobaczmy, co oni na to. Może jednak należałoby go zabrać do domu, mamo.

Lucia Santa obrzuciła córkę taksującym, badawczym spojrzeniem, które zawsze deprymowało Octavię, bo było takie bezosobowe.

— Co tam dzieci mogą wiedzieć? — spytała w końcu. — Zostaw je w spokoju, będą miały dosyć innych zmartwień. A pomijając już wszystko inne, nie stać nas na zabranie ich ojca do domu.

— Spróbujmy, mamo — Octavia pochyliła głowę nad swoim kubkiem. — Dla dzieci. One za nim tęsknią.

Lucia Santa pokręciła stanowczo głową i powiedziała z zaskakującą pogardą w głosie:

— Nie, moja córko, tobie łatwo być dobrą i wielkoduszną. Pomyśl tylko: kiedy w domu zrobi się nie do wytrzymania, pożałujesz swojej wielkoduszności i będziesz cierpiała. A jaka zła będziesz, że twoja wielkoduszność obróciła się przeciwko tobie. Mnie to już się przytrafiło. Wystrzegaj się dobrych ludzi wielkiego serca, którzy dają, bo nie wiedzą, ile taka hojność kosztuje. A potem wpadają w gniew, odpychają cię, kiedy dalej liczysz na ich pomoc. O, jak garnęły się do pomagania mi sąsiadki, kiedy umarł twój ojciec, jak wzruszała mnie ich dobroć. Ale niestety, nie możemy wiecznie być wielkoduszni, za biedni na to jesteśmy, nie stać nas. Nawet twoja ciotka, choć bogata, zbuntowała się. Jakie to przyjemne, jak dobrze być wielkodusznym przez krótki czas. Na dłuższą metę to męczy, bo taka już ludzka natura. Ojczym zacznie cię denerwować, będą kłótnie, wrzaski, przekleństwa, w końcu wyjdziesz za pierwszego lepszego mężczyznę i wyniesiesz się z domu. A ja tu zostanę i będę płaciła za twoje wielkie, otwarte serce. — Urwała. — On już do końca życia będzie chory — dodała, i tymi słowami osądziła i wydała ostateczny wyrok na męża.

Umyły kubki po kawie. Lucia Santa została jeszcze w kuchni, żeby zetrzeć stół i zamieść podłogę; Octavia poszła do swojego pokoju. Zastanawiała się, co powiedzieć rano dzieciom i jak umyć ręce od winy. Leżąc już w łóżku, zaczęła rozmyślać o matce, o jej grubo-skórności, o podejmowanych na zimno decyzjach. W pewnej chwili przypomniała sobie, że zostawiła w kuchni list. Wstała i wyszła w samej halce z sypialni. W kuchni paliło się wciąż światło.

Lucia Santa siedziała przy kuchennym stole i napełniała cukrem, solą i mąką z dużych toreb cukiernicę, solniczkę i miedziany pojemnik na mąkę. Przed nią leżał list z nadrukiem sanatorium i koperta z wielką urzędową pieczęcią. Wpatrywała się w nie, jakby potrafiła czytać i studiowała każde słowo. Podniosła wzrok na córkę i powiedziała:

— Potrzymam ten list, odpiszesz im rano.

Gino leżał z szeroko otwartymi oczami obok śpiącego Sala i słyszał wszystko przez otwartego judasza w drzwiach między sypialnią a kuchnią. Decyzja matki nie uraziła go ani nie rozgniewała, zemdliło go tylko jak przy bólu brzucha. Po chwili światło w kuchni zgasło. Usłyszał jeszcze, jak matka zmierzająca do swojego pokoju mija jego łóżko, i zasnął.

Lucia Santa nie spała. Wyciągnęła rękę i namacała w ciem-nościach gładką skórę i kościste ramionka Aileen skulonej przed zimnem ciągnącym od ściany. Dotknięcie tego niewin-nego, bezbronnego ciałka dodało jej trochę siły. Dotknęła życia, nad którym sprawowała pieczę. Chroniła ich wszystkich i w jej rękach spoczywała ich przyszłość. Dobra albo zła, radosna albo podła. To dla nich poświęciła męża.

Ale to nie wszystko. Przypomniała sobie, jak ją kiedyś bił, jak przeklinał pasierbów; jak szalał po nocach, strasząc własne dzieci; pamiętała jego dwie lewe ręce do pracy, kosztowną religijność. Wybaczyła mu to wszystko w jednym rozpaczliwym wewnętrznym krzyku: „Frank, Frank, czemu o siebie nie dbałeś? Dlaczego nie broniłeś się przed chorobą?". Pamiętała, jak z wyrazem zranionej dumy na twarzy darł ciężko zarobione pieniądze, i pamiętała jego dobroć, kiedy była bezradną wdową. Z głębokim westchnieniem zaakceptowała prawdę. Była za słaba, za biedna, żeby pozwolić sobie na okazanie litości mężczyźnie, którego kochała. Nie, pomyślała, żadnej litości, żadnej litości, żadnej. Znowu dotknęła atłasowej skóry tego śpiącego obok ciałka, tego małego człowieczka. Potem założyła ręce na piersi i zapatrzyła się w ciemność, czekając cierpliwie na sen. Skazała Franka Corbo na to, że nigdy nie zobaczy swoich dzieci dorosłymi, że nigdy już nie położy się z nią do łóżka, nie pozna wnuka. „Boże, Boże — szepnęła po włosku — miej mnie w swojej opiece, *aiuta mi*", tak jakby sama nie liczyła na litość, którą teraz wzbraniała się okazać.

Następnego dnia po kolacji Octavia poprosiła Gina i Sala do bawialni na rozmowę. Przestraszyli się trochę, bo była taka słodka, łagodna, zupełnie jak pani w szkole, ale kiedy zaczęła mówić, Gino domyślił się, co nadciąga. Przypomniał sobie, co podsłuchał poprzedniego wieczoru.

Kiedy Octavia tłumaczyła, dlaczego ich ojciec nie może wrócić do domu, Gino wspominał, jak ojciec prowadzał go do fryzjera i jak tam na siebie patrzyli — on widział w lustrze ojca siedzącego na drucianym krzesełku i ścianę za nim, a ojciec w tym samym lustrze jego twarz; siedzieli jeden za drugim, patrzyli w tę samą stronę, a widzieli się nawzajem oddzieleni od siebie tylko szkłem.

Wydawało mu się zawsze, że to lustro, które w taki magiczny sposób sprawia, że stają twarzą w twarz, chroni ich na tyle, by mogli patrzeć sobie w oczy i widzieć, że jeden jest cząstką drugiego.

Siwowąsy fryzjer między nimi ścinał nożyczkami włosy, które spadały na płachtę w biało-czarne paski, i gawędził z ojcem. Gina hipnotyzował szczęk nożyczek oraz ścięte włosy spadające mu miękko na ramiona, wyłożona białymi kafelkami posadzka, biała marmurowa półka z zielonymi butelkami balsamu do włosów, a wszystko to odbite w lustrach. Ojciec uśmiechał się do niego przez tę szklaną ścianę i starał też sprowokować do uśmiechu, ale on się nie dawał; jego twarz pozostawała poważna. Nie przypominał sobie, żeby gdzie indziej ojciec tak się bez przerwy uśmiechał.

Kiedy Octavia skończyła wyjaśnienia, Gino i Sal siedzieli już jak na szpilkach, pilno im było do zabawy na dworze. Ich ojciec był chory, a to znaczyło, że pewnego dnia wyzdrowieje i wróci, a czas w tym wieku nie ma znaczenia. Octavia przyglądała im się uważnie, szukając wzrokiem oznak przygnębienia.

— Chcielibyście, żeby wrócił już teraz? — spytała łagodnie.

A mały Sal niemal ze łzami w oczach odpowiedział:

— Nie chcę go w domu. Ja się go boję.

Octavia i Gino spojrzeli na siebie z zaskoczeniem, bo wiedzieli przecież, że Sal najbardziej ze wszystkich dzieci kochał ojca.

Ginowi głupio było zabierać głos, bo czuł się za ojca odpowiedzialny. Ileż to razy, kiedy odmówił zrobienia czegoś, był nieposłuszny, uchylał się od wypełniania swoich domowych obowiązków, matka wypominała mu: „Jesteś jak twój ojciec"? Przyjmował więc do wiadomości fakt, że za wszystkie nieszczęścia spadające na rodzinę odpowiedzialni są ojciec i on.

— Niech mama robi, jak chce — powiedział cicho. — Ja się nie wtrącam.

Octavia puściła ich. Podeszła do okna i zobaczyła, jak wypadają z kamienicy na ulicę. Było jej bardzo smutno — nie z żadnego konkretnego powodu, tak w ogóle, bo oto ojczyma spotyka los wspólny dla całej ludzkości, a i na nią też w przyszłości ktoś niechybnie wyda wyrok.

# Rozdział 14

Larry Angeluzzi zaczął rozumieć coś z życia, kiedy urodziło mu się drugie dziecko, a równocześnie kolej obcięła mu czas pracy do trzech dni w tygodniu. Przejrzał się też w ludzkim lustrze.

Pewnej niedzieli wybrali się z Louisą do znajomych. Stali na rogu Trzydziestej Czwartej Ulicy i Dziesiątej Alei, czekając na tramwaj. Louisa trzymała jedno dziecko za rękę, drugie na ręku. W pewnej chwili Larry zauważył po drugiej stronie Alei przyglądającego się im Gina. Smagła, zacięta zazwyczaj twarz chłopca wyrażała zakłopotanie, współczucie i coś w rodzaju niesmaku. Larry kiwnął na Gina i kiedy ten przechodził przez jezdnię, przypomniał go sobie jako małego chłopca wlepiającego zachwycony wzrok w starszego brata na koniu. Uśmiechnął się łagodnie.

— Widzisz, co małżeństwo robi z człowieka, mały? — powiedział żartem, nie zdając sobie sprawy, że młodszy brat nigdy tych słów nie zapomni.

Louisa spojrzała na nich z marsem na kościstej już, wysuszonej twarzy.

— Coś się nie podoba? — burknęła opryskliwie.

— Żartowałem tylko — odparł ze śmiechem Larry.

Za to Gino popatrzył posępnie nieobecnym wzrokiem, ni to na bratową, ni to na jakąś wizję, która jawiła mu się za jej

219

plecami. Z grzeczności dotrzymał im towarzystwa do przyjazdu tramwaju. Wyrasta chłopak, pomyślał Larry, w jego wieku już pracowałem. A na głos spytał:

— Jak ci idzie w szkole, mały?

Gino wzruszył ramionami.

— Dobrze — mruknął.

Larry wsiadł z rodziną do tramwaju i obejrzał się. Gino stał na przystanku, odprowadzając ich wzrokiem.

W ten chłodny, pogodny niedzielny poranek, tocząc się po stali, oddalając w niemal magiczny sposób od młodszego brata, Larry miał wrażenie przegranej; zmroziła go myśl, że zmarnował swoje życie i nic już w nim nie osiągnie. I właśnie ten poranek, to spotkanie, ten moment refleksji, podziałały na niego mobilizująco, wyrwały z marazmu i popchnęły do działania.

Pewnego ranka, kilka dni później, Larry zszedł do *panetterii* po bułeczki na śniadanie. Był wyspany, bo tej nocy nie pracował, kolej wciąż cienko przędła. Guido, syn piekarza, szczerze się ucieszył na jego widok. Guido rzucił jakiś czas temu szkołę, żeby już w pełnym wymiarze godzin pomagać w piekarni. Rozmawiając z Larrym, co i rusz przygładzał machinalnie rzadki wąsik sypiący mu się niezbyt bujnie pod nosem.

— Jak byś się zapatrywał na zmianę pracy? — spytał w pewnej chwili.

Larry uśmiechnął się.

— Można by się zastanowić — odparł wymijająco. Nie zamierzał rezygnować z marnie może płatnej, ale pewnej posady na kolei, na której mógł spokojnie wegetować do emerytury.

— No, to chodź — powiedział Guido.

Przeszli na zaplecze, gdzie *Panettiere*, przed którym stała szklaneczka anyżówki, gawędził ze swoim rówieśnikiem, zdecydowanie Włochem, ale ubranym z amerykańska, wyraźnie już tu zasiedziałym; ostrzyżone krótko włosy, wąski, gładki krawat w zdecydowanym kolorze.

— Larry — powiedział Guido — poznaj *Zi'* Pasquale, pan

di Lucca i mój ojciec znają się jeszcze z Włoch. Zi' Pasquale, to mój przyjaciel Larry, o którym ci tyle opowiadałem.

Larry aż pokraśniał z zadowolenia, dowiadując się, że ludzie o nim mówią. Ciekaw był, czy ten mężczyzna naprawdę jest wujem Guida, czy ten tytułuje go tak tylko grzecznościowo jako bliskiego przyjaciela rodziny. Z szerokim uśmiechem uścisnął mężczyźnie dłoń.

— Siadaj — powiedział Panettiere, nalewając mu anyżówki.

— Ja nie piję — Larry uśmiechnął się — ale kawą bym nie pogardził.

Zauważył, że pan di Lucca przygląda mu się uważnie jak, nie przymierzając, włoski ojciec konkurentowi do ręki córki — spod przymrużonych powiek, wzrokiem czujnym, podejrzliwym, taksującym.

Gino postawił przed Larrym kawę, a mężczyźnie dolał anyżówki.

— Tato — odezwał się — Zi' Pasquale mówił ci, że szuka nowego człowieka, prawda, Zi' Pasquale? No, to przyprowadziłem takiego, co by się nadawał, mojego przyjaciela Larry'ego. Pamiętasz, co ci o nim opowiadałem?

Obaj starsi mężczyźni uśmiechnęli się do niego pobłażliwie; Panettiere uniósł ręce w geście dezaprobaty, a Zi' Pasquale wzruszył ramionami, tak jakby chciał powiedzieć: „Nic się nie stało — ot, młodość". We Włoszech nie załatwiało się spraw w taki sposób.

— Ten tutaj, to porządny chłopiec? — zwrócił się Zi' Pasquale po włosku do Panettiere.

— Un bravo — odparł z ociąganiem Panettiere.

Wszyscy uśmiechnęli się do wszystkich. Pili bez pośpiechu, a dwaj starsi mężczyźni zapalili cygara De Nobili. Widać było, że pan di Lucca jest pod wrażeniem.

Larry już do tego przywykł. Od dawna wiedział, że w jego uśmiechu i sposobie bycia jest coś bardzo ujmującego, co natychmiast zjednuje mu zarówno kobiety, jak i mężczyzn. Cieszył się z tego daru, był za niego wdzięczny naturze, ale nie zapominał o zachowywaniu skromności, za co jeszcze bardziej go lubiano.

— Więc jak, chcesz dla mnie pracować? — spytał pan di Lucca.

Tutaj objawiły się inne pozytywne cechy Larry'ego; wyczuł instynktownie, jakiego zachowania oczekują od niego ci ludzie. Było to pytanie osobiste. Czy szanujesz mnie jako człowieka? Czy akceptujesz mnie jako wodza plemienia, jako drugiego ojca, jako honorowego ojca chrzestnego? Gdyby wyrwał się teraz z pytaniem, co to za praca, za ile, gdzie, kiedy, jak, co będzie miał zagwarantowane, to byłoby po rozmowie.

Tak więc, chociaż nie chciał wcale zmieniać pracy i tracić ośmiu przepracowanych na kolei lat liczących się do wysługi, to jednak z wrodzonej grzeczności, z obawy, żeby broń Boże nie zrobić nikomu przykrości, powiedział z całym przekonaniem:

— Praca dla pana byłaby dla mnie wyróżnieniem.

Pasquale di Lucca klasnął głośno w dłonie. Oczy mu zabłysły, twarz przybrała wyraz niedowierzania i ukontentowania.

— Chryste Panie na wysokościach! — zawołał. — Czyż to możliwe, żeby Włosi nadal wychowywali takich jak ten młodych ludzi w Ameryce?

Zachwycony Guido parsknął nerwowym chichotem, *Panettiere* rozpromienił się. Larry poprzestał na skromnym uśmiechu.

— Pokażę ci teraz, jaki ze mnie człowiek — podjął Pasquale di Lucca. Wyciągnął z kieszeni zwitek banknotów, odliczył od niego trzy dwudziestodolarówki i wręczył je Larry'emu, mówiąc: — To twoja pierwsza tygodniówka. Jutro rano meldujesz się u mnie w biurze i zaczynasz pracę. Masz być w garniturze i pod krawatem, elegancki, ale bez przesady; jak Amerykanin, jak ja. Tu masz adres mojego biura. — Wyjął z wewnętrznej kieszeni marynarki mały kartonik i podał go Larry'emu. Potem odchylił się na oparcie krzesła i wypuścił kłąb dymu z cygara.

Larry przyjął pieniądze i wizytówkę. Był tak oszołomiony, że nie wiedział, co powiedzieć. Wybąkał tylko parę nieskladnych słów podziękowania. To było dwa razy tyle, ile zarabiał na kolei, i to w pełnym wymiarze godzin.

— A nie mówiłem, *Zi'* Pasquale? — powiedział z dumą Guido. I pan di Lucca pokiwał głową.

Na stoliku pojawiła się filiżanka ze świeżą kawą, starsi mężczyźni dolali sobie anyżówki i teraz Larry mógł już zapytać o charakter nowej pracy. Pan di Lucca wyjaśnił, że będzie poborcą z ramienia związku piekarzy, na początek obejmie bardzo spokojny, łatwy rejon, a jeśli się wykaże, to za rok, dwa dostanie bardziej lukratywny. Wyjaśnił, że składki płacą nie tylko najemni pracownicy piekarń, ale również wszyscy ich właściciele, i to w wyższym wymiarze. Larry będzie musiał prowadzić księgi buchalteryjne jak agent ubezpieczeniowy, będzie musiał wykazywać się taktem, być dyspozycyjny, utrzymywać ze wszystkimi przyjazne stosunki, powstrzymywać się od picia w godzinach pracy i wystrzegać nawiązywania bliższych znajomości z zatrudnionymi w piekarniach kobietami. Praca jest ciężka, ale swoje zarobi. Pan di Lucca dopił anyżówkę, wstał, uścisnął Larry'emu prawicę, wziął w męskie objęcia *Panettiere*, poklepał Guida po policzku i wsuwając mu w dłoń złożony we czworo banknot, powiedział z emfazą:

— Ojciec cię chwali. Dobrze pracujesz. Tylko za bardzo jesteś wyrywny, jak Amerykanin. Uważaj, bo jak coś usłyszę... to twój wuj Pasquale przyjdzie i wykieruje cię na dobrego włoskiego syna. — W żartobliwym tonie kryła się groźba.

Guido pchnął go żartem w pierś.

— O mnie się nie martw, *Zi'* Pasquale. — Wziął pana di Luccę pod rękę i poprowadził do drzwi. Wychodząc, obaj się zaśmiewali.

— Weź sobie za żonę porządną włoską dziewczynę do pomocy w sklepie — mówił *Zi'* Pasquale.

Guido wrócił i odtańczył wokół Larry'ego taniec zwycięstwa.

— Udało się, udało! — wołał, a uspokoiwszy się, powiedział: — Larry, za dwa lata masz własny dom na Long Island, mój *Zi'* Pasquale to nie byle kto. Prawda, tato?

223

*Panettiere* bez pośpiechu upił łyk anyżówki i westchnął.

— Och, Lorenzo, Lorenzo, mój ty zuchu — powiedział. — Teraz dowiesz się, jaki jest świat, i staniesz się mężczyzną.

Larry Angeluzzi żył jak pan. Sypiał do późna, lunch jadał w domu, a potem wyruszał na obchód piekarń w swoim rejonie. Z włoskimi piekarzami od razu doszedł do porozumienia, częstowali go kawą i ciastkami; polscy piekarze z początku popatrywali spode łba, ale szybko ulegli jego urokowi i boczyli się tylko, że nie chce z nimi pić wódki. Imponował im swoim powodzeniem u młodych Polek, które przychodziły do sklepu niby to po pieczywo, a zostawały aż do wyjścia Larry'ego. Czasami wykręcił z którąś na zapleczu piekarni szybki numerek, wiedząc, że piekarz będzie wniebowzięty, mając na dziewczynę haka, dzięki któremu sam zacznie ją tam potem regularnie zaciągać.

Włosi płacili składki bez szemrania, jak przystało na naród, który u siebie, w starym kraju, daje księdzu jajka za przeczytanie listu i wino wiejskiemu pisarzowi za objaśnienie przepisów prawa. Polacy płacili mu za towarzystwo i urok osobisty. Kłopoty miał tylko z niemieckimi piekarzami.

Nie to, że wcale nie chcieli płacić — czuł, że nie chcą płacić Włochowi. Rzadko częstowali go kawą i bułeczkami, rzadko wdawali się z nim w przyjazne pogawędki. Płacili mu, jak się płaci roznosicielowi pieczywa albo mleczarzowi. Z jednej strony, pal ich licho, i tak wypijał za dużo kawy, z drugiej, czuł się jak gangster.

Ale może czuł się tak z powodu kłopotów z jedną tylko piekarnią, która należała właśnie do Niemca. Nie wiedzieć czemu doskwierało mu to tym bardziej, że piekarz ten wypiekał najlepszy chleb, najsmaczniejsze i największe urodzinowe torty, najpyszniejsze ciasteczka. Interes kwitł, a ten się zaparł, że żadnych składek płacił nie będzie. Tylko od niego Larry nie potrafił ściągnąć należności. Kiedy zameldował o tym panu di Lucca, ten wzruszył tylko ramionami i powiedział:

— Dobrze sobie żyjesz? Zarób na to. Popróbuj jeszcze ze dwa miesiące, potem przyjdź do mnie.

Pewnego dnia Larry później niż zwykle wyruszył na obchód. Był taki nieswój, że w jednym ze sklepów przeleciał szczególnie szpetną dziewczynę, która potem miała czelność robić z tego wielkie halo. Nie pomogło. Skręcało go na samą myśl, że ma zajść do Hoopermana. Ten niski, przysadzisty Szwab traktował Larry'ego jak ofermę, stroił sobie z niego żarty. Wizyta kończyła się zawsze tym, że Larry kupował trochę chleba i ciasteczek, nie tylko żeby okazać swoją dobrą wolę, nie tylko dlatego, że były najlepsze w mieście, ale żeby dać Hoopermanowi szansę zagajenia przyjaznej pogawędki.

Jak dotąd Larry był zadowolony z nowej pracy. Rozumiał, o co w tym wszystkim chodzi, ale podświadomie starał się nie dostrzegać swojej w tym roli, odsuwać od siebie myśl, że przyjdzie taki dzień, kiedy nie będzie miał innego wyjścia, jak tylko zmusić Hoopermana do zapłacenia. Na razie, dla świętego spokoju, płacił składkę Hoopermana z własnej kieszeni. To tymczasowe rozwiązanie problemu straciło rację bytu w dniu, w którym postawiło mu się kolejnych dwóch niemieckich piekarzy. Powiedzieli mu z chytrymi uśmieszkami, żeby wpadł w przyszłym tygodniu. Larry zaczął przemyśliwać nad powrotem do swojej poprzedniej pracy na kolei.

Minął sklep Hoopermana i skręcił za róg. Mieścił się tam posterunek policji. Nic dziwnego, że sukinsyn taki hardy. Gliny tuż za winklem. Larry szedł dalej i rozważał sytuację. Jeśli nie nakłoni Hoopermana do płacenia, to wraca na kolej i haruje znowu za te marne piętnaście dolców tygodniowo. Może by tak przydybać Hoopermana samego w sklepie i powiedzieć mu, że pan di Lucca wybiera się do niego osobiście? Szybko odrzucił ten pomysł, bo to przecież jego, Larry'ego, pan di Lucca miał od załatwiania takich spraw. Trudno, spróbuje sam postraszyć Szwaba, a jak się nie uda, to rezygnuje z tej roboty. Gangster od siedmiu boleści! Ale Octavia by się uśmiała. A matka chwyciłaby pewnie za *tackeril* i wygarbowała mu skórę. Cholera jasna, tyle zgryzoty przez jednego upartego fryca.

Po godzinie krążenia znalazł się znowu przed witryną sklepu Hoopermana. W środku nie było ani jednego klienta. Dziewczyna za ladą skinęła mu głową, wszedł bez słowa na zaplecze, do pomieszczeń z piecami i stołami, które zamiast blatów miały stolnice. Hooperman siedział przy takim stole z dwoma mężczyznami — piekarzami, którzy tego dnia też postawili się Larry'emu. Wszyscy trzej szwargotali po niemiecku i rechotali rubasznie. Na stole stała metalowa baryłka piwa, a wokół niej trzy masywne złociste kufle.

Larry poczuł się zdradzony, a zaraz potem znieważony. Mężczyźni na jego widok gruchnęli niepohamowanym, serdecznym śmiechem. Sam fakt, że nie było w tym śmiechu wrogości, stanowił obelgę. Larry domyślił się, że go rozszyfrowali, że nigdy nie wydusi z Hoopermana składki, że w ich oczach jest tylko szczeniakiem, który uważa się za dorosłego, bo ma żonę i dzieci.

Pan Hooperman opanował się pierwszy i powiedział:

— Oooo, jest nasz poborca. Ile to dzisiaj jestem winien, dziesięć dolarów, dwadzieścia, pięćdziesiąt? Patrz, przygotowałem się. — Wstał i opróżnił kieszenie z drobniaków i paru garści pomiętych zielonych banknotów.

Larry nie potrafił zdobyć się na uśmiech, zawiódł go nawet wrodzony urok osobisty.

— Nie jest mi pan nic winien, panie Hooperman — powiedział najbardziej oficjalnie, jak potrafił. — Przyszedłem tylko oznajmić panu, że nie należy już pan do związku. To wszystko.

Goście Hoopermana przestali się śmiać, a on sam dostał ataku histerii.

— Nigdy nie należałem do waszego związku! — ryknął. — Sram na wasz związek! Ja nie płacę składek, nie rozdaję za darmo kawy i ciasteczek, a więc sram na wasz związek.

— Sam płaciłem za pana składki, panie Hooperman —

wyjaśnił Larry, podejmując ostatnią próbę załatwienia sprawy polubownie. — Nie chciałem, żeby miał pan kłopoty, taki dobry piekarz jak pan.

To jakby otrzeźwiło piekarza. Wycelował w Larry'ego palec. — Ty nierobie — wycedził z tłumioną wściekłością. — Ty wałkoniu, ty gangsterze. Najpierw mnie straszysz, a teraz próbujesz odstawiać dobrego wujka? Dlaczego nie weźmiesz się do uczciwej pracy, tak jak ja? Dlaczego przychodzisz kraść moje pieniądze, mój chleb? Ja pracuję. Pracuję po dwanaście, czternaście godzin i jeszcze mam ci za to płacić? Ty nędzna kupo gówna, ty... precz. Jazda z mojego sklepu!

Larry'ego tak zdezorientowała ta napaść, że odwrócił się i wyszedł z zaplecza. Wciąż oszołomiony, nie ochłonąwszy jeszcze, zatrzymał się jednak, by pokazać, że się nie przestraszył, i poprosił dziewczynę za ladą o bochenek kukurydzianego chleba i sernik. Dziewczyna dźwignęła ciężką puszkę z cukrem pudrem i posypała nim sernik.

— Niczego tej łajzie nie sprzedawaj! — doleciał z zaplecza ryk Hoopermana. Piekarz wypadł stamtąd w ślad za swoim rykiem i stanął za ladą. Wyrwał dziewczynie puszkę z cukrem pudrem, a do Larry'ego wykrzyczał z nienawiścią: — Wynocha. Wynocha stąd. Wynocha.

Zaskoczony Larry gapił się na niego jak cielę na malowane wrota. Piekarz wychylił się zza lady i ucapił go za ramię. Larry poczuł, jak pyłki cukru pudru sieką mu twarz, nozdrza wypełnił słodki zapach. Zareagował bez zastanowienia, instynktownie. Jego lewa ręka poderwała się i zacisnęła na prawym bicepsie piekarza, pięść prawej wbiła w szeroką, nalaną gębę. Osadzona na szyi głowa odskoczyła jak bokserska gruszka na sprężynie i wracając do poprzedniego położenia, nadziała się znowu na pięść. Larry puścił.

Twarz była w ruinie. Z rozkwaszonego nosa na zasypaną cukrem pudrem marmurową ladę lała się krew. Rozbite wargi zmieniły się w czerwoną mięsną miazgę, zapadły po lewej stronie w dziurę po wybitych zębach. Piekarz spojrzał na krew, a potem, zataczając się jak pijany, wybiegł zza lady i stanął między Larrym a drzwiami.

— Policja! — zawołał bełkotliwie. — Leć po policję!

Dziewczyna była już na zapleczu i tylnymi drzwiami wypadała ze sklepu. Po piętach deptali jej tamci dwaj piekarze. Hooperman stał z rozpostartymi rękami i tarasował własnym ciałem dostęp do drzwi frontowych. Zrujnowaną gębę wykrzywiał mu grymas dzikiej furii. Larry odwrócił się, żeby okrążyć ladę i wyjść przez zaplecze. Hooperman doskoczył i złapał go od tyłu za marynarkę. Nie próbował uderzać, tak jakby nie miał odwagi, uwiesił się tylko i trzymał. Larry szarpnął się, ale tamten nie puszczał. Honor nie pozwalał Larry'emu po raz kolejny uderzyć tego człowieka. Sfrustrowany, zdając już sobie sprawę, że przyniósł wstyd rodzinie i pójdzie do więzienia, przebił obcasem wielką, lśniącą szybę frontową gabloty wystawowej. A kiedy ucichł brzęk sypiącego się szkła, zmiótł kopniakiem z półki długie tace z eksponowanymi tam ciastkami. Piekarz wydał przeciągłe wycie rozpaczy i pociągnął go na posadzkę. I tak zastali ich policjanci — w uścisku silniejszym od miłosnego, tarzających się po posadzce zasłanej odłamkami szkła i rozpaćkanymi ciastkami.

Po doprowadzeniu na posterunek policji dwaj zwaliści detektywi zabrali Larry'ego na przesłuchanie do pokoju na tyłach budynku.

— No, co tam się wydarzyło, chłopcze? — spytał jeden z nich.

— Chciałem kupić ciastko, a on sypnął mi cukrem pudrem w twarz — odparł Larry. — Spytajcie dziewczynę.

— Żądałeś od niego pieniędzy?

Larry zaprzeczył.

Uchyliły się drzwi i do pokoju wsunął głowę jeszcze jeden detektyw.

— Hej, fryc mówi, że chłopak zbiera dla di Lukki.

Detektyw, który pytał Larry'ego, wstał i wyszedł z pokoju. Po pięciu minutach wrócił i zapalił cygaro. Nie zadawał już dalszych pytań. Czekali.

Larry był zdruzgotany. Jego nazwisko trafi teraz do policyjnej kartoteki, okrył hańbą matkę, sam został przestępcą, pójdzie do więzienia i wszyscy będą nim pogardzali. A na dodatek zawiódł pana di Luccę.

Detektyw spojrzał na zegarek i znowu wyszedł. Wrócił po paru minutach. Wskazał kciukiem na drzwi za sobą.

— Dobra, chłopcze, zmykaj. Jesteś czysty.

Larry nic z tego nie rozumiał, nie wierzył własnym uszom.

— Twój szef czeka na zewnątrz — dorzucił detektyw.

Drugi detektyw wyprowadził Larry'ego z budynku. U stóp schodów prowadzących do drzwi posterunku policji stał pan di Lucca.

— Dziękuję, bardzo dziękuję — powiedział pan di Lucca, ściskając dłoń detektywa. Potem chwycił Larry'ego za ramię i pociągnął do czekającego nieco dalej samochodu. Za kierownicą siedział chłopak, z którym Larry chodził kiedyś do szkoły, ale potem już go nie widywał. Zajęli z panem di Luccą miejsca na tylnej kanapie.

I tu czekała go druga niespodzianka. Pan di Lucca ścisnął go za ramię i powiedział po włosku:

— *Bravo*, wspaniale. Widziałem gębę tego zwierza, piękna robota. Sukinsyn jeden. Och, wspaniale się spisałeś, Lorenzo. Kiedy powiedzieli mi, że uderzyłeś go, bo nie chciał ci sprzedać chleba, byłem w siódmym niebie. Och, że też nie jesteś moim synem.


Jechali Dziesiątą Aleją. Larry patrzył przez okno na bocznicę kolejową. Miał wrażenie, że z każdą sekundą kropla krwi po kropli, cząstka ciała po cząstce, zmienia się w kogoś innego. Już nigdy nie wróci do pracy na kolei, już nigdy nie będzie się bał tak jak dzisiaj, na posterunku. Na jego oczach, wraz z uściskiem dłoni, jaki pan di Lucca wymienił z detektywem, runął cały majestat prawa. Ta szybka i skuteczna interwencja w jego sprawie, ten podziw okazany mu po uwolnieniu...

Wspomniał krew piekarza, jego rozpostarte ręce blokujące mu drogę ucieczki, to szaleństwo w oczach wyzierających z rozbitej na miazgę twarzy, i zrobiło mu się trochę niedobrze.

Musi postawić sprawę jasno.

— Panie di Lucca — odezwał się — nie mogę chodzić po mieście i biciem wymuszać od ludzi pieniądze. Nie mam nic przeciwko zbieraniu składek, ale nie chcę być gangsterem.

Pan di Lucca poklepał go uspokajająco po ramieniu.

— Nie, nie, któż robi takie rzeczy dla przyjemności? Czy ja jestem gangsterem? Czy ja nie mam dzieci i wnuków? Czy nie jestem ojcem chrzestnym dzieci moich przyjaciół? Ale wiesz, co to znaczy urodzić się w Italii? Jesteś tam psem i jak pies grzebiesz w ziemi za brudną kością na kolację. Dajesz księdzu jajka, żeby zbawić swoją duszę, wsuwasz butelkę wina urzędnikowi z miasta, żeby spojrzał na twoją sprawę przychylniejszym okiem. Kiedy *padrone*, dziedzic, przyjeżdża na lato do swojej posiadłości, wszystkie dziewczyny z wioski idą sprzątać jego dom i wstawiać do wazonów świeże kwiaty. Płaci im uśmiechem, zdejmuje rękawiczkę i podtyka rękę do pocałowania. I nagle cud. Ameryka. To wystarczy, żeby uwierzyć w Jezusa Chrystusa.

W Italii oni byli ode mnie silniejsi. Jeśli wziąłem sobie od *padrone* oliwkę, marchewkę, albo, Boże uchowaj, bochenek chleba, musiałem uciekać, ukrywać się w Afryce, żeby nie dosięgła mnie jego zemsta. Ale tutaj, tu panuje demokracja i *padrone* nie jest taki silny. Tutaj jest się panem własnego losu. Ale trzeba płacić.

Kim jest ten Niemiec, ten piekarz, że chce zarabiać na życie, wypiekać swój chleb i nie płacić? Świat to niebezpieczne miejsce. Kto mu pozwolił piec chleb na tym rogu, przy tej ulicy? Prawo? Biedni ludzie nie mogą się oglądać na wszystkie przepisy prawa. Ani jeden nie ostałby się przy życiu. Zostaliby tylko *padroni*.

Żal ci teraz tego człowieka, tego Niemca. Nie żałuj go. Widziałeś, jak życzliwie potraktowała cię policja? Fakt, jesteś moim przyjacielem, ale ten piekarz, chociaż ma swoją piekarnię tuż za rogiem, nie przysyła im kawy i bułeczek, żeby się zaprzyjaźnić. Co ty na to? Nadstawiają za niego karku, a on każe im płacić za swoje wypieki. Co z niego za człowiek?

Pan di Lucca zawiesił głos, jego twarz przybrała wyraz niedowierzania, afektowanego oburzenia.

— To człowiek, który myśli, że jeśli ciężko pracuje, jest uczciwy, nigdy nie łamie prawa, to nic złego nie może go spotkać. Głupiec. A teraz posłuchaj.

Pan di Lucca znowu zawiesił głos. Po chwili podjął cicho, współczującym tonem:

— Weź siebie. Ciężko pracujesz, jesteś uczciwy, nigdy nie złamałeś prawa. Może nie pracujesz ciężko? Spójrz na swoje bicepsy, jak u goryla od ciężkiej pracy. Ale pracy nie ma. Nikt do ciebie nie przyjdzie i nie da ci koperty z wypłatą tylko dlatego, że jesteś uczciwy. Nie łamiesz prawa i nie wsadzają cię do więzienia. To też coś, ale czy wykarmisz tym swoje dzieci i żonę? Co więc robią ludzie tacy jak my? Mówimy: „Dobrze. Nie ma pracy. Nie zarabiamy. Nie chcemy łamać prawa i nie potrafimy kraść, bo jesteśmy uczciwi; a więc umrzemy z głodu — ja, moje dzieci i moja żona". Dobrze mówię? — Urwał i czekał na śmiech Larry'ego.

Larry patrzył na pana di Luccę, jakby spodziewał się usłyszeć coś jeszcze. Pan di Lucca zauważył to i podjął z powagą:

— Nie zawsze będzie jak teraz, nie zawsze będziesz zarabiał na życie silną pięścią. Dosyć. Pracujesz dalej dla mnie? Sto dolarów tygodniowo i lepszy rejon. Zgoda?

— Dziękuję, panie di Lucca — powiedział cicho Larry. — Zgoda.

Pan di Lucca pogroził mu po ojcowsku palcem.

— I nie płać już za nikogo składek.

Larry uśmiechnął się.

— Nie będę — odparł.

Pan di Lucca wysadził go przy Dziesiątej Alei, kawałek od domu, i Larry poszedł dalej piechotą wzdłuż bocznicy kolejowej. Teraz już wiedział, że nie zawsze można być dla ludzi miłym i zakładać, że zrobią to, czego się od nich oczekuje, w każdym razie nie tam, gdzie w grę wchodzą pieniądze. Trzeba być bezwzględnym. Zastanawiał go podziw, jakim ludzie darzą tych, którzy wykazali się okrucieństwem. Przypomniał sobie zachwyt, jaki wzbudził w panu di Lukce widok zmasakrowanej twarzy Niemca. Dzięki temu on, Larry, będzie dobrze zarabiał, jego żona i dzieci będą żyli jak ludzie, pomoże też finansowo matce, braciom i siostrom. A szczerze mówiąc, nie uderzył Niemca dla pieniędzy. Czyż do dzisiaj nie płacił za niego składek?

# Rozdział 15

Lucia Santa jest tą, która uodparnia organizm rodziny na ciosy czasu: dorastanie dzieci, śmierć rodziców, wszelkie zmiany sytuacji materialnej. Pięć lat to dla niej jedna chwila, a za nią ciągnie się długi tren wspomnień, które są prawdziwą substancją życia i z których czerpie siłę ducha.

Przez pięć ostatnich lat świat zewnętrzny jakby się przerzedził. Skurczyły się czarne grupki plotkujących przed kamienicami kobiet, na ulicy jakby mniej wrzeszczących i dokazujących w ciemne letnie wieczory dzieci. Szczękające lokomotywy po drugiej stronie Alei jeżdżą teraz napowietrzną estakadą i do historii przeszli niepotrzebni już przodownicy wraz ze swoimi spiczastymi, zdobnymi w guziki czapkami, trzewikami na gumowych podeszwach i czerwonymi latarniami. Rozebrano, także już niepotrzebną, kładkę dla pieszych nad Dziesiątą Aleją.

Za kilka lat zachodnia ściana miasta zniknie, a zamieszkujący ją ludzie rozwieją się na cztery wiatry jak popiół — oni, których ojcowie w Italii żyli od pokoleń przy tej samej uliczce, w tej samej wiosce, a dziadowie umierali w tych samych izbach, w których oni przychodzili na świat.

Lucia Santa przygotowywała się do walki z bardziej bezpośrednimi zagrożeniami, z którymi zmagała się już zwycięsko w ciągu tych ostatnich pięciu lat: śmierć, małżeństwo, okres dojrzewania, bieda i brak poczucia obowiązku tak rozpowszechniony wśród dzieci wychowywanych w Ameryce. Nie wiedziała, że broni się przed nieustającym atakiem i musi słabnąć, bo stawia czoło samemu losowi.

A jednak stworzyła swój świat, była jego monolitem. Dzieci, machające do niej sennie na dobranoc z ciepłych łóżek, zastawały ją bladym świtem w kuchni krojącą chleb, a przy kuchence suszyły się ich szkolne ubrania uprane nie wiadomo kiedy i rozwieszone na poręczach krzeseł. Wracając ze szkoły, zastawały ją prasującą, szyjącą, krzątającą się przy wielkich brązowych garach parujących w kuchni. Zanurzała się w kłębach tej pary, rozpływała w nich i materializowała ponownie wraz z zapachami ciepłej bawełny, czosnku, sosu pomidorowego oraz duszonych mięs i warzyw. Zdradzając swoją moralność, słuchała starego radia w kształcie katedry, z którego płynęły mdłe jak oliwa z oliwek piosenki w wykonaniu Carla Butiego, włoskiego Binga Crosby'ego, bożyszcze włoskich matron, którego wizerunek o szczurzej, cierpiętniczej twarzy ukoronowanej białym kapeluszem opierał się o salami w witrynie każdego sklepu spożywczego przy Dziesiątej Alei.

Żadne dziecko wracające ze szkoły lub z zabawy na dworze nigdy nie zastało drzwi zamkniętych na klucz. Żadne narodziny czy śmierć nie były w stanie sprawić, żeby na kolacyjnym stole nie pojawiły się parujące talerze. A wieczorem Lucia Santa czekała, aż w domu zapanuje cisza i spokój, i dopiero wtedy sama kładła się spać. Żadne z dzieci nie widziało jej nigdy z zamkniętymi oczami, bezbronnej wobec świata.

Miała w swoim życiu dni, miesiące i pory roku, które były niczym kamee. Jedna zima istniała tylko dzięki temu, że Gino, wracając któregoś dnia ze szkoły, zastał ją zupełnie samą i spędzili razem całe szczęśliwe popołudnie, właściwie nawet ze sobą nie rozmawiając.

Gino obserwował przez jakiś czas matkę prasującą w zimnej szarówce zapadającego zmierzchu. Potem powęszył nad kuchenką, unosząc pokrywki garnków, i skrzywił się niezadowolony. Nie spodobał mu się szpinak pływający w oliwie z oliwek.

Garnek z gotującymi się ziemniakami jeszcze bardziej go rozczarował. Trzasnął pokrywką i poskarżył się:

— Oj, mamo, czy w tym domu nie ma już nic ludzkiego do zjedzenia?

Pochylił się nad radiem, żeby je przełączyć na amerykańską rozgłośnię. Odskoczył od aparatu, kiedy Lucia Santa pogroziła mu pięścią. Właściwie lubił tę włoską stację, a zwłaszcza nadawane przez nią słuchowiska. Trup słał się w nich gęsto, a on rozumiał włoski na tyle, żeby od biedy śledzić akcję. Nie przypominały w niczym amerykańskich mydlanych oper. Cios szedł w nich za ciosem; mężczyźni zabijali kochanków swoich żon z premedytacją, nie przez przypadek. Żony naprawdę truły mężów, zwykle czymś takim, że umierali w męczarniach, co ilustrowały potępieńcze wycia i wrzaski. Kiedy się słuchało, jak cierpią, bladły własne zmartwienia.

Gino usiadł z książką wypożyczoną z biblioteki przy stole i zaczął czytać. Matka prasowała po drugiej stronie stołu, ciepła para spod żelazka ogrzewała pokój. W mieszkaniu było cicho jak makiem zasiał; wszyscy gdzieś wyszli, Sal i Lena bawili się na ulicy. Vinnie był w pracy. Robiło się coraz ciemniej i w końcu Gino przestał widzieć litery. Podniósł głowę i napotkał wzrok matki. Obserwowała go uważnie z dziwnym wyrazem twarzy. Czuć było czosnkiem, gorącą oliwą z oliwek i rozgotowanymi ziemniakami, zaskwierczała kipiąca z garnka woda. Trwało to moment, potem Lucia Santa sięgnęła do kontaktu i zapaliła światło.

Gino uśmiechnął się i znowu pochylił nad książką. Lucia Santa skończyła prasowanie i złożyła deskę. Zerknęła ukradkowo na zatopionego w lekturze Gina. Rzadko się uśmiechał, stał się ostatnio bardzo poważny, zamknięty w sobie. Jak to dzieci się zmieniają... Nadal jednak był hardy, uparty, czasami przypominał jej swojego ojca. Zaniosła uprasowane rzeczy do sypialni i ułożyła je w szufladach komody. Potem wróciła do kuchni i obrała jeszcze kilka ziemniaków, pokroiła je w cienkie plasterki, zrobiła na kuchence miejsce na wielką czarną patelnię.

Czubata łyżka brązowego smalcu domowej roboty szybko się rozpuściła. Lucia Santa podsmażyła ziemniaki na złocisty kolor, po czym wbiła do nich dwa jajka. Przełożyła zawartość patelni na talerz i bez słowa podetknęła go zaczytanemu Ginowi pod nos.

Gino wydał okrzyk zachwytu.

— Szybko, wcinaj — powiedziała Lucia Santa — bo jak ta głodna banda tu wpadnie i zobaczy, to nie będzie chciała szpinaku, a wyszedł mi jak nigdy.

Pochłonął łapczywie ziemniaki i pomógł jej nakryć do stołu dla rodzeństwa.

Inna zima zaznaczyła się w jej pamięci, dopisała do jej życia, śmiercią *Zii* Louche. Tyle łez Lucia Santa nie wylała nawet po własnej matce. Biedna stara umarła w samotności, w środku zimy, w dwóch pustych pokojach, które od dwudziestu lat były jej pustelnią. Umarła jak żuczek — zesztywniała z zimna, złuszczona skóra, skrzyżowane patyczkowate nogi, żyły niebieskie po śmierci jak lód. Na kuchence, jedynym źródle ogrzewania, stał biały emaliowany czajnik.

*Zio* Louche, *Zio* Louche, gdzież bliscy, którzy zajęliby się twoim pochówkiem? Gdzie dzieci, które zapłakałyby nad twym grobem? I pomyśleć, że zazdrościła tej dumnej kobiecie niezależności i beztroskiego życia. Lucia Santa dopiero teraz pojęła, jaka z niej szczęściara. Stworzyła własny światek, który nie skończy się z jej śmiercią, światek, który nigdy jej nie odrzuci; ona nie umrze w samotności, nie pogrzebią jej w ziemi jak bezpańskiego owada.

To cud, że przetrwała do tej pory ze swoimi dziećmi, cud, który nie byłby możliwy bez udziału jędzowatej *Zii* Teresiny Coccalitti, która zaprzyjaźniła się blisko z Lucią Santą tej samej zimy, kiedy umarła *Zia* Louche, i przejęła po niej rolę sprzymierzeńca rodziny Angeluzzich-Corbo.

Teresina Coccalitti była kobietą budzącą największy postrach i respekt przy Dziesiątej Alei. Wysoka, koścista, zawsze w czerni na znak żałoby po zmarłym przed dwudziestu laty mężu, terroryzowała straganiarzy, sklepikarzy i rzeźników; administrator nie odważył się nigdy zwrócić jej uwagi, że zalega z czynszem, inspektorzy z opieki społecznej podsuwali jej do podpisu dokumenty, nie zadawszy choćby jednego kłopotliwego pytania. Język miała cięty, chudą twarz ułożoną przeważnie w maskę iście szatańskiej przebiegłości. Jednak kiedy chciała, potrafiła być czarująca, że do rany przyłóż.

Pobierała zasiłek rodzinny, chociaż czterej synowie pracowali. Kiedy kupowała tuzin owoców, to po zapłaceniu dobierała sobie jeszcze jeden. Molestowała rzeźnika o okrawki cielęciny i tłuszcz z pieczeni. Kombinowała jak mogła.

To *Zia* Coccalitti nauczyła Lucię Santę rozciągać każdego dolara. Jaja kupowało się od sympatycznego młodzieńca, który kradł je całymi skrzyniami z ciężarówek firm drobiarskich i czasami miał nawet na zbyciu świeże kurczaki. Garnitury dla chłopców i banany od dokerów rozładowujących statki w porcie; swoją drogą, co robiły na statku te garnitury? Materiał na sukienki — wysokogatunkowe jedwabie, prawdziwą wełnę — sprzedawali uprzejmi i elokwentni domokrążcy, młodzieńcy z sąsiedztwa, kradnący całe przyczepy. I wszyscy ci ludzie traktowali klienta uczciwiej niż sklepikarze z Włoch, którzy obsiedli Dziewiątą Aleję jak rzymskie sępy gałąź.

Czy ktoś żył inaczej? Z ich światka nikt.

I tak upłynęły te lata. Tylko pięć? A wydawało się, że było ich więcej, tyle że tak szybko zleciały. Tylko śmierć odmierza czas.

Pewnego dnia *Panettiere* znalazł swoją żonę martwą. Umarła jak smoczyca, którą zresztą była, ze szponami zagrzebanymi w wiaderku ciężkiego srebra i spokojną twarzą kogoś, kto odnalazł prawdziwego Jezusa. *Panettiere* zmienił się po tym nie do poznania. Ten tytan pracy przekazał prowadzenie interesu swojemu synowi Guidowi, który przy gorących piekarniczych piecach wychudł na wiór. Zamykał sklep wcześnie, nie wyrabiał już cytrynowego sorbetu i zlikwidował przeszkloną gablotę na pizzę. Od rana do wieczora *Panettiere* przesiadywał teraz ze starymi koleżkami na zapleczu zakładu fryzjerskiego, przepuszczając te kubły srebra i miedzi, których jego żona smoczyca tak ofiarnie strzegła. I regularnie zażywał świeżego powietrza, przechadzając się po Dziesiątej Alei niczym udzielny książę, z grubym amerykańskim cygarem w ustach.

I to *Panettiere* pierwszy wypatrzył Octavię, kiedy ta skręcała z Trzydziestej Pierwszej Ulicy w Dziesiątą Aleję, ciągnąc za rękę przyszłego męża. Patrzył z zaciekawieniem i współczuciem, jak podchodzą do niespodziewającej się niczego Lucii Santy siedzącej na swoim stołeczku przed kamienicą. Wystarczył jeden rzut oka na tego mężczyznę. Nad rodziną Angeluzzich-Corbo znowu zbierały się ciemne chmury.

Gość dźwigał stos książek — dorosły mężczyzna! — czarne włosy ułożone miał w wysoką falę, nosił okulary w rogowej oprawie, był przeraźliwie chudy, garbił się i na samym wstępie oznajmił, że jest Żydem. Nie dość, że Żyd, to jeszcze jakiś cherlawy.

Lotem błyskawicy rozeszła się wieść, że Octavia Angeluzzi wychodzi za poganina. Skandal. Nie dlatego, że wybranek jest Żydem, ale że nie jest Włochem. Jeszcze większe wzburzenie budziła przekora dziewczyny. Gdzie ona, na Jezusa Chrystusa, wyszperała Żyda? Cztery przecznice na południe, cztery na północ, wschodnia strona i zachodnia ściana Dziesiątej Alei, sami katolicy — Irlandczycy, Polacy i Włosi. Czego jednak można spodziewać się po młodej Włoszce, która nosi urzędnicze kostiumy, żeby zamaskować piersi?

Nie było w tym żadnego uprzedzenia ani urazy. Stare matrony, wujowie, ciotki i rodzice chrzestni cieszyli się, że krewna znalazła sobie wreszcie amatora, bo i czas był po temu najwyższy. Dwudziesty piąty rok jej przecież szedł, dojrzała do kłopotów.

Nareszcie, Jezusowi niech będą dzięki, zostanie mężatką i pozna życie: innymi słowy, rozłoży szeroko nogi. Nie będzie obiektem taktownego szacunku okazywanego starym pannom, kalekom i zdeformowanym. Cieszyli się, że Octavia nie zgnije jak niezjedzony owoc. I jeszcze jedno — Żydzi to prawdziwe maszynki do robienia pieniędzy. Octavia Angeluzzi będzie opływała we wszystko i jak na dobrą włoską córkę przystało, zadba o to, żeby matka, młodsi bracia i siostra również zaznali luksusu. Tak mówili sąsiedzi, *Panettiere*, *Zia* Coccalitti oraz zwariowany zawistny fryzjer, który z pożądliwym ogniem w oku popatrywał na bujną fryzurę Żyda.

Lucia Santa nie podzielała tych optymistycznych wizji. Owszem, młody człowiek był nawet przystojny, bardzo układny, szczupłej budowy i łagodny jak dziewczyna. Przeciwko Żydom też nic nie miała, ona po prostu nie ufała nikomu, ani im, ani chrześcijanom, ani Irlandczykom, ani Turkom. Ale ten konkretny mężczyzna miał jedną wadę. Nigdzie nie ruszał się bez książki pod pachą albo w ręku.

Łatwo śmiać się z uprzedzeń biednych, ich poglądy kształtują się w wyniku szczególnych doświadczeń. Jakież to irytujące usłyszeć z ust jakiegoś złodziejskiego sycylijskiego gałgana: „Szukasz sprawiedliwości, połóż na szalę podarek". Jakież to obelżywe dla tej szlachetnej profesji, kiedy Teresina Coccalitti szepce złośliwie: „Jak prawnik, to złodziej". Lucia Santa miała własne powiedzonko: „Ci, co czytają książki, zagłodzą swoje rodziny".

Czy nie widziała na własne oczy, jak Octavia do późnej nocy siedzi z nosem w książce (nie śmiała powiedzieć tego głośno, ale czy aby nie przez to córka zachorowała i znalazła się w sanatorium?), a przecież mogłaby w tym czasie szyć dla dorastających córek sąsiadów, dla *Panettiere*, dla tego stukniętego fryzjera, i zarobić Bóg wie ile dolarów? Jej synowie — Vinnie, Gino, a ostatnio nawet mały Sal — też przynosili z biblioteki książki o bzdurach i wsadzali w nie nos, zapominając o bożym świecie i obowiązkach. I co z tego mieli? Zamulali sobie tylko umysły nieprawdziwymi historiami, odwiedzali światy, w których nigdy nie dane im będzie zamieszkać. Czysta głupota.

Ona, analfabetka, była bezpieczna, jej magia książek się nie imała. Owszem, wyczuwała drzemiącą w nich moc i rzadko protestowała, ale zbyt wielu widziała ludzi, którym życie doskwierało, którzy poddawali się bez walki. Tak jak biedny mężczyzna nie powinien trwonić czasu i pieniędzy na picie i karty, tak kobieta nie powinna marnotrawić swoich sił i woli na mrzonki o szczęściu, a młodzi mający przed sobą twardą walkę o byt, zatruwać ducha bajkami i marzeniami, co to rzucają na nich urok z papierowych kartek, które przewracają i przewracają do późna w noc.

Gdyby Lucia Santa wiedziała, jak uzasadnione okażą się jej obawy, z miejsca przepędziłaby Normana Bergerona spod swojej kamienicy *tackerilem*. Ten odmieniec wzdragał się walczyć z bliźnimi o chleb. W głupi sposób, wiedziony naiwną wrażliwością na los innych, zmarnował swój uniwersytecki dyplom, zostając pracownikiem socjalnym; ale brak mu było tej niezłomnej siły charakteru tak potrzebnej niosącym pomoc społeczną. Był jak rzeźnik, który mdleje na widok krwi. Wuj zatrudnił go na podrzędnym stanowisku urzędniczym w swojej firmie odzieżowej i właśnie wtedy poznali się z Octavią.

Norman Bergeron, jak każdy słaby człowiek, miał ukrytą wadę. Był poetą. A pisał nie tylko po angielsku, ale — co gorsza — również w jidysz. Jakby tego było mało, znał się dobrze tylko na jednym: na literaturze w języku jidysz, czyli na czymś, na co, jak sam przyznawał, na świecie istnieje najmniejsze z możliwych zapotrzebowanie.

Ale to dopiero miało wyjść na jaw. Na razie Lucia Santa, pomimo wielu zastrzeżeń, zdawała się być (ku zdumieniu Octavii) zadowolona, że córka nie wychodzi za Włocha.

To prawda, że Lucia Santa pragnęła, by każdy z jej synów poślubił porządną włoską dziewczynę, która od kołyski wie, że mężczyzna jest panem, że trzeba oczekiwać go jak księcia, karmić daniami, których przyrządzenie wymaga wielu godzin; która zajmuje się domem i dziećmi, nie skamląc o pomoc. Tak, tak, wszyscy jej synowie powinni poślubić porządne włoskie dziewczyny. Jej syn Lorenzo dobrze trafił z Louisą, i to najlepszy dowód.

Z drugiej strony, czy matka, doświadczająca na własnej skórze uroków życia pod męską tyranią, życzyłaby ukochanej córce takiego makaroniarskiego tyrana, takiego despoty, który zamyka żonę w domu, nie zabiera jej nigdzie, z wyjątkiem wesel i pogrzebów? Urządza karczemną awanturę, jeśli w momencie, kiedy jego baronowskie buty przekroczą próg domu, na stole nie pojawia się parujące spaghetti; który nie kiwnie palcem, żeby pomóc ciężarnej żonie i siedzi, spokojnie paląc cygaro De Nobili, kiedy ta stoi na parapecie, myje okno, a środek ciężkości z powodu wielkiego brzucha ma tak przesunięty ku górze, że tylko patrzeć, jak przechyli się i opadnie niczym balon na trotuar Dziesiątej Alei.

Dzięki Bogu Octavia wychodziła za mężczyznę, który nie jest Włochem, a tym samym okaże może szacunek kobiecości. Tylko raz Lucia Santa wypowiedziała się krytycznie na temat wyboru córki, i było to kilka lat później. Pewnego dnia, uskarżając się przed sąsiadkami na niewdzięczność i głupotę wszystkich swoich dzieci po kolei, i nie znajdując niczego na Octavię, powiedziała z przekąsem: „A ona, moje najinteligentniejsze dziecko, wzięła sobie za męża jedynego Żyda, który nie wie, jak się robi pieniądze".

Tak czy owak małżeństwo to było ukoronowaniem pięciu lat pomyślności. Lucia Santa obstawała przy ślubie z wielką pompą, a jakże, w kościele. Z Normanem Bergeronem nie było kłopotu. Tutaj jego zamiłowanie do książek okazało się zaletą. Nie sprzeciwił się chrześcijańskiemu ślubowi ani wychowywaniu dzieci w chrześcijańskiej wierze. Jego rodzina też nie zgłosiła zastrzeżeń. Norman wyjaśnił Lucii Sancie, że z powodu tego małżeństwa uznali go za zmarłego i odrzucili. Lucia Santa rada to usłyszała. Teraz wszystko stawało się prostsze. Octavia i Norman będą należeli do niej i tylko do niej.

# Rozdział 16

Lucia Santa nie liczyła się z kosztami. Przyjęcie weselne w kamienicy przygotowane zostało z fasonem. Na korytarzu, pod ścianą mieszkania, stały wielkie purpurowe balony wina z piwnicy *Panettiere*, na stole piętrzyły się góry soczystej prosciutto i stosy najostrzejszych serów, na zasłanych białymi obrusami łóżkach czekały kolorowe weselne wypieki, a na pożyczonych tacach długie migdały w czekoladowej polewie. W kuchni stały kartony z wodą sodową — pomarańczową, śmietankową i truskawkową.

Cała Dziesiąta Aleja przyszła złożyć życzenia, zjawili się nawet ci dumni krewni, którzy mieli już swoje własne domy na Long Island, żeby porozmawiać i popatrzeć z góry na biednych wieśniaków, przed których tak daleko się wysforowali. Bo któż mógł przepuścić takie wesele, kto odmówiłby sobie atrakcji, jaką było dla niektórych pierwsze spotkanie oko w oko z poganinem w osobie pana młodego?

Młodzi tańczyli we frontowym pokoju wśród kolorowych serpentyn przy muzyce z płyt puszczanych na gramofonie pożyczonym od stukniętego fryzjera. W drugim końcu mieszkania, w jadalni i w kuchni, na rzędach pożyczonych krzeseł ustawionych pod pomalowanymi na niebiesko ścianami gawędzili starsi Włosi. Octavia dała Lucii Sancie paradną aksamitną sakiewkę na koperty z pieniędzmi, którą Lucia Santa tuliła pieszczotliwie do biodra. Rozciągając z namaszczeniem srebrzyste sznureczki, otwierała raz po raz jej paszczę, żeby mogła połknąć ofiarowany skarb.

Dla Lucii Santy był to wielki dzień. Jednak nie ma dnia aż tak udanego, żeby nic go nie zmąciło.

Dawna koleżanka Octavii ze szkoły średniej, Angelina Lambecora, Włoszka, której rodzice mieszkali we własnym domu z telefonem, wpadła niby to na chwilę, żeby złożyć Octavii życzenia wszystkiego najlepszego i wręczyć drogi, protekcjonalny prezent. Ta chwila przeciągała się jednak, w czym nie byłoby nic złego, gdyby dziewczyna nie ściągała na siebie spojrzeń wszystkich młodych, a nawet niejednego starszego mężczyzny. Miała pięknie wykrojoną twarz, co podkreślał profesjonalny makijaż, róż, cień do powiek oraz nałożona delikatnie szminka, która maskowała wulgarność szerokich ust, czyniąc je ponętnymi jak te ciemnoczerwone włoskie winogrona. Ubrana była wyzywająco w ni to kostium, ni sukienkę, z dekoltu wylewały się wypiętrzone stanikiem szczyty piersi, których widokiem można było do woli sycić oczy. Każdy mężczyzna chciał z nią zatańczyć. Larry porzucił dla niej żonę na tak długo, że biedna Louisa w końcu się popłakała. Nadskakiwał tej ladaco, zaglądał w pomalowane oczęta, okadzał obłokami swojego oszałamiającego czaru, szczerzył mocne białe zęby w najbardziej rozbrajającym i ujmującym uśmiechu. Angelina flirtowała ze wszystkimi bez wyjątku, zalotnie zarzucając w tańcu kuperkiem. *Panettiere*, jego syn Guido, ptasiooki fryzjer i Angelo, siedemdziesięciopięciolatek, który świata nie widział poza swoim sklepikiem ze słodyczami, wszyscy oni przerwali pogawędki, zapomnieli o winie, i stojąc z wywalonymi jak psy ozorami, na ugiętych nogach, żeby złagodzić parcie na lędźwia, pożerali ją wprost płomiennymi spojrzeniami. Aż wreszcie Angelina, czując, jak w dusznym mieszkaniu zaczyna jej się rozpuszczać makijaż, oznajmiła, że musi już lecieć, bo ucieknie jej pociąg na Long Island. Octavia cmoknęła ją przelotnie na pożegnanie, żeby jak najprędzej wyszła, bo nawet Norman Bergeron, oderwany na ten wieczór od swoich książek, popatrywał już na Angelinę oprawnym w róg okiem poety.

I wszystko byłoby dobrze. Na świecie zawsze były i będą takie kokietki. Kiedyś ona też urodzi dzieci, utyje, postarzeje się i będzie plotkowała z sąsiadkami w kuchni, a na jej miejsce przyjdą inne. Byłoby dobrze, gdyby ta wymuskana szelma, nieczuła na zaloty kwiatu Dziesiątej Alei, tego starego i tego nowego, nie weszła do kuchni, by szczebiocząc w najlepszym amerykańskim stylu jak równa z równą, do czego w jej mniemaniu upoważniała ją młodość i uroda, pożegnać się z matką Octavii. Lucia Santa uśmiechała się chłodno i z dystansem niczym baronowa i słuchała tego miodopłynnego tokowania, zapowiadając sobie jednocześnie w duchu, że jeśli mała Lena wyrośnie na kogoś takiego w tym domu na Long Island, który mają kupić, to zostanie młodą amerykańską lady z tyłkiem złojonym na kolor swojej wypacykowanej twarzy.

Angelina odwróciła się do drzwi i wtedy stało się nieszczęście. Oczy jej zabłysły na widok Gina, zaledwie szesnastoletniego, ale wysokiego, smagłego i silnego, prezentującego się bardzo przystojnie w nowym szarym garniturze kupionym specjalnie na tę okazję od portowych dokerów.

Gino pomagał jak mógł, otwierając butelki z wodą sodową i dzbany z winem dla Włochów urzędujących w kuchni. Milcząc i zachowując rezerwę, poruszał się z kocią zwinnością, która przydawała mu atrakcyjności. Można by rzec, młodzieniec wychowany w starej włoskiej tradycji usługujący z szacunkiem starszym. Tylko Lucia Santa wiedziała, że wszyscy ci ludzie w kuchni nic a nic go nie obchodzą. Nie widział ich twarzy, nie słyszał, co mówią, nie dbał, czy myślą o nim dobrze, czy źle, i było mu wszystko jedno, czy żyją, czy pomarli. Poruszał się w świecie, który nie istnieje, ale do którego został na ten jeden wieczór zwabiony i uwięziony. Usługiwał im, żeby czas szybciej zleciał.

Krewni, którzy przecież nie mogą wiedzieć wszystkiego, byli pod wrażeniem — zwłaszcza daleki kuzyn z Tuckahoe,

Piero Santini, czarnobrody, chudy z przepracowania jak szyna kolejowa właściciel czterech ciężarówek. Miał grubą i głupią żonę obwieszoną sztuczną biżuterią, aktualnie opychającą się bez opamiętania ciasteczkami, oraz nieśmiałą siedemnastoletnią córkę, która siedziała między ojcem i matką i nie odrywała oczu od Gina.

Piero Santini przechwycił roznamiętniony wzrok córki, co było do przewidzenia, bo strzegł jej jak smok. Z początku go to rozeźliło, potem się zreflektował. Wychowywał swoją małą Caterinę w starym włoskim stylu. Żadnych „sympatii", żadnego „chodzenia", żadnych tańców poza rodzinnym kręgiem. „Cha, cha, cha! Już ja widzę te tańce" — mawiał Piero Santini, wykonując pewien obsceniczny ruch biodrami.

Wbijał Caterinie do głowy, o co chodzi mężczyznom: wsadzą jej coś między nogi, brzuch jej spuchnie, potem opadnie, a zhańbieni, zrozpaczeni rodzice popełnią samobójstwo. Ale dziewczyna już dojrzała. Jak długo tak można? Żona głupia jak but, a on nosi się z zamiarem dokupienia jeszcze dwóch ciężarówek. Zarywa noce, licząc pieniądze i szpiegując pracowników, bo tylko spuścić takich z oka, a jaja mu z rozporka ukradną.

I tak Piero Santini, obdarzony wrodzoną umiejętnością przystosowywania się, która zapewniła mu sukces w biznesie, niewahający się przestawiać ciężarówki z wożenia wyrobów gotowych na wożenie śmieci, a czasami nawet whisky, jeśli dobrze płacono, przestawił teraz myśli na inny tor. Może już pora. On też obserwował Gina i był pod wrażeniem. Taki ułożony chłopiec, a jaki robotny. Sposób poruszania się świadczy o sile i zwinności; jak nic dałby radę załadować ciężarówkę dwa razy szybciej od tych dwóch obiboków ładowaczy, i to wspomaganych przez szofera. Wart swojej wagi w złocie. (Ależ pękałyby ze śmiechu Lucia Santa, jej przyjaciółki i sąsiadki, gdyby usłyszały, co Piero Santini myśli o Ginie — tym pierwszym na Dziesiątej Alei leserze, przypadku absolutnie beznadziejnym). Santini dalej obserwował Gina. Kiedy jego żona przysunęła sobie nowy talerzyk z ciasteczkami, a do niego podszedł Gino z następną szklaneczką wina, poklepał wolne krzesło obok siebie i powiedział do chłopca po włosku:

— Siądź tu na chwileczkę, chciałem z tobą pogadać.

Ten gest wyróżnienia zauważony został przez wszystkich. Piero Santini, bogaty kuzyn z Tuckahoe, taki łaskaw dla przymierającego głodem, biednego jak mysz kościelna młodzieńca? Zwróciły się na nich wszystkie pary oczu. Teresina Coccalitti trąciła łokciem Lucię Santę, i ta, choć spostrzegawczością nie grzeszyła, szybko pojęła, co jest na rzeczy.

Wszystkie spojrzenia, jak przeciągnięte magnesem, przeniosły się z Piero i Gina na młodą pannę. Caterina Santini była legendą, mitem, włoskim kwiatem, który wyrósł i rozkwitł niezbrukany na zepsutej amerykańskiej glebie. To oczko w głowie rodziców, pomimo młodego wieku mające już w małym palcu wszelkie tajniki sztuki kulinarnej, samo robiło ojcu makaron w niedzielę; nie malowało się, nie chodziło w szpilkach, bo te niekorzystnie wpływają na rozwój kości miednicy.

Ale teraz wybiła jej godzina, tak jak wybija nawet świętym. Grzech i chuć odciskały się piętnem na jej twarzy. Krwisty pąs, falująca pierś — dziewczyna wychodziła wprost ze skóry. Czuło się bijący od niej żar i nikogo nie zwiodły te oczęta spuszczone skromnie na drżące kolana.

Co za szansa dla Lucii Santy i jej niewydarzonego synalka, choć po prawdzie dorodny z niego młodzieniec, bo i jak mogłoby być inaczej, skoro zamiast po szkole pracować, wałkoni się całe popołudnia. Co za wspaniałe ukoronowanie weselnego przyjęcia. Lucia Santa z ożywieniem wilczycy, która zwietrzyła krew, pochyliła się w przód, żeby podsłuchać, co ten przechera Santini mówi jej synowi, ale słowa, które tak bardzo starała się złowić, tonęły w tej przeklętej muzyce z frontowego pokoju.

Małomówny Piero brał Gina na spytki.

— No więc, tego, młody człowieku, co porabiasz, jakie masz plany życiowe, tego, do szkoły jeszcze chodzisz? — spytał przymilnie po włosku.

246

Stropiło go trochę, że młody człowiek zamiast coś odpowiedzieć, patrzy na niego z kamienną twarzą, tak jakby nie
rozumiał po włosku. Po chwili jednak na tej kamiennej twarzy
pojawił się blady uśmiech i Piero zrozumiał: chłopak nie
spodziewał się, że majestat raczy go zagadnąć i z wrażenia
zapomniał języka w gębie. Aby go trochę ośmielić, a jednocześnie nawiązać do tematu, Piero poklepał Gina po ramieniu
i powiedział:

— Moja kochana córka umiera z pragnienia. Bądź dobrym
kawalerem i przynieś jej szklankę wody sodowej. Prawda,
Caterina, umierasz z pragnienia?

Caterina nie podniosła nawet oczu. Była przerażona tym, co
się z nią wyprawia. Kiwnęła tylko głową.

Do Gina dotarły słowa „wody sodowej" poparte skinieniem
głowy dziewczyny. Wstał, żeby zrealizować zamówienie. Nic
nie rozumiał z tego, co się dookoła dzieje, bo i jak miał
rozumieć, skoro ci ludzie dla niego nie istnieli. Przyniósłszy
wodę, odwrócił się szybko i nie zauważył, że Piero Santini
znowu poklepuje krzesło. Piero Santini, zbity z tropu tą znie-
wagą, skrzywił się i wzruszył ostentacyjnie ramionami, tak
jakby chciał powiedzieć: „I okaż tu, człowieku, serce takim
gburowatym gołodupcom". Wszyscy świadkowie afrontu, jaki
spotkał butnego, skąpego, bogatego Santiniego, parsknęli w duchu śmiechem i westchnęli, współczując jego biednej córce,
która wsadziła czerwony, nieupudrowany nos w syczącą wodę
sodową i wglądała tak, jakby chciała się zapaść pod ziemię.
Przedstawieniem samym w sobie była mina Lucii Santy wściek-
łej na zachowanie swojego syna Gina, który, jak wszyscy
wiedzieli, był tak samo szalony jak jego ojciec i pewnie tak
samo skończy; czyż nie mieli tutaj naocznego na to dowodu?

Właśnie na koniec tej komedii do kuchni weszła Angelina,
żeby się pożegnać. Ku zdumieniu wszystkich obecnych, Gino
dokonał bezwiednie drugiego podboju. Ten drugi był bardziej
uzasadniony od pierwszego. Bo, po pierwsze, Gino był jedynym
osobnikiem płci męskiej, który patrząc na Angelinę, wcale jej

nie widział, i tym natychmiast wzbudził jej zainteresowanie. Po drugie, Angelina wyczuwała, że nie jest tu mile widziana, i z przekory postanowiła grać swoją rolę do końca. Nie odrywając wzroku od Gina, ruszyła rozkołysanym krokiem w jego stronę, rzucając przez ramię do Lucii Santy: „Ależ przystojnego ma pani syna". Gino ocknął się z letargu; poczuł woń jej perfum, ciepło jej ramienia, zobaczył te szerokie, idealnie umalowane, wydymające się ku niemu usta. Nie miał pojęcia, co się dzieje, ale zapragnął się dowiedzieć. Kiedy Angelina poprosiła o swój płaszcz, usługi zaproponowali wszyscy mężczyźni, co więcej, każdy z nich, jak na szarmanckiego kawalera przystało, ofiarował się, że odprowadzi ją do metra, ona jednak zadecydowała zalotnie:

— Na stację odprowadzi mnie Gino — jest za młody, żeby coś mi z jego strony groziło.

Ponieważ wszystkie łóżka zastawione były daniami czekającymi na swoją kolej do podania na stół, rolę szatni spełniało mieszkanie Larry'ego i Louisy na drugim piętrze.

— Zejdę z nim na dół — powiedziała Angelina. Wzięła Gina pod rękę i wyszli.

Przyjęcie weselne trwało nadal. Lucia Santa chciała już pod jakimś pretekstem posłać za nimi Vincenza w charakterze przyzwoitki, ale po zastanowieniu dała sobie spokój. Gino swoje lata już miał i był wystarczająco dorosły, żeby zakosztować kobiety, a czy można sobie wyobrazić lepszą po temu sposobność? *Manga franca*. Nie będzie musiał za to w żadnej formie płacić. Niech się dzieje, co chce.

Na szklaneczkę wina, paszteciki i zatańczyć z panną młodą wpadł doktor Barbato. Zobaczył Lucię Santę, którą niczym królową otaczał wianuszek gości, i podszedł, by wrzucić do jej wielkiej atłasowej sakwy małą kopertę. Potraktowany został z królewskim chłodem. Ubodło go to; spodziewał się, że po tym wszystkim, co zrobił dla tej nędzarskiej rodziny, będzie hołubiony. Tak, miał rację jego ojciec, mawiając: „Nigdy nie oczekuj wdzięczności od osła i wieśniaka". Szklanka dobrego wina udobruchała doktora Barbato, druga taka jeszcze bardziej. Nie zależało mu na tym, nie czuł takiej potrzeby, ale rozumiał tych ludzi. Jak tu od osoby znajdującej się w sytuacji Lucii Santy wymagać okazywania wdzięczność każdemu, kto jej kiedyś pomógł? Nie podnosiłaby się z klęczek. Ona odbierała taką pomoc jak zwyczajny dar losu. Tak jak nie winiła nikogo za spadające na nią nieszczęścia, tak też nie przypisywała nikomu zasług za uśmiechy losu, do których zaliczały się sporadyczne charytatywne gesty doktora Barbato.

Doktor Barbato przygładził wąsa i obciągnął kamizelkę. Leczył wielu z obecnych tu Włochów, niektórzy dzieciństwo, tak jak jego ojciec, spędzili w Italii, ale wszyscy odnosili się do niego chłodno, jak do lichwiarza, do *padrone* albo jak do, przykro przyznać, przedsiębiorcy pogrzebowego. O, wiedział dobrze, co się kryje pod tymi pełnymi szacunku, przypochlebnymi *Signore Dottore* to, *Signore Dottore* tamto. Żył z ich nieszczęść; zarabiał na ich bólu; wzywali go w ostateczności, ze strachu przed śmiercią, a on za ulżenie im w cierpieniu żądał pieniążków. Prymitywizm, którego się jeszcze nie wyzbyli, podszeptywał im, że sztuka uzdrawiania to magia, czary, których się nie sprzedaje ani nie kupuje. Wszystko pięknie, ładnie, a czy przychodzi jednemu z drugim do głowy, że kiedy oni, zacofane gbury, prostacy, popijali sobie winko i rżnęli w wyszmelcowane karty na zroszone własnym potem pieniądze, on kończył szkoły, studiował, kuł, ślęcząc długie godziny nad podręcznikami, i przed każdym egzaminem borykał się z rozstrojem żołądka? A niech mnie nienawidzą, pomyślał, niech się leczą w darmowych przychodniach, niech czekają godzinami, żeby jakiś zafajdany internista raczył ich obejrzeć jak byka, ewentualnie krowę. Niech zdychają w Bellevue, a on otworzy praktykę na Long Island, gdzie ludzie, którzy wiedzą, że nie ma nic za darmo, będą do niego walić drzwiami i oknami. Doktor Barbato, żeby pokazać tym żałosnym prymitywom, że nie są w stanie wyprowadzić go z równowagi, rozciągnął usta w szerokim uśmiechu i pożegnał się ze wszystkimi w literackiej włoszczyźnie, której uczyli na uniwersytecie, przez co mało kto go zrozumiał, po czym, ku ogólnej uldze, wziął i wyszedł.

Na górze trwała zabawa, a na drugim piętrze, w mieszkaniu Larry'ego, Angelina z Ginem przekopywali się przez stosy wierzchniej odzieży, szukając jej płaszcza. Obawy Lucii Santy okazały się płonne. Angelina nie była wcale taką łatwą, na jaką wyglądała, a cnotliwy jeszcze Gino nie potrafił wykorzystać jej chwili słabości. Zanim odprowadził ją do metra, nagrodziła go długim pocałunkiem ciepłych mięsistych ust pokrytych warstwą szminki, w trakcie którego przywarła doń całym ciałem, ale na tak krótko, że Gino mógł to sobie tylko później wspominać w swoich fantazjach.

Tak, wesele udało się nad podziw, przy Dziesiątej Alei dawno takiego nie było. Plus dla rodziny Angeluzzich-Corbo, jeszcze jedno piórko do kapelusza Lucii Santy, która nie spoczęła na laurach i zaprosiła na niedzielny obiad rodzinę Piera Santiniego, żeby stworzyć Ginowi okazję do oprowadzenia po mieście Cateriny, prowincjuszki z zagubionego gdzieś w lasach Tuckahoe.

Piero Santini nie dorobiłby się czterech ciężarówek ani nie zdobył kontraktów na wywózkę miejskich śmieci, gdyby był człowiekiem pamiętliwym i długo chował urazę. Następnej niedzieli rodzina Santinich stawiła się w komplecie na obiad.

Lucia Santa przeszła samą siebie. W niedzielę rano, przekonując Gina, że zamiast iść grać w palanta na ulicy, rozsądniej zrobi, zostając w domu, złamała mu na głowie drewnianą łyżkę. Następnie przyrządziła sos preferowany przez neapolitańczyków, sama zagniotła ciasto, same je rozwałkowała i sama pocięła w szeroki makaron. Do zielonej sałatki otworzyła butelkę niemal świętej oliwy, którą przysłała jej z Włoch biedna siostra wieśniaczka — oliwy, jakiej w sklepie nie uświadczysz, pierwszej krwi oliwek.

Gina w nowym szarym garniturze z portowego nabrzeża i Caterinę w czerwonej jedwabnej sukience posadzono obok siebie. Vincenzo, ulubieniec starszych pań, zabawiał obfitych kształtów signorę Santini wróżeniem przyszłości z kart. Salvatore z Leną, przejęci rolą i zwinni jak elfy, posprzątali ze stołu i zmyli naczynia. Na koniec Gino, pouczony wcześniej przez matkę, spytał Caterinę, czy nie poszłaby z nim do kina, a ta, jak na dobrą córkę przystało, spojrzała na ojca, pytając go wzrokiem o pozwolenie.

Dla Piera Santiniego był to trudny moment. Podobnie czuł się wtedy, kiedy zdarzało mu się czasami wynajmować ciężarówki do przerzucenia partii szmuglowanej whisky i zdawał sobie sprawę, że nie zobaczy ich przez kilka dni z rzędu, nie będzie wiedział, gdzie są ani co się z nimi dzieje. Prawie tak samo go wtedy skręcało. Ale trudna rada; taka już ta Ameryka. Kiwnął przyzwalająco głową, zastrzegł jednak:

— Nie wracajcie za późno, jutro, tego, trzeba iść do pracy.

Kiedy młodzi wyszli, Lucia Santa uśmiechnęła się promiennie. Z poczuciem zwycięstwa rozłupała kilka włoskich orzechów i oleistymi, guzowatymi ziarnami nagrodziła za dobrą pracę Salvatore i Lenę. Dolała Santiniemu wina, postawiła przed signorą Santini talerzyk lodów. Kiedy na stole pojawiła się czarna parująca kawa gęsta od anyżówki, przyszedł Larry z żoną Louisą. Piero Santini i Lucia Santa wymieniali porozumiewawcze, zadowolone spojrzenia i gawędzili z nowo zrodzoną poufałością ludzi, którzy wkrótce zostaną krewnymi. Nie minęła jednak godzina, kiedy na schodach zastukotały obcasy i do mieszkania wpadła Caterina. Była sama, oczy miała dzikie, twarz mokrą od łez. Usiadła bez słowa przy stole.

Konsternacja. Santini zaklął, Lucia Santa złożyła dłonie jak do pacierza. Co się stało? Czyżby ten *animale* Gino zgwałcił ją na ulicy albo w samym kinie? A może zwabił w tym celu dziewczynę na dach? Na Boga! Z początku Caterina nie chciała odpowiadać na żadne pytania, ale w końcu przyznała szeptem, że zostawiła Gina w kinie i uciekła; zaprowadził ją na film, którego nie miała ochoty oglądać. Nic się nie stało.

Uwierzył jej ktoś? Nikt. Prysł przyjazny nastrój, diabli wzięli dobre humory. Atmosfera wyraźnie się ochłodziła. Ale co, na Boga jedynego, mogło się tam stać? Ach, ci pomysłowi młodzi, jakich to niecnych czynów potrafią się dopuścić w najmniej sprzyjających okolicznościach. Nie pomogły prośby ani groźby, Caterina zaparła się i nie chciała wyjawić swojej tajemnicy i w końcu oszołomieni Santini wyszli.

Rodzina Angeluzzich-Corbo — Lucia Santa, Vinnie, Larry z Louisą oraz poważni Sal i Lena — czekała na powrót przestępcy zebrana przy stole jak sędziowie. W końcu Gino, głodny jak wilk po czterech godzinach spędzonych w kinie, wbiegł po schodach, wpadł do mieszkania i zatrzymał się jak wryty pod naporem oskarżycielskich spojrzeń.

Lucia Santa wstała i zawahała się; była wściekła, tylko sama nie wiedziała o co. Co mu właściwie zarzucić? Zaczęła neutralnie:

— *Animale, bestia*, co zrobiłeś tej biednej dziewczynie?!

— Nic. — Zaskoczony Gino postawił oczy w słup.

Chyba naprawdę nie wiedział, czego od niego chcą, i Lucii Sancie przemknęło przez myśl, że zwariował i nie odróżnia już dobra od zła.

Zapanowała nad sobą i spytała spokojnie, cicho:

— Dlaczego Caterina cię tam zostawiła?

Gino wzruszył ramionami.

— Powiedziała, że musi do łazienki. Zabrała ze sobą płaszcz. Długo nie wracała, to pomyślałem sobie, że się jej nie podobam, pies z nią tańcował, pomyślałem, i obejrzałem film do końca. Mamo, skoro ona mnie nie chce, to po co zmuszacie ją z panem Santinim, żeby gdzieś ze mną chodziła? Od początku dziwnie się zachowywała... ani be, ani me.

Larry pokiwał z politowaniem głową.

— I popatrz, mamo — rzucił żartem do Lucii Santy — gdybym to ja był na jego miejscu, mielibyśmy już w rodzinie ciężarówkę.

Louisa prychnęła wzgardliwie, a Vinnie powiedział do Gina:

— Ty dupku, wszyscy widzą, że ona na ciebie leci.

Większość rodziny uznała to za żart, ale Lucia Santa, która jako jedyna widziała jądro sprawy, wpadła w prawdziwy gniew. Najchętniej rozwaliłaby Ginowi łeb *tackerilem*, bo wszystko wskazywało na to, że jest tak samo niespełna rozumu, jak jego ojciec.

Znalazł się święty idiota; jak gdyby nigdy nic, nie okazując cienia urażonej męskiej dumy, mówi, że nie podoba się dziewczynie. Czyli kim jest ta Caterina dla jej dumnego synalka? Gównem? Toż to córka bogatego człowieka, który mógłby mu zapewnić przyszłość i chleb; ładna, silne nogi i piersi, gdzie do niej temu nicponiowi, temu łachmycie, temu kandydatowi na krzesło elektryczne, a on nic sobie z tego nie robi? Patrzcie go, ma gdzieś, że nie chce go klejnot wśród włoskich dziewcząt. Za kogo się bęcwał uważa, za króla Włoch? Co z niego za głupiec, jeśli nie widzi, że Caterina pożera go wzrokiem. Och, beznadziejny, beznadziejny, cały ojciec i to na najlepszej drodze do napytania sobie strasznej biedy. Chwyciła za *tackeril*, żeby spuścić mu lanie, tak bez powodu, dla własnej przyjemności i wyładowania się, ale jej syn Gino, wykazując się instynktem rasowego kryminalisty, który ucieka nawet wtedy, kiedy jest niewinny, obrócił się na pięcie, wypadł z mieszkania i zbiegł na łeb na szyję po schodach. I tak runęło jeszcze jedno marzenie Lucii Santy i chociaż nastąpiło to w takich głupich i komicznych okolicznościach, w jej piersi zakiełkowało pierwsze ziarnko nienawiści.

# Rozdział 17

Frank Corbo przez siedem lat nie naprzykrzał się rodzinie. Teraz miał im znowu narobić kłopotów. Daleko od domu, na Long Island, w stanowym zakładzie dla umysłowo chorych Pilgrim State Hospital, postanowił, że ostatecznie ucieknie. I tak, pewnej ciemnej nocy, schował się w okratowanym łóżku i potajemnie wprawił w ruch wirowy mózg uwięziony w kościach czaszki. Bez pośpiechu, z namaszczeniem, ściągnął do mózgu wezbraną falę krwi, która cisnęła jego ciałem o wyłożoną kafelkami posadzkę sali i uwolniła na zawsze tę maleńką iskierkę, jaka pozostała z jego duszy.

Kiedy przyszedł telegram, Lucia Santa piła akurat przedpołudniową kawę z Teresiną Coccalitti. I ta herod-baba, żeby udowodnić swoją wielką przyjaźń, zdradziła jej jeden ze swoich sekretów. Potrafiła czytać po angielsku. Poruszyło to Lucię Santę bardziej niż treść samego telegramu. Jaką potężną bronią dysponowała ta kobieta w zmaganiach ze światem. I jak chłodno patrzyła teraz na Lucię Santę. Nie ma co udawać żalu, bo te bystre oczy od razu wykryją fałsz.

Jakie to okropne zdać sobie sprawę, że nie jesteś w stanie wzbudzić w sobie żałoby po człowieku, który kiedyś zawierzył ci życie! Lucia Santa była przed sobą zupełnie szczera: śmierć

Franka Corbo przyniosła jej coś w rodzaju ulgi, poczucia uwolnienia się od skrywanego, nękającego lęku, że pewnego dnia znowu będzie musiała skazać go na zamknięcie w klatce. Bała się go; bała się o dzieci, bała się poświęceń, jakich będzie wymagał, żyjąc.

I coś jeszcze. Niech Bóg jej wybaczy: śmierć męża zdjęła z jej duszy straszne brzemię. Kiedy podczas rzadkich odwiedzin widziała go zamkniętego za okratowanymi oknami, nadwątlała się jej wiara w życie i na wiele dni traciła swoją siłę.

Lucia Santa nie czuła żalu, tylko niewyobrażalną ulgę. Człowiek, który spłodził troje z jej dzieci, przez te lata pobytu w zakładzie zamkniętym umierał stopniowo w jej sercu. I teraz już go tam nie było.

Teresina Coccalitti udowodniła, że nie na darmo słynie z żelaznej logiki. Podsunęła Lucii Sancie najlepsze rozwiązanie problemu. Po co sprowadzać ciało męża do Nowego Jorku, płacić przedsiębiorcy pogrzebowemu, robić przedstawienie, przypominać każdemu, że umarł niespełna rozumu? Nie lepiej pojechać całą rodziną do szpitala i tam go pochować? Frank Corbo nie miał w tym kraju nikogo z rodziny, komu mogłoby to być nie w smak albo kto chciałby złożyć kondolencje. Oszczędzi w ten sposób setki dolarów, a za jednym zamachem uniknie plotek.

I królowa nie mogłaby rozumować rozsądniej.

Lucia Santa przygotowała wystawną kolację, prawdę mówiąc za ciężko strawną jak na ciepły letni wieczór, i rodzina Angeluzzich-Corbo zasiadła do stołu. Nikt nie okazywał żalu po zmarłym. Lucia Santa była wstrząśnięta, kiedy Gino przyjął wiadomość o śmierci ojca na chłodno, patrząc jej w oczy i wzruszając na koniec ramionami. Salvatore i Aileen nawet ojca nie pamiętali, ale Gino miał przecież jedenaście lat, kiedy go zabierano.

Podczas posiłku układali plan działania. Larry dzwonił już do szpitala, ustalił z administracją, że pogrzeb odbędzie się w południe na przyszpitalnym cmentarzu, zamówił też na-grobek. Pożyczył od swojego szefa limuzynę — pan di Lucca sam mu to zaproponował — żeby ich wszystkich tam zawieźć. Wyruszą punkt siódma rano; to daleka droga. Do domu wrócą pod wieczór. Stracą tylko jeden dzień pracy. Octavia z mężem przenocują dzisiaj u Lucii Santy, w dawnym pokoju Octavii. Lena tę jedną noc może przespać jak dawniej, z matką. Wszyst-ko pasowało.

Gino zjadł szybko i przebrał się w świeżą koszulę i spodnie. Kiedy wychodził, Lucia Santa zawołała za nim z niepokojem:

— Gino, tylko wróć dzisiaj wcześniej. Jutro o siódmej wyjeżdżamy.

— Dobrze, mamo! — odkrzyknął i zbiegł po schodach.

Larry nie krył oburzenia.

— Nie przychodzi mu do głowy, że w taki dzień wypadałoby zostać w domu? — zwrócił się do matki.

Lucia Santa wzruszyła ramionami.

— Chodzi co wieczór do tego swojego stowarzyszenia. Jest tam przewodniczącym jakiegoś klubu smarkaczy.

— Dzisiaj mógłby sobie darować z szacunku dla ojca. Czasami przechodzę tamtędy po zmroku i widzę, jak obściskują się z dziewczynami. Nie powinnaś go dzisiaj puszczać.

Octavia zachichotała. Larry prawiący morały zawsze ją śmieszył.

— I kto to mówi — powiedziała. — Zapomniałeś już, co sam wyprawiałeś, będąc w jego wieku?

Larry uśmiechnął się i zerknął na żonę. Była zajęta niemow-lęciem.

— Daj spokój, siostrzyczko — mruknął. I jak gdyby nic się nie stało, zaczęli wspominać rodzinne perypetie. Sal z Leną zabrali się do sprzątania ze stołu. Norman Bergeron otworzył książkę z poezją. Vinnie podparł się pod brodę i słuchał z za-interesowaniem. Lucia Santa postawiła na stole miseczki z orze-chami, dzban wina i parę butelek wody sodowej. Zajrzała Teresina Coccalitti. Mając nową słuchaczkę, rozgadali się na dobre i zasypali ją starymi historiami o wyczynach Franka Corbo.

— Kiedy nazwał Vinniego aniołem, wiedziałam już, że oszalał... — zagaiła Octavia.

I tak upłynął im ten wieczór.

Nazajutrz Lucia Santa odkryła, że Gino nie nocował w domu. W gorące letnie miesiące często spędzał noce poza domem, wałęsając się z kolegami i robiąc licho wie co. Ale żeby akurat w ten dzień? Przecież spóźnią się jeszcze przez niego na pogrzeb. Rozgniewała się nie na żarty.

Zjedli śniadanie, a Gina wciąż nie było. Na łóżku czekał na niego najlepszy garnitur, biała koszula i krawat. Lucia Santa posłała Vinniego i Larry'ego na poszukiwania. Pojechali samochodem pod budynek stowarzyszenia przy Dwudziestej Siódmej Ulicy, potem do sklepu ze słodyczami przy Dziewiątej Alei, gdzie chłopcy grali czasami całą noc w karty. Właściciel o czerwonych z niewyspania oczach powiedział im, że owszem, Gino tu był, ale niecałą godzinę temu wyszedł z kolegami na poranny seans do kina Paramount, a może Capitol, albo Roxy, nie był pewien do którego.

Kiedy po powrocie do domu powiedzieli o tym Lucii Sancie, pokręciła tylko głową.

— Nie ma co czekać — zadecydowała.

Kiedy wsiadali do samochodu, z Trzydziestej Pierwszej Ulicy skręciła w Dziesiątą Aleję Teresina Coccalitti; szła życzyć im dobrej podróży. Ubrana jak zawsze na czarno, z ziemistą twarzą i kruczoczarnymi włosami wyglądała jak strzępek nocy, który postanowił, że nie zniknie. W samochodzie było teraz jedno wolne miejsce, Lucia Santa zaproponowała jej więc, żeby się z nimi zabrała. Teresina nie dała sobie tego dwa razy powtarzać — dzień na wsi to nie lada gratka. Bez chwili zawahania wepchnęła się do auta, zajmując miejsce Gina przy oknie. Dzięki temu mogła później opowiadać ze szczegółami swoim kumom z Dziesiątej Alei, jak to rodzina Angeluzzich-Corbo pojechała na Long Island pochować Franka Corbo, jak jego najstarszy syn gdzieś się zawieruszył i nie zobaczył nawet twarzy ojca, zanim ta znikła na zawsze pod ziemią. Jak tylko Lucia Santa płakała — ale łzami tak pełnymi goryczy, że mogły tryskać jedynie ze studni gniewu, nie żałoby.

— Nadejdzie dzień zapłaty — wieszczyła Teresina Cocca-litti, potrząsając swoją czarną głową. — Ten chłopak to cierń w sercu matki.

# Rozdział 18

Lucia Santa Angeluzzi-Corbo odpoczywała, na podłogę padał jej czarny cień. Siedziała przy okrągłym kuchennym stole i zbierała siły, by zejść na dół i poszukać ochłody w powiewach wieczornej bryzy.

Dzisiaj bez żadnego wyraźnego powodu podupadła na duchu, co na ten jeden wieczór osłabiło w niej wolę życia. Ukryła się przed całym światem w ciemnej kuchni, ślepa i głucha na wszystko, co było jej drogie i co kochała. Najchętniej zapadłaby w sen bez trosk, w którym nie byłoby ani jednej zjawy z sennych rojeń.

Ale czyż świat można choć na chwilę zostawić bez opieki? Lena i Sal bawią się na ulicy, Gino buszuje po mieście jak dziki zwierz po dżungli, Vincenzo wrócił z pracy na kolei i śpi bezbronny w ostatnim pokoju, który należał kiedyś do Octavii; prosił, żeby go przed wieczorem obudzić, bo się gdzieś wybiera. Trzeba położyć do łóżek wnuki, dzieci Lorenza. Żona Lorenza chora i jakaś zgorzkniała. Wypadałoby pogawędzić z nią przy gorącej kawie, przywrócić wiarę w życie, wytłumaczyć, że marzenia o szczęściu są dobre dla dziewcząt i nie przystoją dorosłej kobiecie.

Lucia Santa nie zdawała sobie nawet sprawy, że głowa opada jej coraz to niżej i niżej i dotyka w końcu blatu okrągłego stołu. Poczuła jeszcze na policzku przyjemny chłód ceraty i zapadła w tę głęboką drzemkę, w której odpoczywa wszystko, prócz umysłu. Myśli i troski napływały i napływały drobnymi falami, aż całkowicie zawładnęły jej ciałem i sprawiły, że zadrżała przez sen. Cierpiała bardziej niż kiedykolwiek na jawie. Błagała bezgłośnie o litość.

Ameryko, Ameryko, jakże inaczej rozwijają się na twej glebie kości, ciało i krew. Własne dzieci nie rozumieją mnie, kiedy do nich mówię, a ja nie rozumiem ich, kiedy płaczą. Dlaczego Vincenzo, ten niemądry chłopiec, płakał? Usiadła na łóżku i wystraszona gładziła go jak dziecko po policzku mokrym od łez, granatowym od szczeciny męskiego zarostu. Miał pracę, zarabiał, miał rodzinę i dom, i łóżko do spania, a płakał. „Nie mam przyjaciół" — powiedział, kiedy spytała, co się stało. Co to niby miało znaczyć?

Biedny Vincenzo, czegóż ty żądasz od życia? Nie wystarcza ci, że żyjesz? *Miserabile, miserabile*, twój ojciec umarł, zanim przyszedłeś na świat, i jego duch rzucił cień na całe twoje życie. Żyj dla młodszych braci i siostry, potem dla żony i dzieci, a z biegiem czasu zestarzejesz się i to wszystko będzie ci się wydawało snem, tak jak teraz mnie się wydaje.

Byle tylko mu nie mówić, że los jest okrutny. Vincenzo i Octavia, jej najbardziej udane dzieci, i oboje nieszczęśliwi. Jak to możliwe, że tymczasem Lorenzo i Gino, te dwa huncwoty, uśmiechają się do niej fałszywie, szczerząc zęby, a potem robią swoje i niczym się nie przejmują? Gdzie tu Bóg, gdzie sprawiedliwość? O, ale i im kiedyś noga się powinie — nosi wilk razy kilka, poniosą i wilka; nicponiów też los doświadcza. Mimo wszystko są jej dziećmi, a te plotki, że Lorenzo jest złodziejem i mordercą, są tak samo kłamliwe jak Bóg.

Nie. Lorenzo nigdy nie będzie prawdziwym mężczyzną, takim jak ci chłopscy synowie, teraz już sami ojcowie, z Dziesiątej Alei, jak jej ojciec w Italii: mężowie, wychowawcy swoich dzieci, żywiciele, twórcy własnego świata, pokorni wobec życia i losu, którzy daliby się zamienić w kamień, byle tylko być rodzinie opoką. Takimi jej dzieci nigdy nie będą.

Z Lorenzem skończyła; spełniła już wobec niego swój obowiązek i właściwie przestał być cząstką jej życia.

Gdzieś głęboko w odmętach jej snu poruszył się tajemniczy potwór. Lucia Santa spróbowała się obudzić, zanim ujrzy jego kształt. Uświadomiła sobie, że siedzi w ciemnej kuchni, ale myślała, że upłynęła zaledwie chwila i że zaraz weźmie stołek i zejdzie po schodach na ulicę. Głowa opadła jej z powrotem na chłodną ceratę. Potwór podźwignął się z leża i nabrał kształtów.

„Jesteś jak twój ojciec". Tą formułką tłumiła bunt swojego najukochańszego syna. A potem, kiedy przygnębiony wychodził z domu, na długo zostawały z nią jego urażone oczy. Gino nigdy nie żywił długo urazy. Na drugi dzień zachowywał się tak, jakby nic się nie stało.

To było prawdziwe przekleństwo. Miał te same błękitne oczy tak niepasujące do smagłej śródziemnomorskiej twarzy; był tak samo zamknięty w sobie i małomówny, tak samo obojętny na troski najbliższych. Był jej wrogiem tak jak wcześniej jego ojciec i śniła teraz z gniewem o jego przewinach. Traktował ją jak obcą, nigdy nie słuchał jej poleceń. Zranił ją i rodzinne nazwisko. Ale zmądrzeje ten jej synalek; ona już zadba, żeby życie nauczyło go rozumu. Jak mu nie wstyd szwendać się całymi nocami po ulicach i całe dnie spędzać w parku, podczas gdy jego brat Vincenzo ciężko pracuje? Ma prawie osiemnaście lat; musi zrozumieć, że nie zawsze będzie dzieckiem. Och, gdyby to było możliwe.

Lucia Santa usłyszała w swoim śnie śmiech podnoszącego się potwora. Czym były te drobne grzeszki? I we Włoszech zdarzali się samolubni, gnuśni synowie przynoszący wstyd rodzinie. A co powiedzieć o zbrodni, której nigdy mu nie wypomniała i za którą nigdy nie poniósł kary, za którą nie może być przebaczenia? Nie zadał sobie nawet trudu, żeby po raz ostatni spojrzeć na twarz zmarłego ojca, zanim ta zniknie na zawsze pod ziemią. I teraz, we śnie, zaczęła krzyczeć, przeklinać i życzyć mu smażenia się w ogniach piekielnych.

Światło zalało kuchnię i Lucia Santa uświadomiła sobie, że naprawdę słyszała zbliżające się do drzwi kroki i że obudzi się, zanim zdąży wykrzyczeć te nieodwracalne słowa. Z ulgą podniosła głowę i zobaczyła nad sobą córkę Octavię. Nie rzuciła tej strasznej klątwy na Gina; nie skazała ukochanego syna na wieczne potępienie.

Octavia uśmiechała się.

— Mamo, jęczysz tak, że słychać cię na drugim piętrze.

— Zrób kawy — powiedziała z westchnieniem Lucia Santa — zostanę dzisiaj w domu.

Ileż to tysięcy wieczorów przesiedziały razem w kuchni.

Przez okienko w drzwiach do amfilady pokoi nasłuchiwały miarowych oddechów dzieci. Gino zawsze był niesforny i jako dziecko chował się pod okrągłym stołem na grubych, szponiastych nogach. Dla Octavii wszystko tu było znajome. Deska do prasowania, złożona teraz i stojąca w kącie przy oknie, wielkie radio w kształcie katedry, mała komódka z szufladami na obrusy, ścierki, guziki i kawałki materiału na łaty.

W tej kuchni mieszkało się, pracowało i jadło. Tęskniła za nią. W swoim czyściutkim mieszkaniu w Bronksie miała stół jak z porcelany i chromowane krzesła. Zlew lśniący bielą niczym ściana. Tutaj toczyło się życie. Po posiłku kuchnia wyglądała jak pobojowisko — przypalone garnki, tłuste miski, śliskie od oliwy z oliwek i sosu do spaghetti, i tyle brudnych talerzy, że wypełniłyby wannę.

Lucia Santa siedziała nieruchoma. Jej twarz, każdy mięsień przysadzistego ciała, wyrażały skrajne zmęczenie życiem. Widok matki w tym stanie ducha przerażał w dzieciństwie Octavię, teraz wiedziała, że to minie, że rano matka wstanie w tajemniczy sposób zregenerowana.

Spytała cicho, by okazać, że widzi, co się z nią dzieje:

— Źle się czujesz, mamo? Może sprowadzić doktora Barbato?

— Choruję na swoje dzieci — odparła z afektowaną, teatralną goryczą Lucia Santa — choruję na swoje życie. — I po wypowiedzeniu tych słów humor jakby się jej poprawił. Na policzki powrócił rumieniec.

Octavia uśmiechnęła się.

— Wiesz, tego najbardziej mi brakuje — twoich ciągłych połajanek.

Lucia Santa westchnęła.

— Nigdy cię nie łajałam. Zawsze byłaś najbardziej udana z moich dzieci. Ach, żeby tak reszta tych bestii była taka jak ty.

Ten sentymentalny ton zaalarmował Octavię.

— Mamo — powiedziała — przecież oni nie są tacy najgorsi. Larry daje ci co tydzień pieniądze. Vinnie oddaje całą kopertę z wypłatą, nawet jej nie otwierając. Gino i dzieci nie sprawiają większych kłopotów. Czego byś jeszcze, u licha, chciała?

Lucia Santa zesztywniała i po przygnębieniu nie pozostał ślad. Głos nabrał mocy, szykowała się do kłótni, tej najbardziej żywiołowej formy konwersacji, w której najlepiej się czuła.

— Lorenzo, mój najstarszy syn — zaszydziła po włosku, w języku stworzonym do szydzenia — daje mi dziesięć dolarów na tydzień i ja mam za to wykarmić jego osieroconych przez ojca braci i siostry. A z tego, co zarabia w związku, wydaje fortunę na lafiryndy, z którymi się szlaja. Jego biedna żona zamorduje go kiedyś w łóżku, a ja złego słowa na nią nie powiem w sądzie.

Octavia parsknęła śmiechem.

— Twój kochany Lorenzo? Oj, mamo, ale z ciebie hipokrytka. Gdyby tu teraz przyszedł z dziesięcioma dolarami i swoją gadką szmatką, przyjęłabyś go jak króla. Jak te młode kurewki, które się nabierają na jego gówniane czarowanie.

— Myślałam, że przy mężu sprośność przejdzie ci z tych warg do tamtych. — Lucia Santa westchnęła. Octavia spłonęła rumieńcem. Lucia Santa nie kryła zadowolenia. Powierzchowna wulgarność córki, amerykańska, nie mogła się równać z jej, rdzennie włoską.

Usłyszały kroki i do kuchni wszedł zaspany Vinnie. Był w samych spodniach i podkoszulku.

Wyrósł na niskiego, krępego mężczyznę bez uncji zbędnego tłuszczu, przez co sprawiał wrażenie niezdarnego chudzielca. Smagłą, wymizerowaną twarz okalał cień gęstego zarostu. Rysy, duże usta, mięsisty nos, sugerowałyby mężczyznę energicznego i zdecydowanego, gdyby nie czarne oczy, osobliwie bezbronne i nieśmiałe. Rzadko się uśmiechał. Dla Octavii najgorsza była zmiana, jaka zaszła w jego osobowości. Dawniej miał w sobie coś ujmującego; zawsze był miły i uczynny w sposób zupełnie naturalny. Teraz, choć nadal słuchał matki i gotów był pomagać innym, to z jego układności przebijała gorycz, źle zakamuflowany żal. Octavia wolałaby, gdyby zwyczajnie powiedział wszystkim, żeby się od niego odpieprzyli. Z jednej strony martwiła się o niego, z drugiej działał jej na nerwy. Rozczarował ją. Uśmiechnęła się ponuro na tę myśl. Czy tylko on jeden? Pomyślała o mężu, który siedział teraz sam w ich mieszkaniu w Bronksie, czytał, pisał i czekał na nią.

— Cholera, mamo, czemu mnie nie obudziłaś? — wymamrotał Vinnie z senną irytacją. Głos miał zdecydowanie męski, a przy tym po dziecinnemu rozkapryszony. — Przecież ci mówiłem, że wychodzę na miasto. Jakbym szedł do pracy, to byś mnie obudziła na czas.

— Zasnęła — wtrąciła się ostrym tonem Octavia. — To nie przelewki troszczyć się o was wszystkich darmozjadów.

— Co się go czepiasz? — najechała na Octavię Lucia Santa. — Ciężko pracuje przez cały tydzień. Raz na jakiś czas widzi siostrę. A ta mu zaraz skacze do oczu. Chodź, Vincenzo, siadaj, napij się kawy, zjedz coś. Chodź, synku, może siostra znajdzie dla ciebie miłe słowo.

— Nie bądź hipokrytką, mamo — zaczęła gniewnie Octavia, ale urwała, widząc minę Vinniego. Kiedy matka ją ofuknęła, sprawiał z początku wrażenie zadowolonego, wdzięcznego jej, że się za nim wstawia, ale kiedy Octavia się roześmiała, uświadomił sobie, że matka bierze go pod włos. Uśmiechnął się kwaśno na myśl, że tak łatwo go udobruchać, i zawtórował Octavii, śmiejąc się z siebie i z matki. Pili kawę i gawędzili z tą głęboką poufałością bliskiej rodziny, dzięki której nie nudzi nawet najbanalniejsza rozmowa.

Octavia zauważyła, że mizerna twarz Vinniego wypogadza się, uspokaja i staje jak dawniej słodka. Uśmiechał się, a nawet wybuchał śmiechem, słuchając Octavii opowiadającej o perypetiach na stanowisku brygadzistki w zakładzie krawieckim. Żartował ze swojej pracy na kolei. Octavia zdała sobie w pewnej chwili sprawę, że bardzo mu jej brakuje, że jej zamążpójście rozbiło pewien rodzinny układ — i po co to zrobiła? Och, już teraz wiedziała; jej ciało usłyszało zew natury i poszło za nim, nie oglądając się na nic, a ona, zakosztowawszy raz fizycznej miłości, nie potrafiła już nad nim zapanować, chociaż nadal czegoś jej do szczęścia brakowało.

No właśnie, nie była z mężem szczęśliwa tak jak tutaj, teraz, kiedy udało jej się rozruszać brata i z jego twarzy zniknął smutek i zagubienie, tak wyraźne kiedy wchodził do kuchni, nie spodziewając się jej tu zastać, niezupełnie jeszcze rozbudzony. Tyle chciała kiedyś dla niego zrobić i nie zrobiła nic — dlaczego? Górę wzięły żądze cielesne, a na dodatek trafił jej się dobry, wyrozumiały mąż, przy którym wyzbyła się dręczących ją lęków. Żadnych dzieci nie będzie i dzięki temu oraz podjęciu innych środków mających neutralizować przeciwności losu wygrzebią się z czasem z biedy i zaczną żyć jak ludzie. Kiedyś będzie jeszcze szczęśliwa.

Vinnie się ubierał, a Lucia Santa i Octavia przyglądały mu się z czułością, jaką kobiety okazują tylko mężczyznom ze swojej rodziny. Wyobrażały go sobie kroczącego ulicą i opędzającego się od dziewcząt. Zakładały w ciemno, że spędzi miły, pełen wrażeń wieczór, podziwiany, kochany i doceniany przez przyjaciół, którzy tak samo jak one — jego matka i siostra — będą w nim widzieli księcia.

Vinnie włożył granatowy garnitur i tandetny jedwabny krawat w czerwone i niebieskie esy-floresy. Czarne gęste włosy zmoczył wodą i przyczesał starannie, rozdzielając równym jak pod linijkę przedziałkiem; stanowiły teraz naturalne dopełnienie pociągłej, wrażliwej twarzy.

— Co to za dziewczyna, Vinnie? — spytała przekornie Octavia. — Czemu nie przyprowadzisz jej do domu?

A matka, na tyle już zamerykanizowana, żeby sobie czasem pożartować, dorzuciła z udawaną surowością:

— Mam nadzieję, że to porządna włoska dziewczyna, a nie jakaś irlandzka latawica z Dziewiątej Alei.

Vinnie uśmiechnął się tajemniczo, z wyższością, tak jakby miał u stóp z tuzin dziewcząt. Ale kiedy zawiązywał krawat i zobaczył w lustrze ten swój fałszywy uśmiech, znowu ogarnęło go przygnębienie i nachmurzył się.

Przywykł do rodzinnych pochlebstw, do uwag w rodzaju: „Ach, on z tych spokojnych, co to nigdy z nimi nie wiadomo; cicha woda brzegi rwie; Bóg jeden wie, ile dziewcząt ma poukrywanych w innych dzielnicach". Słysząc to, robił głupkowate miny, nie zaprzeczając ani nie potwierdzając, i nie mógł się nadziwić, jak one mogą wygadywać takie rzeczy.

Na miłość boską, pracował przecież na drugą zmianę od czwartej po południu do północy, od wtorku do niedzieli. Kiedy, u diabła, miał poznawać dziewczyny i się z nimi spotykać? Nie miał nawet kolegów w swoim wieku, znał tylko mężczyzn, z którymi od czterech lat pracował w kolejowym biurze spedycyjnym. Mamrocząc coś pod nosem na pożegnanie, wyszedł szybko z mieszkania.

Lucia Santa westchnęła ciężko.

— Gdzie on idzie o tej porze? — spytała. — Z kim? Co robią? Może go wykorzystują, taki niewinny.

Octavia rozsiadła się wygodnie na krześle. Najchętniej wzięłaby teraz książkę i położyła się z nią na łóżku w swoim dawnym pokoju. Ale daleko stąd, w cichym, aseptycznym mieszkanku w Bronksie czekał mąż, który do jej powrotu nie uśnie. Będzie czytał i pisał w bawialni przy świetle stojących lamp — udrapowane zasłony w oknach, na podłodze dywan — i powita ją na poły czułym, na poły litościwym uśmiechem, pytając: „Dobrze się bawiłaś w rodzinnym gronie?". A potem pocałuje ją delikatnie, ze współczuciem, co sprawi, że znowu staną się sobie obcy.

— Nie siedź za długo — powiedziała Lucia Santa. — Nie chcę, żebyś jeździła metrem, kiedy buszują tam ci wszyscy mordercy.

— Nigdzie mi się nie śpieszy — odparła Octavia. — Martwię się o ciebie. Może powinnam przenocować tu przez kilka dni, zająć się dziećmi, a ty byś sobie odpoczęła.

Lucia Santa wzruszyła ramionami.

— Zajmuj się lepiej mężem, bo zostaniesz wdową i przekonasz się na własnej skórze, co wycierpiała twoja matka.

— Wtedy wrócę tutaj i zamieszkam z tobą — odparła wesoło Octavia i zarumieniła się, kiedy ku jej zaskoczeniu matka popatrzyła na nią poważnie, badawczo, tak jakby wcale nie uznała jej słów za żart.

— W złym momencie mnie obudziłaś — zmieniła temat Lucia Santa. — Miałam właśnie przekląć we śnie mojego diabelskiego syna, tak jak powinnam to była dawno zrobić na jawie.

— Mamo, zapomnij już o tym — powiedziała cicho Octavia.

— Nie, nigdy nie zapomnę. — Lucia Santa zakryła dłonią oczy. — Jeśli Bóg istnieje, on za to odpokutuje. — Zwiesiła głowę. — Ojca zakopują w ziemi, a jego najstarszy syn nie uroni nawet łzy. — W jej głosie pobrzmiewała prawdziwa udręka. — To znaczy, że Frank Corbo był na tej ziemi niczym, na darmo cierpiał i smaży się w piekle. A ty kazałaś mi przyjąć Gina z powrotem pod mój dach bez bicia, bez słowa. Jego nigdy nie obchodziło, co my czujemy. Myślałam, że stało się z nim coś strasznego, że zwariował jak ojciec. A on wraca sobie jakby nigdy nic i nie chce się wytłumaczyć. Przełknęłam to, zakrztusiłam się i do dzisiaj się krztuszę. Co to za bestia, co za potwór? Ściąga pogardę świata na swojego ojca i na siebie, a potem wraca, je, pije i niczego się nie wstydzi. To mój syn, ale w snach przeklinam go i widzę martwego w trumnie ojca.

— Cholera! Cholera! Cholera — wrzasnęła z wykrzywioną gniewem twarzą Octavia. — Ja byłam na jego pogrzebie, a nienawidziłam go. I co z tego? Ty byłaś na jego pogrzebie i nie uroniłaś jednej łzy. Ostatni raz odwiedziłaś go w zakładzie na rok przed śmiercią.

Zamilkły obie. Sączyły kawę.

— Gino da sobie w życiu radę — podjęła po chwili Octavia. — Ma dobrze poukładane w głowie. Może zostanie kimś.

Lucia Santa roześmiała się z pogardą.

— O tak, zostanie, łobuzem, przestępcą, mordercą. Ale jednym nigdy nie zostanie. Mężczyzną, który przynosi do domu kopertę z wypłatą za uczciwą pracę.

— Widzisz, i to cię tak naprawdę złości — że Gino nie chodzi po szkole do pracy, że on jeden nie daje ci się rozstawiać po kątach.

— A kto ma go rozstawiać po kątach, jeśli nie własna matka? — zapytała Lucia Santa. — A może i tobie się wydaje, że on nigdy nie będzie miał nad sobą szefa? Bo jemu tak się wydaje. Że będzie żarł przez resztę życia za darmo, tak? Ale nie ma tak dobrze. Co z nim będzie, kiedy się dowie, jakie naprawdę jest życie, jakie jest ciężkie? On za dużo się spodziewa, za bardzo cieszy się życiem. W jego wieku byłam taka sama i odpokutowałam za to. Chcę, żeby się uczył życia ode mnie, a nie od obcych.

— Mamo, już ty lepiej do tego się nie bierz. — Octavia zawahała się. — Spójrz na swojego kochanego Larry'ego. Tyle pracy w niego włożyłaś, a wyrósł na gangstera, zbiera pieniądze dla tego rzekomego związku.

— Co mi tu będziesz opowiadać? — Lucia Santa machnęła lekceważąco ręką. — Nigdy nie udało mi się go namówić, żeby bił w moim imieniu swoich młodszych braci. On ma gołębie serce.

Octavia pokręciła głową i powiedziała powoli, z niedowierzaniem:

— Mamo, czasami jesteś taka mądra. Jak możesz być taka ślepa?

Lucia Santa upiła w zamyśleniu łyczek kawy.

— A zresztą jego nie ma już w moim życiu — powiedziała. I jakby nie zauważając, że Octavia odwraca głowę, ciągnęła: — Teraz Gino najbardziej leży mi na sercu. Posłuchaj tylko. Na tej dobrej posadzie w sklepie wytrzymał tylko dwa dni. Dwa dni! Inni pracują po pięćdziesiąt lat, a mój syn dwa dni.

Octavia roześmiała się.

— Sam się zwolnił czy go wylali?

— Aha, dla ciebie to śmieszne? — spytała Lucia Santa z przekąsem, wyraźnie rozdrażniona. — Wywalili na zbity pysk. Zamiast od razu po szkole biec do pracy, poszedł grać w futbol. Pewnie wykombinował sobie, że jak tam dotrze przed samym zamknięciem, to nic złego się nie stanie, a on będzie miał dniówkę zaliczoną. Nie przyszło mu do głowy, że *padrone* po to kogoś zatrudnia, żeby samemu nie stać przez cały dzień za ladą. Tak, nasz kochany Gino nie przepracował nawet tygodnia.

— Będę musiała z nim porozmawiać. O której wraca do domu?

Lucia Santa wzruszyła ramionami.

— A kto go tam wie? Król przychodzi i wychodzi, kiedy mu wygodnie. Ale powiedz mi jedno. Co takiego ważnego mają sobie ci smarkacze do powiedzenia, że gadają do trzeciej nad ranem? Wyglądam czasami przez okno i widzę go, jak siedzi na schodkach i pytluje gorzej niż stare baby.

Octavia westchnęła.

— Cholera, nie wiem.

Wstała. Lucia Santa sprzątnęła ze stołu puste kubki. Nie było żadnych czułych gestów, żadnego pocałunku na pożegnanie. Zupełnie jakby Octavia wychodziła kogoś odwiedzić i miała niedługo wrócić. Lucia Santa wychyliła się przez okno frontowego pokoju i odprowadziła wzrokiem oddalającą się Dziesiątą Aleją córkę, dopóki ta nie skręciła w stronę stacji metra.

# Rozdział 19

Poniedziałkowe wieczory Vinnie Angeluzzi miał wolne. W te wieczory wynagradzał ciału mizerię swojej egzystencji.

Żartobliwe uwagi matki i siostry wprawiały go w zakłopotanie, bo wychodził, żeby sobie za własne pięć dolarów pochędożyć, bez komplikacji i skutecznie. Wstydził się, bo był to jeszcze jeden dowód życiowej porażki. Pamiętał źle skrywaną dumę w głosie matki, kiedy rugała Larry'ego za wykorzystywanie młodych dziewcząt. Byłyby z Octavią zdegustowane, gdyby wiedziały, w jakim celu wychodzi na miasto.

Vinnie, od czasu kiedy rzucił szkołę, pracował na drugą zmianę, od czwartej po południu do północy, w kolejowym biurze spedycyjnym. Nie był nigdy na żadnej zabawie, nigdy nie pocałował dziewczyny, nigdy nie rozmawiał z dziewczyną w ciszy letniej nocy. Wolne miał tylko poniedziałki, a ten dzień tygodnia ma to do siebie, że wieczorem nie bardzo jest co ze sobą począć. Jego nieśmiałość pogarszała sytuację.

Tak więc Vinnie za swoją skromną, ale uczciwie zapracowaną pensję chodził do porządnego burdelu, który polecał podwładnym kierownik biura spedycyjnego, bo nie chciał, żeby włóczyli się po barach i zawierali przygodne znajomości albo jeszcze gorzej. Czasami kierownik sam tam zaglądał.

Na tę eskapadę wszyscy urzędnicy ubierali się elegancko, tak jakby szli szukać pracy. Garnitury, krawaty, kapelusze, płaszcze — strój na siódmy dzień odpoczynku i rozrywki dla duszy. Z Vinniego, który był z nich wszystkich najmłodszy, żartowali, że w czarnym kapeluszu wygląda jak gangster. Spotykali się w barze Diamond Jim, gdzie serwowano grillowane hot dogi, kanapki z gorącym rostbefem i zimne nóżki prawie tak samo szare, jak skóra kierownika. Zamawiali ceremonialnie whisky, po czym jeden z urzędników wołał tonem nieznoszącym sprzeciwu: „Ja stawiam" i kładł pieniądze na barze. Kiedy już ostatni z nich postawił kolejkę, wychodzili na Czterdziestą Drugą Ulicę, w pożogę neonów szalejącą nad wejściami do kin, które ciągnęły się, ściana w ścianę, wzdłuż obu stron ulicy. O tej porze przewalały się tu już takie tłumy, że trzymali się w zwartej grupie, jakby z obawy, że jeśli któryś choćby na moment się odłączy, to porwie go fala przechodniów i nieszczęśnik nie da już rady dobić z powrotem do swoich. Idąc Czterdziestą Drugą Ulicą, mijali ustawione na trotuarze drewniane ramy, z których nagabywały ich namalowane na dykcie naturalnej wielkości kobiety. Ich nagość uwypuklały czerwone i purpurowe lampki.

Był to niczym się niewyróżniający, czteropiętrowy hotelik, prawie niewidoczny w tym ogniu zimnego, płonącego ciała. Wchodzili i kierowali się od razu do windy. Nie musieli przechodzić przez hol, bo było to wejście przeznaczone tylko dla takich jak oni. Windziarz puszczał do nich oko, oko poważne, formalne, niebędące w żadnym wypadku frywolnym komentarzem do roboty, jaka ich czekała, i wiózł na ostatnie piętro. Tam, zostawiając swoją żelazną klatkę bez opieki, prowadził całą grupę w głąb wyłożonego dywanem korytarza, pukał do stosownych drzwi, podawał szeptem tajne hasło i kiedy wchodzili gęsiego do środka, przyglądał się uważnie każdemu z osobna.

Był to living room dwusypialniowego apartamentu zastawiony małymi skórzanymi fotelikami. Zwykle siedział tam już przynajmniej jeden mężczyzna i czytał gazetę, czekając na swoją kolej. Ruchem kierowała ledwie widoczna kobieta pijąca kawę we wnęce kuchennej. W kredensie miała baterię butelek whisky i szklaneczki. Kto chciał się napić, wchodził do wnęki i kładł dolara, ale przeważnie kolejka posuwała się tak szybko, że nie było na to czasu. Kobieta z wnęki miała bardzo niewiele do czynienia z klientami i wyglądała raczej na strażniczkę tego przybytku.

To twarz tej kobiety — nie dziewcząt pracujących w sypialniach — zostawała zawsze Vinniemu w pamięci. Kobieta była niska, miała bardzo czarne włosy i chociaż nie dało się określić, ile właściwie ma lat, to na pewno była za stara, żeby pracować jeszcze w zawodzie. Ta twarz w połączeniu z tembrem głosu czyniły z niej istotę nieludzką.

Głos bowiem, co charakterystyczne u niektórych dziwek, miała niesamowicie ochrypły, tak jakby od chorego nasienia, które latami płynęło strumieniem przez ciało, przegniły jej struny głosowe. Mówiła z najwyższym trudem. Ten głos przerażał bardziej niż jakakolwiek widoczna blizna. Jej rysy w młodych oczach Vinniego układały się w iście diabelską maskę. Wargi miała mięsiste, bezkształtne, obciągnięte na zębach, które spomiędzy nich wystawały. Policzki i podgardle tłuste, obwisłe, wdowie, nos kluchowaty, nienaturalnie szeroki, oczy czarne, bezduszne jak dwa węgle. Do tego w każdym jej słowie i geście było coś, co sugerowało nie tyle nienawiść czy pogardę dla świata, co całkowitą fizyczną obojętność na wszystko i wszystkich. Była bezpłciowa. Przechodząc obok kogoś, kręciła głową na boki jak rekin. Kiedy pewnego razu mijała Vinniego, ten skulił się i cofnął odruchowo, bo odniósł wrażenie, że zaraz wyszarpie mu zębami kawał ciała. Kiedy z sypialni wychodził klient, wskazywała palcem następnego, ale przedtem uchylała drzwi, zaglądała do środka i pytała: „W porządku, kochanie?". Ten głos mroził Vinniemu krew w żyłach.

Ale był młody. Po wejściu do sypialni krew znowu zaczynała krążyć. Wypacykowaną twarz kobiety, zawsze tę samą, widział jak przez mgłę. Była to zwykle blondynka, poruszała się w złotym kręgu lampy z grubym abażurem, tak że kolory jej twarzy — umalowane na czerwono usta, długi upudrowany na biało nos, śmiertelnie, widmowo blade policzki i uczernione, popatrujące zielenią oczodoły — zdawały się załamywać światło.

To, co teraz następowało, krępowało zawsze Vinniego. Kobieta prowadziła go do niskiego stolika w kącie pokoju, na którym stała miednica z gorącą wodą. Zdejmował buty, skarpetki i spodnie, a ona myła mu intymne części ciała, oglądając je uważnie, z godnym lekarza skupieniem.

Potem prowadziła go do przystawionego do ściany łóżka, zrzucała z siebie szlafrok i stawała przed nim naga w przytłumionym świetle nocnej lampki z obszytym frędzelkami abażurem. On był nadal w koszuli i pod krawatem (raz, w przypływie namiętności, chciał zerwać z siebie i to, ale kobieta fuknęła: „Zostaw, na miłość boską, nie zostajesz tu do rana").

Pomalowane na czerwono sutki, krągły brzuch z fałdką tłuszczu, równy czarny trójkąt i dwie długie kolumny obficie upudrowanych ud — wszystko to służyło jednemu celowi. Kiedy dziwka zrzucała szlafrok, obnażając to ciało, krew uderzała Vinniemu do mózgu z taką siłą, że przez resztę wieczoru bolała go głowa.

Uścisk był formalnością, zwyczajną pantomimą. Kobieta kładła się na pościelonym łóżku, Vinnie wczołgiwał się na nią na łokciach, klinując biodrami w imadle rozchylonych ud.

I świat przestawał istnieć. Było tylko ciało; gorące, miękkie ciało; topniejący wosk; ciepłe, ustępliwe, kleiste mięso bez krwi i ścięgien. Jego ciało, jego tkanka otoczona tym mięsem, zwilżona wydzieliną tego mięsa. Jego wyprężone, napięte ciało odciskające w tym wosku swoje kształty, i na jeden oślepiający moment stawał się wolny, wyzwolony z osamotnienia.

I było po wszystkim. Wychodził do czekających kolegów z biura i szli razem na chińską kolację, potem na film do kina Paramount albo na kręgle, a na koniec na kawę. Ci z nich, którzy mieli stałe dziewczyny albo byli już zaręczeni, też chodzili do hotelu, ale zaraz potem urywali się do swoich dziewcząt i narzeczonych. Zaspokojeni.

Dla Vinniego było to jak jedzenie, sen, jak zarabianie pieniędzy, było po prostu elementem rutyny niezbędnej do utrzymania się przy życiu. W miarę upływu czasu jednak narastało w nim uczucie, że coraz bardziej odcina się od otaczającego go świata i jego mieszkańców.

# Rozdział 20

Gdzież pochowali się ci malkontenci, którzy pomstowali na Amerykę i jej sen? Kto mógł w nią teraz wątpić? Wraz z wybuchem wojny w Europie, kiedy to Anglicy, Francuzi, Niemcy, a nawet Mussolini zaczęli trwonić miliony na mordowanie, napełniały się kieszenie każdego Włocha z zachodniej ściany miasta. Wielki Kryzys przeszedł do historii, człowiek nie musiał już żebrać o kawałek chleba, inspektorów opieki społecznej można było spuścić po schodach. Niejeden planował kupno domu na Long Island.

Fakt, były to pieniądze zarobione na pomaganiu ludziom w zabijaniu się nawzajem. To wojna w Europie dawała pracę. Tak przebąkiwali mądrale proszący się o kłopoty. Ale w jakim innym kraju nawet biedny mógł się wzbogacić na nieszczęściu świata?

Krajanie z południa, z Sycylii, Neapolu, z Abruzzi, ci Włosi z Dziesiątej Alei, mieli w nosie, czy Mussolini będzie w tej wojnie górą, czy nie. Nigdy nie kochali kraju przodków; nic dla nich nie znaczył. Jego rząd przez wieki był największym wrogiem ich ojców i dziadów. Bogaci pluli tam na biednych. Rajfurzy z Rzymu i północy wysysali ich krew. Co za szczęście być bezpiecznym tutaj, w Ameryce.

Tylko Teresina Coccalitti nie była zadowolona. W okresie koniunktury nie mogła już utrzymywać, że jej synowie nie mają pracy, i odebrano jej zasiłek rodzinny. Chodziła teraz po sklepach i wykupywała wielkie torby cukru, mąki i puszkowaną słoninę.

— Nadejdzie taki dzień — powiedziała kiedyś tajemniczo do Lucii Santy — oj, nadejdzie taki dzień... — Zaraz nabrała wody w usta i nic więcej nie chciała powiedzieć. Co miała na myśli? Fakt, ogłoszono mobilizację, ale z Dziesiątej Alei do wojska powołany został tylko jeden chłopiec. Wielkie mi rzeczy. Lucia Santa była zbyt zaabsorbowana własnymi sprawami, żeby brać sobie do serca słowa Coccalitti. Przez czynszowe kamienice przepływał strumień złota. Dzieci po szkole pracowały. Sal z Leną na pół etatu w nowej fabryce leków przy Dziewiątej Alei. Vinnie siedem dni w tygodniu. A, niech tam ludzie w Europie zabijają się do woli, jeśli mają z tego przyjemność. Rodzinna wioska Lucii Santy była za mała, ziemia za licha, żeby coś groziło krewnym.

Tylko ten wyrodek Gino nie pracował. Ale to jego ostatnie lato zbijania bąków. W styczniu kończy szkołę średnią i nie będzie już wymówki. Nie ma sensu prosić znajomych o znalezienie mu pracy. Lucia Santa już próbowała i Gino nigdzie nie zagrzał długo miejsca.

Ale jedno ten *mascalzone* mógłby zrobić. Vinnie znowu zapomniał torebki z drugim śniadaniem; Gino mógłby mu ją podrzucić. Lucia Santa zastąpiła Ginowi drogę, kiedy ten, z kijem baseballowym pod pachą i tą rękawicą akuszerki na dłoni, próbował ją ominąć. Widzieliście księcia z laseczką i w kapeluszu.

— Zanieś to bratu do pracy — powiedziała, podając mu zatłuszczoną papierową torbę i o mało nie parsknęła śmiechem, widząc na jego twarzy obrzydzenie. Patrzcie go, jaki dumny, jak ci wszyscy, co nie muszą w pocie czoła zarabiać na chleb. Jaki wrażliwy.

— Śpieszę się, mamo — powiedział Gino, nie odbierając torby.

— A gdzie ci tak spieszno? — spytała z rozdrażnieniem

Lucia Santa. — Do ślubu? A może wpłacić do banku pieniądze, które zarobiłeś w tym tygodniu? Albo spotkać się z kolegą w sprawie dobrej pracy?

Gino westchnął.

— Mamo, Vinnie może sobie kupić coś do zjedzenia w stołówce.

Tego było już za wiele.

— Twój brat rezygnuje dla ciebie z własnego życia — powiedziała z goryczą — on nigdy nie gra ani nie biega po parkach. Nigdy nigdzie go ze sobą nie zabierasz, chociaż taki jest samotny. A ty nie chcesz mu nawet zanieść śniadania? Wstydź się. Idź, graj w ten swój baseball i włócz się z koleżkami. Sama mu zaniosę.

Zawstydzony Gino wziął od niej torbę. Dostrzegł iskierkę zwycięstwa w oczach matki, ale zignorował to. Naprawdę chciał coś zrobić dla Vinniego.

Dobiegł Dziesiątą Aleją do skrzyżowania z Trzydziestą Siódmą Ulicą i tam skręcił w kierunku Jedenastej Alei. Delektował się poczuciem pełnej swobody, jakie ogarniało go w dusznym letnim powietrzu. Kiedy był młodszy, biegał, sadząc wielkimi susami, żeby sprawdzić, czy naprawdę potrafi latać, czy tylko mu się tak wydaje, ale teraz był już na to za duży. Zbliżając się do budynku spedycji, podrzucił wysoko torbę z drugim śniadaniem Vinniego, a potem przyśpieszył, żeby ją złapać, zanim spadnie na ziemię.

Wjeżdżał powoli na górę metalową okratowaną windą, w budynku śmierdziało szczurami. Windziarz w brudnoszarym uniformie z żółtymi, przypominającymi splecione dżdżownice insygniami na klapach marynarki rozsunął metalowe drzwi z tą niewytłumaczalną pogardą, jaką niektórzy dorośli okazują młodym, i Gino wkroczył do biura, które zajmowało całe poddasze budynku.

Było to pomieszczenie jak z koszmarnego snu kogoś, kto wie, że któregoś dnia przyjdzie mu zamieszkać w więzieniu, i próbuje je sobie wyobrazić. Stały tu długie rzędy biurek z maszynami do fakturowania, wypluwającymi rolki papieru z rozliczeniami poszczególnych transportów. Maszyny obsługiwali mężczyźni w kamizelkach, białych koszulach i poluzowanych krawatach. Wszyscy byli starsi od Vinniego i robota wprost paliła im się w rękach. Maszyny terkotały jak oszalałe. Na każdym biurku stała żółta lampka; reszta biura pogrążona była w mroku, nie licząc długiej lady zawalonej stosami wydrukowanych już faktur. Za tą ladą stał wysoki, chudy, przygarbiony mężczyzna o najbardziej poszarzałej twarzy, jaką Gino w życiu widział, i sortował faktury w świetle wielkiej lampy biurkowej. Nikt nie rozmawiał. Nie docierał tu nawet promyk dziennego światła. Odnosiło się wrażenie, że wszyscy ci ludzie zamurowani zostali żywcem, a pod nimi, w trzewiach budynku, kopulują z turkotem pociągi towarowe. Gino rozejrzał się i od razu wypatrzył Vinniego.

Wyróżniał się z tłumu tym, że jako jedyny był bez kamizelki i w kolorowej koszuli, której przez dwa, trzy dni mógł nie zmieniać. Jego falujące czarne włosy wyglądały jak mokre w blasku żółtej lampy na stalowym wysięgniku. Gino zauważył, że Vinnie wali w klawisze wolniej od reszty i że na jego twarzy maluje się wyraz skupienia. Pozostali pracowali z otępiałymi minami lunatyków.

Nagle Vinnie podniósł wzrok. Patrzył na Gina, ale jakby go nie poznawał. Zapalił papierosa. Gino uświadomił sobie z zaskoczeniem, że Vinnie go nie widzi, i nie tylko jego, innych też, że buja myślami w innym świecie. Ruszył w jego stronę i mijając pierwszy rząd biurek, wkroczył w prostokąt żółtego światła. Głowy podrywały się, jakby zasłaniał im słońce. Vinnie wreszcie go zobaczył.

Rozpromienił się i uśmiechnął ujmująco, jak w dzieciństwie. Gino rzucił mu z daleka torbę z drugim śniadaniem. Vinnie przechwycił ją zręcznie w locie. Gino stanął przy jego biurku i nie bardzo wiedział co dalej.

— Dzięki, braciszku — powiedział Vinnie. Mężczyźni po obu jego stronach przestali walić w klawisze, a on wyjaśnił im: — To mój młodszy brat, Gino.

Duma, z jaką to powiedział, wprawiła Gina w zakłopotanie. — Cześć, mały — mruknęli mężczyźni i otaksowali go spojrzeniami. Zrobiło mu się wstyd, że jest w granatowych spodniach od dresu i białym wełnianym podkoszulku. Poczuł się tak, jakby przyszedł niestosownie ubrany na pogrzeb. — Ej, tam, panowie, co to za pogaduszki? — krzyknął zza lady szarolicy mężczyzna. — I tak nie nadążamy. — Po czym przyczłapał do Vinniego i położył na jego biurku nowy plik faktur. Przypominał wychudzonego starego szczura. — Jesteś do tyłu — burknął.

— Nie pójdę na przerwę i nadgonię! — zawołał nerwowo Vinnie za oddalającym się kierownikiem. Gino odwrócił się i ruszył do windy. Vinnie wstał i wyszedł za nim z kręgu światła. Czekali, słuchając zgrzytania stalowych lin i klekotu wznoszącej się kabiny.

— Idź na skróty przez bocznicę — doradził bratu Vinnie. — Tylko uważaj, żeby jakaś lokomotywa nie zrobiła ci z tyłka garażu. — Położył dłoń na ramieniu Gina. — Dzięki, że mi przyniosłeś drugie śniadanie. Masz mecz w sobotę?

— Tak — mruknął Gino. Winda nie śpieszyła się, a on chciał już stąd wyjść. Widział, jak Vinnie zerkał nerwowo na krąg światła wypełniony klekotem maszyn i jak się krzywił, ilekroć kierownik o szarej szczurzej twarzy obracał głowę, mrużył oczy i próbował wypatrzyć ich w mroku.

— Jak się na czas obudzę, to przyjdę pokibicować — obiecał Vinnie.

Winda nareszcie się dowlokła, drzwi rozsunęły się, Gino wszedł do kabiny i ta zaczęła powoli opadać. Smród stęchlizny, szczurów i ich zeschniętego gówna przyprawiał go o mdłości. Wyszedł z budynku i uniósł głowę, rozkoszując się cytrynowym ciepłem słonecznego wrześniowego popołudnia. Stał tak chwilę bez ruchu z poczuciem niewypowiedzianej ulgi i swobody.

Nie myślał już o Vinniem. Ruszył truchcikiem przez bocznicę kolejową, wielkie pole pocięte bezładną na pozór plątaniną białych, lśniących w słońcu stalowych szyn. Podkurczył prawą rękę, wyobrażając sobie, że trzyma pod pachą futbolówkę, przyśpieszył i po chwili pędził już po drewnianych podkładach, przeskakując rozjazdy, gdzie stopa mogła utkwić między zbiegającymi się szynami. Kiedy z przeciwka nadjeżdżała czarna lokomotywa, uskakiwał zwinnie raz w lewo, raz w prawo i wciąż nabierał prędkości. Dogoniła go lokomotywa jadąca w tym samym kierunku, maszynista wychylił się przez okienko od strony Gina, który, drobiąc po podkładach, biegł z nią przez jakiś czas łeb w łeb. Potem maszynista rzucił mu obojętne spojrzenie, czarny parowóz zasapał głośniej, przyśpieszył i wysforował do przodu. Kiedy zniknął w labiryncie brązowych i żółtych wagonów towarowych, zmachany Gino stanął. Spocił się trochę, był nieludzko głodny, chciało mu się pić... i nagle poczuł się znowu silny i świeży. Puścił się biegiem w kierunku parku Chelsea. Po chwili zobaczył kolegów, którzy czekali na niego, przerzucając się piłką baseballową.

# Rozdział 21

W następny wtorek Lucia Santa obudziła się rano z uczuciem, że coś jest nie tak, jak powinno. Sal i Lena jeszcze spali. Nad ranem słyszała, jak wrócił Gino; łatwo go było poznać po tym, że nie licząc się z innymi, tłucze się po mieszkaniu i hałaśliwie rozbiera. Ale Vinniego nie słyszała. Przypomniała sobie jednak, że Vinnie poniedziałki ma wolne i zdarza się, że ściąga wtedy do domu jeszcze później niż Gino.

Chociaż wiedziała, że to niemożliwe, by ktoś wszedł do domu, a ona się nie obudziła, sprawdziła łóżko Vinniego. Zajmował teraz dawny pokój Octavii, jedyny zapewniający prywatność w całym mieszkaniu. Łóżko nie było posłane, ale specjalnie jej to nie zaniepokoiło. Kiedy dzieci wyszły do szkoły, oparła się łokciami o wymoszczony poduszką parapet i zaczęła wypatrywać powrotu syna. Czas mijał; kiedy z bocznicy kolejowej po drugiej stronie Alei zaczęli wychodzić na lunch robotnicy, zorientowała się, że to już południe. Dopiero teraz nie na żarty się zaniepokoiła. Włożyła gruby wełniany żakiet i zeszła do Lorenza.

Wiedziała, że najstarszy syn rano jest zawsze nie w sosie, ale zdenerwowanie nie pozwoliło jej czekać. Zastała Larry'ego przy porannej kawie. Był w wymiętym podkoszulku, który częściowo osłaniał pierś porośniętą czarnymi sprężystymi włoskami.

— Mamo, na miłość boską, on nie jest dzieckiem — powiedział z irytacją, upijając łyk kawy. — Obojętne co robił, zeszło mu się tak długo, że nie warto już było wracać do domu. Obudzi się i pójdzie prosto do roboty.

— A jak coś mu się stało? — spytała z niepokojem Lucia Santa. — A my nawet nie będziemy wiedzieli.

— O to się nie bój — odparł z przekąsem Larry — gliny trzymają rękę na pulsie.

Louisa nalała matce kawy. Na jej pięknej twarzy, zwykle spokojnej, też malował się niepokój. Lubiła Vinniego — znała go najlepiej ze wszystkich, nie licząc Lucii Santy, i ta nieobecność jej też wydawała się dziwna.

— Larry, proszę, idź go poszukać — zwróciła się do męża.

Było to z jej strony tak niezwykłe, że Larry ustąpił. Poklepał matkę po ramieniu.

— Pójdę do biura Vinniego, dobrze, mamo? Tylko daj mi skończyć kawę.

Lucia Santa wróciła do siebie na górę i czekała.

O trzeciej po południu ze szkoły wrócili Gino i dzieci, a Larry jak poszedł, tak przepadł. Lucia Santa próbowała zatrzymać Gina w domu, ale ten jakby niczego nie rozumiał. Zabrał futbolówkę i już go nie było. Sal i Lena usiedli do lekcji przy okrągłym kuchennym stole, a ona przygotowała im po pajdzie chleba z oliwą z oliwek i octem. Larry wrócił o piątej z informacją, że Vinnie nie zjawił się dzisiaj w pracy i nikt tam nie wie, co się z nim dzieje. Lucia Santa zauważyła, że Larry też się niepokoi. Zaczęła wyłamywać sobie palce i modlić się po włosku do Boga.


Louisa przyszła z dziećmi na górę i próbowała uspokoić teściową. W całym tym zamieszaniu nikt nie usłyszał kroków na schodach. Nagle w drzwiach pojawił się czarny uniform Buldoga z kolei, obok stał poszarzały na twarzy *Panettiere*. Wystąpił przed Buldoga, tak jakby chciał go zasłonić przed

Lucią Santą i zagłuszyć, uniósł nieświadomie obie ręce dłońmi w jej stronę w geście takiego współczucia, że Lucia Santa zmartwiała. To Louisa pierwsza zawyła z przerażenia.

Gino siedział sobie spokojnie z kolegami na schodkach przed stowarzyszeniem, kiedy przechodzący tamtędy Joey Bianco zawołał do niego:

— Idź lepiej do domu, Gino, coś tam się niedobrego dzieje.

Ostatnio Gino rzadko widywał Joeya Bianca. Wyrośli obaj, jak to często bywa, z dziecięcej przyjaźni, i teraz sami nie bardzo wiedzieli, jak się mają do siebie odnosić. Tak więc Gino nawet nie próbował zatrzymać przechodzącego Joeya ani spytać go, co się właściwie stało. Nie bardzo chciało mu się wracać do domu, ale w końcu ciekawość wzięła górę.

Wybrał drogę na skróty przez park Chelsea; biegnąc lekko Dziesiątą Aleją dotarł do skrzyżowania z Trzydziestą Ulicą. Tam, widząc zbiegowisko przed swoją kamienicą, zatrzymał się na chwilę, a potem wolno, noga za nogą, ruszył dalej.

Wśród zebranych na trotuarze nie było nikogo z rodziny. Gino wbiegł po schodach i wpadł do mieszkania.

Tłoczyli się w nim sąsiedzi. Sal i Lena, sztywni i osamotnieni, z buziami otępiałymi ze strachu, stali w kącie. Tłum rozstąpił się i Gino zobaczył matkę miotającą się w konwulsjach na krześle. Larry przytrzymywał ją z całych sił. Obok stał doktor Barbato ze strzykawką.

Lucia Santa wyglądała strasznie, zupełnie jakby zanikły jej wszystkie mięśnie łączące poszczególne części twarzy. Usta miała dziwnie wykrzywione i wydawało się, że stara się coś powiedzieć, a nie może. Oczy patrzyły na wprost, jak u ślepca. Dolna część tułowia podskakiwała na krześle. Doktor Barbato zaczekał na odpowiedni moment i błyskawicznym ruchem wbił jej igłę w ramię. Potem pochylił się nad nią i patrzył.

Na twarz Lucii Santy powoli powracał spokój. Powieki jej opadły, napięcie opuszczało ciało.

— Połóżcie ją do łóżka — powiedział doktor Barbato. — Będzie teraz spała około godziny. Wezwijcie mnie, kiedy się obudzi.

Larry z pomocą kilku sąsiadek wniósł Lucię Santę do sypialni. Gino dopiero teraz zauważył, że stoi obok Teresiny Coccalitti. Bardzo cicho, po raz pierwszy w życiu się do niej odzywając, spytał:

— Co się mamie stało?

*Zii* Teresiny nie trzeba było pytać dwa razy. Rada była, że w tym czarnym dniu nadarza jej się okazja do wyłożenia kawy na ławę.

— Och, twojej matce nic — odparła, ważąc słowa. — Chodzi o twojego brata Vincenza. Znaleźli go na bocznicy kolejowej przejechanego przez parowóz. A co do twojej matki, to tak właśnie zachowują się rodzice, kiedy rozpaczają po stracie dzieci. Okaż jej teraz choć trochę współczucia.

Gino zapamiętał na zawsze wyraz nienawiści na jej ciemnej, jastrzębiej twarzy; zapamiętał na zawsze, jak mało przejął się śmiercią brata i jak się zdziwił, że ktoś, matka czy kto inny, może tak rozpaczać.


Larry wyszedł z sypialni i skinął na Gina. Zbiegli po schodach i wsiedli do samochodu Larry'ego. Ściemniało się. Dojechali do skrzyżowania Trzydziestej Szóstej Ulicy z Dziewiątą Aleją i zatrzymali się przed narożną kamienicą. Tu Larry odezwał się po raz pierwszy.

— Biegnij na trzecie piętro i powiedz Lefty'emu Fayowi, żeby zszedł na dół. Chcę z nim pogadać. — W tym momencie z kamienicy wyszedł mężczyzna. Larry opuścił szybę i zawołał: — Cześć, Lefty. — Zwracając się do Gina, polecił: — Ustąp mu miejsca, przesiądź się do tyłu.

Lefty Fay był wysokim barczystym Irlandczykiem i Gino pamiętał, że kolegował się kiedyś z Larrym i jako jedyny z całej dzielnicy mógł się równać z Larrym w walce na pięści.

Mężczyźni zapalili papierosy. Gino skulił się na tylnym siedzeniu, brutalna wiadomość, którą usłyszał od *Zii* Teresiny, była wciąż zbitką wielu słów. Fakt śmierci Vinniego jeszcze do niego nie dotarł.

W ciemnościach rozległ się spokojny, znużony głos Larry'ego:

— Jezu, co za cholerny dzień.

— Tak — przyznał Lefty. Głos miał z natury opryskliwy, ale teraz pobrzmiewała w nim nutka zasmucenia. — Szedłem właśnie na jednego. Kolacja nie przechodziła mi przez gardło.

— Jak to się stało, że nie rozpoznałeś mojego brata w człowieku, którego przejechałeś lokomotywą? — W tonie Larry'ego nie było oskarżenia, ale Lefty Fay zareagował gniewem:

— Jezu, Larry, chyba mnie nie obwiniasz? To się stało w głębi bocznicy, niedaleko Czterdziestej Drugiej Ulicy. — Zawiesił na chwilę głos, a potem już spokojniej podjął: — Widywałem go tylko jako dzieciaka, kiedy się z tobą kolegowałem. Sporo się zmienił od tamtego czasu i nie miał przy sobie żadnych dokumentów.

— Nie winię cię — odparł Larry. Z jego głosu przebijało zmęczenie. — Buldog powiedział, że napisałeś w raporcie, że mój brat rzucił ci się pod lokomotywę. Co to ma znaczyć?

Gino nadstawił w ciemnościach ucha, ciekaw, co odpowie Fay. Ten długo się nie odzywał. W końcu stłumionym głosem odpowiedział:

— Larry, przysięgam na Boga, że tak to wyglądało. Gdybym wiedział, że to twój brat, nie napisałbym tego w raporcie, ale tak to właśnie wyglądało.

— Daj spokój, Lefty — powiedział Larry i Gino wyczuł, że brat stara się nadać głosowi silniejsze brzmienie. — Przecież wiesz, że Vinnie nigdy by tego nie zrobił. On od małego bał się własnego cienia. Może był pijany albo zabłądził. Możesz zmienić raport.

— Nie mogę, Larry. Dobrze wiesz, że nie mogę. Gliny wezmą mnie w obroty i wylecę z pracy.

— Załatwię ci inną — zapewnił go Larry.

Nie było odpowiedzi.

— Lefty — podjął Larry — przecież widzę, że nie masz całkowitej pewności. A wiesz, co się stanie z moją matką, jeśli będziesz upierał się przy tym, co napisałeś w raporcie? Zwariuje. Jadałeś za dzieciaka w moim domu. Zrobisz jej to?

— Muszę myśleć o żonie i dzieciach. — Fayowi drżał głos. Larry milczał. — Jeśli zmienię raport, kolej będzie może musiała wypłacić twojej matce odszkodowanie. A wtedy na pewno dobiorą mi się do tyłka. Naprawdę nie mogę, Larry. Nie naciskaj.

— Odpalimy ci połowę — zaproponował Larry — i weź pod uwagę, że to ja cię proszę.

Fay roześmiał się nerwowo.

— Myślisz, Larry, że jak pracujesz dla di Lukki, to masz mnie w garści? — Było to niemal wyzwanie, nawiązanie do czasów, kiedy byli dziećmi i Lefty pobił Larry'ego na ulicy.

I wtedy Gino usłyszał głos, którego nie rozpoznał, głos, który zmroził mu krew w żyłach i przepełnił zwierzęcym lękiem. Był to głos celowo przesycony całym jadem, okrucieństwem i nienawiścią, jaki tylko istota ludzka może wycisnąć z głębi swego jestestwa. Ten głos należał do Larry'ego.

— Nie daruję ci — powiedział Larry. To nie była pogróżka. To było śmiertelnie poważne, nieludzkie zapewnienie.

Odór strachu, który po tych słowach wypełnił wnętrze samochodu, przyprawił Gina o mdłości. Otworzył drzwiczki i wysiadł, żeby zaczerpnąć świeżego powietrza. Najchętniej by odszedł, ale bał się, że jeśli ulegnie tej pokusie, Larry zrobi coś Fayowi. Po chwili Fay też wysiadł, a Larry podał mu przez opuszczoną szybę kilka złożonych banknotów. Gino zaczekał, aż Fay się oddali, i zajął miejsce z przodu. Nie potrafił spojrzeć na brata.

— Nie wierz w to, co gada ten facet — odezwał się zmęczonym głosem Larry, kiedy wracali do domu. — Za każdym razem, kiedy zdarza się wypadek, wszyscy kłamią. Nikt nie chce wziąć winy na siebie. Buldog powiedział mi, że Vinnie był pijany — jechało od niego wódą. Fakt, to była jego wina, ale on nigdy by się sam nie rzucił pod lokomotywę. — Urwał, a potem tonem wyjaśnienia dorzucił: — Martwię się o staruszkę, Jezu, bardzo się o nią martwię.

O Vinniem już nie mówili.

# Rozdział 22

Śmierć najbliższej osoby to ciężka przeprawa: trzeba parzyć żałobnikom kawę, częstować winem, okazywać krewnym i znajomym sympatię i wdzięczność za pamięć i łączenie się w bólu. Wszystkich, co do jednego, musi powiadomić oficjalnie najbliższy krewny zmarłego. Na pogrzeb zjechali rodzice chrzestni z New Jersey, nadęci kuzyni ze swoich zamków na Long Island, starzy znajomi z Tuckahoe; w ten dzień trzeba każdego z nich traktować jak księcia, bo pogrążeni w smutku są bacznie obserwowani i ich zachowanie musi być nienaganne.

Potem, ponieważ tylko ostatni nędzarze ograniczają się do przyjmowania kondolencji w domu, trzeba się jeszcze przenieść z czuwaniem do domu pogrzebowego i ktoś z członków najbliższej rodziny musi stać na posterunku i witać w drzwiach tych, którzy przychodzą oddać zmarłemu ostatnią posługę. Zwłok biednego Vinniego nie można było ani na chwilę zostawić samych. Po śmierci będzie miał więcej towarzyszy niż za życia.

Wczesnym wieczorem pierwszego dnia czuwania przy Vincencie rodzina Angeluzzich-Corbo zebrała się w kuchni mieszkania przy Dziesiątej Alei. W domu było zimno. Ponieważ miało ich nie być do późna, wygasili olejowy piecyk.

Lucia Santa siedziała przy stole wyprostowana, odrętwiała, przysadzista, cała w czerni. Twarz miała ziemistą, prawie żółtą, powieki ciężkie, opadające na oczy. Piła kawę, nie patrząc na nikogo. Obok siedziała Octavia, czujna, gotowa w każdej chwili zareagować, choć sama nie wiedziała na co. Przerażało ją zachowanie matki.

Lucia Santa rozejrzała się w końcu po kuchni i jakby dopiero teraz uświadomiła sobie, że nie jest w niej sama.

— Dajcie coś do jedzenia Salvatore i Lenie — powiedziała.

— Ja się tym zajmę — zaoferował się natychmiast Gino. Był w czarnym garniturze, na lewym rękawie miał czarną jedwabną opaskę. Stał do tej pory za matką, poza jej polem widzenia, opierając się o parapet okna. Teraz wyszedł szybko na korytarz do lodówki. Rad był, że mógł chociaż na chwilę opuścić mieszkanie.

Od rana siedział w domu, pomagając matce. Roznosił kawę, zmywał naczynia, witał gości, zajmował się dziećmi. Matka nie odezwała się do niego słowem. Spytał ją raz, czyby czegoś nie zjadła. Obrzuciła go przeciągłym chłodnym spojrzeniem i odwróciła się bez słowa. Więcej się do niej nie odezwał i starał się schodzić jej z oczu.

— Ktoś jeszcze czegoś chce? — spytał nerwowo. Matka podniosła wzrok i spojrzała mu prosto w oczy, wysoko na policzkach wykwitły jej dwa rumieńce.

— Dolej mamie kawy — powiedziała cicho, niemal szeptem, Octavia.

Gino chwycił za dzbanek z kawą. Napełniając matce kubek, otarł się o nią przypadkowo. Odsunęła się i popatrzyła na niego tak, że znieruchomiał, trzymając dzbanek wysoko nad stołem.

— Lepiej już chodźmy — odezwał się Larry. Prezentował się bardzo przystojnie w czarnym garniturze, czarnym krawacie i śnieżnobiałej koszuli. Lucia Santa pochyliła się, żeby przypiąć mu szpilką do rękawa obluzowaną żałobną opaskę.

— Nie zaczekamy na Zię Coccalitti? — spytała Octavia.

— Wrócę po nią później — odparł Larry. — Po nią, po *Panettiere* i rodziców Louisy.

— Mam nadzieję, że wszyscy wykażą się taktem i nie

przyprowadzą dzieci — powiedziała nerwowo Octavia. — Tylko tego by brakowało, żeby dokazywały w domu pogrzebowym.

Nikt nie odpowiedział. Czekali wszyscy, aż Lucia Santa wykona pierwszy ruch. Gino oparł się znowu o parapet, zwiesił głowę, nie patrzył na nikogo.

W końcu Octavia nie wytrzymała. Wstała i włożyła płaszcz. Potem umocowała czarne jedwabne opaski żałobne na rękawach Sala i Leny. Louisa też wstała i włożyła płaszcz, Larry przestępował niecierpliwie z nogi na nogę w progu. Lucia Santa ani drgnęła. Przerażał ich jej spokój.

— Gino, przynieś mamie płaszcz — powiedziała Octavia.

Gino wszedł do sypialni, ubrał się sam, wrócił i stanął przy krześle matki. Trzymał płaszcz szeroko rozpostarty, pozostawało jej tylko wsunąć ręce w rękawy. Lucia Santa jakby go nie widziała.

— Ubierz się, mamo — rzekł cicho i w jego głosie po raz pierwszy pojawił się ton współczucia.

Dopiero teraz obróciła się na krześle i spojrzała na niego tak bezlitośnie i zimno, że Gino się cofnął.

— Ach, to i ty wybierasz się na pogrzeb, tak? — odezwała się spokojnie.

Na chwilę wszyscy oniemieli. Nie wierzyli własnym uszom, nie rozumieli, co miała na myśli, a może wzbraniali się zrozumieć, bo nie mieściło im się w głowie, że matka może być tak okrutna. Gino pobladł, twarz mu stężała. Trzymał płaszcz tak, jakby chciał się nim osłonić przed matką. W jego oczach pojawiła się chora fascynacja.

Lucia Santa mierzyła go dalej straszliwym, bezlitosnym wzrokiem.

— Czemu zawdzięczamy ten honor? — podjęła z niezmąconym spokojem. — Ojca w trumnie nie przyszedłeś zobaczyć. A bratu, póki żył, nigdy nie pomogłeś, nie miałeś dla niego czasu, bo przecież koledzy czekali, z nimi było ci po drodze. Nigdy się nad nim nie ulitowałeś, nigdy mu nic nie dałeś. —

Urwała, a kiedy znów się odezwała, w jej głosie pobrzmiewała obraźliwa, pobłażliwa pogarda: — Chcesz pokazać, jak ci teraz przykro? Nalewasz kawy, płaszcz mi podajesz. Może jednak nie jest z ciebie takie zwierzę. Nawet ty musisz wiedzieć, jak brat cię kochał, jaki był dobry. — Zamilkła, jakby czekała na odpowiedź, a potem tym samym tonem dorzuciła: — Odejdź. Nie chcę cię widzieć na oczy.

Spodziewał się usłyszeć od niej to wszystko. Rozejrzał się bezradnie po kuchni, szukając u kogoś wsparcia, ale na twarzach bliskich widział tylko niezdrową fascynację ludzi patrzących na jakąś straszliwie zmaltretowaną ofiarę wypadku. Potem jakby oślepł i nic już nie widział. Upuścił płaszcz na podłogę i cofał się, dopóki na drodze nie stanął mu parapet okna.

Sam nie wiedział, czy zamknął oczy, czy po prostu nie chciał widzieć twarzy matki, kiedy ta zaczęła na niego krzyczeć:

— Nie chcę, żebyś szedł! Zdejmuj płaszcz! Siedź w domu i kryj się jak zwierzę, którym jesteś!

W tym momencie wtrąciła się Octavia.

— Mamo, zwariowałaś?! — powiedziała gniewnie, a jednocześnie z prośbą w głosie. — Co ty wygadujesz?

Gino słyszał, jak przestraszona Lena zaczyna szlochać. Potem powstało małe zamieszanie — wychodzili. Słyszał ich kroki na schodach, dobiegł go dziwny śmiech, jakby matki, zmieszany z szelestem sztywnych nowych ubrań.

— Nie zwracaj na mamę uwagi — rozległ się tuż obok głos Octavii. — Odczekaj trochę i przyjdź do domu pogrzebowego. Ona chce, żebyś przyszedł. — Chwila ciszy, potem: — Gino, nic ci nie jest? — Pokręcił głową, nie spoglądając nawet w kierunku, z którego dochodził ten głos.

Zrobiło się bardzo cicho. Powoli odzyskiwał wzrok. W brud-nożółtym świetle żarówki unosił się wielki okrągły stół zastawiony kubkami po kawie, tu i ówdzie, w fałdkach zniszczonej ceraty, zabrały się małe bajorka wychlapanej błotnistej cieczy. Ponieważ musiał odczekać jakiś czas, zanim pójdzie do domu pogrzebowego, posprzątał kuchnię i zmył naczynia. Potem włożył marynarkę z czarną opaską na rękawie i wyszedł. Zamknął drzwi masywnym mosiężnym kluczem i wsunął go pod lodówkę. Wychodząc z kamienicy, otarł się ramieniem o żałobny wieniec z szarfami przybity gwoździem do drzwi. Noc poczerniła kwiaty.

Ruszył Dziesiątą Aleją. Minął miejsce, gdzie nad jezdnią przerzucona była kiedyś kładka dla pieszych, i szedł dalej wzdłuż estakady, dopóki nie znikła w wielkim budynku. „St. John's Park", przeczytał na ulicznej tabliczce informacyjnej — Park świętego Jana — ale drzew tu nie było. Pamiętał, jak Larry opowiadał, że prowadzi konno pociąg od St. John's Park, a on, jeszcze wtedy dzieciak, myślał, że to prawdziwy park, taki z drzewami, trawą i kwiatami.

Dom pogrzebowy znajdował się przy Mulberry Street, czyli trzeba było kierować się na wschód. Po drodze wstąpił do baru, by kupić papierosy.

Przy bufecie siedzieli mężczyźni pracujący na nocną zmianę, jedni fizycznie, inni umysłowo. Z zadymionej salki zionęło straszliwą samotnością, tak jakby nic nie było w stanie zbliżyć tych ludzi do siebie. Gino wyszedł.

Na ulicy było już ciemno, nie licząc małych kręgów światła pod latarniami. Daleko przed sobą zobaczył neonowy krzyż i nagle nogi się pod nim ugięły. Usiadł na schodkach mijanej właśnie kamienicy, żeby zapalić papierosa. Dopiero teraz dotarło do niego, że za chwilę zobaczy martwą twarz Vinniego. Przypomniał sobie, jak w dzieciństwie przesiadywali z Vinniem do późna w noc na okiennym parapecie i liczyli gwiazdy nad brzegiem Jersey.

Zakrył twarz dłońmi i z zaskoczeniem stwierdził, że jest mokra od łez. Oświetloną kręgami światła ulicą nadbiegała grupka dzieci. Zatrzymały się i przyglądały, chichocząc. Nie bały się. W końcu wstał i oddalił się stamtąd szybkim krokiem.

Od drzwi domu pogrzebowego do samego krawężnika prze-ciągnięta była czarna markiza, całun oddzielający żałobników od nieba. Gino wszedł do małej poczekalni, z której sklepiony łukowo korytarzyk prowadził do olbrzymiej katedralnej sali wypełnionej ludźmi.

Nawet ci, których znał, wydawali mu się obcy. Był tu *Panettiere* przypominający bryłę węgla w starym czarnym garniturze; był jego syn Guido, groźny z tym czarnym cieniem zarostu na policzkach. Był fryzjer, ten stuknięty samotnik, przycupnął speszony na krześle, bystre zazwyczaj oczka przymgliła mu śmierć.

Pod ścianami siedziały formalnymi rzędami kobiety z Dziesiątej Alei, urzędnicy ze zmiany Vinniego stali w rozproszonych po sali grupkach. Byli tu Piero Santini z Tuckahoe i jego córka Caterina, zamężna już, z rosnącym brzuchem, rumianą twarzą i zimnymi oczami, z których wyzierała pewność siebie zaspokojonej w swych żądzach kobiety. Louisa ze ściągniętą smutkiem piękną twarzą siedziała z dziećmi w rogu i patrzyła na męża.

Larry stał z grupą mężczyzn z kolei. Gina gorszyło, że zachowują się całkiem zwyczajnie, uśmiechają, rozmawiają o pracy po godzinach, o kupowaniu domów na Long Island. Larry opowiadał o branży piekarniczej i też się uśmiechał. Myślałby kto, że gawędzą przy kawie i ciastkach.

Larry dostrzegł Gina i kiwnął na niego. Przedstawił brata mężczyznom i każdy z nich uścisnął mu dłoń z uroczystą powagą mającą wyrażać współczucie. Potem Larry wziął Gina na stronę i szepnął:

— Idź do Vinniego i porozmawiaj z matką.

Gino wzdrygnął się, słysząc to „idź do Vinniego", zupełnie jakby Vinnie żył. Larry poprowadził go w drugi koniec sali, gdzie znajdował się inny, węższy, sklepiony łukowo korytarzyk, którego nie zauważył wcześniej, bo zasłaniała go grupka rozmawiających u wylotu mężczyzn.

Minęli go dwaj mali chłopcy ślizgający się po wypolerowanej czarnej posadzce, ścigał ich gniewny szept matki. Dziewczynka, najwyżej czternastoletnia, dogoniła malców, wymierzyła każdemu po solidnym klapsie i zaciągnęła z powrotem na krzesła pod ścianą.

Gino przeszedł tym drugim korytarzykiem do sąsiedniej małej salki. Pod ścianą stała trumna.

Vinnie leżał w białym atłasie. Kości jego twarzy, czoło, wydatny wąski nos, wznosiły się niczym pagórki wokół zamkniętych, zapadniętych oczu. Gino pamiętał tę twarz, ale to nie był jego brat. To nie był Vinnie. Wszystko zniknęło — niezgrabna postawa, głęboko osadzone, zalęknione oczy, świadomość porażki i łagodna, bezbronna życzliwość. To, co Gino tu widział, było bezdusznym, niewzruszonym, zimnym posągiem.

Mimo wszystko oburzyły go kobiety obecne w tej małej salce. Siedziały pod ścianą bokiem do trumny i gawędziły przyciszonymi głosami jak gdyby nigdy nic. Matka niewiele się odzywała, ale też nie sprawiała wrażenia specjalnie przygnębionej. Gino, żeby zrobić jej przyjemność, podszedł do trumny i spojrzał z góry nie tyle na brata, co na atłasową wyściółkę. Nie czuł nic, bo to przecież nie był prawdziwy Vinnie, tylko jakieś bezosobowe świadectwo zgonu.

Odwrócił się i chciał wyjść z salki, ale z krzesła pod ścianą podniosła się Octavia, wzięła go za rękę i podprowadziła do matki.

— To mój syn Gino — powiedziała Lucia Santa do siedzącej obok kobiety — najstarszy po Vincencie. — W ten sposób dawała zawsze do zrozumienia, że jest dzieckiem z drugiego małżeństwa.

— *Eh, giovanetto* — powiedziała niemal gniewnie jedna z kobiet o twarzy pomarszczonej jak orzech — patrz, jak matki opłakują swoich synów. Uważaj na siebie, żeby nie musiała płakać po tobie.

Była krewną i mogła wygadywać bezkarnie, co jej ślina na język przyniesie, ale Octavia mimo to przygryzła gniewnie wargę.

Gino zwiesił głowę.

— Jadłeś coś? — spytała Lucia Santa.

Gino kiwnął głową. Nie mógł dobyć z siebie głosu, nie potrafił na nią spojrzeć. Paraliżował go fizyczny lęk, że rzuci się na niego przy wszystkich. Ale głos miała zupełnie zwyczajny. — Idź, pomóż Lorenzowi rozmawiać z ludźmi — odprawiła go. — Rób, co ci każe. — A potem głosem pełnym dumy zwróciła się do otaczających ją kobiet: — Tyle osób przyszło, Vincenzo miał mnóstwo przyjaciół.

Ginowi zrobiło się niedobrze, kiedy to usłyszał. Nikt z tych ludzi nie znał Vinniego i Vinnie mało ich obchodził.

Matka zauważyła jego minę i domyśliła się, co oznacza. Ach, ta szczeniacka, arogancka pogarda, którą młodzi reagują na niewinne ubarwianie rzeczywistości, bo nie zaznali jeszcze potrzeby osłaniania się przed ciosami losu. Ale niech mu będzie. Z czasem sam do tego dojdzie.

W ciemnej poczekalni czas mijał niepostrzeżenie. Gino witał nowo przybyłych, prowadził ich po lśniącej jak lustro czarnej posadzce do salki, w której na krześle siedziała matka, a w trumnie czekał Vinnie. Patrzył, jak Lucia Santa przyjmuje kondolencje od ludzi, którzy nie znaczyli nic ani dla niej, ani dla jego zmarłego brata. *Zia* Louche szczerze rozpaczałaby po swoim chrześniaku, ale *Zia* Louche też już nie żyła. Nawet Octavia nie okazywała takiego przygnębienia, jakiego się po niej spodziewał.

Gino jak w transie pokazywał wszystkim tym obcym, gdzie jest wyłożona księga kondolencyjna, gdzie wisi skrzynka na dobrowolne datki. Potem wypuszczał ich jak gołębie z klatki, a oni odfruwali po czarnej wypolerowanej posadzce do krewnych, których nie widzieli od poprzedniego pogrzebu.

Po raz pierwszy w życiu grał rolę pełnoprawnego członka rodziny. Wprowadzał i wyprowadzał ludzi. Rozmawiał, pytał o rodziny, kiwał z ubolewaniem głową, kiedy wyrażali swoje wzburzenie wypadkiem, który doprowadził do tej tragedii, przedstawiał się, tak, jest najstarszym synem z drugiego małżeństwa, patrzył obojętnie, jak klasyfikują go jako *disgrazia*. Santini nie kryli ulgi, że nie skoligacili się z tą rodziną i tragedia,

295

która na nią spadła, ich praktycznie nie dotyczy. Doktor Barbato wpadł jak po ogień, poklepał Gina po ramieniu z nieoczekiwaną życzliwością i przynajmniej raz nie obnosił się ze swoim poczuciem winy ani wyniosłością. *Panettiere*, bliższy rodzinie niż inni, prawie jej członek (mimo wszystko był przez jakiś czas pracodawcą zmarłego), zwrócił się do Gina:

— Znaczy, to był wypadek, tak? Biedaczysko, chodził zawsze taki smutny.

Gino nie odpowiedział.

*Zia* Teresina Coccalitti, ten rekin w ludzkiej skórze, do nikogo się nie odzywała. Siedziała obok Lucii Santy sparaliżowana strachem, czy aby zazdrosna śmierć, przechodząc tak blisko, nie wykryła istnienia jej i jej czterech synów, wyłudzonego zasiłku rodzinnego, zmagazynowanych w mieszkaniu zapasów cukru, mąki i słoniny, na których planowała zbić kiedyś majątek.

Guido, syn *Panettiere*, przyszedł w wojskowym mundurze. Niedawno powołano go do wojska i przyjechał do domu na pierwszą przepustkę. On chyba naprawdę przeżywał śmierć Vinniego. Miał łzy w oczach, kiedy pochylał się, żeby pocałować Lucię Santę. Przez wzgląd na Larry'ego kondolencje przyszedł złożyć don Pasquale di Lucca. To pewnie on wrzucił do skrzynki na datki studolarowy banknot, choć jak na prawdziwego dżentelmena przystało, wsunął go uprzednio do czystej koperty. Wielka sala była teraz pełna, małe dzieci spały na krzesłach pod ścianą.

Około jedenastej, kiedy ludzie przestali przychodzić, Larry wziął Gina pod rękę i zaproponował:

— Chodźmy na kawę. Poproszę Guida, żeby nas zastąpił.

Wyszli w samych marynarkach do pobliskiego małego baru. Zamówili kawę i Larry powiedział do Gina:

— Nie przejmuj się tymi krzykami staruszki. Jutro o wszystkim zapomni. Posłuchaj, mały, będziemy ci z Octavią pomagali dźwigać ten ciężar. Ja daję pięćdziesiąt miesięcznie, ona dorzuci drugie tyle.

Gino przez chwilę nie mógł zrozumieć, o czym, u diabła, ten Larry mówi. Potem dotarło do niego, że jego świat już nie jest taki sam. Stał się odpowiedzialny za matkę, brata i siostrę. Trzeba było tylu lat, żeby w końcu nastąpiło to, co było mu przeznaczone. Będzie chodził do pracy, spał, nie będzie już między nim a matką tego bufora, którego rolę spełniał Vinnie. Zostanie wciągnięty w sprawy rodziny i zacznie żyć jej życiem. Już się nie wymiga. I z zaskoczeniem stwierdził, że teraz, kiedy wreszcie zrozumiał, co się naprawdę stało, przyjmuje to z pokorą, niemal z ulgą. Jak dobrą wiadomość.

— Będę musiał poszukać sobie pracy — powiedział do Larry'ego.

Larry kiwnął głową.

— Już ci ją załatwiłem. Zajmiesz miejsce Vinniego na kolei. Do szkoły dalej będziesz chodził?

Gino uśmiechnął się.

— Jasne.

Larry położył mu rękę na ramieniu.

— Zawsze dobry był z ciebie dzieciak, Gino, ale teraz musisz wziąć się trochę w karby. Wiesz, o co mi chodzi.

Gino wiedział. Musi myśleć o rodzinie. Musi skończyć z robieniem, na co ma ochotę. Musi bardziej liczyć się z matką. Musi wydorośleć. Kiwnął głową.

— Myślisz, że Vinnie specjalnie wszedł pod lokomotywę? — spytał cicho, zmieniając temat.

Przestraszyła go zmiana, jaka zaszła na przystojnej twarzy Larry'ego. Nabrała barwy i ciężaru brązu przydymionego trującą wściekłością.

— Bzdura. Przekonałem już maszynistę i palacza, że się mylili. Gdybyś usłyszał, że ktoś, ktokolwiek, rozpuszcza takie plotki, daj mi od razu znać, a zrobię z nim porządek. — Zawiesił na chwilę głos. — I nie powtarzaj nikomu mojej rozmowy z Leftym Fayem. — Gniew odpłynął z jego twarzy, skóra mu pojaśniała. — Gdyby staruszka kiedyś o coś zapytała, przysięgaj na krzyż, że to był wypadek.

Gino kiwnął głową.

Dopili kawę i ruszyli z powrotem do domu pogrzebowego. Po drodze Larry wziął Gina pod rękę.

— Nie przejmuj się za bardzo rolą, mały — powiedział. — Za parę lat, dzięki tej wojnie i w ogóle, będę przy grubszej forsie, a wtedy zadbam o rodzinę, a ty będziesz mógł robić, co zechcesz. — Uśmiechnął się. — Kiedyś byłem taki sam jak ty.

Pod czarną markizą czekała na nich trzęsąca się z zimna Octavia.

— Gdzie wyście byli? — spytała piskliwie. — Mama strasznie się denerwuje... myśli, że Gino sobie poszedł.

— O Jezu — jęknął Larry. — Porozmawiam z nią. Ty, Gino, zostań w dużej sali.

Gino zdał sobie sprawę, że pewnie widać po nim ten znajomy już, fizyczny strach, który go obleciał. Larry go osłaniał, skąd więc to przerażenie?

Larry wrócił po paru minutach uśmiechnięty i powiedział:

— Octavia jak zawsze robi z igły widły. Staruszka chce mieć tylko pewność, że zostaniemy tu do końca.

Ludzie pomału się rozchodzili. Pojawił się przedsiębiorca pogrzebowy i, jako krewny, pomagał Larry'emu i Ginowi kierować ruchem, dopóki na sali nie zostali tylko najbliżsi przyjaciele rodziny. Wielka sala opustoszała i Gino usłyszał szuranie odsuwanych krzeseł w sąsiedniej, mniejszej salce. To matka i jej przyjaciółki przygotowywały się do odejścia od trumny. Kończył się ten długi wieczór. W małej salce zaległa nagle cisza i Ginowi przemknęło przez myśl, że może by tak pójść już do domu przodem, bo nie miał jakoś ochoty wracać z matką. Bał się jej dzisiaj tak jak nigdy dotąd.


Nieludzki, mrożący krew w żyłach wrzask zaskoczył Gina kompletnie. Po nim rozległ się następny, i ten przeszedł w prze-ciągłe wycie udręki, a potem głos matki wykrzyczał „Vincenzo, Vincenzo" z takim rozdzierającym bólem, że Gino zapragnął wypaść na ulicę i uciekać, gdzie oczy poniosą, byle więcej jej nie słyszeć. Może by i uległ tej pokusie, gdyby przedsiębiorca pogrzebowy z niezmąconym spokojem, tak jakby właśnie na to czekał i jakby czytał w myślach Gina, nie położył mu dłoni na ramieniu.

Korytarzyk wypełnił się nagle czernią — czterema kobietami kłębiącymi się i oplatającymi jedna wokół drugiej jak węże. To Octavia, Louisa i *Zia* Teresina usiłowały wyciągnąć opierającą się Lucię Santę z salki.

Próbowały prośbą i pieszczotą przy trumnie, nadaremnie. Próbowały przemawiać Lucii Sancie do rozsądku jako matce mającej obowiązki wobec pięciorga innych dzieci, a ona trzymała się kurczowo trumny zmarłego syna, wbijając paznokcie w drewno. Teraz nie miały już dla niej litości. Nie pozwolą jej zostać. Nie pozwolą, żeby rozpaczą doprowadziła się do szaleństwa. Były bezwzględne. Octavia trzymała ją za jedną rękę i ramię. Louisa ciągnęła za drugą rękę, ale z mniejszą siłą, tak że ciężkie ciało Lucii Santy przekrzywiało się na jedną stronę. *Zia* Teresina ucapiła Lucię Santę za kark i za pierś i wlokły ją tak po błyszczącej czarnej posadzce.

Lucia Santa, zwinąwszy się w kłębek niczym zapierające się zwierzę, utrudniała im to zadanie, jak mogła. Nie protestowała. Nie wyła już. Czarny kapelusz z woalką zsunął jej się na bakier. Twarz miała opuchniętą, zawziętą i nieludzką w niemal zwierzęcym uporze. A jednak nigdy nie była straszniejsza, bardziej niezwyciężona, tak jakby oczekiwała, że świat śmierci rozpryśnie się na kawałki i zniknie pod naporem jej władczego bólu.

Trzy kobiety odstąpiły od niej. Louisa rozpłakała się. Octavia zakryła twarz dłońmi i zawołała stłumionym głosem:

— Larry, Gino, pomóżcie nam.

Podeszli do kobiet otaczających matkę. Gino nie śmiał jej dotknąć. Lucia Santa uniosła głowę.

— Nie zostawiaj brata samego — powiedziała do Gina. — Nie zostawiaj go samego na noc. Nigdy nie był odważny. Był za dobry, żeby mieć odwagę.

Gino pochylił głowę na znak zgody.

— Nigdy mnie nie słuchałeś — wypomniała mu.

— Zostanę całą noc — powiedział bardzo cicho Gino. — Obiecuję.

Po chwili zmagania się z samym sobą, schylił się i szybkim ruchem poprawił jej kapelusz na głowie. Pierwszy raz w życiu zrobił dla niej coś takiego. Lucia Santa uniosła powoli rękę, dotknęła woalki, a potem zdjęła kapelusz i dźwignęła się na nogi. Ruszyła do drzwi, trzymając go w ręku, tak jakby nie mogła już znieść zasłony na twarzy, jakby teraz, z odkrytą już głową, gotowa była stawić czoło światu, jego nieodwracalnej niesprawiedliwości, i patrzeć na jego nieuchronną klęskę.

Przedsiębiorca pogrzebowy zaproponował Ginowi, że przyniesie mu łóżko polowe, i przepraszając, że musi zamknąć na klucz drzwi wejściowe, pokazał mu dzwonek, którym może go wezwać, kiedy będzie chciał wyjść. On sam śpi w pokoju na górze. Gino kiwał głową na znak, że wszystko rozumie, dopóki mężczyzna nie zniknął w mieszkalnej części budynku.

Gino został sam w ciemnej sali domu pogrzebowego. Miał świadomość, że za ścianą, w salce obok, leży w trumnie ciało brata i czuł się tak bezpieczny, jak nigdy przed jego śmiercią. Kilka ustawionych rzędem krzeseł posłużyło mu za prowizoryczne łóżko, a zwinięty w rulon płaszcz za poduszkę. Leżał, dotykając ramieniem zimnej ściany, palił papierosa i próbował podsumować zmiany, jakie zaszły w jego świecie.

Myślał o tym, czego się ostatnio dowiedział. Larry naprawdę był gangsterem i ludzie bali się, że ich pozabija. Bzdura. Larry nie uderzył nigdy żadnego z młodszych braci. A Lefty Fay kłamał, twierdząc, że Vinnie sam rzucił mu się pod lokomotywę — Vinnie był taki bojaźliwy, że przestał nawet siadywać na okiennym parapecie. No, a matka, płacząca, lamentująca i odstawiająca ten cały cyrk. Zapytał sennie samego siebie, co właściwie o tym myśli, i uznał, że ta rozpacz była na pokaz, że matka robiła ze śmierci ceremonię. A potem przypomniał sobie własne łzy na schodkach. Ale on płakał po Vinniem małym chłopcu, tym Vinniem, z którym bawił się w dzieciństwie i siadywał w nocy na okiennym parapecie pod rozgwieżdżonym niebem. Stopniowo docierało do niego, jak mało było dzisiaj autentycznego żalu w opłakiwaniu zmarłego. Owszem, niektórzy szczerze go żałowali, ale tych było niewielu, tak więc ze śmierci trzeba było zrobić ceremonię, by ukryć to, o czym wszyscy dobrze wiedzieli: że śmierć istoty ludzkiej tak niewiele znaczy.

Biedny Vinnie. Kto po nim rozpaczał? Wyrósł na ślamazarnego, nieszczęśliwego młodego człowieka, z którym nikt nie chciał się zadawać. Nawet matkę czasami denerwował. Płakała nie po nim, lecz po wielu innych małych Vincentach, których pamiętała z przeszłości. Tak jak ja, pomyślał Gino. Ostatnio już mnie nie obchodził. Larry'ego też. Nawet Octavia tylko udawała. Ale lubiła go żona Larry'ego, z jakiegoś powodu znalazła w nim bratnią duszę. I stara *Zia* Louche by po nim płakała. Kiedy sen już go morzył, pomyślał, że wypadałoby jeszcze wejść do małej salki i spojrzeć na martwą twarz brata, przymusić się do odczuwania większego bólu po jego stracie, ale był zbyt zmęczony. Niedopałek papierosa wysunął mu się z palców i upadł na błyszczącą czarną posadzkę, żarzył się na niej jak malutki węgielek w piekle. Gino zasnął, kuląc się odruchowo na rzędzie krzeseł, bo od ściany ciągnęło chłodem. Nie wiedział, że wydał przez sen okrzyk, który obudził przedsiębiorcę pogrzebowego w pokoju na górze.

To nie była prawda. Nie zabił brata. Podawał matce płaszcz, ale ręce mu omdlewały. Jej oskarżycielskie spojrzenie odrzuciło go do tyłu. Szukając u niej zmiłowania, wyszeptał: „Płakałem na schodkach kawałek stąd, zobacz, twarz mam jeszcze mokrą". Ale matka prychnęła tylko i wycedziła: „To jeszcze jedna twoja sztuczka. *Animale... animale... animale...*".

Teraz uśmiechała się do niego. Przyprawiającym o zawrót głowy uśmiechem młodej kobiety. Gino o mało co nie dał się

301

zwabić w pułapkę, która zniszczyłaby ich oboje. O mało nie wyznał jej, jak tamtego dnia stał przed kamienicą i czekał, pewien, że przywiezie ojca do domu. W porę ugryzł się w język i spuścił głowę. Ona nie oskarżyła go na jawie, on nie oskarży jej we śnie. Drżąc na całym ciele, obiecał, że stanie się drugim Vinniem, że pójdzie do pracy na kolei, ożeni się, zamieszka w którejś z kamienic przy Alei, będzie czekał na przystankach tramwajowych z dzieckiem na ręku, przykuje się łańcuchem do znanego sobie, mrocznego świata, w którym się urodził.

# Rozdział 23

Stare kobiety z Dziesiątej Alei usiadły pewnego letniego wieczoru w kółeczku i zaintonowały litanię nieszczęść spadających na rodzinę Angeluzzich-Corbo. Na początek wszystkie popłakały się ze współczucia: „Ach, co za straszne życie. Biedna Lucia Santa, pierwszy mąż ją odumarł, drugi zmarnował jej życie, a teraz do piachu poszedł dorosły syn, jedyny żywiciel. Co za tragedia, co za pasmo nieszczęść. Niech przeklęty będzie Bóg, Jego świat i wszyscy Jego tajemniczy święci i wyroki".

Potrząsały potakująco głowami. Ale jedna z nich — której przeciwności losu nie były obce, szanowana za swoje trudne życie — pokręciła siwą głową i powiedziała, że wszystko to prawda, ale Lucia Santa ma jeszcze dorosłą córkę, brygadzistkę, inteligentną, żonę mądrego człowieka. Ma synów, z których byłaby dumna każda matka. Lorenzo żonaty, dał jej wnuki, zarabia krocie w związku piekarzy; Gino, teraz już dobry, obowiązkowy chłopiec, głowa rodziny, Włochy się przypominają, kiedy się na niego patrzy, pracuje ciężko na kolei i nigdy nie miał zatargów z policją. Salvatore, który zdobywa w szkole medale i na pewno zostanie profesorem. Lena, porządna włoska córka, robotna w domu, posłuszna, odpowiedzialna. Patrzcie, jak oni wszyscy szanują Lucię Santę. Tych dwoje, którzy założyli już rodziny, wspomaga ją regularnie pieniędzmi; Gino swoją kopertę z wypłatą przynosi do domu nieotwartą.

Piątka udanych dzieci. Fakt, męża nie ma, ale jak popatrzeć na niektórych mężów z Dziesiątej Alei, to może to i dobrze. Lucia Santa ma teraz przynajmniej małą rodzinę. Nawet biedny Vincenzo, Panie świeć nad jego duszą, nigdy nie przyniósł rodzinie *disgrazia*. Był chory i wpadł pod lokomotywę. Wypadek. Najlepszy dowód, że pochowano go w poświęconej ziemi. Biedny Vincenzo, urodził się pod nieszczęśliwą gwiazdą, od początku było mu to pisane.

I osiągnięta została równowaga. Wiele kobiet wycierpiało tyle samo albo i więcej. Ich mężowie ginęli w wypadkach przy pracy, dzieci rodziły się kalekie, starsze dzieci umierały z powodu niegroźnego na pozór przeziębienia albo zwyczajnego skaleczenia. W kółku nie było kobiety, która nie pochowałaby chociaż jednego dziecka.

A pomyśleć o nieszczęściach, które Lucię Santę ominęły. Niezamężne córki z brzuchami widocznymi na milę; synowie, którzy więcej czasu spędzają w więzieniu niż na wolności albo kończą na krześle elektrycznym. Mężowie pijacy, hazardziści, dziwkarze...

Nie, nie. Lucia Santa jest w czepku urodzona, że przez tak długie okresy udawało jej się unikać zgryzot właściwych jej stanowi. Wszystkie dzieci silne, zdrowe, ładne, świat stoi przed nimi otworem. Tylko patrzeć, jak będzie zbierała plony swoich poświęceń. A więc odwagi. Ameryka to nie Włochy. W Ameryce można oszukać przeznaczenie. Synowie wyrastają na wysokich mężczyzn i pracują w biurze, w białych kołnierzykach i pod krawatami, z dala od wiatru i ziemi. Córki uczą się czytać i pisać, chodzą w butach na obcasie i jedwabnych pończochach, miast zarzynać świnie i taszczyć na plecach chrust z lasu, by nie przemęczać cennych osłów.

Czyż nieszczęście nie znalazło raz drogi nawet do nieba? Kto ucieknie przed niedolą? Kto przejdzie przez życie, chociaż raz nie płacząc? Tylko umarli nie cierpią. Ach, dobrze, dobrze tym umarłym. Staruchy składały ręce, dziękując za dzień, kiedy i one opuszczą ten świat, ten nieszczęsny padół łez. Tak, tak, szczęśliwi umarli, którzy już nie cierpią. Ich oczy błyszczały ogniem, energia i siła promieniowała z odzianych na czarno, ociężałych postaci. Rozmawiając, pożerały wzrokiem wszystko, co dzieje się na ulicy. Gromiły przekleństwami dzieci schodzące na złą drogę. Przysysały się łapczywie do czubatych papierowych kubków lodowatego cytrynowego sorbetu, odgryzały wielkie kęsy parującej pizzy, zatapiając niewidoczne zęby w lawie gorącego sosu pomidorowego i rzekach roztopionego sera, by dobrać się do puszystego ciasta. Gotowe skoczyć do gardła każdemu, kto stanie im na drodze choćby do skórki chleba, którą upatrzyły dla siebie i swoich dzieci, zaprzysiężone nieprzyjaciółki śmierci. Żyły. Kamienie miasta, stal i szkło, cementowe trotuary, brukowane ulice czas zetrze na proch, a one wciąż będą żyły.

# Rozdział 24

Czy to możliwe, żeby diabeł przedzierzgnął się w anioła? *Panettiere*, stuknięty fryzjer, doktor Barbato, a nawet przebiegła *Zia* Teresina Coccalitti, nie mogli się nadziwić zmianie, jaka zaszła w Ginie Corbo. Było ją widać gołym okiem: rodzinna tragedia zrobiła z chłopca mężczyznę. Gino harował teraz jak niewolnik na kolei, brał nadgodziny i przynosił matce nieotwarte koperty z wypłatą.

Lucia Santa tak się cieszyła, że dawała Ginowi dwa razy więcej pieniędzy na drobne wydatki niż kiedyś Vinniemu, przysięgając Octavii, że robi tak tylko dlatego, bo Vinnie notorycznie podkradał dodatek za pracę w nadgodzinach.

— Widzisz — powiedziała do Octavii podczas którejś z jej piątkowych wizyt — Gino zawsze był dobrym chłopcem.

Octavia musiała się z nią zgodzić, bo Gino, mimo że pracował na drugą zmianę i nawet w niedzielę brał nadgodziny, nie zrezygnował z nauki i w styczniu miał odebrać dyplom ukończenia szkoły średniej. I to z wyróżnieniem, co szczególnie zachwycało Lucię Santę.

— A nie mówiłam? — pytała Octavię. — To od bawienia się na ulicy, a nie z uczciwej pracy mózg się dzieciom rozwija.

Octavia, która nie pozbierała się jeszcze po śmierci Vinniego, nie mogła się nadziwić, że matka tak szybko dochodzi do siebie. Była teraz spokojniejsza, bardziej wyrozumiała dla Sala i Leny, ale pod innymi względami taka sama jak dawniej. Tylko raz dała upust emocjom. Pewnego wieczoru, kiedy wspominały Vinniego z dzieciństwa, Lucia Santa przyznała z goryczą:

— Gdybym go zostawiła w Jersey u Filomeny, żyłby do tej pory.

Wyrzekając się jednego ze wspomnień, z których była najbardziej dumna, nadal wierzyła mocno, że los w końcu do niej się uśmiechnie.

Bo czyż nie miała do tego podstaw? Świat jeszcze nigdy nie był przychylniejszy rodzinie Angeluzzich-Corbo. Gino zarabiał na kolei krocie. Sal błyszczał w szkole średniej i na pewno pójdzie do college'u. Lena była tak samo zdolna i zostanie nauczycielką. Oboje po szkole pracowali w *panetteria*, sprzedając pieczywo, dobrze zarabiali i Lucia Santa wychwalała ich pod niebiosa przed Octavią, kiedy w piątkowe wieczory wypełniały książeczki oszczędnościowe. Jedyne, co psuło Lucii Sancie ten optymistyczny nastrój, to fakt, że za parę miesięcy, tuż przed Bożym Narodzeniem, syn *Panettiere*, Guido, kończy służbę wojskową i zastąpi Sala i Lenę w piekarni. Tak więc ten strumyczek pieniędzy niedługo wyschnie.

Pracował nawet mąż Octavii. Biedny Norman Bergeron, zżymając się i zgrzytając zębami, pisał broszury propagandowe dla pewnej agencji rządowej — służba cywilna, tajność, dobre zarobki. Octavia wiedziała, że jest nieszczęśliwy, ale uważała, że nic mu się nie stanie, jeśli wniesie swój wkład do domowego budżetu. Do pisania wierszy będzie mógł zawsze powrócić, kiedy ludzie w Europie przestaną się zabijać i przyjdzie kolejny kryzys.

Lucia Santa najbardziej rada była z tego, że Gino staje się mężczyzną, cząstką realnego świata. Nie darła już z nim kotów, prawie mu wybaczyła wszystkie przewiny, które przysporzyły jej tylu zgryzot. Spoważniał nawet. Czy to możliwe, żeby kłopoty z nim miała już za sobą? Lucia Santa nie wierzyła w to ani przez chwilę, ale nie mówiła tego głośno, bo nie chciała, żeby uznano ją za jedną z tych żałosnych zrzęd, które szukają wciąż dziury w całym i kwękają nawet wtedy, kiedy los im sprzyja.

Gino wychodził każdego wieczoru do pracy z tym samym uczuciem niedowierzania. Wjeżdżając windą na poddasze budynku spedycji, a następnie wkraczając w krąg światła rozbrzmiewający klekotem maszyn do fakturowania, odnosił wrażenie, że to początek snu. Ale stopniowo zaczynał wierzyć.

Kolej przeniosła go na trzecią zmianę, od północy do ósmej rano, czyli na porę, kiedy w biurze straszyły zakurzone szafy na akta, matowoczarne maszyny do pisania i niemal niewidoczna druciana siateczka otaczająca boks kasjera. W takiej to scenerii Gino walił przez całą noc w klawisze. Nie miał sobie równych w tej pracy, a to dzięki godnej sportowca koordynacji ruchów i dobremu wzrokowi. Norma wynosiła 350 faktur na noc i on bez trudu ją wyrabiał. Czasami trafiała mu się godzina przestoju, bo z rampy ładunkowej nie zdążono donieść nowych faktur, a wtedy wykorzystywał ten czas na lekturę.

Nie odzywał się do współpracowników, nie włączał się nigdy do ogólnych rozmów. Szef nocnej zmiany podsuwał mu do rozliczenia najbardziej pracochłonne faktury, ale on nigdy nie zaprotestował. Było mu wszystko jedno. Nienawidził tej pracy tak, że bardziej nie było już można. Nienawidził tego budynku i śmierdzącego szczurami biura. Nienawidził uderzać w metaliczne w dotyku, lepiące się od brudu klawisze maszyny do liczenia. Nienawidził wchodzić w ten żółty krąg światła, obejmujący sześciu fakturujących i kierownika zmiany.

Była to czysta, fizyczna nienawiść; czasami bolała go skóra, jeżyły się włosy i krew tak ścinała się w ustach, że musiał wstać, wyjść z tego kręgu światła i spojrzeć przez ciemne okno na te uwięzione ulice strzeżone przez żółte słupy latarni. Kiedy kierownik zmiany, młody człowiek nazwiskiem Charlie Lambert, wołał do niego „Fakturuj, Gino, fakturuj" tonem, który przyjmują mężczyźni, kiedy chcą poniżyć innych mężczyzn, nigdy nie odpowiadał, nigdy nie wracał od razu do swojej maszyny. Nawet kiedy się zorientował, że jest szykanowany, nie potrafił wykrzesać z siebie nienawiści do Charliego Lamberta. Czuł do tego człowieka taką zimną pogardę, że nie uznawał go nawet za istotę ludzką i nie potrafił reagować na jego zaczepki emocjami.

Pracować tylko po to, by przetrwać, utrzymać się przy życiu, to nie dla niego. Matka wiedziała, Octavia wiedziała, na pewno wiedział jego ojciec. Vinnie musiał stawać w tym ciemnym oknie tysiące nocy, podczas gdy on włóczył się po ulicach z kolegami albo spał smacznie w swoim łóżku.

Ale w miarę upływu miesięcy coraz lepiej to znosił. Nie dopuszczał tylko do siebie myśli, że nie będzie temu końca. Miał jednak świadomość, że może nie być.

Jak przystało na matkę rodziny w takich sprzyjających okolicznościach, Lucia Santa prowadziła dom jak prawdziwa signora. W mieszkaniu, obojętne jak kształtowały się ceny węgla i oleju, było zawsze ciepło. W rondlu zostawało zawsze spaghetti dla znajomych i sąsiadek, które zaglądały po posiłku. Dzieci nie pamiętały już, kiedy ostatnio odchodziły od stołu, zostawiając tyle klopsów i kiełbasek pływających w sosie na półmisku, że można by się było nimi jeszcze raz objeść do syta. Pojawiły się nowe widelce i łyżki fasowane do niedzielnych obiadów, w których miał obowiązek uczestniczyć każdy członek rodziny, czy to stanu wolnego, czy nie. Z żadnego obowiązku nie wywiązywano się tak ochoczo, jak z tego.

Na pierwszą niedzielę grudnia zaplanowano specjalny *peranze*. Najstarsze dziecko Larry'ego przystępowało do pierwszej komunii i Lucia Santa postanowiła zrobić na tę okazję ravioli. Zaczęły z Octavią od usypania na wielkiej prostokątnej stolnicy góry z mąki. Wbiły do niej tuzin jaj, potem jeszcze tuzin, i następny, aż w końcu cztery białe pudrowe ściany runęły w morze białka i pływających w nim żółtek. Wymieszały to wszystko i ugniotły w wielkie, jasne jak złoto gomuły. Następnie, postękując z wysiłku, rozwałkowały te gomuły na cienkie plastry. Sal z Leną wymieszali tymczasem ser ricotta w głębokiej misie i do białej kremowej masy dodali pieprz, sól i jajka, uzyskując niebiańskie w smaku nadzienie.

Kiedy ravioli już się gotowało, a na wolnym ogniu dochodził sos pomidorowy, Lucia Santa postawiła na stole półmiski z prosciutto i serem. Potem półmiski ze zrazami nadziewanymi gotowanymi jajkami i cebulą, z ogromną sztuką wieprzowiny — ciemnobrązowej, tak kruchej od duszenia w sosie, że wystarczyło przyłożyć widelec, a sama odchodziła od kości. Przy obiedzie Octavia gawędziła z Larrym jak rzadko, śmiejąc się z jego żarcików i opowieści. Norman sączył wino i rozmawiał z Ginem o książkach. Po posiłku Sal z Leną posprzątali ze stołu i zabrali się do zmywania góry naczyń.

Niedziela była piękna jak na grudzień i przyszli goście — *Panettiere* z Guidem, którego po roku służby wypuszczono wreszcie z wojska, i zazdrosny fryzjer, który poprzez szklaną kurtynę czerwonego wina zaczął od razu wypatrywać na głowach wszystkich obecnych śladów obcych nożyczek. *Panettiere* skwapliwie nałożył sobie czubaty talerz ciepłego ravioli; przepadał za tym daniem, a jego żona smoczyca zawsze była zbyt zajęta liczeniem pieniędzy, żeby mu je przyrządzać.

Nawet *Zia* Teresina Coccalitti, która dla własnych, sobie tylko wiadomych celów uczyniła całe swoje życie tajemnicą, która zbiła fortunę, wyłudzając przez tyle lat zasiłek rodzinny z opieki społecznej, chociaż wszyscy czterej synowie przez cały ten czas pracowali (nikt nie wiedział, jak jej się to udawało); nawet ona pofolgowała sobie i wypiła więcej niż jedną szklankę wina, zjadła pajdę chleba z kiełbasą, po czym wdała się z Lucią Santą we wspominki o starych dobrych czasach, kiedy to były we Włoszech młodymi dziewczynami i wygarniały widłami gnój z obejść. *Zia* Coccalitti, która zwykle jeżyła się i nabierała wody w usta, ilekroć ktoś zadał jej osobiste pytanie, uśmiechnęła się dzisiaj tylko, kiedy *Panettiere* wypomniał jej z głupia frant ten bezprawnie pobierany zasiłek rodzinny. Podochocona dwoma szklankami wina i wylewna, pouczyła ich bezpłatnie, że trzeba brać wszystko, co rząd daje, bo w dłuższej perspektywie odda się temu przeklętemu państwu dziesięć razy tyle, obojętne, czy się coś od niego wzięło, czy nie. Gino, znudzony toczącą się rozmową, wstał od stołu, usiadł na podłodze przed radiem w kształcie katedry i włączył je. Chciał posłuchać transmisji z meczu futbolowego Giantów. Lucia Santa zgromiła go wzrokiem za to niestosowne zachowanie, chociaż radio grało tak cicho, że nikt nic nie słyszał. Potem nie zwracała już na syna uwagi.

To Norman Bergeron pierwszy zauważył, że z Ginem dzieje się coś dziwnego. Siedział z uchem przyłożonym do głośnika, ale wzrokiem wodził po wszystkich obecnych. Potem Norman zauważył, że wpatruje się intensywnie w matkę. I uśmiecha się. Było w tym uśmiechu okrucieństwo. Octavia, widząc, że mąż przygląda się Ginowi, też spojrzała na siedzącego przy radiu brata.

Nic nie słyszała, ale oczy Gina błyszczały takim ożywieniem, że zaintrygowana zawołała do niego:

— Co się stało?

Gino odwrócił głowę, żeby ukryć twarz.

— Japońce zaatakowały przed chwilą Stany Zjednoczone — powiedział. Podkręcił radio głośniej i w płynącym z niego komunikacie utonęły głosy wszystkich obecnych.


Gino odczekał do Bożego Narodzenia. Pewnego ranka, zaraz po świętach, poszedł prosto z pracy do punktu mobilizacyjnego i zaciągnął się do wojska. Tego samego popołudnia zdzwonił do męża Octavii do biura i poprosił go, żeby przekazał Lucii Sancie, co zrobił i gdzie jest. Pisał regularnie i przysyłał pieniądze z obozu szkoleniowego w Kalifornii, gdzie został skierowany. W pierwszym liście wyjaśnił, że zgłosił się na ochotnika, żeby uchronić Sala przed poborem w późniejszym czasie, ale potem już nigdy o tym nie wspominał.

# Rozdział 25

— *Aiuta mi! Aiuta mi!* — Teresina Coccalitti, wrzeszcząc
o ratunek przed duchami trzech poległych synów, biegła brzegiem trotuaru dziwnie przechylona, czarna suknia furkotała na
niej w porannej bryzie. Dobiegła tak do narożnika, zawróciła
i pobiegła z powrotem, krzycząc: — *Aiuto! Aiuto!* Na to
znajome wołanie o pomoc zatrzaskiwały się wszystkie okna
nad Dziesiątą Aleją.

Stanęła w rynsztoku na rozkraczonych nogach. Zadarła głowę
i oskarżała ich wszystkich wulgarnym włoskim ze swych
rodzinnych stron, a cierpienie wyżarło z jej chudej jastrzębiej
twarzy całą wrodzoną przebiegłość, chciwość i spryt.

— O, znam ja was wszystkie! — krzyczała do zamkniętych
okien. — Chciałyście mnie wyruchać, wy dziwki i córki dziwek.
Chciałyście mi wsadzić to w tyłek, każda, ale ja jestem za
sprytna. — Zaczęła orać sobie szponiastymi paznokciami twarz,
zmieniając ją w krwawą miazgę krwawych bruzd. Potem
wzniosła ręce do nieba i krzyknęła: — Tylko Bóg. Tylko Bóg.

Ruszyła biegiem wzdłuż krawężnika, czarny kapelusz podskakiwał jej na głowie. Z Trzydziestej Pierwszej Ulicy skręcił
w Aleję jedyny syn, który jej pozostał, chwycił matkę i zaciągnął
ją do domu.

To nie zdarzyło się po raz pierwszy. Z początku Lucia Santa
zbiegała na ulicę, żeby pomóc starej przyjaciółce, ale teraz, jak

wszyscy inni, patrzyła tylko z okna. Kto by pomyślał, że los śmie wymierzyć taki cios Teresinie Coccalitti? Że uśmierci jej trzech synów w jednym roku wojny, jej, takiej kutej na cztery nogi, zawsze skrytej i zdolnej do każdej zdrady dla własnej korzyści. A więc nic nie pomaga? Dla nikogo nie ma ucieczki? Bo jeśli źli nie są w stanie przechytrzyć losu, to jaką nadzieję mogą mieć ci prawi?

# Rozdział 26

Podczas gdy przez świat przetaczała się wojna, Włosi mieszkający wzdłuż zachodniej ściany miasta pochwycili wreszcie amerykański sen w swoje zrogowaciałe dłonie. Pieniądze płynęły rzeką przez kamienice. Mężczyźni pracowali po godzinach i na dwie zmiany z rzędu na kolei, a ci, których synowie polegli albo zostali ranni, przykładali się do pracy jeszcze bardziej od innych, bo wiedzieli, że łatwiej się otrząsnąć z żałoby, niż wygrzebać z ubóstwa.

Dla klanu Angeluzzich-Corbo nastały magiczne czasy. Od ludzi, których w jakiś niepojęty sposób wojna zrujnowała, kupili za żywą gotówkę dom na Long Island. Dom dwurodzinny, żeby Larry z Louisą i dziećmi mogli też w nim mieszkać pod czujnym okiem Lucii Santy. Na każdego, nawet na Gina, kiedy ten wróci z wojny, czekała tam osobna sypialnia z drzwiami, które będzie mógł zamknąć.

Ostatniego dnia Lucia Santa nie miała już siły pomagać dzieciom w przygotowaniach do przeprowadzki, w pakowaniu dobytku do wielkich beczek i drewnianych skrzyń. Tej nocy leżała samotnie w łóżku i nie mogła zasnąć. Przez szpary w oknach, zasłonięte zawsze kotarami, wdzierał się teraz z cichym poświstem wiatr. Tam gdzie na ścianach wisiały obrazki, świeciły w ciemnościach jaśniejsze plamy. Ze wszystkich pomieszczeń, z opróżnionych kredensów i szaf, dochodziły dziwne odgłosy, jakby ktoś wypuścił na wolność duchy więzione w nich przez czterdzieści lat.

Lucia Santa długo wpatrywała się w sufit, ale w końcu ogarnęła ją senność. Wyciągnęła rękę, żeby pogłaskać śpiące pod ścianą dziecko. Odpływając w sen, słuchała, jak Gino i Vincenzo rozkładają łóżko, słyszała wracającego do domu Franka Corbo. I gdzie znowu szwenda się po nocy ten Lorenzo? Nie bój się, mówiła do małej Octavii, póki żyję, nic złego nie stanie się moim dzieciom, a potem stała już drżąca przed swoim ojcem i błagała go o płótno na ślubną wyprawę. Potem płakała, wiedząc, że ojciec jej nie pocieszy, i już zawsze będzie sama.

Nigdy nie chciała emigrować. Wyruszać w podróż przez ten napawający grozą ocean.

W mieszkaniu zrobiło się zimno i Lucia Santa się obudziła. Wstała, ubrała się na czarno i położyła poduszkę na parapecie okna. Wyglądając na Dziesiątą Aleję, czekała na świt i po raz pierwszy od lat naprawdę słyszała sapanie lokomotyw i zgrzyt kół wagonów towarowych przetaczanych na bocznicy. W ciemnościach sypały się skry, stal uderzała dźwięcznie o stal. Daleko, na brzegu Jersey, z powodu wojny nie paliło się ani jedno światełko, tylko gwiazdy błyszczały na nocnym niebie.

Rano czekali długo na ciężarówki, które miały przewieźć ich rzeczy. Lucia Santa żegnała się z sąsiadami, którzy przychodzili życzyć rodzinie powodzenia. Ale ze starych przyjaciół nie przyszedł nikt, wszyscy oni wynieśli się już z Dziesiątej Alei. *Panettiere* sprzedał piekarnię, kiedy jego syn, Guido, wrócił z wojny tak ciężko kontuzjowany, że nie mógł już pracować. Przeprowadzili się obaj w drugi kraniec Long Island, gdzieś w okolice Babylon czy może West Islip. Stuknięty fryzjer zwinął interes, bo męskich głów do strzyżenia podczas wojny było jak na lekarstwo, przeszedł na emeryturę i przeniósł się ze stadkiem swoich córek na Long Island do miasteczka Massapequa. Miał stamtąd na tyle blisko do *Panettiere*, że w niedziele mogli pograć w karty. Inni też przeprowadzili się do tych miasteczek o dziwnych nazwach, o których tyle lat marzyli.

Doktor Barbato, ku zaskoczeniu wszystkich, wstąpił na ochotnika do wojska i w Afryce został kimś w rodzaju bohatera. Wszystkie czasopisma zamieszczały jego zdjęcia, a relacja o czynach, jakich dokonał, tak mroziła krew w żyłach, że jego ojciec doprowadzony do rozpaczy głupotą syna doznał wylewu. Biedna Teresina Coccalitti nie ruszała się na krok ze swojego mieszkania, pilnując niezliczonych puszek oliwy z oliwek i słoniny, za które pewnego dnia wykupi od śmierci swoich synów. Joey Bianco, kolega Gina z dzieciństwa, sprytnym, sobie tylko wiadomym sposobem wykręcił się od wojska, wzbogacił i kupił matce i ojcu istny pałac w New Jersey. Nadeszła więc pora, żeby wyprowadziła się też rodzina Angeluzzich-Corbo.


Nadciągnął wreszcie ze swoimi ciężarówkami Piero Santini z Tuckahoe. Wojna uczyniła takie usługi bardzo drogimi, ale Santini nie mógł przecież odmówić krajance z tej samej wioski we Włoszech. Poza tym nie żywił już do niej urazy i serce mu się radowało, że może wnieść wkład w szczęśliwe zakończenie tej historii.

Lucia Santa zostawiła przezornie na wierzchu stary czajnik i parę wyszczerbionych kubków. Poczęstowała Santiniego kawą. Pili ją na stojąco, wyglądając na Dziesiątą Aleję i odstawiając kubki na okienny parapet. Octavia z Salem i Leną znosili do czekających na dole ciężarówek lżejsze pakunki, natomiast dwaj starzy, muskularni Włosi, postękując jak osły, dźwigali na plecach olbrzymie komody i łóżka.

Po jakimś czasie w mieszkaniu został tylko stary stołek uznany za niepasujący do pięknego domu na Long Island. Wtedy z drugiego piętra przyszła Louisa z trójką dzieci, żeby z nimi zaczekać. Małe łobuziaki zaczęły brodzić w morzu odrzuconych części garderoby, śmieci wymiecionych z kredensów i starych gazet.

Wreszcie nadeszła długo oczekiwana chwila. Pod kamienicę zajechała limuzyna pana di Lukki, należąca teraz do Larry'ego. Octavia z Louisą popędziły dzieci amfiladą brudnych, ogołoconych sypialni do drzwi na klatkę schodową.

— Idziemy, mamo — zwróciła się Octavia do Lucii Santy — wynosimy się z tego śmietnika.

Ku zaskoczeniu wszystkich, twarz Lucii Santy przybrała wyraz zdumienia, tak jakby nadal nie mieściło jej się w głowie, że musi opuścić to mieszkanie na zawsze. Zamiast ruszyć do drzwi, usiadła na starym stołku i rozpłakała się.

Octavia wypchnęła Louisę z dziećmi na schody, a sama podeszła do matki.

— Mamo — powiedziała z irytacją — co cię znowu, u diabła, napadło? Chodź, popłaczesz sobie w samochodzie. Wszyscy na ciebie czekają.

Lucia Santa ukryła twarz w dłoniach. Nie mogła powstrzymać łez.

Nagle usłyszała gniewny głos Leny:

— Zostaw ją w spokoju!

A Sal, który nigdy się nie odzywał, powiedział:

— Sprowadzimy ją na dół, idź przodem.

Octavia wyszła na schody i dopiero wtedy Lucia Santa uniosła głowę. Dwoje najmłodszych dzieci stało na straży po jej obu stronach. Nie zdawała sobie nawet sprawy, że tak wyrosły. Lena była bardzo ładna, miała czarne włosy i niebieskie oczy po ojcu, ale z rysów twarzy przypominała Gina. Poczuła na ramieniu dłoń Salvatore. Miał oczy mężczyzny, który nigdy nie wpada w gniew. I teraz uzmysłowiła sobie, że Sal i Lena, stojąc cichutko w kącie, przez cały czas obserwowali i na pewno osądzali ich wszystkich. Nie wiedziała, że jest dla nich bohaterką w jakiejś przerażającej grze. Obserwowali jej cierpienia pod ciosami losu, furię swojego ojca, jej beznadziejne użeranie się z Larrym i Ginem i straszną rozpacz po śmierci Vinniego. Objęła ich teraz i już wiedziała, że osądzili ją i uznali za niewinną.

Dlaczego więc Lucia Santa płacze w tym pustym mieszkaniu? Kto ma lepiej od niej? Przenosi się do domu na Long Island, gdzie pod nogami będą jej się plątały wnuki. Salvatore i Lena zostaną lekarzami albo nauczycielami. Jej córka Octavia jest brygadzistką w zakładzie krawieckim, a syn Lorenzo prezesem związku, rozdziela posady szczodrą ręką jak książę we Włoszech. Jej syn Gino wciąż żyje, choć zginęły miliony. Starość ma zabezpieczoną, przy szanujących ją i kochających dzieciach nie zabraknie jej nigdy chleba ani pieniędzy. Kto ma lepiej od niej?

Przed czterdziestu laty, we Włoszech, w najśmielszych marzeniach nie mierzyła tak wysoko. A teraz milion sekretnych głosów woła: „Lucio Santo, Lucio Santo, poszczęściło ci się w Ameryce" i Lucia Santa, płacząc na swoim starym kuchennym stołku, uniosła głowę, żeby im odkrzyknąć: „Chciałam to wszystko osiągnąć bez cierpienia. Chciałam tego bez konieczności opłakiwania dwóch mężów i ukochanego dziecka. Chciałam tego wszystkiego, ale bez wzbudzania nienawiści u syna poczętego z prawdziwej miłości. Chciałam tego wszystkiego, ale nie kosztem wyrzutów sumienia, zgryzot, strachu przed śmiercią i grozą dnia sądu ostatecznego. Zachowując niewinność".

Ameryko, Ameryko, świętokradczy śnie. Skoro dajesz tyle, to dlaczego nie możesz dać wszystkiego? Lucia Santa płakała, bo dręczyły ją zbrodnie, jakich dopuściła się wobec tych, których kochała. W jej świecie, w dzieciństwie, najśmielszym marzeniem było wyzbyć się lęku przed głodem, chorobą i siłami natury. Marzeniem było utrzymać się przy życiu. Nikt o niczym więcej nie marzył. Ale w Ameryce można było snuć śmielsze marzenia, z których istnienia ona nawet nie zdawała sobie sprawy. Chleb i dach nad głową to nie wszystko.

Octavia chciała zostać nauczycielką. Czego chciał Vinnie? Tego już nigdy się nie dowie. A Gino — jakież marzenia musiały chodzić mu po głowie, na pewno najdziksze z możliwych. Nawet teraz, poprzez łzy, poprzez ból, przebijała się straszna nienawiść, i Lucia Santa podejrzewała, że Ginowi najbardziej zależało na dogadzaniu sobie. Chciał żyć jak syn bogatego człowieka. I nagle przypomniała sobie, jak złamała serce własnemu ojcu, domagając się płótna na ślubną wyprawę.

Teraz była już pewna, że Gino nie wróci po wojnie do domu. Że nienawidzi jej tak, jak ona nienawidziła swojego ojca. Że zostanie pielgrzymem i w marzeniach będzie szukał swoich własnych Ameryk. I teraz, po raz pierwszy, Lucia Santa zaczęła błagać o litość. Boże, spraw, bym usłyszała jego kroki u drzwi, a przeżyję tych czterdzieści lat raz jeszcze. Doprowadzę do płaczu swojego ojca i wyruszę na pielgrzymkę przez ten straszny ocean. Pozwolę umrzeć mężowi i stanę pod tamtym domem w Jersey z Vincenzem na ręku, by obrzucić przekleństwami Filomenę, a potem będę płakała nad jego trumną. A potem przeżyję to jeszcze raz.

Ale na wypowiedzenie tego na głos Lucia Santa nie potrafiła się zdobyć. Podniosła głowę i stwierdziła, że Sal z Leną obserwują ją z niepokojem. Ich poważne miny kazały jej się uśmiechnąć. Siła powróciła w jej ciało i przemknęło jej przez myśl, jakie ładne są te najmłodsze dzieci. A do tego wyglądają tak po amerykańsku, i to ostatnie spostrzeżenie nie wiedzieć czemu ją rozbawiło, zupełnie jakby przechytrzyły ją i resztę rodziny.

Salvatore podał jej płaszcz.

— Jak tylko tam zajedziemy — odezwała się Lena — napiszę do Gina i podam mu nasz nowy adres.

Lucia Santa zerknęła na nią ostro, pewna, że sama nie powiedziała niczego na głos. Ale na widok twarzy dziewczynki, tak podobnej do twarzy Gina, znowu zebrało jej się na płacz. Rozejrzała się po raz ostatni po gołych ścianach i wyszła na zawsze z domu, w którym spędziła czterdzieści lat.

Na Dziesiątej Alei czekały z założonymi na piersiach rękami trzy ubrane na czarno kobiety. Znała je dobrze. Jedna uniosła w pożegnalnym geście zniszczoną dłoń i zawołała:

— *Buona fortuna*, Lucio Santo! — Mówiła szczerze, bez zjadliwości, ale tonem ostrzeżenia, tak jakby chciała powiedzieć: „Uważaj, przed tobą jeszcze wiele lat, życie toczy się dalej". Lucia Santa podziękowała jej skinieniem głowy.

Larry bębnił nerwowo palcami w kierownicę, kiedy ładowali się wszyscy do limuzyny. Potem powoli, żeby dwie ciężarówki mogły za nimi nadążyć, ruszył na wschód, w kierunku mostu Queensborough. Na początku, z uwagi na łzy Lucii Santy, w samochodzie panowało niezręczne milczenie, potem trójka maluchów zaczęła się wiercić i dokazywać. Louisa krzyknęła na nie i klapsami przywołała do porządku. Napięcie opadło i zaczęli rozmawiać o domu. Larry powiedział, że dojazd zajmie godzinę. Dzieci co dwie minuty pytały: „To już Long Island?", a Sal i Lena odpowiadali: „Nie, jeszcze nie".

Lucia Santa opuściła szybę, żeby odetchnąć świeżym powietrzem. Potem wzięła na kolana jednego z chłopców, a Larry uśmiechnął się i powiedział:

— Fajnie będzie mieszkać razem, co, mamo?

Lucia Santa spojrzała na Lenę, ale to niewiniątko było jak Gino, za proste, by zrozumieć uśmiech matki. Za to Octavia uśmiechnęła się. One dwie zawsze potrafiły przejrzeć Larry'ego. Dobrze go obie znały. Larry cieszył się, że Louisa i dzieci będą miały towarzystwo, podczas gdy on, zwierzę jedno, będzie się uganiał za młodymi dziewczętami wyposzczonymi przez wojnę.

I już wjeżdżali na most Queensborough, przecinając ukośne, migające cienie lin, na których był zawieszony. Dzieci zerwały się na nogi, żeby popatrzeć na szarą wodę w dole, ale chwilę potem most został z tyłu, a oni sunęli szerokim, wysadzanym drzewami bulwarem. Dzieci zaczęły piszczeć i Lucia Santa powiedziała im, że tak, teraz są już na Long Island.